KNAUR

Über die Autorin:
Tarah DeWitt ist eine amerikanische Schriftstellerin, Ehefrau und Mutter. Am liebsten erzählt sie Geschichten über perfekt unperfekte Figuren und ist fest davon überzeugt, dass Humor ein wichtiger Bestandteil des Lebens, der Liebe, der Freundschaft und des Elternseins ist.

Tarah DeWitt

STERNE, DIE IM Sommer TANZEN

Roman

Aus dem amerikanischen Englisch
von Heike Holtsch und Fabienne Weuffen

KNAUR

Die amerikanische Originalausgabe erschien 2024 unter dem Titel
»Savor It« bei St. Martin's Griffin, an imprint of St. Martin's Publishing Group.

Besuchen Sie uns im Internet:
www.droemer-knaur.de

MIX
Papier | Fördert gute Waldnutzung
FSC® C014496

Deutsche Erstausgabe Juni 2024

Ein Imprint der Verlagsgruppe
Droemer Knaur GmbH & Co. KG, München

Redaktion: Gisela Klemt
Translation rights arranged by The Sandra Dijkstra Literary Agency
Covergestaltung: FAVORITBUERO, München
Coverabbildung: Coverdesign von Kerri Resnick,
Titelillustration von Liza Rusalskaya
Satz: Daniela Schulz, Gilching
Druck und Bindung: GGP Media GmbH, Pößneck
ISBN 978-3-426-44703-1

5 4 3 2 1

Das hier ist für mich, die ich im Dunkeln vor dem leuchtenden Monitor gesessen und genau hiervon geträumt habe. Lieber mutig als perfekt.

♥ ♥ ♥

Okay, und vielleicht ist dieses Buch auch in gewisser Weise für James Acaster, der in einer Spezialfolge von *The Great British Bake Off* die Worte aussprach, in denen sich wohl alle kreativen Geister dieser Welt wiederfinden:

»Hab angefangen, hatte 'nen Nervenzusammenbruch …
Bon appétit!«

Liebe Leserinnen und Leser,

obwohl diese Geschichte zwar vor Wärme, Liebe und Humor nur so strotzt, enthält sie auch ein paar ernstere und sensiblere Themen. Ein besonderes Thema, das ich in meinen Büchern aufgreifen möchte, ist, dass das Leben manchmal ohne Rücksicht auf Verluste unsere Pläne durchkreuzt. Und selbst wenn die besten Pläne und kühnsten Träume in Erfüllung gehen, können diese Erfolge manchmal zu einem Burn-out führen, weil wir mit jedem Erfolg nur noch mehr Druck verspüren und vergessen, uns Zeit für die schönen und wichtigen Dinge im Leben zu nehmen.

Hier also eine Triggerwarnung bezüglich folgender Themen, die in meinem Buch zur Sprache kommen:

- Trauer
- Tod eines geliebten Menschen (nicht explizit beschrieben)
- Karriere-Burn-out
- schwere Verletzungen

Wie immer hoffe ich, all dies mit Sorgfalt, Respekt und Umsicht behandelt zu haben. Und natürlich hoffe ich, dass Fishers und Sages Reise euch das Gefühl gibt, selbst irgendwo auf eurem Weg gesehen zu werden.

KAPITEL 1

Sage

Na ja«, sage ich, »es sieht ziemlich … *eigenwillig* aus.«

Es hat nämlich Ähnlichkeit mit einem Phallus und ist mindestens 15 Meter hoch. Stolz ragt der turmartige Anbau des alten Lagerhauses samt Kuppel vor den Dächern im Hintergrund in den Frühsommerhimmel auf.

Wren, meine allerbeste Freundin (und Lieblingsmensch – genau wie ihr fast auch schon erwachsener Sohn), kann sich das Kichern kaum noch verkneifen.

»Wie haben die das Ding denn so schnell hochgekriegt?«, fragt sie unter prustendem Gelächter. »Lieber Himmel, da sind die Witze doch schon vorprogrammiert!«

»Hast du Sam nicht bekommen, als du gerade mal sechzehn warst? Da müsstest du eigentlich wissen, wie das mit dem ›Hochkriegen‹ geht«, antworte ich scherzhaft. Für eine Millisekunde reißt Wren schockiert die Augen auf, bevor wir beide einen Lachkrampf kriegen.

»Wie ich sehe, habt ihr beiden Ladys das alles überragende Prachtstück auch entdeckt«, sagt Athena Cirillo und verzieht belustigt die Lippen. »Gestern wurde das Gerüst abgebaut.« Mit wehendem, schneeweißem Haar überquert sie die Promenade und gesellt sich zu uns.

»Morgen, Sprout«, begrüße ich den Belgischen Zwerggriffon, der unter ihrem Arm klemmt und mich mit einem Blinzeln aus seinen wässrigen Knopfaugen bedenkt.

»Weißt du, was das *sein* soll?«, fragt Wren mit einem Nicken in Richtung des Bauwerks. Als Besitzerin der Buchhandlung ist

Athena unsere persönliche allwissende Kleinstadtgöttin und immer für eine Insiderinformation gut.

Sie dreht sich zu dem alten Lagerhaus um und schüttelt den Kopf. »Ich weiß nur, dass die Fläche für Gastronomie oder Einzelhandel freigegeben ist.«

»Hm«, machen Wren und ich im Chor. In dem alten Backsteingebäude in vorderster Lage an der Promenade hat sich seit Ewigkeiten nichts getan. Jedenfalls nicht, solange ich denken kann. Hier in Spunes, Oregon, hat kaum noch jemand von dem Gebäude Notiz genommen. Im schattigen, gefliesten Außenbereich fand alle zwei Wochen der Bauernmarkt statt, und innen wurden Fahnen, Feiertagsdekoration und solches Zeug gelagert.

Bis vor Kurzem. Vor einigen Monaten wurde das Gebäude vollständig leergeräumt, und ein paar Wochen später begannen die Umbauarbeiten.

»Ich tippe auf Gastronomie«, erklärt Athena. »Einzelhandel käme eher infrage, wenn es noch mehr Läden in der Nähe gäbe. Aber Martha läuft schon gegen beides Sturm. Und *das* da trägt nicht gerade zur Beschwichtigung bei«, fügt sie mit einem ergebenen Seufzer hinzu. »Also dann, ich muss los, den Laden aufschließen. Habt einen tollen Tag, Ladys. Und handelt euch keinen Ärger ein!«

Nachdem wir Athena auch einen schönen Tag gewünscht haben, drehen wir uns wieder um und betrachten schweigend das Gebäude samt Turm.

»Tja ...«, sinniere ich begeistert bei der Aussicht auf ein neues Restaurant. Prompt denke ich an meine Sammlung von Kochzeitschriften, an die vielen komplizierten Gerichte, die ich gern nachkochen *würde*, aber vermutlich nicht *werde*. Und trotzdem juckt es mir augenblicklich in den Fingern, etwas *Neues* auszuprobieren.

Synchron drehen wir uns die Köpfe zu. »Tja ...«, wiederholt

Wren. »Wie zur *Hölle* hat dieser Phallus-Palast denn eine Genehmigung bekommen? O'Doyle würde das doch niemals hinnehmen.«

»Was würde ich niemals hinnehmen?«

Wir halten beide die Luft an und stehen sofort stramm. Mrs Martha O'Doyle, die Inhaberin von *O'Doyles Lebensmittel und Alltagsbedarf* – in Spunes die schnelle Anlaufstelle für alles Mögliche, von Hühnerfutter bis zu Sportartikeln – betritt gemächlich unser Sichtfeld. Sie hebt den Kopf, und ich umkralle schon mal Wrens Handgelenk.

»Meridian«, redet unsere selbsternannte Stadterhalterin Wren an und nimmt sie mit zusammengekniffenen Augen kritisch ins Visier. Seit O'Doyles Petition gegen die Außendekoration der Bäckerei zu Weihnachten vor zwei Jahren können die beiden nicht mehr miteinander. Bloß weil die elfenartige Aufklappfigur nicht O'Doyles konservativem Geschmack entsprach.

»O'Doyle«, entgegnet Wren tonlos.

Ich höre schon die drohende Italo-Western-Melodie und schiebe mich zwischen die beiden, ehe das Ganze auf einen High-Noon-Showdown hinausläuft. »Wir dachten nur, dass Sie ein solches Bauwerk in Spunes doch niemals akzeptieren würden.« Ich muss mir in die Wange beißen, um nicht loszulachen. »Etwas … so Monströses.« Jetzt lieber nicht weiter anstacheln. Jeder hier weiß, dass der Verkauf und Umbau dieses Gebäudes O'Doyle ein Dorn im Auge ist. Kein Wunder, dass sie sich mit einer Reihe penibler Beschwerden an das County gewandt hat – nur dass sie damit nicht durchgekommen ist.

Die Furchen in ihren gekräuselten Lippen werden tiefer. »Wovon in aller Welt redet ihr überhaupt?« Doch dann dreht sie sich langsam zu dem aufragenden Teil um, und ich schubse Wren ein Stück vorwärts, damit wir entkommen können. Erst als wir in sicherem Abstand sind, werfe ich einen Blick über die Schulter und sehe, wie O'Doyle auf die Erhebung mit der Kuppel starrt und ihr Mund vor Entsetzen auf- und wieder zuklappt.

»O Gott, jetzt hat sie der Schlag getroffen«, sage ich mit kaum verhohlener Belustigung zu Wren.

Wren packt mich am Arm und bringt mich abrupt zum Stehen. »Also hör mal! Gestern hast du Sam gefragt, ob er ›an Schwermut‹ leidet und jetzt *dieser* Spruch? Ich muss dich echt davon abbringen, ständig den Spirit des Viktorianischen Zeitalters heraufzubeschwören. Nimm doch lieber den einer modernen, toughen Frau unter dreißig! Von uns gibt es in dieser Stadt doch kaum noch welche.«

»Du bist einunddreißig, Süße.« Zweiunddreißig, um genau zu sein, auch wenn Wren immer so tut, als hätte sie ihren letzten Geburtstag gar nicht mitbekommen, und ich ihr das durchgehen lasse. Wren senkt unheilvoll den Kopf, und ich ziehe mit gespielter Betretenheit die Nase kraus. »Schon gut. Ich räume ja ein, dass ich bei der Recherche für das Festival-Quiz ein bisschen abgeschweift bin. Aber da du mir nicht beistehen willst, bleibt mir wohl nichts anderes übrig, als mich irgendwie in meiner neu entdeckten, althergebrachten Mundart zu üben.« Ich zucke mit den Achseln.

Wren tut meine Worte mit einem Lachen und einem Kopfschütteln ab. »Ich wage zu bezweifeln, dass in dem Quiz irgendetwas zu dem damaligen *Slang* vorkommt.«

»Warum denn nicht? Man kann nie wissen. Irgendwie geht es doch immer um die Zeit der Gründerväter. Die versuchen nur jedes Jahr, die Fragen umzuformulieren.«

»Bist du sicher, dass keiner deiner Brüder mitmachen will? Hast du überhaupt schon alle drei gefragt?«

»Nein, die wollen nicht. Und ich *will* auch gar keinen meiner Brüder dabei haben. Das wäre nur noch demütigender.« Ich werfe ihr einen betont hilflosen Blick zu. »Willst du es dir nicht doch noch mal überlegen?«

Wren zieht eine Grimasse. »Ich hasse solche Wettbewerbe. Außerdem braucht Mom mich in der Bäckerei. Ach, da ich gerade von Mom rede …« Sie schaut plötzlich nachdenklich und ein bisschen traurig drein, während sie sich auf die Unterlippe beißt. Sofort macht sich Panik in meinem Brustkorb breit.

»Was ist los? Geht es ihr nicht gut?«

»Doch. O Gott, Sage, tut mir leid. Mom geht es total gut. Es ist nicht … nicht so etwas.« Beruhigend drückt sie meinen Ellbogen. Ich atme erleichtert auf und schüttele den Anflug von Angst ab.

Wenn man seine Eltern in so jungen Jahren verloren hat wie meine Brüder und ich, macht man sich wohl immer auf das Schlimmste gefasst. Als müsse man ständig mit einem weiteren Verlust rechnen.

»Es ist nur so, dass Ian gestern mit Cassidy bei uns war«, sagt Wren zur Erklärung.

Ich versuche, einen unverbindlichen Gesichtsausdruck aufzusetzen. »Was hast du denn erwartet, Wren? Hier gibt es nur eine Bäckerei. Dass die zu euch kommen, war doch klar.« Leichtes Achselzucken meinerseits, wenn auch etwas steif. »Und selbst wenn es hier ein Dutzend Bäckereien gäbe, wäre Savvys immer noch die beste.«

»Mom hat sich geweigert, eine Bestellung von ihnen anzunehmen.«

Ich stöhne auf. »O nein! Das ist nicht wahr, oder?«

»Nun, also … nicht direkt. Aber sie ist nach hinten gegangen und hat Cassidy dort halblaut eine unscheinbare, hinterhältige Zicke genannt. Als sie dann wieder in den Laden ging, hat sie Ian gefragt, ob er etwa eine Glatze kriegt, hat ihm alles Mögliche aufgezählt, was er dagegen tun soll, und ihn damit sichtlich auf die Palme gebracht. Und *dann* hat sie den beiden gesagt, sie habe keine Kapazitäten frei.«

Ein trockenes Lachen schüttelt mich. »Ich glaube dir kein Wort.

Savannah Meridian ist eine Seele von Mensch.« Ich wage zu behaupten, nicht einmal je so etwas wie ›verdammt noch mal‹ von ihr gehört zu haben.

»Stimmt genau! Und deshalb würde es ihr auch niemals einfallen, ihre Ansicht über die Sache zu ändern«, antwortet Wren vergnügt.

»Wren, das mit Ian und mir ist seit über einem Jahr vorbei! Wie würdest du es denn finden, wenn ich nicht mehr mit Ellis reden wollte?«

Ihre karamellfarbenen Locken wippen, als sie skeptisch den Kopf schief legt. »Ich finde, das ist etwas anderes. Ellis ist schließlich *dein Bruder.*« Ihr Gesichtsausdruck wird ernst. »Außerdem hat er mich nicht nach fünf Jahren ohne weitere Erklärung verlassen und direkt etwas mit einer Freundin von mir angefangen. Und ihr nach einem Jahr einen Heiratsantrag gemacht.« Sie wendet ihr Gesicht ab und fügt hinzu: »Unsere Ehe ist in die Brüche gegangen, weil Ellis und ich beide Fehler gemacht haben.«

Ich antworte mit einem Schnauben. *Dann könnt ihr diese Fehler vielleicht auch beide beheben,* würde ich am liebsten sagen. Aber ich halte mich zurück und erwidere stattdessen eindringlich: »Ihr seid meine besten Freundinnen. Irgendwie sogar meine einzigen, was letzten Endes *mich* in dieser Konstellation zu ›der anderen‹ macht. Dein Vergleich hinkt also von Anfang an.« Ich hebe eine Eiscremeverpackung auf und werfe sie in den Papierkorb. »Für mich ist alles in Ordnung, Wren, ehrlich. Und das Letzte, was ich will, ist, dass Sav und du meinetwegen auf Umsatz verzichtet.« Bevor ich weiterspreche, sehe ich ihr bewusst in die Augen. »Du müsstest doch besser wissen als jeder andere, dass alles zwei Seiten hat. Und dieser Ort ist zu klein, als dass sich alle Leute auf meine Seite schlagen könnten … zumal Ian wohl nie von hier wegziehen wird, weil sein Vater ja der verdammte Bürgermeister ist.«

Wir lassen uns auf unsere Lieblingsbank am Ende des Weges

sinken. An dieser Bank haben wir uns immer getroffen, als Sam noch ein Baby war. Ich war erst zwölf, als er geboren wurde, aber manchmal habe ich auf ihn aufgepasst. Als er noch im Kinderwagen saß, bin ich an den Wochenenden oder nach der Schule mit ihm spazieren gegangen, wenn Wren Dienst in der Bäckerei hatte. Für drei fünfzig die Stunde war ich das einzige Kindermädchen, das Ellis und Wren sich leisten konnten. Trotz der vier Jahre Altersunterschied und unserer verschiedenen Lebensumstände wurden Wren und ich in jener Zeit zu besten Freundinnen. Zu Freundinnen, die nicht mal ihre Scheidung von meinem Bruder auseinanderbringen konnte.

★ ★ ★

Eine Weile sitzen wir in einträchtigem Schweigen da, schauen auf die Wellen in der Ferne und lauschen dem Kreischen der Möwen. Ich fasse meine Haare im Nacken zu einem Pferdeschwanz zusammen und genieße die wärmende Sonne auf meiner Haut, obwohl ich die neuen Sommersprossen direkt mitzählen könnte.

Der Frühsommer an der Nordküste des Pazifiks war schon immer meine Lieblingsjahreszeit, besonders hier in dem alten Städtchen oberhalb der Klippen, wo die Luft salzig und kühl ist. Die Sonne schafft es meist bis zum Nachmittag, die Wolken aufzulösen, und vom Meer weht immer eine frische Brise herüber, sodass die Haut sich nie klebrig anfühlt. Als ich die Augen wieder öffne, fällt mir plötzlich auf, dass Wren mich abermals traurig ansieht.

»Was ist denn jetzt schon wieder?«, frage ich lachend.

Sie mustert mich prüfend. »Ich finde es einfach nicht fair«, sagt sie schließlich.

Ah, es geht also immer noch um meinen Ex.

Ich stoße einen Seufzer aus, lächle jedoch und sage: »Es ist alles gut, Wren. Backt ihm einfach diese Hochzeitstorte. Wenn die

Carvers hier tatsächlich etwas zu sagen haben, bringt euch das eine Menge Publicity.«

»Mal sehen«, lautet ihre knappe Antwort. »Darüber, wie die Geschäfte laufen, brauchen wir uns während des Festivals sowieso keine Gedanken zu machen.« Ihr Lächeln wirkt etwas bemüht, dann wirft sie einen Blick auf ihr Handy. »Ich muss den Laden aufmachen. Kommst du mit? Ich habe eine Kokosschnitte mit weißer Schokolade vorbereitet.«

»Kann leider nicht. Ich will noch beim *O'Doyles* reinspringen, um Futter zu holen, und dann das Haus der Andersens herrichten. Die Mieter kommen heute.«

Wren verdreht die Augen. »Die Andersens sollten sich mal eine Hausverwaltung leisten, so wie alle anderen Ferienhausvermieter auch.«

»Sie sind doch nur für ein halbes Jahr weg, aber alle Hausverwalter machen ausschließlich Jahresverträge«, erkläre ich ihr. »Außerdem ist es nur ein Football-Feld von mir entfernt.« Und das wortwörtlich. Den Abstand zwischen den beiden Grundstücken habe ich selbst mal gemessen, in den Sommerferien nach dem siebten Schuljahr – einem extrem langweiligen Jahr.

»Das Ganze gefällt mir eh nicht«, sagt Wren und sticht mich mit dem Finger in die Seite. »Was, wenn es irgendein Spinner ist, der das Haus für den ganzen Sommer gemietet hat? Dann bist du mit dem allein da draußen. Warum mietet der das Haus überhaupt für den *ganzen* Sommer? Das Festival ist doch erst im August. Was will man denn vorher hier? Normalerweise kommen die Touristen immer erst später.«

Andere Orte in der näheren Umgebung sind außerhalb der Saison tatsächlich viel attraktiver. Yoos Bay hat sonnigere Strände, und im Landesinneren gibt es einige größere, idyllischere Städtchen mit Weihnachtsbaumfarmen oder Weingütern, die immer gut besucht sind. Gandon zum Beispiel ist sehr malerisch.

Spunes hingegen liegt größtenteils zwischen den Klippen hoch über dem Meer. Das heißt, selbst wenn man nur einen kurzen Spaziergang machen will, kommt es einem vor wie eine Bergwanderung. Der Hafen unterhalb der Klippen ist zu klein für Fischereiflotten, nur kleinere Boote können dort anlegen. Unsere Feierlichkeiten am vierten Juli können nicht mit denen im nächsten County konkurrieren, und im Juni herrscht noch das typische bewölkte Oregon-Wetter. Also bleibt uns nur der August. Ein einziger Monat, in dem das gegen alle Widrigkeiten und Chancen erbaute Örtchen das trockenste der Umgebung ist und viele der Geschäfte den Gewinn eines ganzen Jahres einfahren.

»Wie wir bereits bis zum Erbrechen erörtert haben, meine Liebe, habe ich nicht die leiseste Ahnung«, sage ich auf Wrens Fragen zu dem geheimnisvollen Mieter. »Aber ich habe kein Problem damit, ein paar Mal im Monat im Haus der Andersens nach dem Rechten zu sehen und sauber zu machen. Ich habe doch den ganzen Sommer lang frei.« Dann wuchte ich mich von der Bank hoch und nehme Wren schnell in den Arm, um die Debatte abzukürzen. »Sieh zu, dass du nicht zu spät kommst.«

»Ja, ja, bis morgen.« Sie winkt mir zum Abschied.

Ich schicke ihr noch eine Kusshand hinterher und dann gehe ich in die entgegengesetzte Richtung, vorbei an den wohlbekannten Geschäften, während ich die noch wohlbekannteren Leute grüße. Auf der anderen Seite der Hauptstraße hängt ein Transparent mit der Aufschrift *Das Spunes-Festival feiert sein 150-jähriges Jubiläum.*

Jede freie Fläche ist zugekleistert mit Flyern und Plakaten, auf denen Bilder vergangener Saisons zu sehen sind: Founder's Point voller Kanus, die Promenade voller Verkaufsstände und mit massenhaft Besuchern. Das *O'Doyles* hat zusätzlich eine komplette Wand dem Labyrinth gewidmet, das Jahr für Jahr in den Sand geharkt wird und wo dann zahllose Menschen in meditativer

Versunkenheit wandeln. Aber auf den meisten der anderen Fotos sind Szenen der Festival-Veranstaltungen zu sehen: Kanurennen, Kostümfeiern, Kochwettbewerbe … Und, wie mir in dem Moment, als ich daran vorbeigehe, einmal mehr auffällt, ein Bereich ist den Gewinnern der Festival-Wettkämpfe eines jeden Jahres gewidmet. Da diese Bilder die größten sind und obendrein gerahmt, kann man sie gar nicht übersehen.

Ian und Cassidy lächeln mich vom Siegerfoto des letzten Jahres triumphierend an, als ich gerade eine Tüte Futter auf die Ladentheke lege. Daneben hängen Fotos von Ian mit meinem mittleren Bruder Silas aus zwei aufeinanderfolgenden Jahren, in denen die beiden noch unzertrennlich waren. Und dann sind da noch Ian und sein Vater – Bürgermeister Ian Carver Senior – sechs Jahre zuvor. Ian hat die Festival-Wettbewerbe gewonnen, seit er achtzehn ist. Dieses Jahr vermutlich zum zehnten Mal nacheinander.

So wie immer küsse ich meine Fingerspitzen und drücke sie dann auf das jahrzehntealte Foto von meiner Mom und meinem Dad aus dem Jahr, als sie die Gesamtsieger waren.

Nachdem ich das Wechselgeld in die Hosentasche gesteckt, mich verabschiedet und den Laden verlassen habe, setze ich mich samt dem Futter in meinen Truck, um nach Hause zu fahren, während mir die gleichen Gedanken durch den Kopf gehen wie seit Monaten.

So sehr mich die Geschichte damals auch überrascht hat, bin ich nicht eifersüchtig auf Cassidy, weil sie jetzt mit Ian zusammen ist. Sie kann ihn gern haben. Besser sie als ich.

Was mir dabei gegen den Strich geht, ist nur, dass ich, wenn ich denke, *besser sie als ich,* auch denke, sie *ist* besser als ich. Sie ist Ärztin, kommt aus einer Familie von Ärzten und Anwälten, die Spunes seit Generationen und bis zum heutigen Tag entweder verlassen, um etwas Großes und Wichtiges zu tun oder um sich zuerst irgendwelche Titel zuzulegen und dann als eine Art Zugeständnis oder wegen einer Verpflichtung zurückzukehren. Nach dem Motto: »Ich muss sowieso in Moms Nähe bleiben, und die Schulen in So-und-So-County (immer im übernächsten) haben ja einen so guten Ruf!« Als würden sie jemandem einen Gefallen tun, wenn sie einfach ... hierbleiben.

Für meine Familie gilt das nicht. Jedenfalls nicht für mich.

Was mir zu schaffen macht, sind eigentlich gar nicht Ian und Cassidy. Es ist nicht mehr *diese* Art von Eifersucht, die mir den Magen zugeschnürt hat. Aber es ist nun mal so, dass diese Stadt ebenso meine ist wie Ians. Schon vor *zwei* Jahren bin ich dem Komitee zur Organisation des diesjährigen Festivals beigetreten. Ich habe Artikel über die vorherigen Festivals verfasst und an die größeren Zeitungen im County geschickt, um Publicity für die Veranstaltungen zu machen. Ich habe eine Marketingkampagne gestartet und Social-Media-Seiten eingerichtet. Ich habe anderen Leuten gezeigt, wie sie diese Seiten zur Werbung für ihre eigenen Geschäfte nutzen können – Leuten, die, bevor ich ihnen geholfen habe, eine ziemliche Aversion gegen neue Technologien hatten. *Ich* bin hier diejenige, die etwas dazu beigetragen hat, aus dem Festival eine größere Touristenattraktion zu machen als in den letzten zehn Jahren.

Also würde ich selbst auch gern mal einen kleinen Sieg einfahren. Selbst wenn ich Ian nicht *schlagen* kann, würde ich auch gern mal erwähnt werden. Ich will es *wert* sein, erwähnt zu werden.

Zudem bin ich es, glaube ich, einfach leid, nicht ernst genommen zu werden. Ich war es schon leid, als ich noch mit Ian zusammen war. Es stand mir bis oben hin, immer von allen anderen das Gefühl vermittelt zu bekommen, dass ich mich in Bezug auf ihn glücklich schätzen müsse. Als wäre es etwas ganz Besonderes, dass sich Ian Carver dazu herabgelassen hatte, mit *mir* zusammen zu sein – mit dem bedauernswerten Waisenkind. Mit dem braven, unscheinbaren Mädchen, aus dem eine Frau geworden ist, die sich wohl in ihrer Haut fühlt. Was für ein Glück ich doch hatte!

Eigentlich komme ich mir bei all dem bloß vor wie ein dämlicher Loser, und das bin ich so was von *leid*. Ich bin es leid, ständig mit Mitleid betrachtet zu werden, wenn ich nicht ohnehin übersehen werde. Ich will … einfach wissen, was für ein Gefühl es ist, wenn man gewinnt! Und ich glaube, das ist nicht zu viel verlangt.

Ich hatte in meinem Leben nie große Ambitionen. Ich hatte Träume, aber dabei ging es immer um ganz einfache Dinge. Ich selbst finde, ich habe sie verwirklicht. Ich will *glücklich* sein. Und wenn ich das Gesamtbild betrachte, bin ich das auch. Es macht mir Freude, zu unterrichten und mit jungen Leuten zu arbeiten. Ich habe das große Glück, kleine Klassen zu haben, und es kommt mir zugute, dass ich die Kids alle von klein auf kenne und meistens auch ihre Familien. Ich habe keine Hypothek, weil wir mit der Lebensversicherung unserer Eltern das Haus abbezahlen konnten und ich meine Brüder ausbezahlt habe, als ich achtzehn wurde. Die 10.000 Dollar Preisgeld für den Gesamtsieg beim Festival wären natürlich ein willkommenes Polster, aber auch ohne das übersteigen meine Rechnungen nicht meine finanziellen Mittel, und ich kann mir immer den ganzen Sommer lang freinehmen und brauche nicht in der Summer School zu unterrichten. Ich liebe meine Tiere und meinen Garten. Ich liebe mein Haus, meine Stadt, meine Leute.

Und ja, ich hätte auch gern jemanden an meiner Seite. Aber ich weigere mich, mir die Freude am Leben nehmen zu lassen, weil ich so jemanden noch nicht gefunden habe. Es wäre nur schön, mein Leben mit einem Menschen zu teilen, der mich liebt und zu schätzen weiß.

Als mein Zuhause in Sicht kommt, navigiere ich den Truck mit einem Lächeln auf den Lippen über die kurvige Schotterzufahrt. Zwei Stockwerke, nicht besonders groß – mit einer kleinen Veranda vorn und einem Wintergarten, der sich an die Rückseite des Hauses schmiegt. Mit den Einnahmen vom Bauernmarkt aus dem letzten Jahr konnte ich es mir sogar leisten, das ganze Haus weiß streichen zu lassen.

Das Lächeln vergeht mir allerdings sofort, als ich meine Wolfshündin aus Richtung der Andersens quer über die Wiese laufen und mit einem Satz über den Zaun springen sehe.

»SABLE!«, rufe ich mit möglichst strenger Betonung auf beiden Silben.

Mit flatternden Ohren macht sie eine Vollbremsung und dreht sich zu mir um. Dann flitzt sie mit eingezogenem Kopf weiter über die Wiese und versucht, sich unauffällig auf die Veranda zu schleichen.

»Ich SEHE dich, Sable!«, rufe ich sinnloserweise.

Nina Andersen hat so schon panische Angst vor ihr. Wenn sie auch noch mitbekommt, dass sie über den Zaun springen kann, will sie ihn bestimmt erhöhen.

Als ich den Truck abgestellt und das Futter ausgeladen habe, hat sich der Köter mit der Größe eines Ponys schon auf der Veranda ausgestreckt und lässt den Kopf über die oberste Stufe hängen. Das reinste Bild der Unschuld.

Mit einem ergebenen Seufzer setze ich einen skeptischen Blick auf – den Sable mit einem Schnauben quittiert.

»Schon klar. Was interessieren dich auch *meine* Probleme!«

★ ★ ★

Der Rest des Tages plätschert unspektakulär dahin. Nachdem ich mich vergewissert habe, dass bei den Andersens alles wie abgesprochen an Ort und Stelle ist, lege ich den Schlüssel in die Zahlenschloss-Kassette. Trotz Wrens Bedenken kommt mir der Gedanke, dass es doch ganz nett sein kann, den ganzen Sommer über dieselben Nachbarn zu haben. Dann brauche ich meine Tiere nicht immer wieder neuen Leuten vorzustellen und spare mir alle möglichen skurrilen Begegnungen an der Scheune auf der Grenze unserer Grundstücke.

Ich schlüpfe in ein Bikinioberteil und abgeschnittene Jeans, um noch etwas die Sonne zu genießen, werfe mir aber meinen Kimono über die Schultern – schließlich will ich in Bezug auf meine Haut nicht leichtsinnig sein. Die Eier der Hennen sind eingesammelt, mein Clydesdale-Kaltblüter Bud hat seinen Hafer und seine Streicheleinheiten bekommen. Wenn auch unbeabsichtigt, terrorisiert Sable die Gänse, und ich stelle meine Ohrstöpsel auf volle Lautstärke, während ich die Gartenarbeit und was sonst noch anfällt erledige. Ich halte meinen Körper und meinen Geist auf Trab, bis für nichts anderes mehr Platz ist als für die kleinen gegenwärtigen Freuden. Die Freude an meiner um mich herumhüpfenden Riesenhündin und meinem verschrobenen dreibeinigen Kater, der von der Wiese zum Haus schlendert. Leggieless weist Sable mit einem Tatzenhieb auf die Schnauze in die Schranken und sichert sich auf der Veranda ein Plätzchen in der Sonne.

Mehr brauche ich nicht an meinem Rückzugsort.

Es ist ein schönes Leben, und obwohl ich allein bin, bin ich dank all der Menschen, die mir lieb und teuer sind, und der Tiere, die immer mehr werden, so gut wie nie einsam.

★ ★ ★

Nach dem Abendessen lackiere ich mir zur Entspannung im Wintergarten die Nägel, und als sich die Dunkelheit über unseren kleinen Hügel senkt, lasse ich angenehm erschöpft meinen Kopf aufs Kissen sinken.

★ ★ ★

Dass die Mieter des benachbarten Anwesens irgendwann eingetroffen sind, merke ich nur, weil Sable mitten in der Nacht zu winseln anfängt – kurz bevor ich die Sirenen höre und die Blaulichter des Polizeiwagens und des Feuerwehrautos sehe, die inmitten einer Staubwolke vorbeirasen.

KAPITEL 2

Fisher

War jemals etwas so gut, dass du es von dir stoßen wolltest? Vielleicht ein Film, ein Buch oder ein Urlaub – so derart unvergesslich, dass du dich gegen sein Ende gewehrt hast? Dass du auf Pause drücken und das Unausweichliche hinauszögern wolltest?

Irgendein Trottel hat einmal in einem Interview erzählt, dass er genau dieses Gefühl mit seinem Essen erreichen wollte. Er wollte, dass jedes Gericht so umwerfend ist, dass die Leute zu essen *aufhören*. Er wollte reine kulinarische Ekstase servieren. Er wollte, dass es die Leute nach mehr verlangte, noch bevor sie ihre Mahlzeit beendet hatten.

Tja.

Tja, dieser Trottel war ich einst, und ironischerweise kann dieser Roadtrip für mich gerade gar nicht schnell genug enden.

»Vielleicht ist dieses Downgrade ja gut für dich«, ertönt die bissige Stimme meiner Nichte Indy vom Rücksitz. »Vielleicht erweitert etwas fettige Hausmannskost ja deinen Horizont.«

Selbst wenn dieser Kommentar nicht vor jugendlicher Verachtung triefen würde, hätte ich ihn als Falle erkannt. Sie weiß, dass ich bis vor drei Monaten ein Drei-Sterne-Restaurant geführt habe, und sie weiß, dass ich diesen Auftrag nicht angenommen habe, um meine *Fähigkeiten zu erweitern.* Sie weiß ganz genau, dass ich schon oft gedemütigt worden bin. Aber wahrscheinlich wird auch sie immer unruhiger, je näher wir unserer vorübergehenden Unterkunft für diesen Sommer kommen.

»Hat das neue Restaurant schon ein Thema?«, fragt sie. »Schmorpfanne mit einer Prise Ignoranz?«

Wow. Wir sind jetzt seit sieben anstrengenden Tagen unterwegs. Ich hätte gedacht, dass Fahren statt Fliegen uns beiden guttun würde – nicht nur, weil ich so all meine Küchenutensilien mitschleppen kann, sondern weil wir außerdem Zeit hätten, wieder zueinander zu finden. Die Therapeutin, zu der wir seit einem Monat gehen, hat mir gesagt, ich solle mich eine Zeit lang nach Indy richten, sie die Führung übernehmen und sie sich mir öffnen lassen ... Das Problem dabei ist allerdings, dass sie einfach nicht nachgibt und keinerlei Anstalten macht, das Zepter in die Hand zu nehmen. Sie hat ihre Kopfhörer in New York aufgesetzt und sie während der gesamten Fahrt nicht runtergenommen; abgesehen von den gelegentlichen Pausen, um neue Kräfte zu tanken, mir spitze Bemerkungen zuzuwerfen oder mich zu verdächtig unpassenden Zeiten wissen zu lassen, dass sie mal aufs Klo muss. Anfangs habe ich ständig versucht, Gespräche anzuleiern, bloß, um im Gegenzug ein paar einsilbige Antworten zu erhalten. Also habe ich es nach einer Weile aufgegeben. Den Rest unserer Reise verbrachte ich in einem selbst hervorgerufenen, benebelten Zustand. So als würde meine Sicht verschwimmen und als würde ich versuchen, mich absichtlich *nicht* auf das Gesagte zu konzentrieren, aber trotzdem voll funktionsfähig zu bleiben. Ein Trick, den ich mir angeeignet habe, als ich zu Beginn in der Spitzengastronomie dauernd angeschrien und beschimpft wurde. Man bekommt zwar noch das Wesentliche von all dem mit, was einem entgegengeschrien wird, aber die Worte treffen einen nicht mehr allzu hart.

Jetzt, da wir unserem Ziel augenscheinlich immer näherkommen, kocht Indys Ärger ebenfalls immer mehr hoch. Aber auch wenn ich sie nicht davon abhalten will, etwas mit mir zu teilen, glaube ich nicht, dass es produktiv wäre, ihr uneingeschränkt in allem zuzustimmen.

»Weißt du, ich glaube, wir müssen uns beide vor Augen halten, dass wir quer durchs Land reisen und nicht in der Zeit zurück«, sage ich daher. »Vielleicht sollten wir es mal mit Optimismus versuchen.« Es klingt und schmeckt nach Scheiße, als diese Worte meinen Mund verlassen.

Indy schnaubt und starrt mich im Rückspiegel verächtlich an, woraufhin ich noch einen draufsetze.

»Vielleicht ist Spunes ja gar nicht so furchtbar und klein, wie wir denken. Archer meinte, in den Neunzigern hätte es mal einen Olympiasieger von dort gegeben.« Eher langweilig als Funfact, aber ich denke, dass sich Indy im Moment am meisten dafür interessiert, ob es an einem Ort irgendetwas Spektakuläres gibt.

»Sieger in was?«, fragt sie. »Wofür gab's die Medaille?«

»Langstreckenlauf, glaube ich.«

Sie gibt ein tiefes, süffisantes Lachen von sich. »Echt ironisch, findest du nicht? Selbst die Bewohner dieses Ortes wollen nichts anderes, als so weit wie möglich davonzulaufen.« Damit setzt sie wieder die Kopfhörer auf und lehnt sich an ihr Fenster.

Ja, *jetzt* erkenne ich die Ironie. Das habe ich wohl verbockt. Ich seufze und checke die Route auf meinem Navi. Immer noch acht Stunden, bis wir in Spunes sind, also kommen wir erst weit nach Mitternacht an. Normalerweise halte ich in solchen Fällen irgendwo und suche uns ein Hotel, aber es ist klar, dass wir beide ziemlich durch sind, und das Ferienhaus wurde ohnehin schon für die heutige Nacht von meiner Chefin bezahlt.

Ich fahre mit dem Truck zurück auf den Highway, und wie so oft schweifen meine Gedanken ab, und ich frage mich, ab welchem Zeitpunkt genau eigentlich alles schiefging. Wieder und wieder gehe ich gedanklich alle Schritte und Fehltritte durch, die dazu geführt haben, dass ich vor drei Monaten nach fünfzehn Jahren voller Herzblut als Koch meinen Job verloren habe.

Manchmal glaube ich, dass alles schon mit dieser ersten schlechten Kritik vor fünf Jahren begonnen hat. Als ich über die Feiertage nach Hause fahren wollte, die Reise aber stornierte, weil eine gewisse Food-Bloggerin ins *Marrow* kommen würde, nur um meine Rinderbäckchen letzten Endes als »uninspiriert« zu bezeichnen.

Vielleicht ist ja etwas zerbrochen, als ich vorletztes Jahr wegen Pfeifferschen Drüsenfiebers ausgefallen und dann in eine Küche zurückgekehrt bin, in der man sich ohne mich deutlich wohler zu fühlen schien.

Vielleicht ist es auch einfach nicht möglich, einen gewissen Standard über einen so langen Zeitraum aufrechtzuerhalten, in dem jede Sekunde zählt und jedes kleine Detail wichtig ist.

Was auch immer es war, ich schleppe mich weiter damit herum, weil ich denke, dass Selbstreflexion das ist, was ich jetzt tun sollte. Ich versuche, endlich wieder etwas zu fühlen – sei es Sehnsucht nach meiner Karriere oder Wut darüber, dass sie vorbei ist –, aber da ist so gut wie nichts. Außer vielleicht der bittere Nachgeschmack von Scham und Blamage.

Nur eines weiß ich mit Sicherheit, nämlich dass all das nach dem Autounfall meiner Schwester vor drei Jahren nicht länger wichtig war.

Unfall. Was für ein harmloses Wort, um etwas zu beschreiben, das die Existenz eines Menschen schlagartig ausgelöscht und das Leben aller Angehörigen verändert hat. Eine ganz normale Besorgung an einem ganz normalen Tag, ein Moment der Unachtsamkeit oder Ablenkung oder … Ich weiß nicht, was es war. Ich wünschte, ich wüsste es. Ich weiß nicht einmal, warum ich es gern wüsste. Es ist ja nicht so, als würde das irgendetwas ändern. Jedenfalls nichts von Bedeutung. Es hätte weder die Position der Leitplanke geändert noch Freya daran gehindert, mit dem Auto die Böschung hinunterzustürzen. Es würde sie weder zurückbringen noch die Tatsache ändern, dass meine verwaiste Teenie-Nichte, die vor zwei Monaten aus dem Haus meiner Eltern ausgebüxt ist, jetzt auf meinem Rücksitz sitzt – zu Recht wütend auf die Welt und zu Recht ebenso wütend auf mich.

Ich gebe mein Bestes, um meine Gedanken unter Kontrolle zu halten, und versuche, mich an dem Goldgrün der Landschaft um mich herum zu erfreuen, während ich über diese Restaurantmission nachdenke, auf die ich geschickt wurde.

Heißt es nicht immer, aller guten Dinge sind drei? Warum sind es bei mir dann nur die *schlechten?* An dieser Redensart scheint auf jeden Fall etwas dran zu sein. Vor drei Monaten wurde ich gefeuert. Vor zwei Monaten stand Indy vor meiner Haustür, und vor einem Monat fand ich drei Leute in meinem Wohnzimmer vor, als ich von meiner täglichen Selbstbemitleidungstour durch den Central Park nach Hause kam …

Als Erstes erblickte ich das Gesicht meiner ehemaligen Chefin, das mich mit geradezu irritierender Sanftheit anschaute. Carlie Visconti ist die strenge, furchteinflößende Matriarchin einer halb französischen, halb italienischen Familie von Gastronomen, von denen viele als kulinarische Hoheiten gelten – und sie schaute mich mit unverhohlener Sorge an, ungeachtet der Tatsache, dass ich ihr Restaurant einen seiner Sterne gekostet hatte.

An ihrer Seite saß mein ehemaliger Souschef und frisch beförderter Küchenchef Archer. »Chef«, begrüßte er mich mit einem Nicken.

Den beiden gegenüber hockte Indy auf einem Stuhl und blickte mürrisch drein.

»Ich bin nicht hier, um über die Kritik, den Stern oder irgendetwas dergleichen zu sprechen«, verkündete Carlie sofort.

»Also, warum –«

»Aber du hättest es besser wissen müssen, als dir die Worte dieses Mistkerls zu Herzen zu nehmen, Fisher«, fügte sie hinzu, wobei sich ihre Frustration sowohl in ihrem Gesicht als auch in ihrem Tonfall widerspiegelte. All das hatte sie mir schon hundertmal gesagt. Das Gleiche hatte ich mir auch gesagt. »Roth ist ein mieses Arschloch. Er ist gut darin, beiläufig irgendwelchen dramatischen, negativen Scheiß zu schreiben, weil sich das eben gut verkauft. Aber trotz all seiner Beschwerden hat er es geschafft, dein Talent anzuerkennen und zwischendrin sogar zu erwähnen.«

»Ich dachte, du wolltest nicht darüber reden?«, entgegnete ich bleiern.

»Will ich ja auch gar nicht.«

Ich gestikulierte wild durchs Zimmer. »Aber warum sind wir dann alle hier, Carl?«

»Weil deine Mom mich angerufen hat.«

»*Um Gottes willen.*« Ich stöhnte, stieß ein tiefes Lachen aus und warf meinen Schlüsselbund auf die nächste Ablage. »Ich bin einunddreißig, Carlie. Wieso ruft meine Mutter meine Chefin an?« Archer schien plötzlich sehr an seinen eigenen Schuhen interessiert.

»Ich sehe mich selbst eher als deine Partnerin statt als Chefin. Wir haben schließlich ein bisschen enger zusammengearbeitet, meinst du nicht auch?«, sagte sie, nicht ganz ohne Kummer in der Stimme. Ich schluckte, und mein Blick wanderte zu meinen Füßen. Ich konnte – und kann – mich nicht dazu durchringen, meinen Ausbruch zu bedauern, wegen dem ich gefeuert wurde, auch wenn die Konsequenzen meiner Taten bedauerlich waren. Richard Roth ist derjenige, der mich angesprochen hatte, während ich in Ruhe essen wollte, und der dachte, er könne darüber scherzen, wie er meine Karriere und die harte Arbeit meiner Mitarbeiter verunglimpft hatte. Die Torte in seinem Gesicht hatte er mehr als nur verdient.

Und ich schätze, ich hatte es verdient, dafür gefeuert zu werden.

»Es war offensichtlich, dass deine Mutter keine Ahnung hatte, dass du nicht mehr im Restaurant arbeitest, Fisher«, fuhr Carlie fort. »Du wirst es ihr früher oder später erzählen müssen.«

»Carlie«, setzte ich an, und der Schmerz in meiner Stimme ließ mich zusammenzucken. Ich hasse es, dass ich auch sie enttäuscht habe. Meine Arbeitskollegen waren quasi meine zweite Familie, bis *der Vorfall* Carlie die Hände gebunden hat. Es ist ja nicht so, als hätte sie mich unbedingt feuern wollen.

Immer, wenn meine Eltern und Indy über die Jahre hinweg bei mir zu Besuch waren, war die Teilnahme an Carlies Familienfeiern der perfekte Zeitvertreib. Zwischen ihr und Mom war eine Art Freundschaft entstanden, und es war immer schön zu sehen, wie gut sie sich verstanden. In diesem Moment waren meine Gefühle allerdings etwas gemischter.

»Da du das anscheinend nicht wahrhaben willst«, fuhr Carlie fort, »und du nicht mit den Menschen darüber reden möchtest, die sich um dich sorgen, sage ich es jetzt einfach mal ganz geradeheraus: Dir geht es nicht gut. Und Indy offensichtlich auch nicht.«

Indy stand empört auf. »Wieso werde ich da mitreingezogen?«

Ich schüttelte den Kopf und sah Carlie eindringlich an. »Lassen wir Indy aus der Sache raus«, sagte ich. Ich konnte vielleicht meinen eigenen Absturz sehr gut immer wieder Revue passieren lassen, aber zu diesem Zeitpunkt war es sicherlich nicht produktiv, Indys Probleme noch einmal durchzukauen. Sie war bereits zum dritten Mal in den letzten Jahren aus dem Haus meiner Eltern abgehauen, also wollte ich ihr ungern noch einen Grund geben, sich aus dem Staub zu machen. Carlie runzelte die Stirn, während sie sich mit der Hand über die weiße Strähne in ihrem Haar fuhr.

»Lass mich dich eines fragen«, begann sie nach einer kleinen Pause wieder. »Willst du es denn nicht zurück?«

Beinahe hätte ich mit Sarkasmus geantwortet. *»Was genau? Meine Würde, meinen Job, den verlorenen Stern oder mein Leben, wie ich es vorher kannte?«* Doch ich hielt mich zurück, weil ich wusste, was sie meinte. Alles zusammen.

»Natürlich will ich das«, antwortete ich heiser. Ich schleppte mich quer durchs Zimmer zum letzten noch freien Stuhl und ließ mich darauf sinken.

Sie stieß einen langen Seufzer aus und wechselte einen Blick mit Archer, bevor sie mit ihrer Präsentation begann und von einem ihrer Investitionsprojekte erzählte, das seit fast einem Jahr in Arbeit war: ein Restaurant an der Küste von Oregon. Es war mir peinlich, festzustellen, dass ich sowohl beruflich als auch privat zu verschlossen gewesen war, um ihr sonderlich viel Aufmerksamkeit zu schenken, wenn es nicht gerade um mich selbst ging – obwohl sie sich in den letzten zehn Jahren unermüdlich für mich eingesetzt hatte.

Sie erzählte mir, dass es bei fast jedem Schritt dieses Projekts zu Verzögerungen gekommen sei, dass die Stadt ihr Schwierigkeiten bereitet habe und dass sie Vertreter vor Ort brauche, um voranzukommen. Sie meinte, dass sie Frankie hinschicken würde, einen Bauunternehmer, mit dem wir schon bei anderen Projekten in New York zusammengearbeitet haben und der auch den Bau des *Marrow* beaufsichtigt hatte.

»Und wo komme ich ins Spiel?«, fragte ich zweifelnd. »Und Archer?«

Archer räusperte sich. »Ich will diesen Job«, sagte er. »Ich möchte als Chef de Cuisine anfangen, wenn alles fertig ist. Spunes ist für mich nicht allzu weit von zu Hause entfernt.«

Es überrascht mich immer wieder, dass Menschen den Ort, an dem sie aufgewachsen sind, automatisch als »zu Hause« bezeichnen.

»Aber ich brauche dich, Archer, vorerst hier«, warf Carlie ein. »Sonst hätte ich überhaupt keinen Küchenchef mehr. Und dich, Fisher, kann ich noch nicht zurückholen, zumindest nicht, bevor sich die Lage nicht etwas beruhigt hat.«

Ich verhinderte mit Mühe ein Zusammenzucken. Und wartete, bis sie mit ihren Erklärungen fertig waren.

»Hilf mir mit dem *Starhopper*«, sagte Carlie. »Denk dir eine Speisekarte aus wie damals, als wir das *Marrow* eröffnet haben.

Finde heraus, was diese Gegend braucht, was die Leute wollen, was für das Gesamterlebnis am besten funktioniert. Du weißt schon, all dieses kreative, atmosphärische Zeugs, das du so gut draufhast.« Sie beugte sich vor und starrte mich eindringlich an. »Zeig mir, dass du bei klarem Verstand bist, und ich hole dich hierher zurück – zurück ins *Marrow*, wenn alles so weit erledigt ist. Und es ist mir egal, ob ich dafür Ärger bekomme, wir werden zusammenarbeiten und erobern uns diesen Stern zurück. Meinetwegen sogar noch einen, wenn du willst.«

Es war, als würde jemand Benzin ins Feuer gießen – dieses Gefühl, das in meinem Innern entflammte. Der Gedanke an ein Comeback war etwas, das ich mir zum Ziel setzen konnte, und sei es nur aus Stolz oder Eitelkeit.

Indy ließ von ihrem Platz rechts neben mir ein Schnauben hören und sah von ihrem Handy auf. »Das heißt also, ich habe gerade eine beschissene Stadt hinter mir gelassen, und du willst mich gleich in eine andere verfrachten?« Darauf folgte ein »Auch egal«, bevor sie aufstand und die Tür zum Gästezimmer hinter sich zuschlug.

»Ich gebe mir alle Mühe, Carl«, erklärte ich angesichts Carlies besorgtem Blick. Dabei fühlte ich mich, als müsse ich durch einen Strohhalm atmen und gleichzeitig die ganze Zeit bergauf laufen. »Ich weiß nicht, warum sie hier ist und ausgerechnet bei mir leben will, aber das tut sie nun mal, deshalb … ich gebe mir mit ihr Mühe, wirklich.« Ich zuckte mit den Schultern.

»Ist doch offensichtlich«, warf Archer ein und erntete dafür einen scharfen Blick von Carlie und mir. »Ich meine, du bist eine Legende. Das weißt du doch. Und sie hat gesehen, wie *du* es hier zu etwas gebracht hast, oder?«, fuhr er fort. »Du bist wahrscheinlich so eine Art Held für sie.«

Diese Aussage fand ich lächerlich, und Indy würde das sicher auch so sehen. Vielleicht traf es zum Teil auf die alten Versionen unserer selbst zu, aber inzwischen längst nicht mehr.

Ich verstehe zumindest, warum sie von zu Hause wegwollte, und kann nur vermuten, dass sie so verzweifelt war, dass sie einfach zu mir geflohen ist. Jedenfalls kann ich mir vorstellen, dass diese *beschissene Stadt* in Nebraska ohne Freya nicht den geringsten Reiz hat.

»Und es macht dir nichts aus, bei dieser ganzen Planung nicht selbst Hand anlegen zu können?«, fragte ich Archer. Wir beide stehen uns so nahe, wie ich mit allen anderen auch, und das heißt im Prinzip: nicht besonders nahe. Der Kerl ist allerdings ein toller Koch und verdient definitiv seine eigene Küche.

»Ich will einfach nur kochen, Chef. Du kennst mich doch«, erwiderte er lässig. »Wenn ich erst mal da bin, kann ich machen, was ich will, aber ich vertraue darauf, dass du bis dahin alles gut in die Wege geleitet hast«, fügte er mit einem frechen Grinsen hinzu. *Na prima*, dachte ich. Um einen Laden erfolgreich zu führen, braucht man ein gesundes Ego.

Carlie stand auf und hängte sich ihre Handtasche über die Schulter. »Du kannst es dir ja überlegen, aber ich bin überzeugt, dass das gut wäre, Fisher. Es wäre gut für dich und für Indy, als eine Art Neuanfang.«

Ein Neuanfang.

Die Vorstellung, wieder über Rezepte nachzudenken, erfüllt mich immer noch mit spürbarer Angst, gefolgt von Selbstekel. Ich habe diese Sache, die ich nicht abschütteln oder benennen kann, so satt. Aber da jetzt das Wohlergehen eines anderen Menschen von meinem eigenen beeinflusst werden könnte und da bislang nichts anderes funktioniert hatte, wusste ich einfach, dass ich zustimmen musste.

»Bis Ende des Sommers müsste ich zurück sein!«, rief ich meinen sich entfernenden Gästen hinterher. »Damit Indy im Herbst hier zur Schule gehen kann.«

Später habe ich mich bei Carlie für ihr unermüdliches Vertrauen in mich bedankt, genauso wie dafür, mir überhaupt eine zweite Chance geben zu wollen. Sie empfahl mir eine Therapeutin, mit der Indy und ich wöchentliche Videokonferenzen abhielten, und seitdem habe ich mein Bestes getan, uns wieder auf die Beine zu helfen.

Die Minuten und Meilen ziehen sich hin, untermalt von den sanften Geräuschen des Trucks und irgendwann von Indys leisem Schnarchen.

Es ist genau Mitternacht, als die Scheinwerfer das Willkommensschild der Stadt erhellen:

SPUNES, OREGON

(Nicht zu verwechseln mit Forks, Washington)

Ich bin sehr dankbar, dass Indy nicht wach ist, um sich darüber lustig zu machen.

Als wir am Ferienhaus ankommen, steht der Mond hoch am nebligen blauschwarzen Himmel, und ich bin zu erschöpft, um noch irgendetwas anderes auszupacken als mich selbst oder um irgendetwas vom Interieur unserer Unterkunft in Augenschein zu nehmen. Schlaftrunken rufe ich den Code für die Schlüssel-Kassette auf dem Handy auf und öffne die Tür. Dann schlurfen Indy und ich die Treppe zu den ersten Schlafzimmern hinauf, die wir finden. Ihre Tür schlägt zu, ich ziehe meine Schuhe aus und lasse mich ins Bett fallen.

KAPITEL 3

Fisher

»Fisher!«

Ich wehre mich händewedelnd gegen das Zischen in meinem Ohr und versuche, mich wieder in meinem Kissen zu vergraben.

»Fisher, wach auf, *bitte!*«

Als ich in dem schwach beleuchteten Raum das Gesicht meiner Nichte erkenne, komme ich allmählich zu Bewusstsein. »Was ist los?« Das Leuchten eines Monitors in der Ecke erhellt die Todesangst in ihren Augen, und ich versuche, den Nebel in meinem Kopf abzuschütteln. »Indy, was ist?«

»Irgendwas ist im Haus«, flüstert sie. Sie ist völlig verängstigt, ihre Stimme zittert.

Ein dumpfer Schlag und ein Knall ertönen von unten, gefolgt von einem tiefen, rauen Knurren.

»Meinst du, das ist ein Bär?« Ihre Panik befeuert sofort meine eigene, denn woher zum Teufel soll ich das wissen? Dieses Ferienhaus liegt zwar etwas oberhalb dieser ohnehin schon sehr kleinen Stadt, aber trotzdem hätte ich nicht damit gerechnet, dass irgendwelche Bären ausgerechnet hier in Häuser einbrechen. Wo ich herkomme, sind Menschen die einzigen wirklichen Raubtiere.

Scheiße. Ich kenne mich weder in diesem Haus noch mit Wildtieren aus. Ich habe mich noch nicht mal ausgezogen, bevor ich diese Nacht in einen traumlosen Schlaf gefallen bin.

Wieder Geräusche. Eine Art dumpfes Zischen.

Mein Herz fängt an zu rasen, das Blut rauscht in meinen Ohren, als ich aus dem Bett gleite und mich nach etwas umsehe, das vage an eine Waffe erinnert.

Indy vergräbt ihre Fingernägel in meinen Arm.

»O Gott, war das eine *Stimme?*«, fiepst sie.

Verdammt, ich weiß es doch auch nicht, würde ich am liebsten schreien. Es könnte eine gewesen sein! Mein Verstand versucht immer noch, die Situation zu verarbeiten. Etwas oder jemand ist in diesem Haus. Indy ist zu Tode verängstigt. Sie weiß – wir *beide* wissen aus Erfahrung –, dass manchmal schlimmer und willkürlicher Scheiß passieren kann. Und es ist jetzt meine Aufgabe, ihr zu beweisen, dass alles gut wird, dass sie mir vertrauen kann, wenn es darum geht, Dinge in Ordnung zu bringen. Für unsere Sicherheit zu sorgen. Ich greife nach meinem Handy auf dem Nachttisch und wähle den Notruf. Eine unheimliche Ruhe durchströmt mich, während ich die Fakten wohlüberlegt vortrage.

»Bleib hier«, sage ich zu Indy, als ich aufgelegt habe. Sie nickt zitternd.

Ich schleiche so leise wie möglich durch die anderen Zimmer im Obergeschoss, bis ich auf einen alten, hölzernen Baseballschläger stoße. Im Vergleich zu einer zusammengerollten Yogamatte muss er genügen.

Das Klappern wird immer lauter, so als würde das Was-auch-immer alles durchwühlen und nach etwas suchen. Mein Gott, ich weiß zwar, dass Hauseinbrüche vorkommen, aber ob hier schon jemals etwas dergleichen passiert ist? Und natürlich muss das nur wenige Stunden nach unserer Ankunft geschehen.

Die Rädchen in meinem Kopf fühlen sich an, als würden sie sich durch Wackelpudding arbeiten. *Mensch, jetzt denk doch nicht an Wackelpudding.* Ich schüttle mich kurz, um den Gedanken loszuwerden. *Wackelpudding erinnert dich an die Beerdigung. An dieses gallertartige Ding in Form eines Gugelhupfs und das blasse Gesicht deines ehemaligen Schulleiters, der dich fragt, ob du das Essen an diesem Tag zubereitet hast.*

Schon wieder dieses Knurrgeräusch.

Das *kann* kein Mensch sein. Es muss sich um irgendein Tier handeln, das die Vorratskammer durchwühlt. Die Geräusche, die es von sich gibt, klingen irgendwie … rhythmisch? Ich sollte runterstürmen, genug Lärm veranstalten und es verscheuchen, bevor es noch dreister wird und sich auf den Weg die Treppe hoch macht. Vielleicht … vielleicht ist es ja nur ein Waschbär oder ein Opossum und nichts sonderlich Großes und/oder Todbringendes. Verdammt, ich darf nicht länger nachdenken. Ich muss meinen Mann stehen und mich darum kümmern.

Sei laut. Mach dich groß. Es hat mehr Angst vor dir als du vor ihm, jawohl!

Ich werfe Indy, deren Wangen vor Tränen schimmern, noch einen Blick zu und gebe mir einen entschlossenen Ruck. Dann trete ich vom Treppenabsatz auf die oberste Stufe, und die Holztreppe knarzt unter mir. Ein weiteres Donnern und weitere Schleifgeräusche ertönen aus dem Erdgeschoss.

Ich komme mir vor wie in einem Horrorfilm, in dem irgendein Idiot auf Zehenspitzen einen dunklen, gruseligen Flur entlangschleicht, während hinter der nächsten Ecke ein Monster lauert.

Sei laut. Mach dich groß. Es hat mehr Angst vor dir als du vor ihm!, feuere ich mich erneut in Gedanken an.

Das Ganze könnte eine Chance für Indy und mich sein – indem ich ihr beweise, dass wir auch schwierige Situationen zusammen durchstehen. Dass das alles hier verdammt noch mal beängstigend ist, aber dass wir selbst Ungewohntes und Beängstigendes zusammen bewältigen können und es uns gutgehen wird.

Sei laut. Mach dich groß. Es hat mehr Angst vor dir als du vor ihm. Ich werde ihr beweisen, dass sie auf mich zählen kann. Dass ich, obwohl sie ihrer Mutter beraubt wurde und ich bislang ein bestenfalls mittelmäßiger Onkel war, entschlossen und gewillt bin, sie im Hier und Jetzt zu beschützen.

Ich hole tief Luft und springe die letzten Stufen hinunter. Mit einem kräftigen Brüllen und erhobenem Schläger stürze ich in die Küche.

Mein Kriegsgeschrei stirbt einen schnellen, kläglichen Tod. Sämtliche Energie verlässt den Raum.

Es dauert einen Moment, bis ich die Szene verarbeiten kann. Das unbekannte Etwas hängt halb in einer Art Schürze und halb in einer Plastiktüte. Es dröhnt und prallt gegen eine Palette Limo, die auf dem Boden der Speisekammer steht, bevor es versucht, sich umzudrehen, ein Surren von sich gibt und gegen den Türrahmen knallt. Es dreht sich erneut in die falsche Richtung und stößt gegen weitere Kisten, die es vermutlich auf seiner Futtersuche umgestoßen hat.

»*Fisher?* Fisher, was ist es denn?«, kreischt Indy.

Ein neuer Tiefpunkt, so viel steht fest.

»Komm mal gucken!«, rufe ich zurück, weil hierfür keinerlei Erklärung ausgereicht hätte. Das muss man definitiv selbst gesehen haben, um es zu glauben. Dann fällt mir ein, dass ich bereits die Notrufzentrale alarmiert habe. »*Scheiße.* Und bring mein Handy bitte mit!«

Indy kommt auf wackeligen Beinen die Treppe herunter und reicht mir mein Handy, bevor sie ebenfalls das Ding anstarrt. Sie stöhnt laut auf, ballt die Fäuste und schaut theatralisch zur Decke hoch. »Wer zum Geier lässt bitte seinen Saugroboter um vier Uhr morgens durch die Bude fahren?«

Ich schüttle wortlos und irritiert vor Scham den Kopf, bevor ich mich noch einmal bei der Notrufzentrale melde.

»911, wie lautet Ihr Notfall?«

»Hallo, ähm, ich habe eben angerufen und ein Tier oder einen Einbrecher im Haus gemeldet. Wie sich herausgestellt hat, habe ich etwas überreagiert«, sage ich. »Es ist keins von beiden.« Ich versuche zu lachen und fluche im nächsten Moment still in mich hinein, als ich das Blaulicht draußen sehe. Ich möchte heulen. Mit den Füßen stampfen. Auf irgendetwas einschlagen.

»Schon gut, Ihre Kollegen sind gerade angekommen.« Ich lege auf und flitze zur Haustür.

Abgesehen vom Verandalicht ist es noch dunkel draußen, aber ich kann einen Polizisten erkennen, der aus seinem Streifenwagen steigt. Dahinter kommt mit heulenden Sirenen ein Feuerwehrauto angefahren. Ich unterdrücke erneut den Drang, laut aufzustöhnen.

»Es tut mir sehr leid, Officer.« Ich halte demonstrativ die Hände hoch, bevor ich nach draußen auf die Veranda gehe, um alles so schnell wie möglich herunterzurasseln. »Hören Sie, hier ist alles in Ordnung. Es gab nur einen kleinen Irrtum, tut mir leid. Ich werde den Sommer über in diesem Haus wohnen und bin gestern Nacht erst sehr spät angekommen. Ich glaube, die Besitzer haben ihren Staubsaugerroboter über eine Zeitschaltuhr auf vier Uhr morgens eingestellt, und ich schwöre bei Gott, das Ding hört sich von Weitem an wie ein wildes Tier. Bitte verzeihen Sie, dass ich Sie gestört habe –«

Der Polizist tritt ins Licht und neigt den Kopf. »Ich müsste mich trotzdem einmal umsehen, Sir. So lauten die Vorschriften.«

Er stellt sich breitbeinig vor mich und legt die Hände aufs Holster. Seine Augen verengen sich, während er mich von Kopf bis Fuß mustert, als würde er überlegen, wie er mich wohl am besten überrumpeln könnte. Ich zwinge mich, nicht die Augen zu verdrehen. Ich bin knapp zwei Meter groß und locker zwanzig Kilo schwerer als er, aber nichtsdestotrotz bin ich im Moment absolut keine Bedrohung – immerhin erhole ich mich gerade von einem Panikanfall aufgrund eines Saugroboters.

»Wirklich, Sir, es ist alles in Ordnung«, wiederhole ich gerade, als Indy durch die Tür hinter mir kommt.

»Er sagt die Wahrheit, Officer«, bestätigt sie. »Die Hausbesitzer haben ihren Staubsauger auf eine völlig dämliche Uhrzeit eingestellt«, fügt sie hinzu. Ihr Tonfall ist schneidend und mürrisch zugleich, wie es nur ein Teenager zustande bringt. Mein Kopf schnellt in ihre Richtung; diese kleine Solidaritätsbekundung überflutet mich mit neuer Hoffnung.

Der Polizist – Officer Carver, wie auf seiner Uniform zu lesen ist – stutzt merklich, als er sieht, was sich angesichts von Indys Bestätigung auf meinem Gesicht abspielt. Mein hoffnungsvolles Grinsen verlässt viel zu langsam meine Lippen.

»Ist das für Sie etwa ein *Witz?*«, fragt er mich.

Ich wedle entschuldigend mit den Händen. »Nein, nein. Es tut mir leid.«

»Denn die Sache ist die, *Sir*«, sagt er spöttisch. »Sie könnten genauso gut *gezwungen* werden zu sagen, dass alles in Ordnung ist. Es könnte sich hier auch um eine Geiselnahme handeln. Deshalb muss ich mich ein wenig umsehen.«

Indy lacht nur kurz auf, doch ich stupse sie mit der Schulter an. »Natürlich, ja. Selbstverständlich.« Ich fahre mir erschöpft mit der Hand durchs Gesicht.

»Was ist hier los?«, fragt ein Feuerwehrmann, der gerade die Veranda betritt.

»Angeblich ein tollwütiger Staubsauger«, antwortet Officer Carver langsam. Ich beiße die Zähne zusammen. Ich will diese Sache hier endlich hinter mich bringen, damit ich in aller Ruhe in irgendeiner Ecke verrotten kann.

Nun kommt ein weiterer Mann auf die Veranda, und ich spüre geradezu, wie sie mich allesamt verurteilen. Der letzte Feuerwehrmann, der sich dieser vermeintlichen Rettungstruppe anschließt, sieht mich spöttisch an, bevor er den Griff um seine Axt verstärkt, vollends bereit, mich vor meinem robotischen Widersacher zu retten.

Vielleicht könnte ich einfach in die dunkle Nacht hinausspazieren und mich unter die Reifen des Feuerwehrtrucks legen, bis sie wegfahren. Sollen sie es ruhig für mich beenden.

Stattdessen bedeute ich allen Anwesenden, hereinzukommen.

KAPITEL 4

Fisher

Officer Carver nimmt zunächst Indy beiseite, um ihr einige Fragen zu stellen, während einer der Feuerwehrmänner sich mir zuwendet.

»Wie lautet Ihr Name?«, fragt er und blickt mich unnachgiebig an.

»Fisher«, antworte ich und verstehe immer noch nicht, warum das alles so ausarten muss.

»Fisher, und weiter?«

»Fisher Lange.«

Sie überprüfen meinen Ausweis und vergewissern sich, dass ich Indys gesetzlicher Vormund bin. Dann stellen sie ein paar flüchtige Fragen, wie es dazu gekommen ist.

»Hier steht, dass die Vormundschaft vor drei Jahren in Kraft getreten ist«, fragt einer.

»Äh, ja«, würge ich hervor. Ich werfe einen verstohlenen Blick auf Indy im Nebenzimmer, in der Hoffnung, dass sie es nicht gehört hat.

Ich erwarte eigentlich, dass sie sich verabschieden und gehen, sobald sie mir meine Papiere zurückgegeben haben, aber stattdessen scheinen sie es sich geradezu bei uns gemütlich zu machen.

»Was machen Sie beruflich?«, fragt der zweite Feuerwehrmann, der gerade aus der Küche wieder zu uns stößt.

Mit einem Mal beschleicht mich der Verdacht, dass dieser Teil der Befragung nichts mehr mit unserem ursprünglichen Notfall zu tun hat. Und wenn ich es mir recht überlege, warum fragen mich diese Typen überhaupt irgendetwas? Ich bin zwar kein

Experte, aber ich glaube nicht, dass das Teil ihrer Stellenbeschreibung ist. Aber gleichzeitig bin ich tierisch erschöpft, und es ist klar, dass ich mitarbeiten muss, wenn ich möchte, dass sie so schnell wie möglich wieder verschwinden. Obwohl die Frage komplizierter ist, als er denkt, antworte ich: »Ich bin Koch.«

»Hm«, murmelt der eine. »Bei den Ohrringen hätte ich auf Yogalehrer getippt.«

Der Erste dreht sich ihm tadelnd zu. »Das klingt aber abwertend, Silas. Vielleicht braut er ja sein eigenes Patschuli-Parfüm oder bastelt nebenbei noch Hanfschmuck.« Er wendet sich wieder mir zu, bevor er auf seinen Notizblock blickt. »Tut mir leid, beachten Sie meinen Bruder gar nicht. Wo kochen Sie denn?« Mir fällt auf, dass auf ihren beiden Uniformen der Name ›Byrd‹ prangt. Der, der zuletzt gesprochen hat, scheint älter zu sein, sein Haar ist an den Schläfen leicht ergraut.

»Ähm, nirgendwo. Zumindest derzeit nicht«, antworte ich und ignoriere den kleinen Stich in meinem Innern.

»Sie arbeiten also nicht wirklich als Koch«, sagt der Ältere zweifelnd. Sein Blick bleibt auf seinen Notizen haften.

»Doch, tu ich, ich bin bloß –«

»Was führt Sie nach Spunes?«

»Ich soll hier als Berater fungieren.«

»Das klingt nach einem Fake-Job«, entfährt es dem Jüngeren, Silas.

»Warum kochen Sie denn nicht, wenn Sie doch ein Koch sind?«, meldet sich jetzt Officer Carver zu Wort, der mit Indy fertig zu sein scheint, aber offenbar mit seinem Verhör nicht zufrieden ist.

»Weil ich beratend tätig bin.« Und das ist eine lange Geschichte, die ich lieber meiner Therapeutin erzähle, du Blödmann.

»In Bezug worauf?«, fragt einer der Brüder.

Ich starre die drei fremden Männer vor mir, die sich wie schlechte Gossip-Girl-Imitatoren in meine Angelegenheiten einmischen wollen, stirnrunzelnd an. »Hören Sie, ist irgendetwas davon relevant für Ihren – was weiß ich – *Vorfallsbericht* oder was auch immer Sie anfertigen, damit wir hier fertig sind?«

Sie tauschen Blicke, bevor der Polizist sich wieder mir zuwendet. Mir entgeht allerdings nicht, wie sich die Augen der Brüder verengen, als er sich umdreht. Interessant.

Carver lässt einen Seufzer hören. »Es ist eindeutig, dass Sie eher ans Großstadtleben gewöhnt sind, darum ist dieses Konzept für Sie vielleicht nicht ganz nachvollziehbar – aber es ist eine Verschwendung der ohnehin schon bescheidenen Ressourcen unseres Ortes, ganz zu schweigen von unserer Zeit, wenn wir mitten in der Nacht unsere Ärsche wegen eines Staubsaugers hierher bewegen müssen«, sagt er.

Der ältere der Byrd-Brüder wedelt mit der Hand. »Missverständnisse kommen vor, aber er hat schon irgendwie recht. Haben Sie nicht etwas bei sich, womit Sie sich …«, er zuckt mit den Schultern, »etwas beschützter fühlen? Oder vielleicht ein bisschen weniger nervös?« Immerhin hat er den Anstand, so zu tun, als wolle er es nicht aussprechen, im Gegensatz zu diesem Polizisten, der sich geradezu an meiner Erniedrigung zu ergötzen scheint.

Bevor ich antworten kann, öffnet sich die Seitentür zur Küche mit einem Schlag, und eine Frau kommt herein.

Sie trägt einen glänzenden Bademantel mit Kuhmuster. Vorn ist er ziemlich kurz, hinten etwas länger und mit der Art von Flausch verziert, aus dem diese Boa-Dinger für Junggesellinnenabschiede oder Elton-John-Konzerte gemacht werden. Er weht um sie herum, als sie in großen grünen Regenstiefeln in den Raum stapft und allen anderen einen strengen Blick zuwirft.

»Was zum Kuckuck machst du denn hier?«, beschwert sich der jüngere Byrd.

»Das hier könnte ein aktiver Tatort sein!«, fügt der ältere mit einem erschöpften Seufzer hinzu.

Die Frau verdreht die Augen. »Es war ziemlich klar, dass es sich hierbei nicht um einen Tatort handelt – ich habe durchs Fenster gesehen, wie Silas irgendwelche Snacks gefuttert hat«, sagt sie mit fester Stimme. Der jüngere Byrd-Bruder wirft mir einen schuldbewussten Blick zu.

»Außerdem«, fährt sie fort, »seid ihr zwei diejenigen, die in meine Zufahrt gepoltert sind, weshalb jetzt all meine Tiere früh wach sind. Und zu allem Überfluss ist auch noch Leggieless verschwunden.«

Sie zeigt mit dem Finger abwechselnd auf die beiden Byrds, bevor sie mich mit ihren grauen Augen ansieht. »Ich hoffe, es stört Sie nicht, dass ich hier einfach so hereinplatze. Ich wusste, dass meine idiotischen Brüder heute Nachtschicht haben, und als ich sie durchs Fenster gesehen habe, dachte ich mir schon, dass sie es sich hier bequem machen würden. Sie sind berühmt-berüchtigt dafür, anderer Leute Gastfreundschaft überzustrapazieren.«

Sie ist sonnengebräunt wie ihre Brüder, und ihr Haar ist irgendetwas zwischen braun und blond und irgendetwas zwischen gewellt und glatt. Sommersprossen zieren ihr Gesicht und ihre Oberschenkel.

»Sie haben aber trotzdem recht, Sagey«, entgegnet Carver. Die Weise, auf die sich sein Tonfall verändert, sobald er mit ihr spricht, erinnert mich an Luftballons, die aneinander reiben, und ich hasse es sofort. »Du solltest hier nicht einfach so hereinplatzen. Du konntest nicht wissen, ob es sicher ist oder nicht.« Beide Byrd-Brüder drehen sich rasch zu ihm um. »Halt die Klappe, Ian«, sagen sie gleichzeitig, und ihre Stimmen triefen vor Gehässigkeit.

Aha. Ein Teil des Puzzles legt sich an den passenden Platz, und ich bin seltsam erleichtert, dass mein Instinkt angesichts dieser Dynamik richtig gewesen zu sein scheint; auch wenn jeder andere meiner Instinkte zuletzt eine monumentale Enttäuschung war.

Mir entfährt ein Lachen, bevor ich mich zügeln kann. Blitzschnell stürzen sich alle drei Männer auf mich.

»Er ist derjenige, der sich einen Telefonstreich erlaubt hat!«, nörgelt Ian.

»Das war kein Telefonstreich! Ich dachte, wir …« Es klingt hirnlos und vor einer neuen, uneingeweihten Person noch peinlicher. »Ich dachte, es gäbe hier einen Eindringling.« Doch in Wahrheit bin ich der Eindringling, nicht wahr? Ich werfe einen Blick aus dem Fenster und sehe, dass langsam die Sonne aufgeht und den Morgenhimmel rosa färbt. Aus irgendeinem Grund suche ich als Nächstes den Blick der Frau, die mich mit einer Mischung aus Sympathie und Misstrauen ansieht. Sie wendet sich wieder den anderen dreien zu.

»Also, es ist klar, dass es kein Scherzanruf war«, erklärt sie und schaut zwischen ihnen hin und her. »Wenn eine Frau angerufen hätte, würdet ihr dann auch so um sie herumschleichen und sie belehren?« Die Männer antworten mit Schweigen. »Dacht ich's mir doch. Und jetzt verschwindet. Und haltet Ausschau nach meinem Kater.«

Ein leises Grummeln ist zu hören, als sie sich auf den Weg zur Tür machen. Ich schnappe mir einen Keks aus Silas' schmierigen Pranken, als er an mir vorbeigeht, doch er klaut ihn sich sofort zurück.

Die Byrds umarmen ihre Schwester auf dem Weg nach draußen, aber Ian verharrt noch einen Moment lang ein paar Meter entfernt. Sie steht steif da, weicht nur mit dem Oberkörper zurück.

»Brauchst du Hilfe bei der Suche nach ihm?«, fragt er leise. Es liegt eine Vertrautheit in seinem Ton, die sie noch mehr versteifen lässt.

»Nö«, antwortet sie schmallippig.

»Dann komm, ich bringe dich wieder rüber.«

Sie reckt ein wenig das Kinn, bevor sie den Kopf schüttelt. »Geh einfach, Ian«, sagt sie.

Der Polizist dreht sich um und wirft mir einen steinernen Blick zu, den ich nicht entschlüsseln kann. Ich bin immer noch zu gedemütigt, um mehr als gequält zurückzugucken.

Als alle Männer weg sind und die Autos draußen zu dröhnen anfangen, sehe ich mich um und stelle fest, dass ich mit dieser Sage allein bin.

»Scheiße, wo ist Indy?«, murmele ich. »Indy?«, rufe ich die Treppe hoch.

»Das ist eigentlich der Grund, weshalb ich hier bin«, sagt Sage und verzieht das Gesicht. »Also, das mit meinem Kater stimmt natürlich auch, aber ich habe eine Ahnung, wo er stecken könnte. Allerdings … Ich habe gesehen, wie Ihre Tochter aus dem Fenster im Obergeschoss am Spalier heruntergeklettert ist, bevor sie sich ein Fahrrad von Ihrem Truck geschnappt hat und abgehauen ist.« Es scheint ihr unangenehm zu sein, das zu erzählen – als wolle sie Indy nicht verraten, und aus irgendeinem Grund habe ich umso mehr Respekt davor, dass sie es mir gesagt hat.

»Scheiße«, fluche ich und schließe die Augen.

»Nein, nein, es ist alles in Ordnung«, beruhigt sie mich. »Ich bin hergerannt und habe sie abgelenkt. Sie sitzt auf der Veranda.«

Mein Herz quillt über vor Erleichterung. »Moment. Wie haben Sie sie denn abgelenkt?«

»Hab ihr meine Gans gegeben.« Das sagt sie, als wäre das auch nur annähernd eine normale Erklärung. »Und dann habe ich Sie durchs Fenster entdeckt, und Sie sahen ein bisschen so aus, als hätten Sie gerade den längsten Tag Ihres Lebens hinter sich, obwohl er gerade erst angefangen hat – also dachte ich mir, ich helfe besser nach, dass sich die Gesellschaft langsam auflöst.« Sie rümpft leicht die Nase. »Die Leute hier können echt aufdringlich sein.«

»Ah, ja, das typische Willkommen in einer Kleinstadt, durch das man seine Nachbarn ausspioniert.« Eigentlich will ich neckischlocker klingen, doch stattdessen höre ich mich eher verärgert an – als wäre ich zwischenmenschlich total eingerostet.

Sie schürzt die Lippen und zieht eine Augenbraue hoch. »Wenn Ihr Haus das einzige im Umkreis von mehreren Kilometern ist und Sie von Sirenen geweckt werden, würden Sie dann etwa nicht nachsehen, was los ist?«, fragt sie und zuckt lächelnd mit den Schultern. »Und nur fürs Protokoll, das ist kein Kleinstadt-Ding. Das sollte überall so sein.«

Das stimmt allerdings. »*Touché.* Tut mir leid.« Ich gehe ein paar Schritte und schaue aus dem Fenster. Indy steht am hinteren Ende der Veranda und beäugt stirnrunzelnd den dicken, weißen Vogel auf ihrem Arm. Er zupft mit dem Schnabel an ihrem Haar und gibt ein tiefes Tröten von sich, das sie zusammenzucken lässt. »Sie haut öfter ab«, gestehe ich. »Das ist sowas wie … *ihr* Ding.«

Ich finde, ich schulde der Frau ein Quidproquo. Eine gewisse Verwundbarkeit im Gegenzug dafür, dass sie versucht hat, mir eine noch größere Blamage zu ersparen. Ich atme tief aus und kratze mich am Kinn. »Hoffentlich muss ich diesen Sommer nicht ständig die Power Rangers rufen, damit sie mir helfen, sie zu finden.« Ich versuche zu lächeln. Zumindest ein Mundwinkel hebt sich leicht.

Sie nickt nur, bevor sie eine Hand ausstreckt. »Sage Byrd«, sagt sie. Ich sehe sie einen Moment an, bevor mir klar wird, dass wir uns nicht offiziell vorgestellt wurden. Lila Nagellack ziert ihre Nägel, und sie trägt Ringe an jedem Finger.

»Ah – Sage, wie Salbei. Steht das nicht für Weisheit?«, erwidere ich und ärgere mich im selben Moment über meine Worte. »Ich heiße Fisher«, füge ich rasch hinzu und schüttele ihr die Hand. Meine Schwielen streifen die ihren. Verglichen mit meiner ist ihre Handfläche winzig klein, aber ihr Griff ist überraschend stark.

»Wenn es dich beruhigt – hier kann man eigentlich kaum Ärger bekommen. Zumindest nicht, wenn man es nicht darauf anlegt«, sagt sie und zuckt mit den Schultern. »Und ich kann dir zeigen, wie man das Spalier abmontiert, wenn du willst. Es ist an einem separaten Brett befestigt, weil die Andersens auch mal eine Tochter im Teenie-Alter hatten.« Ihr entfährt ein kurzes Lachen. »Aber wenn es dir nichts ausmacht, würde ich erst kurz nach meinem Kater suchen, ja?«

»J-ja, überhaupt kein Problem«, antworte ich, obwohl sie sich bereits in ihrem gefiederten Mantel an mir vorbeidrängt.

»Also«, setze ich zum Small Talk an, während ich ihr durch den Flur folge. Ich frage mich, ob ich klarstellen soll, dass Indy nur meine Nichte ist, oder ob ich ihr noch irgendetwas anderes sagen soll. Aber sie hat nicht gefragt, und das hier ist das erste halbwegs angenehme Gespräch seit so langer Zeit, dass ich beinahe ein wenig verzweifelt versuchen will, es am Laufen zu halten. Ich verspüre außerdem das seltsame Verlangen zu wissen, wie sich dieser Mantel anfühlt, was ich verwirrend und leicht irritierend finde. Aber immerhin bin ich es gewohnt, ständig mit den Händen zu arbeiten, etwas anzufassen. »Warum kommt dein Kater hierher? Und wo kommt er überhaupt rein?«, frage ich.

»Durch die Hundeklappe in der Waschküche.« Sie wirft einen Blick über ihre Schulter und grinst. »Und Nina, die Hausbesitzerin, stellt ihm immer Thunfisch hin. Ihre Katze ist vor ein paar Jahren gestorben, also habe ich ihr sozusagen das Sorgerecht überlassen.«

Sage öffnet die Tür zur vermutlichen Waschküche, geht in die Hocke und stößt einen Schrank auf. Und tatsächlich wird sie von einem hellen Maunzen begrüßt.

»Da bist du ja. Komm schon, alter Mann«, sagt sie sanft und hebt das graue Fellbündel an ihre Brust. Als sie sich mit dem Kater im Arm herumdreht, starren mich seine großen goldenen Augen unbeeindruckt an. *Geht mir genauso, Kumpel.* Er drückt seinen Kopf unter ihr Kinn und rollt sich zufrieden zusammen. »Für vierzehn Jahre ist er noch ziemlich gut in Form, oder?«, fragt Sage lächelnd.

Ich ertappe mich bei dem Versuch, ihr Lächeln zu erwidern, aber irgendetwas daran ist viel zu strahlend – es kommt mir vor, als könne ich es nicht einmal richtig ansehen. Meine Lippen zucken, bevor ich den Blick abwende. Ich strecke die Hand aus und wuschle dem Kater durchs Fell, damit ich mich auf etwas anderes konzentrieren kann, und plötzlich ergibt sein Name Sinn.

»Abgesehen von seinem fehlenden Bein schon, ja«, antworte ich, wobei mein Lächeln diesmal nicht ganz so gezwungen wirkt. »Cleverer Name.«

Unsere Blicke treffen sich erneut und bleiben einen Moment zu lange aneinander haften. Ich sollte meinen besser von ihr abwenden, aber es gibt so viel anzuschauen … So viel Widersprüchliches. Dieser wilde Bademantel und die mit Schlamm verschmierten Stiefel, die sonnengeküsste Haut, bedeckt von Sommersprossen, die an kleine Feuerwerkskörper erinnern. Ein voller, rosiger Mund in einem markanten Gesicht.

Der Augenblick zieht sich in die Länge, bevor wir uns endlich dazu durchringen, uns zu bewegen. Sie tritt auf mich zu und ich auf sie, und wir verstricken uns in einen seltsamen kleinen Tanz aus »Ups, sorry, ja, lass mich kurz, nur –«, bis ich sie regelrecht hochhebe und unsere Plätze tausche. Und obwohl die Berührung nur eine Sekunde dauert, fühlt sich ihr seidiger Mantel an meinen Fingerspitzen seltsam kühl an, so als hätte ich etwas Klammes berührt. Ich ertappe mich dabei, dass ich nach unten schauen und meine Finger inspizieren will.

»Also …«, sagt sie laut und versucht, die allgemeine Verlegenheit zu überspielen, als wir uns auf den Weg zurück in die Küche machen. »Ähm, ich würde empfehlen, dich mit dem Ort vertraut zu machen … Fang im *Magic Bean* und in *Savvys Bäckerei* an. Wenn du heute hingehst, kannst du den Earl Grey und die

Brombeertörtchen probieren. Die gibt es nur sonntags. Quasi die Religion unserer Stadt.«

Ich muss lachen, auch wenn mich ein kurzer Schmerz durchzuckt. Früher haben die Leute *mein* Essen angebetet. »Danke«, sage ich. Und obwohl sie mir keinen Anlass dazu gegeben hat, verspüre ich dennoch das Bedürfnis, meine Nichte zu verteidigen. »Indy ist … sie ist kein schlechter Mensch. Sie ist eben erst fünfzehn und musste in letzter Zeit große Veränderungen verkraften.«

Sage hebt die Schultern. »In dem Alter fühlt man sich wie ein Erwachsener, gefangen in einem Kinderkörper. Oder auch umgekehrt.« Sie hält inne und streichelt den Kater, während sie über ihre nächsten Worte nachzudenken scheint. »Mein Neffe ist sechzehn. Er absolviert den Sommer über zusätzliche Kurse, aber ich könnte ihn bitten, sie ein bisschen herumzuführen und ihr alles zu zeigen.«

Das ist so offen und freundlich, dass ich einen Moment brauche, um zu reagieren. »Indy geht hier auch zur Summer School«, sage ich dann. Das muss sie, sonst bleibt sie sitzen. Sie hat drei Monate die Schule geschwänzt, und das Bildungssystem lässt so etwas nicht durchgehen, selbst wenn man seine Mutter verloren hat.

»Umso besser. Sam könnte sie vielleicht fahren, wenn du willst. Also, wenn du damit einverstanden bist, versteht sich.« Sie zuckt mit den Achseln, und ihr Mund verzieht sich zu einem Lächeln. »Wenn es um Jugendliche geht, ist es am besten, immer auch ihre Freunde zu kennen. Ich unterrichte übrigens Sozialkunde an der Highschool.«

Ich muss schmunzeln. Noch so ein Widerspruch.

»Also keine reiche, dreifache Witwe?« Ich deute mit einem Nicken auf ihren Bademantel.

Ihre Augen blitzen auf, und ihr Lächeln wird noch breiter. »Noch nicht, aber hast du noch nie etwas von Manifestation gehört? Kleide dich für den Job, den du haben willst, und du bekommst ihn –

oder wie heißt es so schön?«, antwortet sie gespielt kokett und fährt demonstrativ mit dem Handrücken über ihren Mantel.

»Von mir aus könntest du auch Astronautin sein, ich wäre trotzdem dankbar für all deine sagenhaften Ratschläge.« *Mein Gott, Fisher, genug Peinlichkeiten für heute.* Meine schmalzigen Worte lassen mich innerlich erschaudern.

Ich erinnere mich an das Willkommensschild der Stadt und frage mich, ob das Verschrobene dieses Ortes bereits irgendwo in mein Unterbewusstsein gesickert sein könnte – durch unmittelbare räumliche Osmose oder so etwas.

Doch dann lacht Sage herzhaft los, und der Klang bringt mich fast ins Stolpern. Es ist ein kehliges, heiseres Lachen, anfangs stockend und reibend, gefolgt von knisternder Wärme in der Mitte. »Oh, ich habe massenhaft Ratschläge, Fisher, auch wenn ich sie selbst nicht immer befolge. Für den Anfang: Lass Mrs Rush vom Postamt deine Post bloß nicht zu lange aufbewahren. Sie wird irgendeine Ausrede finden, um sie zu lesen. Geh nicht zum Founder's Point, es sei denn, es ist Ebbe. Bestelle nichts in *Walters Diner*, es sei denn, du willst es genauso haben, wie es dir vorgesetzt wird.«

»Ich meinte das eigentlich in Bezug auf Teenager – auf Indy«, stelle ich klar. »Aber alles andere habe ich mir mental natürlich notiert.« Auch wenn ich es tunlichst vermeiden will, mich im Ort blicken zu lassen, sage ich nichts. Ich versuche, mein charmantestes Lächeln aufzusetzen.

Sie errötet und sieht mich über ihre Schulter mit großen Augen an. »Oh! Ähm … Ich glaube, das wär's für den Anfang.« Sie geht ein paar Schritte weiter, fast bis zur Haustür. »Indy ist übrigens ein hübscher Name«, sagt sie noch.

Das wäre die Chance. Ich könnte ihr erklären, wer ihr den Namen gegeben hat, nicht etwa meine nicht existierende Ehefrau, sondern meine Schwester, und dass Indy demnach nicht meine Tochter ist. Vielleicht könnte ich ihr dann auch erklären, warum wir hier sind, und auf diese Weise eine freundschaftliche Beziehung aufbauen. Aber es scheint nicht so, als wolle sie unbedingt mehr wissen, und ich werde immer müder, würde mich gern einfach nur verkriechen und diesen Morgen hoffentlich bald vergessen. In meinem Kopf tauchen immer wieder Erinnerungsfetzen auf, die mir wie Sodbrennen sauer aufstoßen.

»Danke. Auch für vorhin. Für die Rettung. Dass du mir geholfen hast, alle hier rauszuscheuchen und so«, sage ich.

Ihre grauen Augen blinzeln mich an und wenden sich ebenso schnell wieder von mir ab. »Ich kann mir vorstellen, wie es ist, wenn man solch eine Demütigung so schnell wie möglich hinter sich bringen will. Oder sich wünscht, dass sie einem nie mehr unter die Nase gerieben wird«, erwidert sie.

Ich gebe einen zustimmenden Laut von mir. »Tja, das weiß ich zu schätzen.«

Sie lächelt sanft, öffnet die Tür, und ich sage spontan: »Sag Bescheid, wenn ich mich irgendwie revanchieren kann.«

Sie dreht sich stirnrunzelnd um, ihre Brauen eine einzige durchgehende Linie, die Unterlippe leicht vorgeschoben. Doch dann breitet sich ihr Mund wieder zu einem Lächeln aus, und diesmal bohrt es sich tief in meinen Bauch und setzt sich dort fest. »Danke. Vielleicht mach ich das.«

KAPITEL 5

Sage

»*Du bist im Bademantel da rübergegangen?*«, fragt mich Wren als Allererstes, kaum dass ich die Haustür geöffnet habe. Mit einer rosa Schachtel unter dem Arm schiebt sie sich an mir vorbei in die Küche.

»Ich hatte drunter doch was an, Wren.«

»Aber es war nicht etwa der Bademantel mit dem Kuhmuster?«

»Warum? Was ist denn mit dem?«

Sie verzieht den Mund zu einem schmalen Strich. »Nichts.« Dann gibt sie mir ein Zitronenküchlein, und ich vergesse sofort meinen Unmut. Die Zitronenglasur zergeht mir auf der Zunge, mit einem Hauch von Earl Grey und Beerenstückchen – blumig, erfrischend, dekadent. Zum Niederknien. Unwillkürlich entfährt mir ein Seufzer.

»Wer hilft denn deiner Mutter in der Bäckerei, während du hier bist?«, frage ich Wren, nachdem ich den Bissen schließlich heruntergeschluckt habe. »Und wer hat dir das überhaupt erzählt? Das ist doch gerade mal vier Stunden her.«

»Sam hat meinen Dienst übernommen. Will sich ein bisschen Spritgeld verdienen.« Sie beißt von ihrem Zitronenküchlein eine Ecke ab und starrt über die Spüle hinweg aus dem Fenster. »Und als ich heute die Bäckerei aufgeschlossen habe, stand Silas schon vor der Tür. Sagte, er sei schon seit den frühen Morgenstunden auf den Beinen, und dann hat er mir erzählt, warum. Der Mieter ist irgendeine Art Berater, aber was für einer, wollte er wohl nicht sagen. Silas fand ihn etwas *suspekt.*«

Ich verdrehe die Augen. »Silas mal wieder! Aber ich weiß es auch nicht. Hab ihn nicht gefragt.«

Wren dreht sich zu mir um, und aus ihrem Stirnrunzeln wird ein verschwörerischer Ausdruck. »Silas hat auch erzählt, dass du noch dageblieben bist und dich mit ihm unterhalten hast.«

»Weil ich Legs aus der Waschküche holen musste«, erkläre ich lachend. »Und noch mal, ich habe ihn nicht ausgefragt.«

Enttäuscht sagt Wren: »Abgesehen davon, dass sie nicht in der Lage sind, einen Menschen auch nur im Geringsten zu beschreiben, haben deine Brüder, was Klatsch angeht, dir echt viel voraus. Das vermisse ich richtig, seit ich nicht mehr mit einem von ihnen verheiratet bin.«

Ich kann mir Ellis nur schwerlich als Klatschtante vorstellen, aber das behalte ich für mich. Allerdings hat er ein exzellentes Erinnerungsvermögen. Und Wren weiß ebenso gut wie ich, dass es dabei nicht um pikante Informationen geht, sondern dass es in seinem Beruf einfach hilfreich ist. Bei Silas und Micah hingegen ist das etwas anderes. Zum Glück ist Micah zum Baseball in Kalifornien. Sonst wüsste garantiert schon die ganze Stadt Bescheid. Wahrscheinlich hätte er das Ganze noch mit einer spannenden Hintergrund-Story ausgeschmückt.

»Wie sieht er denn aus?«, fragt Wren mit einem Nicken zum Haus der Andersens.

Scharf genug, dass er mich ziemlich aus der Fassung gebracht hat. Wildes, ungekämmtes Haar. Markante Nase und Mundpartie. Augen, die zunächst schwarz wirken, aber aus der Nähe eher grün aussehen. Nur eine Augenbraue beim Reden leicht hochgezogen, als sei alles andere verschwendete Energie. Schon sein Aussehen ist der Hammer, aber seine Stimme hat mich fast umgehauen. Tief und rauchig, eine echte Reibeisenstimme – und dabei so samt, dass mir ein Schauer den Rücken runterlief.

»Weiß nicht. Groß«, antworte ich achselzuckend.

Wren macht ein enttäuschtes Gesicht. »Geht das nicht etwas genauer, Sage?«

»Ziemlich groß. Größer als Ellis, glaube ich, aber nicht so groß wie Micah.«

Sie grinst. »Micah ist ein Außerirdischer, der zählt nicht. Ellis ist eins neunzig. Dann ist er also *sehr* groß.«

»Ja. Er ist *sehr* groß.«

Sie macht eine auffordernde Handbewegung, um meine Redseligkeit anzukurbeln.

»Du könntest ja auch als Erstes mal nach seinem Namen fragen«, sage ich mit gespielter Empörung.

Sie droht mir mit dem Zeigefinger. »Das lasse ich dir heute durchgehen, Sage Astoria Byrd. Ich versuche nur herauszufinden, ob er als Sommerflirt für dich infrage kommt. Und ich weiß schon von Silas, wie er heißt: Fisher Lange.«

Vor- und Nachname zusammen kommen mir irgendwie bekannt vor. Aber mir fällt nicht ein, woher.

»Tja.« Ich überlege, wie ich ihn beschreiben könnte, ohne zu begeistert zu klingen. »Er trug zwei kleine Ohrringe. Breite Schultern, aber nicht massig … Braunes Haar. Halblang.« Eine Strähne hatte er sich hinters Ohr geklemmt, als er auf der Veranda nach seiner Tochter suchte, etwas seltsam, aber irgendwie rührend.

Wren macht große Augen. »O mein Gott. Wie so ein sexy Pirat?«

»Erstens habe ich nichts von ›sexy‹ gesagt. Und zweitens: Fang bloß nicht wieder damit an!«

»Aber ist das denn nicht genau dein Traumtyp?«

Ich lasse ergeben den Kopf sinken. »Du hattest mir doch versprochen, diese Information nicht mehr gegen mich zu verwenden.« Während ich mir noch ein halbes Zitronenküchlein in den Mund schiebe, kreischt Wren fast vor Vergnügen. Diesen einen Abend, als ich kurz nach der Trennung mit einem Tetrapak Wein intus meinen ganzen Beziehungskummer ausgeplaudert habe, werde ich wohl nie vergessen machen können: dass ich in mehr als eineinhalb Jahren mit Ian keinen Orgasmus hatte und danach erst mal in ein segenreiches (um nicht zu sagen, bestimmtes) Piraten-Schund-Kaninchenloch gefallen bin.

Hastig dreht sich Wren wieder um zum Fenster. »Ja, ja, schon gut. Aber meine Güte, ist das aufregend! Hast du ein Fernglas?«

»Lieber Himmel, Wren!«, stöhne ich mit vollem Mund und versprühe die Krümel um mich herum. »Was ist denn nur los mit dir? Gestern hast du noch gedacht, er ist vielleicht ein Spinner!« Und dann zucke ich zusammen, als sie plötzlich mit beiden Händen auf den Küchentresen schlägt und aufschreit: »Das *kann* doch nicht wahr sein!«

Ich zwinge mich, das halbe Küchlein herunterzuschlucken. »Was denn?«

»Serena Lindhagen ist gerade in seine Auffahrt abgebogen.«

»Willst du mich verschaukeln?«, frage ich lachend und kann es kaum glauben. »Das ging aber schnell!« Ich spähe aus dem Fenster, und tatsächlich: Serena zieht sich die Träger des schicken, blauen Kleids zurecht, für das ich ihr letzte Woche noch ein Kompliment gemacht habe. Dann holt sie eine rosa Schachtel aus dem Kofferraum ihres Coupés und geht zielstrebig die Stufen zur Veranda der Andersens hinauf.

»Sie bringt ihm *meine* Quarkplunder mit!«, sagt Wren so schockiert, als hätte sich Serena direkt splitternackt auf den neuen Nachbarn gestürzt.

Ich überlege kurz, ob ich erst mal so tun soll, als würde es mich nicht interessieren, aber … scheiß drauf. Lieber hole ich mein Fernglas sofort aus der Schublade.

»Du bist besser im Lippenlesen als ich.« Ich reiche Wren das Fernglas, und sie presst es sich an die Augen.

»Okay«, beginnt sie, »er wirkt irritiert. Scheint sich bloß um einen der üblichen Vorstell-Besuche zu handeln. Jetzt kratzt er sich im Nacken, wie Männer das immer machen, wenn sie sich unwohl fühlen. Jetzt das typische Mit-der-Hand-durchs-Haar-fahren … Und wieder unbehagliches Rumstehen. Und jetzt dreht sich Serena um und geht.«

»So schnell? Interessant.«

Eine gefühlte Minute lang sieht Wren mich unerbittlich an. Dann gibt sie mir einen Klaps gegen den Arm.

»Autsch! Wofür war das denn?«

»Er sieht *unfassbar* gut aus, du dumme Nuss!« Sie legt das Fernglas beiseite, wirft mir einen Blick zu und schnappt nach Luft. »Eigentlich solltest *du* dich jetzt aufbrezeln und da rüberlaufen!«

Jetzt schnappe ich mir das Fernglas. »Sie hat ihm und seiner Tochter doch nur etwas Gebäck gebracht, Wren. Sie hat diesem Typen keinen Heiratsantrag gemacht. Soll sie doch ruhig.« Ich kann es ihr ganz bestimmt nicht verdenken.

»Ihm und seiner *Nichte*, nicht Tochter.«

»Ich … Moment mal, was?«

Wrens Blick wird milder. »Das Mädchen. Silas hat gesagt, sie ist seine Nichte. Fisher ist ihr Vormund. Ich vermute, ihre Mutter ist gestorben.«

Trauer fällt mir wie ein Stein auf die Brust. Ich konnte schon in der Nacht verstehen, dass ihm die Situation unangenehm war. Aber *das* erklärt natürlich noch mehr. Warum er so … niedergeschlagen wirkte. Trauer ist anstrengend.

»Ach, übrigens«, bringe ich heiser hervor, »sie – seine Nichte Indy – geht ab nächster Woche auch zur Summer School. Ich habe andeutungsweise vorgeschlagen, dass Sam sie mitnehmen und ihr auch ein bisschen die Umgebung zeigen könnte.«

Wren nickt bekräftigend. »Macht er bestimmt. Er ist ein lieber Junge. Das weißt du doch.«

»Ich weiß«, sage ich leise. Es ist, als hätte der Gedanke an die

Trauer meiner Nachbarn eine entsprechende Saite in mir angeschlagen.

»Ich hab übrigens nachgedacht«, beginnt Wren wieder und zählt unter Zuhilfenahme ihrer Finger auf: »Er bleibt den ganzen Sommer lang. Dann dieses mysteriöse Bauwerk. Er ist *Koch* … Also hat er bestimmt etwas damit zu tun, meinst du nicht auch?«

»Er ist Koch?«

Wren stößt die Luft durch die Nase aus. »Deine detektivischen Fähigkeiten lassen wieder einmal zu wünschen übrig. Deine Brüder haben doch all diese Informationen!« Sie dreht die Handflächen nach oben. »Also: Athena liegt garantiert richtig mit ihrer Vermutung – es wird bestimmt ein Restaurant. Und *er* hat etwas damit zu tun.«

»Das werden wir schon noch erfahren.«

Wren gibt einen undefinierbaren, unbehaglichen Laut von sich. »Aber manchen Leuten wird das nicht gefallen.«

»Warum denn nicht?«, frage ich mit einem Schnauben. »Wir können hier doch echt mehr gebrauchen als *Walters Diner!* Es gibt so wenig attraktive Angebote im Ort – immer mehr Leute ziehen von hier weg und kommen nicht wieder. Natürlich, der August läuft spitzenmäßig, aber wenn es immer weniger Einheimische gibt, kann auch das Festival uns finanziell nicht retten.« Ich brauche Wren wohl kaum zu erklären, dass wir deshalb auf den Tourismus angewiesen sind und Restaurants oder Brauereien wahre Magneten sind, die Geld in die öffentlichen Kassen spülen.

»Da stimme ich dir ja zu, Liebes. Aber es ist Walters letztes Jahr, bevor er in den Ruhestand geht«, sagt Wren. »Du weißt doch, dass alle ihm noch ein gutes Geschäftsjahr wünschen – und nicht unbedingt Konkurrenz.«

»Das ist jetzt schon sein drittes ›letztes‹ Jahr, Wren«, halte ich dagegen. »Und er hat immer noch nicht bekannt gegeben, wer von seinen Neffen und Nichten den Laden übernehmen wird. Mit anderen Worten: Das ist wieder nur ein Bluff.«

»Mag sein«, sagt Wren lachend. »Vielleicht ist das Ganze doch gar nicht schlecht. Wenn Walter Konkurrenz bekommt, muss er diesmal endlich Ernst machen.«

Ich lasse meinen Blick über die Wiese schweifen, und meine Neugier wächst wie hoffentlich bald auch die Dahlien, die zu pflanzen ich mir dieses Jahr fest vorgenommen habe. »Das werden wir schon noch erfahren«, wiederhole ich.

★ ★ ★

Eigentlich halte ich mich für eine ideale Nachbarin. Normalerweise kümmere ich mich um meinen eigenen Kram und achte darauf, dass auf meinem Grundstück alles ordentlich ist. Keine Schrotthaufen, keine Ansammlungen irgendwelcher komischen Gartenzwerge oder Skulpturen auf dem Rasen. Aber wenn nötig sehe ich auch bei den Nachbarn nach dem Rechten. Wenn die Andersens nicht da sind, stehe ich den Mietern gern zur Seite, helfe auch mal mit einem Tütchen Zucker aus, bin aber nicht so überschwänglich freundlich, dass sie sich jedes Mal, wenn man sich über den Weg läuft, zu Small Talk genötigt fühlen. Außerdem gebe ich mir Mühe, nicht den Kleinstadt-Klischees zu entsprechen. Deshalb spioniere ich *normalerweise* nicht herum. Und wenn ich zum Fernglas greife, dann sicher nicht in erster Linie *dafür*, geschweige denn, dass ich es immer parat hätte, weil mich ständig die Neugier packt.

Doch kurz nachdem Serena Lindhagen sich von Fisher verabschiedet hat (und Wren sich von mir), sehe ich Bea Marshall – unsere umwerfende rothaarige Hairstylistin und versierte Geheimnis-Schürferin und -Lieferantin – die Stufen zur Veranda meines Nachbarn hochstöckeln. Sie schafft es bis ins Haus, kommt aber nach kaum zehn Minuten wieder raus, mit selbstgefälligem Gesicht, wohingegen Fisher leicht irritiert wirkt.

Am Abend desselben Tages schrecke ich hoch, als mir das Brettchen vom Schoß fällt und auf dem Boden landet, weil ich offenbar nach meinem ziemlich trostlosen Abendessen eingedöst bin. Als ich das Brettchen zur Spüle getragen habe und es abwasche, leuchtet in einiger Entfernung etwas auf. Und als ich genauer hinsehe, stelle ich fest: Es ist der Bewegungsmelder an der Garage der Andersens, in dessen Lichtkegel die unverkennbare Gestalt eines Mädchens im Teenageralter erscheint – das sich gerade aus dem Haus schleicht.

Ab dem Moment kommt es mir vor, als könne ich mit dem Spionieren überhaupt nicht mehr aufhören. In den beiden Tagen darauf unterbricht Leggieless mich ab und zu mit einem befremdeten Maunzen, und Sable hüpft noch mehr als sonst um mich herum, beide aufgewühlt von meiner fieberhaften Energie. *Aufgewühlt* ist absolut treffend. Ich bin eindeutig neugierig darauf, was dort drüben vor sich geht, aber ich wundere mich auch über mich selbst, dass ich das Bespitzeln gar nicht mehr sein lassen kann, um mich stattdessen um meine eigenen Angelegenheiten zu kümmern.

»Vielleicht sollte ich mir doch mal Kabelfernsehen zulegen«, höre ich mich sagen, bevor ich immer wieder einen neuen Grund finde, zum Fenster zu schleichen. »Aber vielleicht ist das hier ja mein Reality-TV.«

Vielleicht solltest du dir mal ein neues Hobby zulegen, besagt der Gesichtsausdruck meines Hundes.

Oder einen neuen Typen, suggeriert der mitleidige Blick meiner Katze.

Stattdessen verbringe ich endlos Zeit mit Gartenarbeit oder mit Unkrautjäten am Zaun zwischen den beiden Grundstücken – wobei ich genau genommen nur auf den Knien hockend planlos irgendetwas auszupfe, während ich das Nachbargrundstück im Auge behalte und die Ohren spitze, um irgendetwas aufzuschnappen.

Um es zusammenzufassen: Ich mache mich selbst zum Gespött. Kleinstadtmädchen im Bann eines attraktiven Fremden, der auch sein Päckchen zu tragen hat. Das ist echt armselig, aber ich mache null Anstalten, mich am Riemen zu reißen.

Meine pubertären Nachforschungen ergeben lediglich, dass zwischen Fisher und Indy irgendwie eine düstere Stimmung herrscht. Nie halten sich die beiden im selben Teil des Hauses auf, und wenn doch, sucht entweder er oder sie direkt das Weite. Immer wenn Fisher auf die Veranda tritt, starrt er auf seine Hände, als könne sich dort wie durch Magie die Lösung für ein Problem manifestieren. Und jedes Mal, wenn Indy auf die Veranda herausstapft, starrt sie, auf das Geländer gestützt, in die Ferne.

* * *

Zwei Tage nachdem die ersten Besucherinnen bei den Nachbarn vorbeigeschaut haben, sehe ich, wie sich O'Doyles Truck die Auffahrt hinaufquält. Mit dem Fernglas schon in der Hand muss ich unwillkürlich lachen. Der arme Fisher hat in den paar Tagen seit seiner Ankunft schon mehr als genug schräge Unterhaltungen über sich ergehen lassen müssen. Aber jetzt wird es garantiert absurd.

Und, so hoffe ich (wie ich zu meiner Schande gestehen muss), unterhaltsam.

O'Doyles verkniffenes Gesicht habe ich sofort im Objektiv. Sie wirkt angriffslustig wie eine Wespe, als sie um die Motorhaube ihres Trucks herum- und dann die Verandastufen hinaufgeht. Indy öffnet die Tür, und O'Doyle schiebt sich direkt an ihr vorbei. Doch es dauert nicht mal eine Minute, da geleitet Fisher sie wieder hinaus, mit einem geradezu boshaften Grinsen auf den Lippen.

O'Doyle hingegen ist rot angelaufen und scheint vor Wut zu kochen.

»Tante Sage?«

»Ah!«, schreie ich erschrocken auf und werfe das Fernglas beiseite, genau in dem Moment, als Sam und Ellis in die Küche kommen.

»Ich habe auch eine Türklingel! Die wird sogar von deiner Mutter betätigt«, belehre ich Sam, während ich nach Luft schnappe und an seinem Grinsen ablese, dass er mir den strengen Ton nicht eine Sekunde lang abnimmt. Er schlendert zu mir herüber und zerdrückt mich fast in seinen langen, schlaksigen Armen.

»Ebenfalls erfreut, dich zu sehen, Tantchen.«

Ich tätschele ihm den knochigen Rücken, bis er mich loslässt. Den Jungen vor mir zu sehen, ist ein bisschen wie in den Spiegel zu schauen: dieselben markanten Gesichtszüge und grauen Augen. Er hat sogar meine Sommersprossen. Dazu hat er allerdings das dunkle Haar seines Vaters und die Locken seiner Mutter geerbt anstatt meiner Wellen von der Farbe nassen Sandes.

»Was macht *ihr* denn hier?«, frage ich Ellis und zucke zusammen, als Sable Sam anspringt und ihm wie zu einem Tanz die Pfoten auf die Schultern legt.

»Mom hat gesagt, du hast mich an deine neuen Nachbarn verhökert«, antwortet Sam.

»Sie hat ihm gesagt, er soll sich bei dem Mädchen mal vorstellen und es ein bisschen rumkutschieren«, erläutert Ellis.

»Sie ist in deinem Alter, Samuel, und obendrein hübsch«, erkläre ich.

»Ja, ja, ja. Bin schon unterwegs. Wollte nur kurz Hi sagen.« Er versucht, Sable wieder auf alle Viere zu stellen, aber sie lässt sich nicht abschütteln, sondern schleckt ihm stattdessen quer übers Gesicht. »*Pfui!* Und dir die hier von Mom bringen.« Er zeigt auf einen Korb, der jetzt auf dem Tisch steht.

Mit einem Schnauben nehme ich zur Kenntnis, dass darin zehn dieser berüchtigten Zitronenküchlein liegen.

»Warte mal! Wie zur Hölle kommt sie darauf, dass ich die alle essen werde?«, rufe ich Sam hinterher, der mit Sable auf den Fersen schon an der Tür ist. »Und das, obwohl nicht mal Sonntag ist!« Was bedeutet, Wren hat diese Zitronenküchlein außer der Reihe gebacken.

»Keine Ahnung.« Sam schlüpft nach draußen, steckt aber den Kopf noch mal durch die Tür und kassiert dafür von meinem schlecht erzogenen Hund ein weiteres Schlecken übers ganze Gesicht. »Sie hat nur gesagt, ich soll sie *nicht* wieder mitbringen.« Nach dieser Erklärung macht er sich auf den Weg zu den Nachbarn.

Sables Jaulen entspricht genau meinen Gedanken. Wren weiß, dass ich niemals etwas Essbares verschwenden würde, schon gar nicht Gebäck, und dass ich, wenn es mir zu viel ist, immer Abnehmer finde. Da hätte sie mich auch auf direktem Weg zu den Nachbarn zerren können.

Ellis lässt sich auf einen Stuhl am Küchentisch sinken. »*Du* kannst mir ja helfen, die zu vertilgen.« Ich schiebe ihm den Korb zu.

Er legt die Stirn in Falten. »Du weißt doch, dass ich die nicht mehr esse.«

Ich stoße einen langen Seufzer aus. Ellis macht keine halben Sachen. Unser Dad starb an einem Herzinfarkt, durch ein Feuer in unserer Scheune hervorgerufen, also wurde Ellis Feuerwehrmann. Als er achtzehn wurde, waren unsere Eltern beide schon tot, also übernahm er die Verantwortung für uns. Er trug die finanzielle Last und zuckte nicht mal mit der Wimper, als er im selben Jahr auch noch Vater wurde.

Manchmal glaube ich, er beschloss schon im Kindergarten, dass Wren auf ewig die Einzige für ihn sein würde, als die beiden sich dort anfreundeten. Und jetzt … Jetzt gönnt er sich nicht mal mehr Wrens Zitronenküchlein, weil er nicht mehr mit ihr zusammenlebt. Ich finde das völlig unverständlich, aber im Labyrinth seiner Gedanken entspricht es wohl reiner Logik.

»Und was machst *du* hier?«, frage ich leichthin.

»Bud ist mal wieder dran. Dachte, du könntest mich danach nach Hause fahren, falls Sam den Jeep noch eine Weile braucht.«

Bud. Das geliebte Traumpferd seiner Ex-Frau, das die beiden nach der Scheidung nicht behalten konnten und das bei mir Unterschlupf gefunden hat, aber noch regelmäßig von Wren geritten wird und alle vier bis sechs Wochen von Ellis die Hufe getrimmt und beschlagen bekommt. Zunächst dachte ich, wenn es bei mir auf neutralem Boden steht, könnte das Ellis und Wren wieder zusammenbringen. Aber das ist mittlerweile vier Jahre her, und wie es scheint, haben sie sich mit dem Abstand zueinander recht bequem eingerichtet.

Mein Blick fällt erneut auf die Zitronenküchlein, und ich sage mir, dass ich ganz bestimmt nicht schwach werde und sie Fisher bringe. Jetzt ist Schluss mit Herumspionieren und sich in anderer Leute Angelegenheiten einmischen. Ohne es zu ahnen, hat Ellis mich nämlich daran erinnert, dass ich mich sonst womöglich bloß wieder im Wirrwarr meiner Gefühle verstricke.

KAPITEL 6

Fisher

Es ist insgesamt etwa acht Wochen her, seit Indy zum ersten Mal vor meiner Haustür stand. Ganze zwei Monate in dieser neuen Rolle und wenige Tage in dieser Kleinstadt haben ausgereicht, um alles auf fundamentale Art und Weise zu verkacken. Es scheint, als hätte ich sie verloren.

Das muss ich wohl kurz erklären.

In diesen wenigen Tagen haben wir nicht nur Spunes Ersthelfer-Bataillon kennengelernt, sondern auch die örtliche Tierärztin – eine junge Frau, die mir Gebäck vorbeibrachte und meinte, dass sie mich gern auch mal verarzten würde, sollte ich sie jemals brauchen, obwohl ich nicht ihrer eigentlichen Patientenklientel entspreche. Außerdem erschien eine rothaarige Frau, die mir ungeniert mit den Fingern durchs Haar wuschelte, bevor sie mir einen Gutschein für einen kostenlosen Haarschnitt zusteckte. Irgendwie hat sie mich dazu gebracht, ihr vom Restaurant zu erzählen, davon, dass ich kürzlich entlassen wurde, dass Indy meine Nichte ist, dass ich in New York lebe und dass ich außerdem ledig bin und noch nie verheiratet war. Ich fühlte mich, als hätte ich gerade einen Kreditantrag ausgefüllt und binnen zehn Minuten eine Therapiesitzung absolviert, nachdem sie zur Tür hinaus war.

Indy warf mir anschließend einen bösen Blick zu.

»Was?«, fragte ich schulterzuckend.

»So hirnlos kannst selbst *du* nicht sein«, meckerte sie. »Gib den Leuten in diesem Kaff bloß keinen Zündstoff, Fisher. Das solltest du doch am besten wissen.« Dann stapfte sie mit verschränkten Armen die Treppe hinauf. Und so sehr ich auch das kleine Mädchen vermisse, das anstelle von Geburtstagsgeschenken eigens angefertigte Torten verlangt und mich immer Onkel Pishy genannt hat, war ich doch froh, dass dieses Mädchen endlich mehr als nur ein paar Silben mit mir sprach.

Außerdem hatte sie recht. Offenbar bin ich aus der Übung, wenn es darum geht, Dinge nicht einfach so auszuplaudern. Ich sollte es wirklich besser wissen.

★ ★ ★

Und genau aus diesem Grund habe ich mich, als es heute Morgen um Punkt 9:00 Uhr abermals an der Tür klingelte, sofort hinter der Kücheninsel verkrochen und gehofft, dass, wer immer es auch sein mochte, denkt, wir wären nicht zu Hause. Die vielen großen Fenster in diesem Haus haben sicherlich ihren Charme, aber sie machen es umso schwieriger, sich richtig zu verstecken.

Dennoch hätte es mich nicht überraschen dürfen, dass Indy lediglich zu grinsen anfing und trotzdem die Haustür öffnete, obwohl ich wie verrückt mit den Armen herumfuchtelte, um ihre Aufmerksamkeit zu erregen, den Kopf schüttelte und ein heiseres »Nein!« zischte.

»Oh, guten Tag!«, trällerte Indy. »Onkel, ich glaube, du hast eine Besucherin!« Doch der selbstgefällige Ausdruck verschwand aus ihrem Gesicht, als besagte Besucherin sich an ihr vorbeidrängte und einfach ins Haus marschierte. Ich erhob mich hinter meinem vermeintlichen Versteck und versuchte widerwillig, ein Lächeln aufzusetzen, doch ich verkrampfte immer mehr, je näher diese Frau mir kam. Mit den geschürzten Lippen, ihrem stechenden Blick und dem graumelierten Haar erinnerte sie mich an meine Grundschulrektorin.

»Martha O'Doyle«, sagte sie und streckte mir gebieterisch die Hand entgegen.

»Fisher Lange«, erwiderte ich und zuckte kurz zusammen – ihr Händedruck glich einem Schraubstock.

»Ich hielt es für wichtig, mich Ihnen als Vorsitzende der Interessengemeinschaft des Einzelhandels auf der Hauptstraße vorzustellen.«

Sie zog die Hand zurück und hob erwartungsvoll eine Augenbraue, als müsste ich wissen, was zum Geier das bedeuten sollte.

»Ähem … danke sehr?«

Sie blinzelte hastig, und ihr Gesicht nahm derart stark an Farbe zu, dass ich mir ziemlich sicher war, die Situation würde sich gleich zum Schlechten wenden. »Sie sind doch für die Verschandelung unseres einst so wunderschönen Ortszentrums verantwortlich, oder nicht?«

Oh. So *eine ist sie also,* dachte ich. Eine von diesen Personen, die vor allem auch Carlie das Leben schwermachen.

Ich weiß nicht, was es über mich aussagt, aber ich war schon fast froh darüber, dass sie mir einen Grund gab, meine freundliche Fassade fallenzulassen. Ich bin schließlich noch nicht einmal eine Woche hier, geschweige denn lange genug, um irgendetwas in irgendeiner Form zu verschandeln – obwohl ich in letzter Zeit zugegebenermaßen so ziemlich alles in den Sand gesetzt habe.

»Ehrlich gesagt bin ich das nicht, nein«, antwortete ich mit einem sarkastischen Grinsen.

Erneutes schnelles Blinzeln ihrerseits. »Aber Sie haben doch mit diesem Umbau des alten Lagerhauses zu tun, wo ein Restaurant hinkommen soll?«

Typisch Kleinstadt. Natürlich hatte sich längst herumgesprochen, was ich von Beruf war.

»Das habe ich, aber es gehört mir nicht, und *ich* habe keinerlei Veränderungen an dem Gebäude vorgenommen«, teilte ich ihr mit.

Sie verschränkte die Arme und verzog das Gesicht, als hätte sie in eine Zitrone gebissen. »Dann würde ich mich gern mit dem Verantwortlichen in Verbindung setzen. Vor allem mit der Person, die für die Gestaltung verantwortlich ist. Wir haben hier gewisse Standards, wissen Sie …«

»Ich bin mir sicher, dass eine so patente Person wie Sie keine Probleme haben wird, mit den entsprechenden Stellen Kontakt aufzunehmen.« Ich lächelte zähnebleckend, und wieder zierten dunkelrote Flecke ihr Gesicht.

»Mehr haben Sie nicht dazu zu sagen? Wenn Sie nicht der Verantwortliche sind, in welcher Funktion sind Sie dann hier?«

»Ich bin mir sicher, dass Sie auch das selbst herausfinden, wenn man bedenkt, wie viele Informationen Sie bereits gesammelt haben. Tut mir leid für die Zeitverschwendung, aber meine Nichte und ich müssen jetzt los.«

»Müssen wir?«, meldete sich Indy zu Wort, bevor sie meinen schneidenden Blick bemerkte und hinzufügte: »Oh, stimmt ja.«

Ich geleitete die Frau unter einer Reihe von empörten, beleidigten Lauten hinaus, bevor ich die Tür hinter ihr zuschlug – wahrscheinlich fester als nötig.

»Ich möchte übrigens nirgendwohin«, meckerte Indy mich sofort an. Ich ignorierte ihre Worte und wollte gerade die Treppe hinaufeilen, um mir mein Portemonnaie und meine Schlüssel zu schnappen, damit ich fliehen und einmal in Ruhe nachdenken konnte, da klopfte es erneut an der Haustür.

»Ihr wollt mich doch verarschen!«, knurrte ich, bevor ich kehrtmachte und die Tür ein weiteres Mal aufriss.

Diesmal starrte mich ein schlaksiger Junge an.

»Wer bist du denn?«, stieß ich hervor. Ich bin mir sicher, dass ich gerade das Paradebeispiel eines griesgrämigen alten Miesepeters darstellte, der junge Menschen aus seinem Vorgarten verscheuchte, als sich plötzlich Indy an mir vorbeiquetschte.

Vielleicht hatte sie ja den Duft von Axe-Deo gewittert, der in der Luft lag, und den Jungen als einen der ihren erkannt. Jedenfalls stellten wir uns einander vor. Er war Sam, der Neffe, den Sage erwähnt hatte.

»Es wäre cool, wenn Sam mir die Stadt zeigen würde«, sagte Indy. Sam war sichtlich verblüfft und wartete offenbar darauf, dass ich meine Zustimmung gab. Ich hatte jedoch den winzigen Anflug eines Lächelns auf Indys Lippen bemerkt und schwieg. Ich bezweifle ohnehin, dass sie meine Zustimmung gebraucht, geschweige denn, darum gebeten hätte.

★ ★ ★

Seitdem sind vierzehn Stunden vergangen – es ist genau siebenundvierzig Minuten nach elf Uhr abends –, und ich habe ungefähr genauso oft geschrieben und angerufen, ohne auch nur eine einzige Antwort von ihr zu erhalten.

Um Mitternacht beschließe ich dann, dass ich genug habe. Es ist mir egal, ob diese Nachbarin mir bei der Befragung aus der Hölle geholfen hat. Sie ist diejenige, die meiner Nichte ihren Neffen aufgedrängt hat, also soll sie ruhig auch diejenige sein, die mir hilft, die beiden aufzuspüren.

Ich habe sie in den letzten Tagen auf ihrem Grundstück herumwuseln sehen. Immer hatte sie irgendein ausgefallenes Kleidungsstück an, wie ein exzentrischer Vogel. Ob daher der Familienname Byrd stammt? Ha! Hoffentlich ist sie eine Nachteule, denn wenn ich sie gleich aufscheuche, soll sie gefälligst ihre Glubscher aufreißen und nach ihrem liebsten Neffen Ausschau halten. *Würg. Noch mehr von diesen Wortspielen.* Ich muss hier endlich weg.

Ich stürze die Verandastufen hinunter auf die dunkle Wiese, während meine Nervosität in Wut umschlägt und ich das Tempo beschleunige. Kurz darauf schlage ich mit der Faust gegen die Haustür dieser Nachbarin. Drinnen bellt ein Hund, ich höre etwas

Lärm, und ehe ich mich's versehe, ist sie da, öffnet die Tür und blinzelt mir verschlafen entgegen.

Sie trägt Hausschuhe und ein übergroßes, hellgelbes T-Shirt mit einer lächelnden Schnecke darauf, die einen winzigen Baseballschläger in Schneckengröße hält. Darüber steht in großen Buchstaben: ZEIG ES IHNEN, SCHNECKE!

Meine Wut gerät ins Wanken. Wie unfassbar irritierend. Das perfekte Klischee. Das süße Mädchen von nebenan.

»Fisher? Alles okay?«, fragt sie mit einer schlaftrunkenen, heiseren Stimme, die mir durch Mark und Bein geht. Natürlich erinnert sie sich an meinen Namen und scheint sich auch nicht daran zu stören, dass ich zu so später Stunde hier aufkreuze, sondern sich vielmehr Sorgen um mich zu machen.

»Sam!«, platzt es aus mir heraus. *Mehr Silben, Kumpel.* »Du musst Sam anrufen, bitte. Er ist mit Indy unterwegs.«

»Oh, alles klar.« Ein weiteres Bellen von drinnen, ich zucke zusammen, aber sie lässt sich nicht beirren. »Ich könnte auch einfach seinen Standort auf meinem Handy überprüfen, wenn du willst.«

»Ja. Ja, mach das bitte«, entgegne ich und scheitere bei dem Versuch, auch nur ansatzweise angepisst zu klingen.

Sie stößt wieder einen ihrer kehlig-heiseren Lacher aus, als würde sie sich über mich amüsieren. »Möchtest du auf einen Tee oder was anderes reinkommen, während du wartest?«

»Tee?«

»Kaffee vielleicht?«

»*Kaffee?*«

»Latte Macchiato?«

Mein Kopf ist leer vor lauter Entrüstung. »Nein … Ich möchte keinen Tee oder Kaffee«, würge ich hervor.

»Na gut«, sagt sie mit einem lässigen Schulterzucken, und der Anblick ihrer kleinen, flauschigen Hausschuhe bringt mich um den Verstand.

»Ich möchte keinen Tee oder Kaffee, danke«, wiederhole ich, diesmal mit festerer Stimme. »Und wo wir schon mal dabei sind: Ich möchte auch nicht, dass irgendwelche skurrilen Einheimischen mehrmals am Tag an meine Tür klopfen und mich zutexten. Ich möchte keinen deiner betagten, schlecht gelaunten, aber herzlich aufdringlichen Freunde aus dem Alten- oder Pflegeheim kennenlernen, in dem du höchstwahrscheinlich ehrenamtlich arbeitest. Und ich habe null Interesse daran, mich an irgendeiner Kussbuden-Aktion zu beteiligen, um einen geliebten Stadtfelsen oder ein Kürbisfeld oder was auch immer zu retten. Ich will einfach nur, dass du deinen Neffen aufspürst, der deinetwegen mit meiner Nichte unterwegs ist. Wenn nicht, dann … dann rufe ich die Polizei!«

Sie kichert. Gluckst sogar. Ein verlockender, sanfter Laut. Ich bin seltsam verstört.

Und dann verzieht sie ihr Gesicht zu einer bittersüßen Miene und blinzelt mich mit großen Kulleraugen an.

»Übrigens, dieser Felsen, von dem du da sprichst, ist reich an Geschichte und Gefühlen«, beginnt sie. »Und diese Kussbude hat den neuen Rasen auf dem Bolzplatz der Grundschule finanziert, Fisher! In diesem Kürbisfeld wiederum wurde ich gezeugt!« Sie klimpert dramatisch mit den Wimpern.

Ich weigere mich zu lachen. »Sarkasmus steht dir nicht«, sage ich.

»Echt nicht? Verdammt. Arrogant und herablassend steht *dir* jedenfalls«, antwortet sie lässig, ehe sie sich umdreht, um ihr Handy zu holen. »Ich bezweifle übrigens, dass du wirklich die Polizei rufst, wenn man bedenkt, dass du mit Ian bereits ein Viertel der Belegschaft kennengelernt hast.« Bevor ich auch nur zu einer Antwort ansetzen kann, hält sie mir ihr Handy hin und zeigt mir einen Punkt mit der Beschriftung *Sam*, der sich auf der Karte bewegt. »Sie sind fast zu Hause.«

»Hat er gesagt, was zum Teufel sie den ganzen Tag lang getrieben haben?«

Sie schiebt das Handy wie ein Mikrofon noch näher an mein Gesicht. »Hat er nicht, aber du kannst die beiden gleich fragen, Kumpel«, sagt sie.

Ich öffne den Mund, um etwas zu erwidern, aber dann wird ihr Lächeln breiter – so als würde sie sich darauf freuen, sich weiterhin mit mir zu streiten. Das bringt mich endgültig aus dem Gleichgewicht. Also mache ich stattdessen auf dem Absatz kehrt.

Scheinwerferlicht nähert sich, durchschneidet die Nacht. Dank der Wageninnenbeleuchtung ist schnell klar, dass es sich bei den Insassen des Jeeps tatsächlich um die beiden handelt. Ich habe noch nicht einmal die halbe Wiese hinter mir, als ich sehe, wie sie übereinander herfallen und anfangen, wie wild miteinander zu knutschen. Ich verziehe das Gesicht und grummele vor mich hin, während ich die restliche Strecke zurücklege und Indy immer noch ihre Zunge in der Kehle dieses Timothée-Chalamet-Doppelgängers stecken hat.

Ich warte weitere vier Minuten, und sie sind immer noch nicht fertig.

Noch mal dreißig Sekunden.

Scheiß drauf. Ich kann ohnehin nicht bei ihr punkten, und diese ganze Aktion hat meinen Adrenalinspiegel so sehr in die Höhe getrieben, dass ich jetzt, da ich weiß, dass sie in Sicherheit ist, nur noch erschöpft und stinksauer bin.

Ich reiße die Tür meines Trucks auf und drücke ordentlich auf die Hupe.

Die beiden fahren erschrocken auseinander, bevor ich Indys Blick durch das Beifahrerfenster spüre, die Hand immer noch auf der Hupe. Sie springt aus dem Jeep, ihr Casanova ebenfalls. Er rutscht auf dem Kiesweg aus und stößt sich am Heck seines Wagens, bevor er weiter hinter ihr her stolpert.

Als ich die Hupe schließlich loslasse, starren mich Freyas dunkle Augen aus Indys Gesicht trotzig an. Das kastanienbraune Haar steht wie ein zerzauster Heiligenschein um ihren Kopf und die Schultern. Sie schürzt bloß die Lippen zu einem falschen, zuckersüßen Grinsen, bevor sie ins Haus stürmt.

»C-ciao, Indy!«, ruft ihr der zweibeinige, autofahrende Penis hinterher und wedelt traurig mit der Hand. Die einzige Antwort, die er erhält, ist das laute Zuknallen der Haustür.

Er schluckt schwer und dreht sich verlegen in meine Richtung. »Hi, Mr Lange, tut mir leid, falls wir zu spät sind oder so. Sie hat mir gesagt, sie müsse um Mitternacht zu Hause sein – sorry.«

Der Junge ist so groß wie ich, sieht aber aus, als hätte man ihn dafür durch eine Nudelmaschine gejagt. Schlaksig, dünn, dürre Handgelenke und spitze Ellbogen – höchstwahrscheinlich auch nikotinsüchtig. Meine Saucenköchin im *Marrow* hatte eine Collage aus Fotos von Jungs mit hageren Gesichtern und triefendem Hundeblick in ihrem Spind hängen, die genauso aussahen wie er. *Verdammt,* vermutlich habe *ich* in diesem Alter ähnlich ausgesehen. Jetzt fühle ich mich noch älter und müder.

Und irgendetwas lässt mich stark daran zweifeln, dass dieser Heini schuld an der späten Heimkehr ist. Ich werfe ihm noch einen Blick zu und stapfe erschöpft die Veranda hinauf.

Im Haus muss ich feststellen, dass Indy bereits nach oben verschwunden ist, und die Versuchung ist groß, diesen miesen Tag einfach abzuhaken und direkt ins Bett zu gehen, damit wir morgen von vorn beginnen können.

Aber so habe ich es immer gemacht. Wenn etwas nicht perfekt war, habe ich es beiseitegeschoben. Es war mir egal, ob wir überlastet und unterbesetzt waren – wann immer mir ein schludriger Teller ins Auge gestochen ist, habe ich ihn nicht an die Kellner rausgeschickt.

Der Kaffee schmeckt morgens nicht besonders gut? Ab in den Ausguss damit.

Und was Beziehungen angeht, die nicht immer angenehm oder einfach sind? Warum sollte man sich überhaupt darauf einlassen, wenn sie am Ende doch bloß scheitern?

Ich weiß nicht, ob es falsch ist, diese Gastro-Logik auf meine Rolle als Vormund einer Minderjährigen anzuwenden, aber ich weiß, dass ich sie bereits in anderen Bereichen meines Lebens angewandt habe und sie dort auch nicht geholfen hat.

Ich stähle mich innerlich, bevor ich an Indys Zimmertür klopfe.

»Indy, können wir noch kurz reden?«, frage ich. Ich höre, wie das Bett knarzt und ihre Füße über den Boden schlurfen, bevor sie die Tür auf eine Art aufmacht, die an ein Augenrollen erinnert. »Ich will dich nicht unnötig kontrollieren, aber ich möchte bitte immer wissen, wo du bist, ob alles in Ordnung ist und wann du nach Hause kommst!«

»Ich hab dir doch gesagt, dass er mir die Stadt zeigt.« Sie zuckt mit den Schultern und schüttelt den Kopf, als hätte ich ihr gerade befohlen, ab sofort ein Schockhalsband zu tragen und nicht einfach nur ganz normale Rücksicht walten zu lassen.

»Aber du warst mehr als den halben Tag verschwunden und … Moment, *was* wollte er dir bitte zeigen? Seine Mundhöhle? Seine oberen Atemwege? Ach, vergiss es.« Ich atme tief ein und aus, ehe ich fortfahre: »Tun wir mal so, als hättest du nicht sofort die Tatsache ausgenutzt, dass ich kaum Erfahrung im Umgang mit einer Minderjährigen und deshalb nicht daran gedacht habe, dir zu sagen, wann du zu Hause sein sollst. Das wäre übrigens spätestens um elf gewesen.«

Sie stößt ein hohles Lachen aus, aber ich lasse mich nicht beirren. »Ich möchte, dass wir uns gegenseitig respektieren, damit du diesen Sommer unbeschadet überstehst, ja? Ich werd's dir nicht schwerer machen, als es sein muss, aber du musst mir auch entgegenkommen.«

Ihr Blick verhärtet sich, und ihre Wangen werden rot, bevor erneut Gleichgültigkeit ihr Gesicht ziert. »Hast du deine Chance, dich um mich zu kümmern, nicht vor ungefähr drei Jahren verpasst?«, faucht sie.

Dieser Schlag hat gesessen. Genau wie beabsichtigt. Ich zermartere mir das Hirn über eine Antwort und finde keine. Ich bin mir nicht einmal sicher, woher sie das überhaupt weiß. Ich frage mich, ob meine Eltern es vielleicht in einem Moment der Frustration kurz erwähnt haben könnten … Jedenfalls hätten sie so etwas niemals absichtlich getan.

Aber – ich fürchte, es ist die Wahrheit.

Als Indy dieses Mal die Tür vor meiner Nase schließt, tut sie es ganz sacht, was irgendwie noch schlimmer ist. Als hätte ihr verbaler Schlag keinerlei Nachdruck gebraucht, um gerechtfertigt zu sein.

Ich fahre mir mit der Hand durch die Haare und gehe in mein Zimmer, wo ich sofort einschlafe, sobald mein Kopf auf dem Kissen liegt.

KAPITEL 7

Sage

Ich habe mir zwar fest vorgenommen, mich nicht mehr in die Angelegenheiten anderer Leute einzumischen, aber mein Unterbewusstsein scheint sich schon jetzt dagegen zu wehren. Anders kann ich mir die Sequenz von Albträumen, die mich überfällt, nachdem Fisher wütend weggestapft ist und ich wieder eingeschlafen bin, nicht erklären. Im ersten Traum fiel seine Nichte wie in einer Endlosschleife immer wieder bei dem Versuch abzuhauen aus dem Fenster. Im zweiten stürzte sie die Klippen am anderen Ende des Grundstücks hinunter. In Wahrheit endet der Pfad durch die Klippen oben auf dem Grundstück der Andersens und nicht auf meinem, aber der steile Zickzack-Weg, der zu unserem gemeinsamen Strand hinunterführt, verläuft mal auf dem einen, mal auf dem anderen Grundstück. Deshalb könnte man vermutlich auch mich belangen, wenn dort jemand zu Schaden käme.

Mühsam erledige ich meine morgendlichen Aufgaben, während ich versuche, die Albträume abzuschütteln. Geht mich alles nichts an, erst recht nicht nach Fishers Auftritt gestern Abend. Mir vorzukommen wie eine Landpomeranze, wie eine neugierige Wichtigtuerin, ist jedenfalls das Letzte, was ich brauche.

Dabei war er am ersten Abend so höflich und dankbar, fast schon charmant. Wahrscheinlich war die Tatsache, dass ihm die Leute in den ersten Tagen die Bude eingerannt haben, nicht die beste Voraussetzung, um sich einzuleben, aber …

Bud wiehert leise, als ich seine Flanken striegele, so als spürte er meinen inneren Aufruhr. Das erinnert mich an die erste Zeit, nachdem er zu mir gekommen war. Anfangs war er zugänglich, zufrieden mit Zuckerwürfeln und Extraportionen Heu. Doch dann reagierte er immer gereizter, auch auf Wren und Ellis, wenn sie ihn besuchten. Es war eine große Veränderung für ihn, die eine Menge Unsicherheit mit sich brachte. Damit musste er erst mal klarkommen und sich an seine neue Umgebung gewöhnen. Aus der Katze, die kritisch um ihn herumschlich, machte er sich nichts, aber der riesengroße Hund war ihm nicht geheuer. Ich musste lernen, Bud *seinen* Freiraum zu lassen und mir sein Vertrauen zu verdienen, indem ich ihm meines bewies. Also nahm ich Leggieless, wenn ich zu Bud ging, immer auf den Arm und ließ Sable in sicherer Entfernung ›Sitz‹ machen, um Bud zu zeigen, dass ich die Situation unter Kontrolle hatte.

Vielleicht ist es mit Fisher in gewisser Weise genauso. Vielleicht sollte ich ihm auch erst mal helfen, sich an seine neue Umgebung zu gewöhnen, anstatt ihn mit noch mehr Neuem zu konfrontieren (selbst wenn es in guter Absicht geschieht, so wie bei meiner Idee, Sam rüberzuschicken).

Das entspricht zwar dem genauen Gegenteil dessen, was ich mir vorgenommen habe, aber was soll's. Es liegt ja auch in meinem eigenen Interesse. Nicht nur, um eine potenzielle gerichtliche Klage zu vermeiden, falls Indy zu Schaden kommen sollte, sondern um ganz allgemein das Beste aus der Situation zu machen. Wenn die beiden schon den ganzen Sommer über hierbleiben, dann sollte man diese Zeit doch so angenehm wie möglich gestalten – zumal er am Aufbau eines neuen Lokals beteiligt ist, von dem wir Einheimischen auch etwas haben wollen. Ich könnte ihm das Leben leichter machen *und* als Vermittlerin zwischen ihm und Spunes fungieren, damit das Ganze ein Erfolg wird und alle davon profitieren.

Das muss ich ihm nur erst mal irgendwie klarmachen.

Ehe ich es mir anders überlege, gehe ich zu ihm rüber.

Der Dunst, der vom Meer aufsteigt, ist heute hartnäckig, aber es ist schon so warm, dass die Sonne ihn bald vertreiben wird. Der Duft aus dem Blumengarten liegt schwer in der Luft; die letzten Pfingstrosen wurden im Mai gestutzt, aber Orangen-Jasmin, Lavendel und Zuckererbsen machen das locker wett.

Erst als Indy wenig begeistert und verschlafen blinzelnd die Tür aufmacht, fällt mir ein, dass ich vorher auf die Uhr hätte sehen sollen. Ich schrecke zurück und hole es nach.

»Fisher ist nicht da«, sagt sie derweil genervt.

»Ach, Mist. Tut mir leid. Ich hab gar nicht drauf geachtet, dass es erst sieben ist.« *Ein toller Start für mein Stadt-Vermittlungs-Projekt!* »Wo ist er denn schon so früh?« *Wird ja immer besser mit diesem dezenten Versuch.* »Also, nicht, dass du mir das sagen müsstest. Geht mich eigentlich nichts an.«

Missmutig verzieht sie das Gesicht und hält mir anstelle einer Antwort einen Zettel vor die Nase: *Laden.* Dann hebt sie wortlos die Augenbrauen, was wahrscheinlich bedeuten soll: *Sonst noch was?*

In dem Moment erinnert sie mich irgendwie an Leggieless. Er war schon ein ausgewachsener Kater, als er mit einem gebrochenen Bein hinter dem örtlichen Coffee Shop *Magic Bean* auftauchte. Dr. Lindhagen Sr., Serenas Vater, amputierte ihm das Bein und empfahl, ihn an jemanden zu vermitteln, der ihn im Haus halten würde und wo er ein bequemes, entspanntes Leben führen konnte. Dad war gerade gestorben, und Ellis ließ mir noch einiges durchgehen. Also durfte ich die Katze mit nach Hause nehmen.

Legs war der reinste Horror. Er knurrte, fauchte, bespuckte und zerkratzte alles Lebendige und pinkelte überall ins Haus. Hartnäckig versuchte er immer wieder, sein Gewicht auf das nicht mehr vorhandene Bein zu verlagern und landete prompt jedes Mal jaulend auf dem Hintern.

Als bei einer Prügelei von Silas und Micah die Fliegengittertür zu Bruch ging, nutzte Legs sofort die Gelegenheit und stürmte nach draußen. Ich war untröstlich, obwohl sich das Vieh so unmöglich benommen hatte.

Ich war noch ein halbes Kind und fühlte mich von allem und jedem alleingelassen. Natürlich hatten mich meine Eltern nicht freiwillig verlassen, aber das verstand ich damals noch nicht. Und das Verhalten dieser dämlichen Katze kam mir vor wie ein weiterer Betrug.

Als Legs am nächsten Tag wieder auftauchte, mit einem toten Kaninchen zwischen den Zähnen munter über die Wiese hüpfte und mir das makabre Geschenk vor die Füße warf, wurde mir klar: Auf die Jagd gehen zu können, hatte ihn glücklicher gemacht – und zahmer. Eine Bestimmung zu haben, hatte ihm … ja, eine *Bestimmung* gegeben.

»Weißt du, eigentlich wollte ich sowieso mit *dir* reden«, sage ich zu Indy. Was sogar der Wahrheit entspricht, auch wenn es mir gerade erst eingefallen ist. »Könntest du mir vielleicht bei ein paar Sachen helfen?«

Wie in Zeitlupe blinzelt sie dreimal. »*Wer* genau bist du eigentlich? Außer unserer schrulligen Nachbarin?«

Bei solchen Tönen rutscht mir normalerweise direkt eine Augenbraue hoch. Aber ich habe es hier eben nicht mit einer meiner Schülerinnen zu tun, der klar sein muss, dass ich die Adresse ihrer Eltern auswendig weiß, und die mir deshalb den gebührenden Respekt entgegenbringt. »Ich bin Sams Tante. Sage.«

»Oh.« Überrascht steht sie plötzlich aufrechter da. Sam sei Dank für seinen Charme! »Ach, stimmt ja. Das … äh … das hatte ich ganz vergessen«, sagt Indy. »Aber … geht klar. In zehn Minuten?«

»Klingt gut. Ich warte dann am Zaun auf dich.«

★ ★ ★

Fünfzehn Minuten später kommt sie mit verschränkten Armen und besorgtem Gesicht auf mich zu. »Du laberst jetzt aber nicht so was wie ›Sam ist ein guter Junge, und wenn du ihn verletzt, mache ich dich fertig‹, oder?«

Ich lache schnaubend. »Nein, eigentlich wollte ich mich mit dir nur über Safer Sex unterhalten«, sage ich ungerührt. Und wenn man vor Scham in Ohnmacht fallen könnte, wäre ihr das jetzt garantiert passiert. »Weißt du, wenn zwei Leute sich sehr, sehr gern haben, kann es schon mal vorkommen, dass ihnen die Gefühle durchgehen …«

»O mein Gott, nein! *Stopp!* Auf so eine Unterhaltung kann ich echt verzichten.« Sie rudert mit den Armen, als wäre sie vor Verlegenheit kurz davor, im Boden zu versinken.

Und ich kann mich nicht mehr zusammenreißen, sondern fange grölend an zu lachen. »Das war nur ein Scherz, Indy.« *Ich wollte mich bloß auch mal beschissen benehmen,* verkneife ich mir zu sagen. *Aber ehe wir hier in Ernsthaftigkeit abdriften, beschäftigen wir dich doch lieber körperlich ein bisschen, damit du geistig zur Ruhe kommst (und dich vielleicht ein bisschen öffnest).*

★ ★ ★

Genau das machen wir dann auch. Und eins muss ich ihr lassen: Sie ist eine große Hilfe, und ich höre erstaunlich wenig Beschwerden. Wir verzichten auf irgendwelchen Small Talk – abgesehen von ein paar Bemerkungen über das Wetter und Pläne fürs Wochenende –, während sie mir hilft, ein flaches Loch für den neuen Gänseteich zu graben. Als wir es in den richtigen Maßen ausgehoben haben, streuen wir zersetzten Granit aus, bevor wir die Vertiefung mit Isolierfolie auskleiden, die wir an den Rändern mit Kieselsteinen beschweren.

Dabei läuft Gary ständig hinter Indy her und beschwert sich

lautstark, wenn sie nicht stehenbleibt. Als Gronk sich ihr aufgebracht nähert, führt sich Gary auf, wie ich es noch nie erlebt habe. Er schnappt nach Gronk und schiebt sich mit kampflustig gerecktem Hals zwischen die beiden.

»Hm«, sage ich. Ich glaube, ich weiß, was das bedeutet.

»Was ist?«, fragt Indy und wischt sich den Schweiß von der Stirn.

»Tu mir mal einen Gefallen. Leg dich ins Gras. Ich will sehen, was dann passiert.«

Indy verdreht die Augen, legt sich aber ohne Widerspruch auf die Wiese. Und wie ich vermutet hatte, schnappt sich Gary einen Zweig und watschelt damit zu ihr, so schnell ihn seine kleinen Beinchen tragen. Er legt den Zweig neben ihren Kopf, watschelt wieder los und sammelt ein paar Federn, noch weitere Zweige, ein Stück Schnur und sogar ein paar Mooskissen. All das arrangiert er sorgfältig um Indy herum.

»Was macht er denn da?«, fragt sie.

»Er baut dir ein Nest!« Ich pruste vor Lachen. »Er hat dich zu seiner Frau erkoren«, erkläre ich ihr dann.

Mit runtergezogenen Mundwinkeln setzt sie sich auf und wirft Gary einen empörten Blick zu. »Durchgeknallter Vogel.«

»Sind wir das nicht alle?«, bemerke ich lakonisch. Aber das Ganze könnte wirklich ein kleines Problem werden. Gänse brauchen Partner. Gary und Gronk haben sich noch nicht so recht angefreundet, aber bis jetzt kamen sie immerhin ganz gut miteinander aus. Doch nun würde Gary Gronk vermutlich sogar die Federn ausreißen, wenn er dächte, dass es Indy glücklich machen würde.

Ich setze es auf die Liste künftig zu regelnder Probleme und will schon zur nächsten Aufgabe übergehen, da fällt mir etwas ein.

»Wir sind jetzt schon fast drei Stunden hier draußen. Glaubst du, Fisher ist noch immer einkaufen?«

Indy verdreht die Augen. »Ja. Beim ersten Mal hat er fast vier Stunden gebraucht.«

»In *unserem* Laden? Hier in Spunes? Was macht er denn da so lange?«

Achselzuckend nimmt sie wieder ihre übliche Haltung ein und verschränkt die Arme. »Wahrscheinlich nicht nur hier. Er geht immer in mehrere Geschäfte. Er ist nämlich dabei, eine Speisekarte zu kreieren und wohl auf der Suche nach regionalen Zutaten. Er weiß, glaube ich, nie mehr so recht, was er kochen soll. Aber frag lieber nicht weiter«, fügt sie hinzu, weil sie mir vermutlich angemerkt hat, dass ich genau das vorhatte.

»Hm«, sage ich stirnrunzelnd. Wie traurig, dass ein Koch in einem Laden rumrennt und nicht weiß, was er kochen soll!

»O Gott«, schnaubt Indy. »Hab bloß kein *Mitleid* mit ihm! Das will er bestimmt nicht, und verdient hat er es auch nicht.«

Lächelnd schüttele ich den Kopf. »Und du glaubst, du kannst beurteilen, was bemitleidenswert ist?«

Ihr vielsagendes Grinsen hat etwas Herausforderndes. »Angesichts der Tatsache, dass meine Mutter tot ist – ja, ich glaube, schon.« Sie tippt sich an die Brust.

Das mag ich immer so an Teenagern. Erwachsene eiern immer erst mal lange herum, bis sie sich sicher genug fühlen, um etwas Bedeutsames von sich preiszugeben. Teenager hingegen erwarten, dass sie mit minimalem Aufwand verstanden und gesehen werden.

Außerdem höre ich bei Indy auch Galgenhumor heraus – eines der bevorzugten Mittel ihrer Generation. »Vollwaise mit zwölf.« Ich tippe *mir* an die Brust.

»Mein Vater wollte mich gar nicht«, kontert sie und zieht die Nase kraus. »Also war ich mit zwölf Vollwaise *und* wurde eigentlich auch schon vorher verlassen. Doppeltes Pech.«

»Von halbwüchsigen Brüdern aufgezogen«, spiele ich den Ball

volley zurück. »Gezwungenermaßen viel zu schnell erwachsen geworden, was dazu geführt hat, dass ich ständig alles tue, um für jemanden oder etwas eine Bedeutung zu haben.« *Uff, ein Eigentor.* »Ich sage immer viel zu schnell Ja, weil ich Angst habe, dass ich verlassen werde, wenn ich nicht nützlich bin«, füge ich hinzu und bin angesichts dieser Erkenntnis selbst ein bisschen betroffen. »Ich … will meine Welt überschaubar halten, glaube ich, damit ich darin nicht untergehe.«

Indy sieht mich mit zusammengekniffenen Augen verwundert an, dann sagt sie: »Ich will genau das Gegenteil. Ich will meine Welt ausdehnen, damit ich nicht in eine Ecke gedrängt werden kann und feststecke. So weit, dass ich etwas Großes tun kann oder immerhin die Chance dazu habe.«

Ich nicke zögerlich und erwidere mit einem Schulterzucken: »Laut der Heiligen Dreifaltigkeit, auch bekannt als *The Chicks,* kann man in der großen, weiten Welt auch große Fehler machen.«

Unwillkürlich muss sie grinsen. »Das kann ich mir auch ganz nett vorstellen«, gesteht sie dann.

★ ★ ★

Als Fisher etwa eine Stunde später zurückkommt, hockt Indy grüblerisch unter der Leiter, während ich das Fenstergitter abmontiere. Er steigt aus seinem Truck, geht schnellen Schrittes zu ihr und redet in abgehacktem, gedämpften Ton auf sie ein.

»Bist du so weit?«, rufe ich zu Indy hinunter.

»Jap«, kommt ihre Antwort. Ich lasse das Gitter hinunter und sehe aus dem Augenwinkel, dass Fisher seine Einkaufstüten abstellt.

»Glaubst du etwa, du machst deinen Nachbarn eine Freude, wenn du ihr Haus auseinandernimmst?«, ruft er mir zu.

Ich schenke ihm ein strahlendes Lächeln. »Ich bringe hier auch jedes Jahr die Weihnachtsbeleuchtung an und nehme sie wieder ab«, antworte ich, bevor ich die Leiter runtersteige.

Er murmelt etwas Verständnisloses, dann nimmt er Indy das Gitter ab. Ich klappe die Leiter zusammen und drehe mich zu den beiden um.

»Dafür hast du bestimmt bald eine Klage am Hals«, sagt Fisher mit einem Nicken zu mir und der Leiter.

»Sind wir hier fertig?«, fragt Indy.

»Apropos Klage«, hake ich beflissen nach. »Ich muss euch noch den offiziellen Weg zum Strand zeigen. Sonst kann das nämlich gefährlich werden.« Ich lasse ihnen keine Zeit zur Widerrede, stelle die Leiter beiseite und gehe mit den beiden zu dem Pfad durch die Klippen. Dort weise ich auf die Markierungen des sichersten Wegs nach unten.

Als ich mich wieder umdrehe, stehen die beiden mit dem gleichen Gesichtsausdruck in der gleichen Haltung da: stirnrunzelnd mit verschränkten Armen.

Indy nutzt das kurze Schweigen und murmelt hastig: »Alles klar. Danke.« Dann verzieht sie sich in Richtung Haus. Fisher will ebenfalls gehen, aber ich sage rasch: »Übrigens, sie war mir heute eine große Hilfe.«

Überrascht dreht er sich um. »Tatsächlich?«

»Ja«, antworte ich. »Wenn du nichts dagegen hast, frage ich sie diesen Sommer öfter mal, ob sie mir hier und da ein bisschen zur Hand gehen will. Bei der Gartenarbeit und allem, was sonst so anfällt.« Hastig füge ich hinzu: »Gegen Bezahlung natürlich.«

Er legt den Kopf schief und sieht mich befremdet an. »Du willst ihr einfach einen Job anbieten? Was, wenn sie eine Kriminelle ist?«

»Darüber müsste ich dann Genaueres wissen«, gebe ich grinsend zurück. »Und? Ist sie eine?«

Er mustert mich nachdenklich. »Keine überführte.« Er stößt

einen Seufzer aus. »Und danke. Das wäre toll. Ich glaube, es würde ihr guttun, eine Aufgabe zu haben.« Sein Blick flackert, als sei er nicht ganz sicher, ob seine Zustimmung angebracht war. Die letzten Wolken haben sich in der frühen Nachmittagssonne aufgelöst, und mit der golden schimmernden Wiese im Hintergrund sieht Fisher aus wie ein einsamer, dunkler Schatten. Eine Biene schwirrt träge an ihm vorbei, aber er ist so in Gedanken versunken, dass er nicht mal mit der Wimper zuckt. Mir fällt wieder ein, was Indy gesagt hat: dass er nie mehr weiß, was er kochen soll. Und ich frage mich, was ihn so verunsichert hat.

»Gut, dass ihr hier seid«, sage ich und ziehe damit seinen Blick wieder auf mich. »In vielerlei Hinsicht«, füge ich hinzu und merke erst, als ich es schon ausgesprochen habe, wie schräg das klingt. »Ich meine, nicht nur, weil Indy mir ab und zu helfen kann, sondern … sondern überhaupt«, stammele ich und mache eine unbestimmte, ausladende Handbewegung.

Er lässt sich zu einem leichten Lächeln hinreißen. Und siehe da, plötzlich sieht er geradezu freundlich aus, auch wenn er nur kaum merklich lächelt. Sofort schreit meine innere Stimme: *»Noch mal! Mach das noch mal!«*

»Danke«, sagt er in sichtlich aufgerichteter Stimmung und Haltung.

Und ja, ich werde es einfach noch mal sagen. »Gut, dass ihr hier seid.«

Diesmal kann ich sein Lachen sogar hören, tief und dröhnend, was auch mir direkt ein Lächeln ins Gesicht zaubert, so breit, dass ich mir auf die Unterlippe beißen muss, um es wieder einzufangen.

Mit erkennbarem Schlucken wirft er einen Blick zum Haus. »Äh, ich muss dann mal die frischen Sachen reinbringen«, sagt er.

»Oh, Mist. Stimmt«, sage ich. »Tut mir leid. Und ich muss die Leiter wegbringen.«

Wir eilen zurück über die Wiese, und dann helfe ich ihm automatisch, die Einkaufstüten aus dem Auto zu holen.

»Das brauchst du nicht«, sagt Fisher etwas irritiert, als ich mit dem Ellbogen die Haustür aufstoße. »Du hast schon genug getan.« Ob er genervt oder überrascht ist, kann ich nicht einschätzen. Vermutlich beides.

»Du kannst mir ja helfen, die Leiter zurückzubringen, wenn dir das die typisch männlichen Schuldgefühle nimmt«, gebe ich scherzhaft zurück.

Er zieht schnaubend eine Augenbraue hoch, verzichtet aber auf eine Antwort, als er merkt, dass ich inzwischen versuche, mir auf die unterschiedlichen Lebensmittel einen Reim zu machen: Kaviar und irgendwelche undefinierbaren Fleischstreifen und frisch eingeschweißter Lachs, den er offenbar im Hafen gekauft hat.

»Einfach Hühnchen mit Reis ist wohl nicht so dein Fall«, stelle ich fest.

Er wirft mir über die Kücheninsel einen finsteren Blick zu. »Ich bin mir nicht zu fein für Hühnchen mit Reis«, sagt er. »Du solltest mich wegen der Fischeier nicht direkt in eine bestimmte Schublade stecken.«

Ich hebe in einer Unschuldsgeste die Hände. »Ob du es glaubst oder nicht, eigentlich war es nicht der Kaviar an sich, der mich stutzig gemacht hat«, antworte ich. »Ich wusste bloß nicht, dass es den hier überhaupt gibt. Du bist wahrscheinlich in diesem Jahr der Erste auf dem Fischmarkt, der ihn kauft.« Nachdem er im letzten Jahr vermutlich auf speziellen Wunsch irgendwelcher Touristen ins Sortiment genommen wurde. Aber das behalte ich für mich.

Fisher macht sich wieder daran, seine Einkäufe wegzuräumen. »Ich entwerfe eine Speisekarte für das neue Restaurant, das gerade in der Stadt gebaut wird. *Starhopper* soll es heißen.«

»Wenn du Kaviar auf die Speisekarte setzt, wird es wohl eher zu einem Star-Flopper«, sage ich lachend, reiße mich aber sofort zusammen, als ich seinen gequälten Blick bemerke. »Entschuldige den dämlichen Witz – war mit Sicherheit einer meiner schlechtesten. Trotzdem … so was wird hier niemand essen. Das meine ich nicht beleidigend, ganz ehrlich, aber du solltest vielleicht etwas Gängigeres in Erwägung ziehen.«

Er stößt einen erschöpften Seufzer aus. »Also noch mehr weise Ratschläge?«

Damit hat er recht. Ich kann mich einfach nicht bremsen. Er findet mich garantiert jetzt schon unerträglich.

»Zustrom von Touristen haben wir eigentlich nur im August«, erkläre ich ruhig. »Den Rest des Jahres sind wir Einheimischen deine Stammgäste.«

Er nickt hölzern. »Dann helfe ich dir jetzt mit der Leiter«, sagt er und beendet damit die Diskussion.

Wir gehen nach draußen, nehmen jeder ein Ende der Leiter und tragen sie schweigend in meine Garage. Als ich mich zu Fisher umdrehe, um mich zu verabschieden, tritt er mit in die Hüften gestemmten Händen von einem Fuß auf den anderen, als wolle er noch etwas sagen.

»Vielleicht kannst du mir deine Ansicht zum Thema Speisekarte und so weiter ja mal mitteilen, wenn ich daran arbeite«, sagt er mit einem Gesichtsausdruck, bei dem ich fast wieder in Gelächter ausbreche. Aber klar, bei so etwas meine Hilfe in Anspruch zu nehmen, muss eine Qual für ihn sein.

»Gern«, sage ich. Darauf antwortet er mit einem knappen Nicken, wobei ihm eine Haarsträhne ins Gesicht fällt. Dann geht er, ohne noch etwas zu sagen. Ich sehe ihm nach, beobachte, wie er sich den Nacken reibt und die Schultern kreisen lässt, als müsse er eine Verspannung loswerden.

KAPITEL 8

Fisher

Ich versuche, das Ende einer Kiesauffahrt zu erreichen, aber die Kieselsteine rutschen mir unter den Füßen weg – wie Sand in einer Sanduhr, der mich mit in die Tiefe reißen will.

Freya steht an ihrem alten Auto und winkt mir zu, und ich gebe mir verzweifelt Mühe, sie zu erreichen. Ich muss sie warnen; sie darf nicht losfahren.

Ich schreie, aber kein Ton kommt heraus. Meine Füße schlittern über diese verdammten Steine, aber sie entfernt sich immer weiter, bis ich falle, und plötzlich rutscht auch noch der Boden unter meinen Händen weg. Und dann sehe ich meine Eltern auf der Veranda; ruhig und wohlwollend wie immer.

»Kannst du sie nicht erreichen?«, fragt meine Mutter.

»Ich schaff's nicht«, möchte ich sagen, aber die Worte verlassen meine Lippen nicht, sondern sind bloß ein ersticktes Schluchzen.

Als ich mich wieder zu Freya umdrehe, ist sie weg, und stattdessen steht Indy da und steigt mit finsterem Blick in einen Jeep. Ich versuche, mich aufzurichten, zu schreien, aber es kommt nichts. Es ist hoffnungslos, und ich falle nutzlos immer tiefer und tiefer. Und jetzt ist da – Moment, was zum Teufel – eine Gans? Das Tier gibt ein Trompeten von sich, und ich …

Ich richte mich schweißgebadet und keuchend im Bett auf. Fasse mir ins Gesicht und wische meine Tränen weg. Ungeduldig tippe ich dann auf mein Handy, um den Alarm des Weckers zu ersticken, und versuche zu Atem zu kommen. Draußen ist es bereits hell, aber noch bewölkt, wie es hier öfter der Fall zu sein scheint. Hier, in Spunes – Oregon. Wo ich den Sommer über festsitze und versuche, meiner Nichte, meiner Chefin … und wohl auch mir selbst etwas zu beweisen.

Ich konzentriere mich darauf, meine Atmung zu beruhigen, während ich die Beine aus dem Bett hieve, mir eine Jeans überziehe und meinen morgendlichen Pflichten nachgehe. Aber ich kann dieses schwummrige, hohle Gefühl meines Traums irgendwie nicht abschütteln. Ohne mir dessen bewusst zu sein, gehe ich in die Küche und fange an, Dinge aus den Regalen zu holen und in andere zurückzustellen. Dies ist zwar weder mein Zuhause noch mein Restaurant, aber ich räume das Besteck trotzdem in eine Schublade, die mir dafür sinnvoller erscheint. Dasselbe gilt für die Küchenmesser. Dann stiere ich in den Kühlschrank, der genauso gut ein schwarzes Loch in eine andere Dimension sein könnte.

Ich bin ein Koch, der nicht kochen kann, gebe ich schließlich zu. Oder es zumindest nicht will.

Ich kann wie am Fließband arbeiten, kann die Gerichte zubereiten, die ich schon tausend Mal gemacht habe … Aber mir will zum Verrecken nichts Neues einfallen, und ich schaffe es noch nicht einmal, die Rädchen in meinem Kopf genügend in Schwung zu bringen, um ein paar der alten Klassiker aufzupeppen. Ich denke dauernd daran, was Carlie über einen potenziellen Neustart und die Rückkehr zu den Grundlagen gesagt hat. Und das möchte ich ja auch, aber ich scheine einfach nicht zu wissen, wie es geht. Ganz bestimmt könnte ich die Marrow'schen Brennnessel-Ravioli mit weißer Trüffelbutter und Trompetenpfifferlingen zubereiten, aber wieso zum Geier kann ich mich nicht mehr an Freyas oder Indys Lieblingsfrühstück erinnern? Gestern beim Einkaufen war ich ebenfalls wie gelähmt. Allein bei dem Gedanken an all die Produkte, die mich aus den Regalen heraus angestarrt haben, schlägt mein Herz plötzlich schneller, und meine Handflächen werden taub. Einfach alles hat sich angefühlt, als wäre es vor meinen Augen zum Leben erwacht, um mich zu verhöhnen.

Die Türklingel übertönt den Lärm meiner ohrenbetäubenden Gedanken, und ich verkrampfe mich noch mehr, sofern das überhaupt möglich ist.

Nach dem Albtraum heute Morgen und dem, was auch immer das hier gerade ist, kann ich es absolut nicht verkraften, schon wieder jemand Neues kennenzulernen. Keine Chance, da mach ich nicht mit. Aber wenn ich versuche, nach oben in mein Zimmer zu fliehen, sieht man mich durch diese verdammten Fenster.

* * *

Durch das Fenster über dem Waschbecken beobachte ich, wie sich das Gras auf der Wiese leicht im Wind wiegt – es ist dicht und hoch. Wenn ich mich da hinlege, kann man mich vielleicht nicht sehen …

Ich zögere nicht lange, denn mein Gehirn versagt immer noch und macht keine Anstalten, mir einen klaren Gedanken zu bescheren. Ich ducke mich und schleiche durch die Seitentür hinaus, als wäre ich Mitglied eines SWAT-Teams. Ich tapse auf Zehenspitzen die Veranda hinunter, dann husche ich um den Truck herum. Als ich den Zaun an der Wiese erreiche, krieche ich unter den Latten hindurch und werfe keinen einzigen Blick mehr zurück.

Die Demütigung und die Überstimulation schlagen zusätzlich auf meinen ohnehin schon düsteren Gemütszustand. Es ist mir einfach alles zu viel.

Aber ich möchte endlich wieder in der Lage sein, meinen Job zu machen – selbst wenn dieses Spunes-Intermezzo bloß eine Generalprobe für die echte Show in New York ist, möchte ich meine Chance nutzen, alles zurückzubekommen. Was wiederum bedeutet, dass ich *diesen* Job hier ordentlich machen muss, so zeitlich begrenzt er auch sein mag. Nicht nur, um mich zu beweisen, sondern auch, um mir wieder einen Hauch Selbstwertgefühl zu verschaffen.

Scheiße noch mal, ich will endlich diesen Zustand hinter mir lassen, der über die letzten Jahre hinweg angesichts der harmlosesten Dinge mein Blut in Wallung gebracht und mir den Atem geraubt hat. Ich möchte diesen schrecklichen Albtraum endlich beenden. Ich will alles in Ordnung bringen, und das kann ich nur, indem ich etwas finde, worauf ich hinarbeiten kann – zum Beispiel mithilfe dieses Sommerjobs.

Doch anstatt mich reinzuhängen und Abhilfe zu schaffen, verstecke ich mich auf einer gottverdammten Wiese, nur um einen Moment des Friedens zu finden. Um nicht mit anderen Menschen sprechen zu müssen.

Verdammt. Einst war ich Michelin-Sternekoch und habe all die Aufmerksamkeit genossen – habe geradezu in ihr gebadet. Was zum Teufel mache ich hier eigentlich?

Ich lege den Arm über meine Augen, um mich vor der blendenden Sonne zu schützen, und versuche, mich an die Atemübungen zu halten, die Dr. Deb mir beigebracht hat. Doch statt sich zu beruhigen, nutzt mein Verstand die Gelegenheit, sich denselben üblichen Mist ins Gedächtnis zu rufen und ihn ohne meine Erlaubnis immer und immer wieder abzuspielen …

»War jemals etwas so gut, dass du es von dir stoßen wolltest? Vielleicht ein Film, ein Buch oder ein Urlaub – so derart unvergesslich, dass du dich gegen sein Ende gewehrt hast? Dass du auf Pause drücken und das Unausweichliche hinauszögern wolltest?« Ich würde glatt töten, um endlich wieder einen Funken dieses inneren Feuers zu spüren.

Einst wurde ich von den gefürchtetsten Restaurantkritikern der Welt umschwärmt. Ich gehörte zu den Besten in einem bekanntermaßen schweren Berufsfeld und habe jede einzelne Sekunde geliebt. Ich gierte förmlich danach, blühte in dieser Welt auf. Pure Leidenschaft, Eifer und wildes Adrenalin, das ständig meine Adern durchströmte.

Sobald ich allerdings meine innere Taubheit überwinden will und mich ermahne, im Hier und Jetzt präsent zu sein, zu versuchen, zu alter Stärke zurückzufinden … drängt sich trotzdem alles Schlechte zuerst in den Vordergrund. Was wiederum der Grund dafür ist, dass ich gerade rücklings in einem käferverseuchten Feld liege, piksendes Unkraut mein Hemd durchsticht und … etwas auf mich zukommt? Das Rascheln von Gras wird lauter. Ich kann nichts weiter tun, als mir schnellstmöglich eine Notlüge einfallen zu lassen.

Der dreibeinige Kater von neulich Abend taucht zwischen den Halmen auf und beäugt mich scheinbar ungeduldig. Ich wedle dumpf mit der Hand.

»Hi«, grummle ich.

Ich könnte schwören, dem Kater entfährt ein Seufzer; er rümpft die Nase, und die Schnurrhaare zucken, bevor er widerwillig noch näherkommt, sich auf meinem Brustkorb niederlässt und mit seiner einzigen Vorderpfote zu treten anfängt.

»Hey, *aua!* Verdammt …« Er schnurrt laut, und seine Krallen graben sich bei jedem Stoß wie winzige Klingen in meine Haut. Ich versuche, seine Pfote von meinem Hemd zu lösen, woraufhin er sich nur noch heftiger festkrallt. Ich zerre erneut an ihm und bin sicher, dass ich mittlerweile irgendwo blute. »Hey, so läuft das aber nicht, Freundchen!«, sage ich ihm ins pelzige Gesicht. Er besitzt doch tatsächlich die Frechheit, genervt dreinzublicken; die Ohren angelegt und die Augen zu Schlitzen verengt.

»Was treibst du da mit meiner Katze?«

Blinzelnd schaue ich nach oben, wo Sage in mein Blickfeld tritt und die Sonne verdunkelt. Ein schwaches Leuchten umgibt ihren Kopf wie ein Heiligenschein, ihre grauen Augen funkeln. Einen kurzen Augenblick lang bin ich wie paralysiert und vergesse meine aktuelle Situation sowie meine fehlgeleitete Wut auf sie und meinen gestrigen Unmut. Ich vergesse sogar, mich zu schämen, während ich sie ungläubig anstarre.

»Was *ich* hier treibe?« Ich reiße mich endlich zusammen und zeige empört auf ihre Miezekatze. »*Ich* werde hier misshandelt! Gott sei Dank bist du da, um mich mal wieder zu retten.« Meine Stimme ist flach und klingt leicht verärgert, obwohl ich den letzten Satz tatsächlich ernst meine. Sage ist immerhin nicht schuld an all dem Chaos, das mir ständig widerfährt. Offenbar taucht sie bloß immer wieder genau in solchen Momenten auf.

»Oh, verstehe«, sagt sie und nickt mit ernster Miene. »Der einarmige Bandit. Er ist in dieser Gegend besonders berüchtigt. Er fängt alle seine Opfer, indem er sie dazu zwingt, sich *mitten in ein Feld* zu legen.«

»Mein Angreifer hat *drei* Arme«, entgegne ich schwach.

»Ah, natürlich. Ein großer, kultivierter, weltgewandter Mann wie du könnte selbstverständlich nicht von jedem x-beliebigen Angreifer mit fehlenden Gliedmaßen zu Fall gebracht werden.«

Ich spüre, wie ihre Worte mich zum Schmunzeln bringen. Dass Sage mich ständig in irgendwelchen verletzlichen Positionen vorfindet, scheint mich wohl gebrochen zu haben. Ihr Kater sitzt immer noch unbekümmert auf meiner Brust, so als hätte er auch die letzte Mauer meiner persönlichen Festung zu Fall gebracht. Ob es nun am Gewicht dieses Fellknäuels liegt oder an Sages heiterem Lächeln – ich kann nicht anders, als der Lächerlichkeit dieser Situation zu erliegen. Das Taubheitsgefühl in meinen Gliedmaßen lässt nach, und meine verkrampften Muskeln entspannen sich.

»Heute mal nicht im Bademantel, hm?«, frage ich sie, und das Grinsen vergeht mir fast sofort, als mir klar wird, dass es gerade so klang, als hätte ich sie die letzten Tage über wie irgendein Perverser beobachtet und in wer-weiß-wie-vielen Bademänteln gesehen. Gestern, als ich sie beim Arbeiten mit Indy erwischt habe, hatte sie schließlich auch keinen an. Habe ich also etwa gerade versucht zu flirten, während ich wie ein oller Kuhfladen auf der Wiese liege? Erneut versuche ich, mich von der Katze zu befreien.

»Ich hatte gehofft, du hättest diesen Mantel vergessen.« Sage kraust die Nase und beißt sich auf die Lippe, und ich lache erleichtert auf. Sie versteht zum Glück, dass ich den Kuhfleckenmantel aus der Nacht meine, in der wir uns kennengelernt haben.

»So, dann wollen wir mal.« Sie geht in die Knie, und prompt blendet mich die Sonne wieder.

Unter kurzem Protestknurren wird das Tier schließlich entfernt und huscht anschließend ins Gebüsch. Während ich mich aufrichte und abstaube, versuche ich, mir eine Geschichte auszudenken, die erklären könnte, was ich überhaupt hier draußen treibe.

Doch bevor ich ansetzen kann, sagt sie: »Probier das hier mal.« Sie strahlt mit einem derart warmen Lächeln, als hätte sie gerade eine Portion Sonnenschein verschluckt. Sie holt etwas aus dem Korb, den sie neben sich auf dem Boden abgestellt hat, und hält mir dann ein Stück Gebäck vor die Nase. »Ich wollte nur vorbeikommen, um dir und Indy die hier zu bringen. Als Dankeschön für gestern.«

Ich beäuge das Gebäck misstrauisch. »Ich bin eigentlich kein großer Fan von Süßkram.«

»Jetzt stell dich nicht so an, probier einfach«, beharrt sie. Ihr freches Augenrollen löst etwas in mir aus. Am liebsten würde ich sie packen und ihr den Pferdeschwanz langziehen. »Außer natürlich, du bist allergisch oder so«, fügt sie hastig hinzu.

Martha O'Doyles stechender Blick taucht in meinem Kopf auf. »Und da ist auch ganz bestimmt kein Gift drin?«

Sie schaut mich verwirrt an und nimmt einen herzhaften Bissen. Ich versuche, nicht auf ihren Mund oder ihre Zunge zu achten, als sie einen Krümel aus ihrem Mundwinkel leckt. »So, jetzt glücklich?«

Ich wurde schon länger nicht mehr beglückt. Dieser Gedanke sowie das plötzliche Verlangen, das ihm folgt, erschrecken mich. Noch so ein unerwartetes Gefühl, das nicht unbedingt schlecht ist, sondern bloß ... überraschend. Ich strecke die Hand aus, nehme das Gebäck entgegen und beiße in das Stück, in das sie bereits gebissen hat. Es schmeckt spritzig, nach süßen Beeren und kühler Zitrone, mit einem hellen Blütenaroma – vollmundig und buttrig im Abgang.

»Wow«, entfährt es mir, und ich bin aufrichtig verblüfft.

»Jap. Und die sind von gestern«, sagt sie stolz. »Hey, sag mal, hast du Zeit, mir bei etwas zu helfen?«

Ich seufze. Ich hätte wissen müssen, dass dieses Vergnügen seinen Preis hat. Trotzdem würde ich gern etwas Boden gutmachen, nachdem ich wieder einmal bei einem Missgeschick erwischt wurde. Es würde auch mein Gewissen beruhigen, wenn ich für ein paar meiner vorherigen, schlechten Manieren büßen könnte.

»Ja klar«, antworte ich und schaffe es sogar, diesmal nicht grantig zu klingen.

»Ah, bevor ich es vergesse ...«, setzt sie an, »vielleicht gibst du mir lieber deine Nummer, damit du nicht wieder davonläufst, wenn ich das nächste Mal bei dir klingele, oder?«

Mist. »Sage, es tut mir leid«, sage ich. »Ich wusste nicht, dass du es warst. Ehrlich. Ich konnte nicht klar denken und –«

»Halt, schon gut«, entgegnet sie und tätschelt mir sanft die Schulter. »Ich versteh das. Aber ...« Sie stößt ein leichtes Seufzen aus. »Du hast immerhin angeboten, mir einen Gefallen zu erwidern, und ich muss einfach darauf zurückkommen. Es ist meine heilige Pflicht, dir in Sachen Kleinstadtleben eine Lektion zu erteilen.«

Mir fällt das Shirt auf, das sie heute trägt. Es zeigt eine Reihe verschiedenfarbiger Pferdeköpfe und -mähnen, ein paar davon zu Zöpfen geflochten, ein paar mit zotteligem Pony, und sogar ein Irokesenschnitt ist vertreten. Auf dem Schriftzug darüber steht »Hairy Styles«. Ich bin mir sicher, dass diese Frau ein ganzes Arsenal solcher Spruch-Oberteile besitzt. »Ach ja?«, frage ich.

»Allerdings. Erste Lektion: Leere Gesten gibt es hier nicht. Die Leute nehmen alle Arten von Gefälligkeitsangeboten dankend an. Das beste Beispiel steht übrigens vor dir.« Sie breitet ihre Hände aus. Heute trägt sie rosa Nägel und einen großen, türkisfarbenen Ring. Sie nickt mir zu, bevor sie sich umdreht und in Richtung ihres Hauses davonzieht. Ich stopfe mir den Rest des Leckerbissens in den Mund und folge ihr unbeholfen. Ich kann den Blick nicht von ihr abwenden. Das enganliegende Oberteil. Die Jeansshorts. Zierlicher Oberkörper, kräftige Arme, wohlgeformte, muskulöse Oberschenkel, die auf großzügig geschwungene Hüften treffen und …

»Scheiße«, zische ich, als mein Fuß an einer Wurzel im Boden hängenbleibt. Dann werde ich vom schrillen Gebell ihres Hundes davon abgehalten, auf ihren Hintern zu starren. Ich habe diese Töle in den letzten Tagen schon aus der Ferne herumlungern sehen, aber aus der Nähe bin ich von ihrer Größe überrascht. Auf den Hinterbeinen muss das Vieh an die zwei Meter groß sein.

»Ist dieses Tierchen freundlich gesinnt?«, will ich wissen.

»Ja«, lautet die Antwort. »*Zu* freundlich, wenn ich ehrlich bin. Sable ist als Herdenschutzhündin durchgefallen, also habe ich sie aufgenommen, als ihre ehemaligen Besitzer sie ins Tierheim brachten. Sie ist zu groß für die meisten, also wurde ich angerufen.« Sage gibt der liebenswerten Riesin ein paar Streicheleinheiten, bevor wir weitergehen. Sable drückt mir einen schlabbrigfeuchten Kuss auf den Unterarm, fast wie eine Art Gütesiegel. Hoffentlich gibt sie diesen Gedanken an den Kater weiter.

Anschließend werde ich offiziell den beiden Gänsen Gary und Gronk vorgestellt, und ich lerne etwa ein Dutzend Hühner kennen, deren Namen ich mir höchstwahrscheinlich niemals merken werde. Als wir um die hinterste Ecke des Hauses biegen und damit Sages Seite des Grundstücks betreten, die man von unserem Ferienhaus aus nicht sehen kann, gelangen wir an einen unglaublich großen Blumengarten. Den größten Teil des Gartens nehmen Reihen über Reihen planenbedeckter Hügel ein, im hinteren Teil steht ein großes Gewächshaus, und blühende Hecken zieren die Seitenränder. Hunderte von bunten Blütenköpfen wiegen sich fröhlich im Wind, es duftet angenehm und frisch.

Meinem Mentor – einem spießigen, aber brillanten Arschloch – waren Gerüche auch immer wichtig. Seine Küchenbrigade durfte niemals irgendetwas auch nur annähernd Duftendes tragen. Er wollte nicht riskieren, dass es mit seinem Essen kollidierte. Ich weiß noch, wie er einmal einen Souschef wegen seines Deos verbal zusammengestampft hat. Aus demselben Grund war er auch sehr wählerisch, wenn es um Blumen ging, die er im Lokal zuließ, und auf den Tischen selbst durften fast nie welche stehen. Doch auch wenn mein Wissen vergleichsweise begrenzt ist, habe ich über die Jahre in der Küche viele Blumen kennengelernt. Solche, die entweder essbar sind oder eine gute Ergänzung darstellen. Als Sage mir eine umfassende Führung gibt, erkenne ich eine Vielzahl von ihnen wieder: Lavendel, Rosen und sogar dekorative Knospen, die wir oft zum Anrichten verwendet haben, wie Stiefmütterchen, Violen und Knopfblumen. Ich erkenne, wo Sonnenblumenstängel aus der Erde schauen – Sage sagt, dass es sich um eine weißblühende Sorte handelt. Stolz zeigt sie auf einen Bereich mit Butterblumen und Windröschen sowie auf ein ganzes Beet voller Dahlien – die ihr laut eigener Aussage ein paar Schwierigkeiten beim Heranziehen bereitet haben. Liebevoll und sanft lässt sie die Finger über alle Blumen auf ihrem Weg gleiten. Ich stelle mir vor, wie die Pflanzen allesamt bewundernd zu ihr hoch lächeln, während sie an ihnen vorbeigeht.

Dann verlassen wir den Garten, und Sage zeigt in der Ferne auf eine eingezäunte Weide nahe einer verfallenen Scheune. »Ich warne dich lieber jetzt schon vor«, sagt sie. »Bud ist den meisten Männern gegenüber sehr misstrauisch, also würde ich an deiner

Stelle nicht rüberlaufen und versuchen, ihm eine Karotte zu geben oder so.«

Erst jetzt bemerke ich den riesigen Kaltblüter, der gemächlich auf der Wiese grast. »Mein Gott. Normale Tiere kommen für dich anscheinend nicht infrage, was?«

Ihr Kopf neigt sich zur Seite. »Wie meinst du das?«

»Na, die dreibeinige Katze, der Hund von der Größe eines MINI Cooper und das Pferd von der Größe eines Dually-Geländewagens!«

»*Du* weißt, was ein Dually ist?« Sie lacht. »Na, hör mal – ich habe einen Hund, eine Katze, ein Pferd und ein paar Vögel. Nicht gerade exotisch. Außerdem wurden sie mir alle sozusagen aufgedrängt. Ich habe sie mir nicht ausgesucht.«

Schon wieder dieselbe Situation wie an dem Abend, an dem wir uns kennengelernt haben. Unsere Blicke bleiben aneinander hängen, und ich glaube, sie wartet darauf, dass ich die Stille breche. Aber ich weiß nicht recht, was ich sagen soll, und ich schaue auch nicht schnell genug weg. Stattdessen beobachte ich, wie sie ihren Pferdeschwanz zu einem komplizierten Knoten zusammendreht, und starre auf eine Strähne, die sie übersehen hat. Sie kringelt sich auf Höhe ihres Schlüsselbeins, genau über einer der vielen Sommersprossenkonstellationen, die unter ihrem Ausschnitt hervorlugen. Sie erinnern mich an Zimtsprenkel auf einem Dessert.

»Was zur Hölle war eigentlich in diesem Küchlein?«, entfährt es mir.

Ein leichtes Erröten zeichnet sich auf ihren Wangen ab, als sie erneut kichert und diese Trance gnädigerweise unterbrochen wird. Ich räuspere mich, bevor ich die nächste Frage stelle: »Ähem, wobei sollte ich dir nun eigentlich behilflich sein?«

»Komm«, sagt sie und geht voran in einen anderen Garten, der deutlich kleiner ist als ihr Blumengarten, aber voller erntereifem Gemüse und Obst.

»Etwas überwuchert hier, aber es reicht nicht, um es in einem Laden zu verkaufen, und bis zum nächsten Bauernmarkt würde vieles verderben«, erklärt sie mir. »Ich könnte Hilfe beim Ernten gebrauchen. Behalte ruhig, was du haben möchtest. Sieh es als Bezahlung an.«

Die beiläufige Gleichgültigkeit, die sie ausstrahlt, wirkt ein wenig gezwungen. Ich kann nicht umhin, mich zu fragen, ob sie versucht, mir zu helfen ... indem *sie* sich von mir helfen lässt.

Ich kann allerdings auch nicht leugnen, dass es funktioniert. Ich ernte ganze Körbe voll Kürbisse, Bohnen, ein paar frühreife Melonen, alle möglichen Tomatensorten und einen Scheffel Basilikum. Ich erinnere mich, dass ich in einem der Läden im Nachbarort neulich etwas Burrata gekauft habe, und denke über eine Reihe einfacher Gerichte nach, die ich mit all diesem Obst und Gemüse zaubern könnte. Schon bald habe ich im Geiste halbwegs einfache Mahlzeiten für eine ganze Woche zusammengestellt, und ich bin nicht einmal abgeneigt, die meisten davon zuzubereiten. Unter meinen Nägeln hat sich Erde angesammelt, und meine Beine brennen vom ständigen Hocken. Ein willkommenes Brennen. Ich fühle mich irgendwie entspannt.

Sage steht auf und wischt sich die Hände an ihren Shorts ab. »Danke für die Hilfe«, sagt sie.

»Ich habe zu danken«, erwidere ich aufrichtig. »Ich bin mir ziemlich sicher, dass du Indy und mich hiermit für etliche Tage versorgt hast.«

»Weißt du, ich könnte morgen auch Hilfe gebrauchen«, sagt sie zögernd. Ein Schmutzfleck ziert ihre Wange. Diese gewitzte Nachbarin hat mich anscheinend gründlich durchschaut. Ich spüre, wie mein Mund darum kämpft, nicht zu lächeln.

»Na gut. Dann komm ich morgen früh mal vorbei.«

Ihr Grinsen wird breiter, und sie macht sich rückwärts auf den Weg in Richtung ihres Hauses. Ich gehe indes langsam in Richtung meiner Herberge. »Super. Sagen wir so um acht? Wir fahren dann mit meinem Truck von hier aus los.«

»Oh.« Ich bleibe abrupt stehen. »Du willst, dass ich mit dir irgend*wohin* fahre?«

»Wärst du so lieb? Es ist so, dass sie im *O'Doyles* zu wenig Personal haben, und ich benötige ein paar größere Sachen, also brauche ich definitiv Hilfe beim Tragen und –«

»Nein, nein, mir macht es nichts aus, mit dir irgendwohin zu fahren.«

Sie zieht eine Augenbraue hoch und grinst auf eine Art und Weise, die mir das Gefühl gibt, als wüsste sie etwas, das ich nicht weiß.

KAPITEL 9

Sage

Als es um 8:00 Uhr an meiner Tür klingelt, sprinte ich ins Badezimmer, um mich schnell noch ein bisschen zurechtzumachen. Leider habe ich mich nicht über Nacht in eine unwiderstehliche Sirene verwandelt, denn wer mir da aus dem Spiegel entgegenblickt, bin immer noch ich. Vielleicht mit etwas mehr Farbe im Gesicht als sonst … und kaum auszuhaltendem Kribbeln im Bauch.

»Komm rein!«, rufe ich. Ich weiß, dass er mich hört, weil ich alle Fenster geöffnet habe, um die frische Morgenluft hereinzulassen. »Bin gleich da.«

Mich mit jemandem zu verabreden, der ein Freund werden könnte, ist aufregend, auch wenn die Bedingungen bislang nicht gerade ideal waren. Gestern hatte Fisher eindeutig mit etwas zu kämpfen. Aber ich beschloss, es nicht persönlich zu nehmen, dass er zunächst auf die Wiese abgehauen ist. Eigentlich hatte er bisher jedes Mal, wenn wir uns begegnet sind, mit etwas zu kämpfen, war mir in dem Moment aufgefallen. Deshalb wollte ich ihn eigentlich in Ruhe lassen und so tun, als hätte ich ihn nicht gesehen. Aber dann ragte plötzlich Leggieless' Schwanz wie eine Haifischfinne aus dem Gras auf, und ich sah, wie mein Kater zum Sprung auf seine Beute ansetzte. Also schlich ich mich langsam an, für den Fall, dass Fisher es nicht allein schaffen würde, sich zu befreien. Und dann lag er vor meinen Füßen – und ich stand wieder einmal da. Sein T-Shirt war hochgerutscht, weil Legs es in den Krallen hatte, und Fisher versuchte mit zusammengekniffenen Augen verzweifelt, ihn abzuschütteln. Dabei hätte er einfach nur aufzustehen brauchen, alles Weitere hätte die Schwerkraft erledigt. Aber er steckte dermaßen in seiner Panik fest, dass er wohl gar nicht auf diese Idee kam.

Jedes Mal, wenn wir uns begegnen, spüre ich eine seltsame Vertrautheit und etwas Geheimnisvolles, dem ich auf den Grund gehen will. Ich war, glaube ich, noch nie gut darin, meine Neugier zu bezwingen. Wahrscheinlich lerne ich das auch nicht mehr.

Jetzt schnappe ich mir meine Schlüssel und etwas Geld aus meiner Handtasche und stolpere fast, als ich auf dem Weg nach draußen Fisher mit dem Rücken zu mir in der Küche stehen sehe. Wieder bekomme ich dieses Kribbeln im Bauch, teils vor Aufregung, teils vor Verlegenheit, obwohl es dafür doch gar keinen Grund gibt. Erst gestern lag dieser Mann wie ein hilfloser Käfer auf dem Rücken vor mir im Gras, und trotzdem glühen meine Wangen, als ich sehe, wie er die Eierspirale in meiner Küche inspiziert. Er geht ein paar Schritte und wirft einen Blick in den Wintergarten, der heute in besonders hellem Licht erstrahlt.

Eigentlich ist es nur ein kleiner Anbau, aber rundherum verglast, auch das Dach. Man betritt ihn von der Küche aus durch eine Schiebetür und durch eine Fenstertür kommt man nach draußen. In einer Ecke steht ein senffarbener Sessel, der meinem Dad gehörte. Der Hocker daneben, auf dem sich Taschenbücher und Schulhefte stapeln, gehörte meiner Mom.

Ian hat sich immer über den Wintergarten aufgeregt. Da der Boden gefliest ist, fand er es dort im Winter zu kalt. Und im Sommer fand er es zu heiß, weil die Sonne den Raum ordentlich aufheizt. Dass ich den Wintergarten eingerichtet habe wie ein Wohnzimmer, passte ihm nicht, weil in einem *richtigen* Wohnzimmer ja wohl ein paar Leute mehr Platz haben müssten. Das Regal, das Ellis mir gebaut hat, gefiel ihm nicht, weil da zwischen Pflanzen und Erinnerungsstücken nur irgendwelcher Schnickschnack stünde, wie selbstgemachte Vasen aus Diskokugeln oder alten Tomatenbüchsen. Ian hasste alles, was nach Krempel aussah. Und die Pflanzen würden nur Mücken anlocken. *Wer will die neben der Küche schon?*, sagte er. Es kam mir immer vor, als hätte er mit dem Wintergarten das gleiche Problem wie mit mir. Ich war ihm zu unpraktisch, nicht zweckmäßig genug. Und ebenso wie er es besser gefunden hätte, den Raum zum Abstellen dreckiger Schuhe zu nutzen, wollte er auch aus mir etwas machen, das ihm sinnvoller schien.

»Wollen wir los?«, frage ich Fisher und ärgere mich über mein zaghaftes Stimmchen.

»Hübsch hier«, sagt er, während er sich noch immer umsieht.

Ich schlucke erst mal. »Ja«, sage ich dann heiser und muss mich zusammenreißen, um ihm nicht vorzuschwärmen, wie wunderbar es hier bei Tagesanbruch ist, wenn die Wiese draußen gerade vom Morgentau wachgeküsst wird, oder welch beruhigende Wirkung der Raum bei dem Trubel in der Ferienzeit hat, wenn sich draußen ringsum der Nebel senkt. Doch dann mache ich mir klar, dass ich Fisher kaum kenne, er nur vorübergehend hier ist und ich ihm nicht auf die Nerven gehen sollte, indem ich mich über die Vorzüge meines Wintergartens auslasse.

Schweigend gehen wir zu meinem Truck und fahren die Auffahrt hinunter.

»Was hat Indy denn heute so vor?« Das scheint mir ein unverfängliches Thema zu sein.

»Indy hängt heute wieder mit deinem Neffen rum«, mault er sogleich, und einmal mehr muss ich über seinen ungehaltenen Tonfall schmunzeln. Unvorstellbar, dass es auf diesem Planeten jemanden gibt, der nicht sofort von Sam begeistert ist.

»Was war denn da letztens überhaupt los?«, frage ich. »Haben die beiden den Zapfenstreich verpasst? Davon hast du noch gar nichts erzählt.«

Unbehaglich rutscht er auf dem Beifahrersitz hin und her, während ich auf die Straße abbiege. »Ich hatte Indy gar keine bestimmte Zeit genannt, zu der sie zu Hause sein sollte. Und ja, ich weiß es auch, ohne dass du mich darauf hinweist: Das war schon mal mein erster Fehler.« Wenn es um Indy geht, neigt er offenbar dazu, sich Vorwürfe zu machen oder nach einer Erklärung für ihr Verhalten zu suchen. Merkt er überhaupt, dass er sie immer in Schutz nimmt?

»Ich wage kaum zu fragen, ob das laute Hupen auch etwas mit dem Ganzen zu tun hatte«, sage ich, während ich einen Gang höher schalte und Gas gebe. »Und hoffentlich ist niemand vor Schreck auf das Lenkrad geknallt, als du sie auf frischer Tat ertappt hast.«

Er wirft mir einen kläglichen Blick zu. »So erstaunlich es scheinen mag, aber nein. Das mit dem Hupen war ich, um den beiden zu signalisieren, dass ich unfreiwillig Zeuge ihres leidenschaftlichen Gutenachtkusses wurde.«

Ich lache kurz auf, und er dreht sich zum Seitenfenster. »Freut mich, dass dich das so sehr erheitert.« Er scheint beleidigt, aber aus dem Augenwinkel sehe ich, dass seine Mundwinkel zucken. »Großer Gott, ich bin so ratlos! Bei diesem Kind verliere ich ständig die Beherrschung.«

Das erzählt er mir vermutlich nicht, weil er Aufmunterung oder Trost braucht, sondern weil er jedes Mal, wenn wir uns begegnet sind, in einer peinlichen Situation steckte – erst wegen dieses Saugroboters, dann während seines Ausrasters, weil Indy zu spät nach Hause kam, und gestern auf der Wiese. Aber trotzdem berührt mich dieses kleine Eingeständnis.

»Ich weiß nicht, ob es dir weiterhilft«, sage ich, »aber allen Eltern, mit denen ich spreche, geht es ganz genauso.«

Er gibt nur ein »Hm« von sich und sieht wieder schweigend aus dem Fenster. Ab und zu weht ein Hauch seines Dufts zu mir herüber. Frisch, aber auch warm, mit einer Note von Minze und

Holz. Dezent, aber so, dass es süchtig macht und ich mich am liebsten zu ihm rüberlehnen würde, um mehr davon abzubekommen.

Nach einer Weile unterbricht er mich bei der gedanklichen Erstellung seines Duftprofils. »Das mit dem Saugroboter hat sich bestimmt schon überall rumgesprochen?«

Ich unterdrücke ein Lachen. »Ich kann dir ja zum Ausgleich ein paar Peinlichkeiten von *mir* erzählen. Würde es dir das Ganze vielleicht leichter machen?«

»Wohl kaum. Dann würde ich mich obendrein auch noch fremdschämen«, sagt er in ernstem Ton und nimmt mich mit laserscharfem Blick ins Visier. »Aber es wäre äußerst ehrenwert von dir.«

Vor lauter Freude, dass er sich darauf einlässt, fahre ich sogar unterhalb der erlaubten Geschwindigkeit. »Nun gut, dazu musst du als Erstes wissen, dass meine Mom gestorben ist, als ich noch klein war. Ich war erst sechs, und als mein Vater starb, war ich zwölf. Deshalb wurde ich von meinen Brüdern großgezogen. Ellis war damals achtzehn.« Beim Gedanken daran, was für ein Chaos bei uns herrschte, überkommt mich ein wehmütiges Gefühl, und ich muss unwillkürlich lächeln. »Jedenfalls war es mir peinlich, meinen Brüdern zu sagen, dass ich einen BH brauchte, als ich allmählich … Busen bekam. Und in Micahs Zimmer hatte ich mal in einer Zeitschrift nackte Frauen mit solchen Aufklebern auf den Brüsten gesehen.« Ich deute ein X über einem meiner Nippel an, als ob ich ihm das demonstrieren müsste, und dann fangen meine Wangen furchtbar an zu glühen, weil ich aus dem Augenwinkel sehe, wie er sich diese Bewegung interessiert anschaut. »Also habe ich, äh … ich habe mir Klebeband darauf geklebt, und beim Abreißen habe ich mir eine Brustwarze so schlimm aufgerissen, dass sie genäht werden musste«, bringe ich die Geschichte hastig zu Ende. O mein Gott, wie komme ich überhaupt dazu, das zu erzählen? Da hilft nur, es mit einer weiteren Geschichte zu übertünchen. »Ach ja! Und in einer meiner achten Klassen habe ich beim Vorlesen eines Texts über Vulkane statt *Ejektion* mal *Ejakulation* gesagt«, rede ich weiter, und meine Stimme wird immer lauter, während ich versuche, mich aus meiner selbst gegrabenen Grube hinauszumanövrieren. »In der Klasse waren nur zwölf Kids, also bekomme ich das manchmal *immer* noch zu hören.« O MEIN GOTT. Habe ich das gerade wirklich getan? Erst von Nippeln geredet und dann von Ejakulation?

»Woher kommst du eigentlich?«, schreie ich fast, um das Gespräch in eine Richtung zu katapultieren, wo ich eine weniger tragische Figur mache, während ich mit schweißnassen Händen das Lenkrad umklammere.

Fisher sagt erst mal nichts. Als ich den Kopf zu ihm drehe, hat er die Rückenlehne ein Stück nach hinten gestellt, sich etwas seitlich gedreht und sieht mich nun mit ungerührtem Gesicht an. Er versucht, Haltung zu bewahren. Das muss ich ihm hoch anrechnen. »Danke … für den Themenwechsel«, bringt er schließlich hervor, aber mit so erstickter Stimme, als müsse er sich mit Gewalt das Lachen verkneifen. »Genau genommen komme ich aus den Niederlanden. Wir sind in die USA gezogen, als ich zwei war und meine Schwester vier. Jetzt lebe ich in New York.«

»Du bist also Koch in New York, aber den ganzen Sommer lang arbeitest du hier?«

Einer seiner Mundwinkel verzieht sich zu einem schiefen Grinsen. »Ich bin Koch«, sagt er. »Und ja, meine Chefin hat hier ein Gebäude gekauft, das zu einem Restaurant mit Observatorium umgebaut wird. Sie hat mich gebeten, ihr bei der Küche beratend zur Seite zu stehen und die Speisekarte zu kreieren.«

Diese Antwort klingt irgendwie steif und einstudiert, aber ich bleibe sofort an der neuen Information hängen. »Ein *Observatorium!*«, sage ich. »*Das* ist es also.«

Abermals sieht er mich von der Seite an, erstaunt diesmal. »Was hast du denn gedacht?«

Ich schaue genauso erstaunt zurück. »Wir wussten alle nicht, was wir davon halten sollten. Wir wussten nur, wonach es aussieht.«

»Nämlich?«

»Tu mir das nicht auch noch an. Bring mich nicht dazu, die ganze Fahrt lang über Nippel, Ejakulationen *und* über ein Bauwerk zu reden, das wie ein erigierter Penis aussieht. Für heute habe dir ja wohl schon genug geboten.«

Er bricht in dröhnendes Gelächter aus. Und ich wage einen weiteren Seitenblick. So gefällt er mir noch besser als in dem Moment, als er meinen Wintergarten bewunderte. Wie er den Kopf in den Nacken wirft und sich eine Hand an die Brust drückt, als wolle er das Gefühl festhalten. »Für den Begriff ›erigiert‹ bekommst du einen Bonuspunkt«, japst er.

Darauf antworte ich nur mit einem hoheitsvollen Nicken und Handwedeln. Anschließend fahren wir erst mal eine Weile in einträchtigem Schweigen weiter.

Die Sonne zeigt sich auch an diesem Morgen nur sporadisch, hat aber schon so viel Kraft, dass der Himmel mehr blau ist als Oregon-grau. Um diese Jahreszeit steht der ganze Ort in voller Blüte. Leuchtend bunte Lupinen und wild wachsende Schwertlilien recken grüppchenweise die Köpfe über das satte Grün. Ich fahre mein Seitenfenster herunter, halte eine Hand in den Fahrtwind und lasse ihn durch meine Finger wehen. Schmunzelnd nehme ich zur Kenntnis, dass Fisher dasselbe tut.

Als ich in der Steilkurve vor dem alten Ortskern langsamer fahre, sage ich: »Bitte denk nicht, ich würde dich ausspionieren, aber da ich mich im Auftrag deiner Vermieter um dein Haus kümmere, habe ich natürlich einiges erfahren. Du bleibst also den ganzen Sommer lang?«

»Ich schätze, du weißt schon eine ganze Menge mehr, Sage«, antwortet er.

Ich werfe ihm einen befremdeten Blick zu. »Was soll das denn heißen?«

Er seufzt vernehmlich. »Willst du mir etwa weismachen, nicht noch mehr über mich gehört zu haben? Dass während wir hier reden, die Interessengemeinschaft der Hauptstraße schon meinen Untergang plant?« Das sagt er in einem Tonfall, als wolle er mich dazu verleiten, es abzustreiten. Und mit einem Zucken seiner Wangenmuskeln.

Ich sollte ihn wohl lieber nicht provozieren, also setze ich stattdessen auf Humor. »Bist du etwa durch *Land und Lecker* auf eine Kleinstadt gekommen? Manches wird da sicher treffend dargestellt, aber ganz ehrlich …«

Er zieht nur eine Augenbraue hoch und wartet darauf, was ich als Nächstes sage.

»Dass ich überhaupt etwas erfahren habe, liegt ehrlich gesagt nur daran, dass meine Brüder solche Klatschtanten sind.« Dass auch die anderen Leute vermutlich meinen Brüdern ihre Informationen verdanken, behalte ich lieber für mich. Jedenfalls will ich ihm klarmachen, dass *ich* meine Nase nicht in seine Angelegenheiten gesteckt habe. Außer anfangs vielleicht ein bisschen.

»Ich weiß, dass Indy deine Nichte ist, aber das hätte ich auch ohne das Mitteilungsbedürfnis der Ortsansässigen von ihr selbst erfahren können.«

Er schweigt, und ich fürchte schon, ich habe es übertrieben. Doch dann sagt er: »Meine Schwester ist vor drei Jahren gestorben. Bei einem Autounfall.«

Ich schnappe nach Luft und überlege, was ich darauf sagen soll. Einerseits will ich ihm durch meine Reaktion kein unangenehmes Gefühl vermitteln. Andererseits will ich ihm auch nicht mit irgendwelchen Beileidskartensprüchen kommen, wie ich sie selbst tausendmal gehört habe. Also entscheide ich mich für meine aufrichtigen, ungeschminkten Gedanken.

»Es ist echt beschissen, so etwas zu erleben. Sowohl für Indy als auch für dich«, sage ich. »Und es ist nicht fair.«

Seinen durchdringenden Blick spüre ich, obwohl ich nach vorn schaue.

»Danke«, sagt er mit heiserer Stimme und so leise, dass es bei dem Motorengeräusch kaum zu hören ist. »Und … ja, wir bleiben bis Ende August.«

Irgendwie spüre ich, dass er noch mehr sagen will. Also versuche ich, es ihm leichter zu machen. »Ist das nicht ziemlich lange, um nur bei der Küchenplanung zu helfen und eine Speisekarte zu erstellen? Eigentlich …« Ich unterbreche mich, denn jetzt bewege ich mich tatsächlich auf Besserwisser-Terrain.

»Eigentlich müsste ich dafür gar nicht vor Ort sein?«, spricht er selbst aus, was ich in etwa sagen wollte.

Ich nicke nur.

Er setzt sich aufrecht hin und starrt gedankenverloren auf die Straße. »Ich bin nicht mehr zurechtgekommen … bei der Arbeit. Abgedreht, würde ich sagen, und das merkt man mir an. *Hat* man mir angemerkt«, korrigiert er. »Meine Chefin will mir mit diesem Job hier, glaube ich, eine Auszeit verschaffen – und die Chance, mich erneut zu bewähren. Vermutlich ist ihr klar, dass Indy und ich diese Auszeit beide brauchen.«

»Finde ich aber nett von deiner Chefin, dass sie sich solche Gedanken über dich macht.«

Er schnaubt nur kopfschüttelnd. »Aber du hast im Grunde recht«, gibt er dann zu. »Bestimmt netter, als ich es verdient habe.« Zögernd stößt er einen Seufzer aus. »Carlie gehört zu den Guten. Und so fertig, wie ich war, konnte sie auch nicht zulassen, dass ich alle anderen mit runterziehe.«

»Trauer verändert einen«, sage ich verständnisvoll. »Und wenn man sich dann plötzlich auch noch Gedanken um jemand anderen machen muss, ist es bestimmt schwierig, sich auf Gänseleberpastete zu konzentrieren.«

Wieder reißt er die Augen auf, anscheinend erstaunt, dass ich so offen über Trauer spreche, anstatt darum herum zu reden. Aber dieser Gesichtsausdruck verblasst sogleich wieder. »Immer geht es klischeehaft um Gänseleberpastete«, sagt er. »Warum immer Gänseleberpastete?«

»Die entscheidende Frage lautet doch, was genau *ist* Gänseleberpastete, Fisher.« Auf diesen Themenwechsel kann ich mich gut einlassen und schlage einen lockeren Tonfall an.

Er lächelt erleichtert, jedenfalls soweit ich es aus dem Augenwinkel sehe. »Ich habe dich eigentlich auch für eine Art Köchin gehalten«, sagt er dann.

»Nach nur dreißig Sekunden in meiner Küche?«

»Klar.«

Ich habe Fisher verlegen erlebt, ich habe Fisher selbstkritisch erlebt, aber nun erhasche ich einen Blick auf den selbstsicheren, verführerischen Fisher. Und es wirkt absolut echt, nicht wie eine Maske, eher wie ein Hut, der ihm ohnehin gut steht. Und weiß Gott, diese Version von ihm gefällt mir, auch wenn ich das Gefühl habe, ich sollte auf Zehenspitzen um ihn herumschleichen, damit er sie beibehält.

Aber abgesehen davon muss ich mich aufs Autofahren konzentrieren, da ich gerade auf den Parkplatz abbiege. »Bist du so ein großer Experte?«, frage ich.

»Ob du es glaubst oder nicht, aber einen Michelin-Stern kriegt man nicht mal eben nebenbei.« Als ich mich ihm ruckartig zuwende, lächelt er richtig. Sein Lächeln und das, was er gerade gesagt hat, lassen mich fester auf die Bremse treten, als ich vorhatte.

»Moment mal. *Wie bitte?*« Ungläubig starre ich ihn an. »Du hast einen Michelin-Stern?«

Sein Gesicht fängt an zu glühen, aber er dreht sich zur Wagentür um. »Genau genommen bekommt das Restaurant den Stern, aber … ja«, sagt er und steigt ohne ein weiteres Wort aus dem Truck.

Nicht zu glauben! »*Echt jetzt?*«, flüstere ich vor mich hin. Du lieber Gott, und ich habe ihm angeboten, ihm bei der Speisekarte zu helfen! Warum hat er mich nicht direkt ausgelacht?

Starr vor Staunen steige ich auch aus und gehe um den Wagen herum, wo er auf mich wartet. Als ich an ihm vorbeilaufen will, hält er mich am Ellbogen fest. Wärme steigt mir den Arm hinauf und quer über den Brustkorb.

»Es war nicht nur die Trauer«, sagt er seufzend. »Weil du vorhin gesagt hast, Trauer verändert einen … Es war auch nicht so, dass ich mich von heute auf morgen um Indy hätte kümmern müssen. Ich bin vorher schon nicht mehr klargekommen. Schon vor dem Unfall ging es bergab.« Er zieht seine Hand zurück und steckt sie in die Hosentasche. »Ich dachte, das sollte ich klarstellen. Unter anderem deshalb bin ich hierher geschickt worden.«

Er wirkt, als hätte er gerade ein Geständnis gemacht, ein bisschen beschämt, aber auch sehr erleichtert. Ich habe das unbestimmte Gefühl, dass Weiteres dahintersteckt, was er aber noch nicht sagen will.

Ich hole tief Luft, atme den Geruch nach Seegras und Salzwasser ein, der sich mit seinem Duft mischt – mit diesem süchtig machenden Duft, der wahrscheinlich bloß von seinem Deodorant stammt und nicht von einer geheimnisvollen Mischung aus Aromen, wie meine Hormone mir vorgaukeln wollen.

»Tut mir leid, dass du solches Pech hattest«, sage ich.

Sein ganzer Körper spannt sich an, und er starrt auf seine Füße. »Ich hatte kein *Pech*. Ich habe lediglich … *versagt*.«

Das berührt mich ein weiteres Mal. »Also, Fisher, auch ich weiß aus verlässlicher Quelle, dass man nicht *irgendjemandem* einen

Michelin-Stern gibt«, sage ich nachdrücklich. »Dass du *versagt* hast, daran habe ich deshalb ernsthafte Zweifel.«

Er versucht, sich ein Lächeln abzuringen, während er sich über das Gesicht streicht und mit den Fingerspitzen an seinen Mundwinkeln verweilt, als wolle er sie aufwärts zwingen. Das Geräusch, das man hört, als seine Hand die Bartstoppeln berühren, sorgt direkt dafür, dass sich die Härchen auf meiner Haut und meine Nippel aufrichten.

»Ich werde dir demnächst mal ein paar Zeitungsartikel zeigen, aus denen etwas ganz anderes hervorgeht«, sagt er tonlos.

»Ich glaube nicht, dass wir unseren Erfolg ausschließlich an der Meinung von anderen messen sollten«, erkläre ich viel zu vehement. Wahrscheinlich ziehe ich hier gerade eine psychologische Projektion durch.

Mit verschränkten Armen lässt er seinen kräftigen Körper gegen die Motorhaube meines Trucks sinken. »Wenn der Erfolg quasi wortwörtlich davon abhängt, dass jemand anders genau das haben will, was du anzubieten hast – sogar Geld dafür ausgeben will –, dann glaube ich, schon.« Das klingt gleichermaßen entschlossen wie erschöpft.

Ist das ein schlagkräftiges Argument? In dem Moment kommt es mir so vor, aber er sieht mich erwartungsvoll an, als wolle er unbedingt meine Meinung hören. Ein aufregendes Gefühl, bei dem ich das Bedürfnis habe, mich wieder auf Terrain zu begeben, wo ich mich sicherer fühle.

»Pass mal auf, ich bin Lehrerin.« Resigniert hebe ich die Hände gen Himmel. »Niemand *will,* was ich anzubieten habe. Aber ich lasse mir immer etwas einfallen, um es ihnen schmackhaft zu machen.«

In seinen Augen flackert es kurz, bevor er unwillkürlich schmunzeln muss und mit dem Hauch eines Grinsens sagt: »So ähnlich habe ich es wahrscheinlich auch immer gemacht.«

KAPITEL 10

Sage

Fishers zeitweiliges Unbehagen während unseres Gesprächs scheint im Nu verflogen. Im *O'Doyles* geht er neben mir her, nimmt immer wieder amüsiert etwas aus den Regalen und zeigt es mir, als ob ich hier nicht alles schon Milliarden Male gesehen hätte. Nebenbei unterhalten wir uns zwanglos. Er scheint froh zu sein, überwiegend zuhören zu müssen, und wirkt immer entspannter. Als wir an der Fotowand vorbeikommen, an der reihenweise Bilder von den Pfaden hängen, die im Sommer jeden Tag in den Sand geharkt und von der Flut wieder weggespült werden, erkläre ich ihm, dass man darüberlaufen soll wie in einem Irrgarten ohne Anfang und Ende. Die Gruppe Künstler (in manchen Jahren auch nur ein älterer Herr namens Amos mit ein paar Leuten, die er am Strand aufgelesen hat) arbeitet auf Spendenbasis, erzähle ich weiter und frage mich dabei, ob ich mit meiner Begeisterung nicht über das Ziel hinausschieße und Fisher nerve. Aber dann nehme ich überrascht zur Kenntnis, dass er einen Zwanziger in die Spendenbüchse steckt.

Während er mir erzählt, dass er mit siebzehn von zu Hause ausgezogen ist, um auf die Kochschule in New York zu gehen, betrachtet er eingehend eine Figurine aus zwei Ottern, die ein Kanu tragen. In seiner Anfangszeit habe er zwei Jahre in Frankreich gearbeitet, fährt er fort, und dass er dieser Zeit seinen Erfolg verdanke.

»Dann wohnen deine Eltern also noch in New York?«, frage ich. Mittlerweile sind wir in der Abteilung für Damenbekleidung angekommen.

Stirnrunzelnd fällt sein Blick auf ein Nachthemd mit Kuhmuster, und dann richtet er ihn erschrocken auf mich.

»Seit ich hier bin, habe ich noch keine einzige Kuh gesehen, aber trotzdem …«

Ich versuche, beim ursprünglichen Thema zu bleiben, um ihm weitere Informationen zu entlocken, da er gerade wieder etwas redseliger wird. »Ich kann mir kaum vorstellen, dass es nicht auch in New York irgendwelche mit Rindermotiven bedruckte Wäsche gibt. Wo deine Eltern vermutlich noch wohnen.«

»Gekonnte Überleitung.«

»Danke, ist eine meiner Stärken«, säusele ich.

Mit einem tiefen Seufzer kommt er einen Schritt näher und legt lächelnd den Kopf schief. »Ich bin nicht in New York aufgewachsen, also nein, meine Eltern leben nicht dort. Ich bin in Nebraska groß geworden, und da wohnen sie immer noch. Freya und Indy haben auch dort gelebt.« Er sieht mich an, als wolle er sagen »Reichen dir diese Informationen?«, und offenbar müssen sie das wohl fürs Erste.

»Nebraska. Auweia! Dann wette ich darauf, dass du eine Menge deftige Witze kennst«, sage ich, woraufhin er gequält die Augen zusammenkneift. »Und darauf, dass du dich hier schnell einleben wirst«, setze ich noch spöttelnd hinzu.

Er schüttelt den Kopf. »Sieh es mir nach, aber von Kleinstädten halte ich nicht besonders viel. Hat aber nichts mit den Witzen zu tun.«

»Aber woher hast du denn so einen schlechten Eindruck von Kleinstädten? Von spießigen Werbesendern oder aus Wochenendbeilagen?«

»Aus eigener Erfahrung«, antwortet er.

Oh. »Vielleicht sind wir ja nicht alle gleich.«

»Ha!«, stößt er humorlos hervor. »Spunes ist nicht so wie alle anderen Mädchen? Willst du das damit sagen?«, fragt er sarkastisch und bringt mich damit zum Lachen.

»Ja, allerdings zu unserem ewigen Leidwesen«, gebe ich zu. »Der ganze Ort ist auf Scheitern aufgebaut. Die Holzfällerstadt ist gescheitert, das Fischerdorf ist gescheitert, schon die Gründer waren zum Scheitern verurteilt. Doch jedes Jahr spielen wir das Ganze einen Monat lang nach.«

Fisher gibt einen unbestimmten Laut von sich und nickt. Und mich beschleicht allmählich das Gefühl, dass ihn all das nicht im Geringsten interessiert. Also steuere ich auf ein anderes Thema zu.

»Schau mal«, sage ich und greife nach dem erstbesten Kleidungsstück, »das passt doch wohl in meine Kollektion?« Ich halte ein mit Kokosnüssen und Bananen bedrucktes Kimonokleid hoch. »Ach, und hier!«, kreische ich mit einem Blick über die Schulter auf das dazu passende Herrenhemd und reiche es ihm. Er spielt mit und hält es ein paar Zentimeter weit von sich entfernt.

»Gelb steht mir nicht«, sagt er lakonisch.

Ich mustere ihn prüfend. »Stimmt. Und einen besseren Menschen würde es auch nicht aus dir machen.«

Das entlockt ihm immerhin ein kurzes Lachen. »Sehr nett.«

»Danke, keine Ursache. Ich …« In dem Moment taucht Patricia Munty neben Fisher auf, etwa in der Höhe seines Ellbogens. Dieses Jahr wird sie siebenundsiebzig und hat immer noch ihre orangegefärbte Haarpracht, mit der ich sie von jeher kenne. An guten Tagen ist sie auch immer noch einen Meter fünfzig groß.

»Hi, Mrs Munty«, flöte ich eine Oktave zu hoch. »Ähm, Fisher, das ist Patricia Munty. Sie hat alles in dieser Abteilung *selbst genäht.*« Ich reiße kurz die Augen auf, um rüberzubringen: *Bitte sei nett zu ihr.* Ich hoffe, es kommt an.

Vom grauen Star getrübte Augen blicken kokett hinter Colaflaschenböden-dicken Brillengläsern zu ihm auf. Ihre Kanu-Ohrringe – die Athena Cirillos Schwester Venus zum Verkauf auf dem Festival im letzten Jahr selbst gemacht hat – baumeln hin und her. Gespannt verfolge ich die Szene und würde am liebsten auf Zeitlupe stellen, um jeden Gesichtsausdruck von Fisher genießen zu können. Mit ihrem auffälligen Schmuck und in ihrem mit Zypressen bedruckten Kleid sieht Mrs Munty aus wie die wahrhaftige Verkörperung unserer Stadt.

»Nenn mich Patty, mein Lieber«, sagt sie und hält ihm damenhaft die Hand hin.

Er wirft einen Blick von mir zu ihr. Dann hängt er das Hemd an die nächstbeste Stange, um ihre knorrige Hand in seine zu nehmen. »Freut mich außerordentlich, Sie kennenzulernen, Patty.« Ich könnte schwören, sie wäre fast in Ohnmacht gefallen. Wenn Fisher seinen Charme voll hochfährt, kann er einen echt beeindrucken. *Er findet auch meinen Wintergarten hübsch!*, würde ich Mrs Munty am liebsten sagen.

»Wie ich sehe, hast du ja nicht lange gebraucht, um unser verborgenes Goldstück ausfindig zu machen«, schnurrt sie mit einem Nicken in meine Richtung.

Er lässt ein tiefes Lachen hören, und sofort brennen mir die Ohren. »Ich würde eher sagen, *sie* hat *mich* ausfindig gemacht.«

Ich weiß, er sagt das alles nur aus Höflichkeit, und es sollte nicht diese Wirkung auf mich haben, aber trotzdem stehe ich da plötzlich mit trockenem Mund und glühenden Wangen.

Patty zeigt auf ein paar Hemden, die ihm ihrer Ansicht nach gut stehen würden – was so gut wie alle sind. Sie erzählt, wie sehr ihrem Eddie diese ausgefallenen Muster immer gefallen haben und dass sie in ihrer Trauer um ihn eine Beschäftigung brauchte und anfing zu nähen.

»Sagey hält mein Geschäft am Laufen, weil die Sachen ihr immer so gut gefallen!«, erklärt sie voller Stolz. Sofort kehrt das kurzzeitig verschwundene Glühen meiner Wangen zurück. »Meine Güte, Sagey, wie viele Oberteile hast du mittlerweile? Fünfzehn?«

»Weiß ich gar nicht so genau, Mrs Munty.« *Einundzwanzig.*

Patty geht schließlich ihrer Wege, und wir könnten uns wieder dem widmen, wozu wir hergekommen sind. Aber erst mal dreht sich Fisher mit verschränkten Armen und nicht zu deutendem Gesichtsausdruck zu mir um.

»Was ist los?«, frage ich.

»Ich glaube, jetzt habe ich einen weiteren Eindruck von dir bekommen«, sagt er, was ich ziemlich arrogant finde. »Du bist in dieser Stadt das nette Mädchen von nebenan, oder? Das Goldstück. Das ist deine Rolle.« Von oben herab sieht er mich an. »Tiere retten, mich retten, ungebetene Ratschläge geben. Sich genötigt fühlen, diese Kleidung zu kaufen.«

Seine Worte setzen Regungen in mir in Gang, die eigentlich nicht zueinander passen. Zunächst ist da die Erkenntnis, dass er ebenso versucht, sich ein Bild von mir zu machen, wie ich mir von ihm. Einerseits ist das irgendwie spannend, aber andererseits fühlt es sich auch so an, als käme man nach einem tollen Tag nach Hause und würde feststellen, dass man die ganze Zeit ein riesiges Stück Spinat zwischen den Zähnen oder zerlaufene Wimperntusche im Augenwinkel hatte.

Und dann kommt noch hinzu, dass ich durch die Äußerung sofort getriggert werde.

Das nette Mädchen von nebenan entspricht nämlich genau dem, was Ian über mich sagen würde, und Fisher hat es auch genau so gemeint. Anfangs mag das noch scherzhaft klingen, aber mit der Zeit wird es zu einem echten Problem. Ian hatte mit der Zeit immer mehr an mir zu bemängeln: *Du verschwendest zu viel Energie/Geld/Zeit für unwichtige Dinge, anstatt sie in etwas Lohnenswertes zu stecken. Du könntest dich weiterbilden, um etwas anderes zu machen. Du könntest. Du solltest …* Er hat mich und die Art, wie ich mein Leben gestalte, geringgeschätzt, als hätte ich kein Rückgrat, als könnte man mit meiner Art zu leben gar nicht zufrieden sein. Klar, ich rette keine Leben, laufe manchmal in albernen Klamotten herum und verbringe zu viel Zeit in meinem unpraktischen Wintergarten damit, mir die Nägel zu lackieren, um sie gleich am nächsten Tag zu ruinieren, aber …

Aber scheiß drauf. Vielleicht *bin* ich zu nett. Natürlich müsste ich öfter Prioritäten setzen, aber in dem Fall fühle ich mich aus gutem Grund »genötigt«, diese Kleidung zu kaufen.

Bei Patty und Eddie Munty konnten meine Brüder und ich nach der Schule ein und aus gehen, wenn Ellis bei der Arbeit viel zu tun hatte oder beim Rettungssanitäter-Training war. Die beiden haben uns gebutterten Toast gemacht und uns Domino beigebracht. Und es interessiert mich einen Dreck, ob jemand, der mal kurz für einen Sommer hierherkommt, meinen schrullenhaften Kimono für das schrägste Kleidungsstück hält, das er je gesehen hat, weil es *mir* nämlich ein Lächeln ins Gesicht zaubert und ich mich darüber freue, dass es von jemandem hergestellt wurde, dem ich etwas bedeute. Ob es nun Plunder ist oder nicht, meine Freude darüber ist jedenfalls echt.

»Ich bin nicht zu nett«, sage ich mit Nachdruck. »Ich bin ganz sicher *nicht* jemandes Goldstück, und ich mag die Kleidung, die Patty schneidert, weil …« Enttäuscht sehe ich mich um. »Weil das Leben so verflucht kurz ist. Deshalb!«

Fisher weicht ein Stück zurück, offenkundig irritiert. »Aber Sage, ich wollte dich nicht beleidigen, ehrlich!«

»Ich weiß, dass du das nicht wolltest, aber lass mich ausreden.« Ich schnappe nach Luft. Mein Herz hämmert wie wild. Ich weiß selbst nicht, warum es mir so wichtig ist, dass er das Gesamtbild sieht. Ich weiß nur, dass es mir einen Stich versetzt hat, ausgerechnet von ihm so etwas zu hören zu bekommen, weil ich nicht wieder als nichtssagend, bedeutungslos und kleingeistig abgestempelt werden will. Er ist noch neu hier, und dass er keine vorgefertigte Meinung von mir hat, lässt mich verzweifelt hoffen, verstanden zu werden. »Wenn es heißt, das Leben sei eh zu kurz, ist man immer schnell mit der Empfehlung bei der Hand, ausschweifend zu leben, im Luxus zu schwelgen und allem Möglichen hinterherzujagen. Vielen Dank, ich habe selbst erlebt, wie kurz und vergänglich das Leben sein kann.« Ich spüre geradezu Fishers Blick, während ich über eins der Ruder streiche, die an der Wand hängen. »Und gerade weil das Leben zu kurz ist und weil das nicht meiner Kontrolle unterliegt, habe ich schon vor langer Zeit beschlossen, dass sich auch kleine Dinge für mich ganz groß anfühlen sollen. Wenn den meisten Leuten diese kleinen Dinge egal sind, muss es doch jemanden geben, dem sie umso wichtiger sind, oder? Verlassene Tiere, schöne Blumen ...« Mit einem demonstrativen Blick in Richtung der Abteilung mit Pattys Kleidern füge ich hinzu: »Oder ein verstörtes Kind, das die Welt sicher nicht ändern wird.« Unsere Blicke treffen sich, und ich weiche seinem nicht aus. »Also glaub ja nicht, ich mache all das, weil ich nur *nett* bin. Das bin ich nämlich nicht. Ich bin absolut in der Lage, mich ganz bewusst für etwas zu entscheiden, aus dem einfachen Grund, dass es mir ein gutes Gefühl gibt.«

Mit halb geöffnetem Mund ist Fisher einen Schritt näher gekommen. Seine Augen blicken forschend, als suche er nach einem Riss in meiner Logik, ohne einen zu finden. Die Furchen zwischen seinen Brauen verblassen zu feinen Linien, als sein Gesichtsausdruck sich entspannt.

»Ja, stimmt«, sagt er in ernsthaftem Ton. Ich senke den Blick und starre auf seinen Hals. Auch eine so einfache Antwort schreit doch nach einer weiteren Erklärung.

»Wenn man Menschen verliert«, beginne ich und merke sofort, dass er sich wieder verspannt, »wenn man Menschen verliert und einsehen muss, dass man darauf keinen Einfluss hat ... dann fällt es einem, glaube ich, leichter, wenn man alles andere auch als sinnlos empfindet. Welche Bedeutung hat schicke Kleidung dann noch oder ein wunderbar sonniger Tag oder irgendwelche anderen Belanglosigkeiten, die uns Freude machen?« Tapfer sehe ich ihm wieder in die Augen. »Entweder diese Einstellung oder … oder man entscheidet sich dafür, dass *alles* von Bedeutung ist. Einfach alles, auch all diese Kleinigkeiten. Und wenn es diese Art von Zuwendung ist, die mich zum netten Mädchen von nebenan und zu einem Goldstück macht, dann ist das eben so«, sage ich. »Aber deshalb braucht man mich noch längst nicht für schwach zu halten.«

Fisher schüttelt den Kopf, noch immer mit diesem verwunderten, angespannten Gesichtsausdruck. »Das bist du wirklich nicht, und obwohl ich das gar nicht behauptet habe, muss ich zugeben, dass es mies von mir war, es anzudeuten«, sagt er. »Aber ich habe schon erlebt, dass Leute ausgenutzt wurden. Und nie etwas zurückbekommen haben. Vom Leben oder von den anderen.« Er wendet den Blick ab. »Meine Schwester war so jemand.« Er streicht sich über die Wangen und fährt fort: »Vielleicht lag es daran, dass sie nie jemanden um Hilfe gebeten hat, vielleicht aber auch daran, dass ihr niemand welche angeboten hat.« Er steckt die Hände in die Hosentaschen und sieht mich wieder forschend aus seinen grünen Augen an. »Nenn mir etwas, das ich für dich tun kann«, sagt er spontan. Und vielleicht bilde ich mir nur ein, dass es wie eine Bitte klingt.

Dann fährt er plötzlich fort: »Du wolltest doch, dass ich dir bei ein paar Besorgungen helfe. Aber es gibt bestimmt noch mehr, wobei ich dir helfen könnte. Irgendetwas, was ich für dich tun könnte.«

»Es geht doch nicht um einen Handel«, antworte ich ziemlich verblüfft über die Richtung, die unser Gespräch unerwarteterweise nimmt.

»Auch ich bin in der Lage zu entscheiden, ob ich etwas für jemanden tun will, Sage. Und vielleicht habe ich gerade beschlossen, dass ich auch mal nett und zugewandt sein möchte, einfach so«, erklärt er mit Bestimmtheit. »Du musst mir nicht sofort eine Antwort geben. Aber vielleicht fällt dir noch etwas ein. Mein Angebot in der Nacht, als wir uns kennengelernt haben, war vielleicht reine Höflichkeit, aber jetzt ist es ernst gemeint und kommt von Herzen.«

Ich räuspere mich, dann zeige ich auf die Ruder oben im Regal und frage: »Kannst du bitte eins da runternehmen? Dafür habe ich dich ja mitgenommen.«

Er hebt sofort ein Ruder aus dem Regal und scheint auf weitere Anweisungen zu warten.

»Noch eins, bitte.«

Er gibt mir ein zweites. »Wofür brauchst du die?«

»Fürs Training.«

»Welches Training? Etwa dafür?« Er zeigt auf eins der Festivalplakate.

»Ja.« Und dabei belasse ich es. Wahrscheinlich wäre jetzt der richtige Moment, es ihm zu erklären, aber ich komme mir noch vor, als hätte ich gerade mein Innerstes nach außen gekehrt. Als wäre ich gegenüber jemandem, der mir eigentlich noch fremd sein müsste, viel zu offen gewesen.

Beim Rest unseres Streifzugs durch den Laden gelingt es mir jedoch, bei der Sache zu bleiben, ihn um Hilfe bei ein paar Säcken Dünger zu bitten und dann bei einem Blumentopf aus Beton, in den ich ein Zierbäumchen für meinen Wintergarten pflanzen will.

»Was ich vorhin gesagt habe, also nettes Mädchen von nebenan und Goldstück, das nehme ich wieder zurück«, sagt er, als wir schließlich auf die Kasse zusteuern. »Obwohl ich noch einmal betonen muss, dass es nicht böse gemeint war.« Freundschaftlich stößt er mich an der Schulter an. Dann fällt sein Blick auf die Wand mit den Gewinnerfotos. »Aber dieser Blödmann da hält sich wohl für den absoluten Sonnyboy.«

Ich schaue hin. »Wer? Ian?«

»Ja. Dieser lebensgroße Ken-Verschnitt«, sagt er, und ich versuche vergeblich, mir das Lachen zu verkneifen.

»Er hält sich nicht nur für den absoluten Sonnyboy«, antworte ich. »Er *ist* der absolute Sonnyboy. Leider.«

Auf dem Weg zum Wagen merke ich, dass Fisher mich prüfend von der Seite ansieht. »Die angespannte Atmosphäre in der Nacht bei mir im Ferienhaus hätte ja wohl jeder bemerkt. Kennt ihr euch näher?«

»In einem Ort mit so überschaubarer Einwohnerzahl kennt man jeden näher«, gebe ich zurück.

»Du weißt schon, was ich meine«, sagt er.

Aber meine Gefühle liegen immer noch blank. »Hör zu, Fisher, jetzt wirst du mir ein bisschen zu neugierig. Du passt tatsächlich besser hierher, als du glaubst.« Ich schicke ein humorloses Lachen hinterher.

Darauf schüttelt er nur grinsend den Kopf.

»Wir waren fünf Jahre lang zusammen«, gebe ich schließlich zu. »Vor etwas mehr als einem Jahr haben wir uns getrennt, und jetzt ist er mit einer alten Freundin von mir liiert, die hierher zurückgekehrt war, kurz bevor er mich verlassen hat.« Ich kann nur hoffen, dass es nicht verbittert klingt, als ich hinzufüge: »Er hat mir auch immer gesagt, ich wäre zu nett. Vielleicht habe ich vorhin deshalb so überreagiert. Er hat mir das Gefühl gegeben, ich wäre dumm. Wahrscheinlich war ich selbst für ihn zu provinziell.«

Ich schiebe den Lasten-Einkaufswagen vorbei an Fisher wieder in Richtung Laden und halte Small Talk mit Ransom Phillips, einem Freund von Sam, der die Saison über im *O'Doyles* arbeitet. Er beäugt Fisher fragend, aber der scheint viel zu sehr in Gedanken versunken, als dass er Ransom bemerken würde.

Beim Einladen meiner restlichen Neuerwerbungen bleibt Fisher schweigsam. Doch als ich die Heckklappe schließe, legt er seine Hand auf meine und sagt: »Allmählich beschleicht mich das

Gefühl, als könnte ich dich nicht mal in zehn Jahren genau durchschauen, geschweige denn nach ein paar Tagen, Sage. Aber eines weiß ich jetzt schon: Du bist überwältigend.«

Dass dieses dämliche, verräterische Blut in meinen Adern aber auch immer wieder durchscheinen muss! »Äh, … danke«, antworte ich irritiert, als hätte ich nicht gerade das größte Kompliment aller Zeiten bekommen.

»Gut, dass du hier bist«, fügt er mit einem Lächeln hinzu, und ich frage mich, ob er damit auf meine unbeholfenen Versuche vor ein paar Tagen anspielt, ihm das Gleiche zu sagen.

Dann fällt mir die zweite Erledigung ein, die ich noch auf meinem Zettel habe. »Jetzt muss ich noch ein paar Bücher in die Bibliothek zurückbringen. Wenn es dir nichts ausmacht.«

»Kein Problem.«

»Willst du mitkommen? In der Bibliothek ist es fast genauso spannend wie im *O'Doyles.* Das kann ich dir versprechen.«

Vielleicht würde die Bibliothek darüber hinaus noch eine beruhigende Wirkung auf ihn haben, so wie gestern mein Garten. Bei mir jedenfalls hat sie das immer. Und ich will ihm die großen Fenster mit Blick auf die Promenade und das Meer zeigen. Vielleicht mildert das sein negatives Urteil über Kleinstädte ein wenig.

Er nickt, und in einem seiner Ohrringe spiegelt sich die Sonne. »Gut. Ich muss nur noch mal versuchen, Indy zu erreichen. Sag mir, wo wir uns treffen sollen.«

Ich beschreibe ihm den Weg und gehe voraus die steile Straße hinauf, die mir heute vorkommt, als würde ich auf Wolken wandeln. Spunes gesamtes Ortszentrum wurde an einem Hang errichtet, und die Architektur ist eine wilde Mischung aus in jüngerer Zeit Erbautem und viktorianischem Stil, und die Bibliothek gehört zu Letzterem. Sie ist das größte Gebäude der ganzen Stadt, mit den größten Fenstern und den meisten Treppen. Voller Vorfreude stiefele ich die vertrauten Stufen hinauf. Alles an diesem Haus, vom

Geländer über die Stuckverzierungen bis hin zum Stilmix der Bilder an den Wänden, ist leicht kitschig, aber mir gefällt das. Und obwohl ich schon so oft hier war, entdecke ich jedes Mal wieder etwas Neues. Es gefällt mir auch, dass es immer ein bisschen modrig riecht, dass es in der nächsten Nische zehn Grad wärmer oder kälter sein kann als in der vorherigen, weil es durch ein altes Fenster oder eine alte Tür zieht. Mir gefällt die Vorstellung, dass so viele Leute vor mir schon dieselben alten Bücher berührt haben und dieselben Wendeltreppen hinaufgestiegen sind. Vielleicht ist dies einer der wenigen *wirklich* romantischen Orte in unserem Städtchen.

Das Erdgeschoss der Bibliothek wurde schon renoviert, bevor ich in die Schule kam. Ich erinnere mich sogar noch daran, in welchem Jahr, weil ich, als meine Mutter im Sterben lag, nach dem Kindergarten immer hierherkam. Dann setzte ich mich zu Venus' Basset Tucker und versuchte, ihn bei dem Baulärm zu beruhigen. Der Hund jaulte bei jedem Geräusch, das nach oben schallte. Doch an einem Tag im Herbst, als Dad und Ellis früher als sonst erschienen, wimmerte Tucker nur leise und leckte mir über die Hände. Ich glaube, er spürte, dass die beiden mich abholten, damit ich mich von meiner Mom verabschieden konnte.

Tucker ist mittlerweile längst tot. Jetzt begrüßt mich Venus' majestätische Maine-Coon-Katze, sobald ich auf der Treppe mit dem verschnörkelten Geländer die zweite Etage erreicht habe. Cupids Schnurrbarthaare zucken, und sie schlägt vor Freude mit dem Schwanz.

Ich löse meinen straffen Pferdeschwanz, damit sich meine Kopfhaut entspannt, und während ich die Bücher auspacke und auf die blankpolierte Theke lege, erscheint Venus persönlich.

»Hi, Sage«, begrüßt sie mich mit gestelzter Bibliothekarin-Stimme. »Was machst du denn hier?« Hektisch macht sie Anstalten, hinter der Theke hervorzukommen und mich wieder Richtung Treppe zu schieben.

Irritiert sehe ich sie an. »Ähm, ich will Bücher zurückbringen.«

»Sage?«, höre ich plötzlich zu meiner Rechten. »Hi, Sage, wie geht's?«

Eisige Kälte schießt mir durch den ganzen Körper, als ich mich umdrehe und Cassidy gefolgt von Ian aus einer der Nischen kommen sehe. Um genau zu sein, aus der Nische mit dem kleinen Tischchen und dem bunten Bleiglasfenster, auf dem erschrocken dreinblickende Meerjungfrauen zu sehen sind. Cassidy streicht sich ihr schönes dunkles Haar aus dem makellosen Gesicht und zupft das T-Shirt zurecht. Mein Kopf wird ganz leer. Dabei wusste ich es doch die ganze Zeit schon. Seit einem Jahr habe ich vor meinem geistigen Auge so oft das Bild der beiden zusammen heraufbeschworen – und es immer wieder ausgeblendet. Aber ich hätte nie damit gerechnet, dass sie mir hier über den Weg laufen würden, an diesem Ort, mit dem ich so viel verbinde.

In der Realität musste ich nie mitansehen, wie Ian ihr den Arm um die Taille legt und sie an sich zieht. Und es kostet mich jetzt einiges zu verarbeiten, wie offen er seine Zuneigung zeigt, als er den Kopf an ihre Schulter legt und sehnsüchtig zu dem Tisch in der Nische zurückschaut.

Meine Augen folgen seinem Blick, und mein Hals fühlt sich so zugeschnürt an, als müsste ich einen riesigen Löffel kalten Honig schlucken. Chroniken von Spunes, alte Zeitungsartikel und Fotos liegen auf dem Tischchen ausgebreitet.

»Ach, sieh nur, Schatz!«, säuselt Cassidy, und ich zucke zusammen, als hätte ich eine Ohrfeige bekommen. »Sie bringt das Buch zurück, das du gesucht hast. Dann können wir es ja direkt ausleihen!« Sie wendet sich wieder mir zu, und ich kann nur hoffen, es gelingt mir, meine Gesichtszüge so zu gestalten, dass sie annähernd einem Lächeln gleichen. Jedenfalls spüre ich, wie sich meine zitternden Mundwinkel heben.

»Lernst du auch gerade für das Quiz?«, fragt Cassidy. »Super!

Ian hat doch immer so verrückte Arbeitszeiten, und ich suche jemanden, mit dem ich mich zusammen auf den Wettkampf vorbereiten kann.« Großer Gott, sie ist so aufrichtig überschwänglich, dass ich sie leider nicht einfach abkanzeln kann.

»Ja, äh ...«

»Ich kann mir nicht vorstellen, dass Sage an dem Festival-Quiz teilnimmt, Süße. Außerdem wollen wir der Konkurrenz doch nicht auf die Sprünge helfen, oder?« Ian sieht Cassidy an, als wäre sie eine Heilige, der man, so leid es einem auch tue, etwas so Sündhaftes wie Konkurrenz aufbürden muss.

»Moment mal«, weist sie Ian in die Schranken und gibt ihm einen Klaps gegen die Brust, woraufhin er seine Hand auf ihre legt. »Um Konkurrenz geht es sowieso nicht, das weißt du doch.« Sie wendet sich wieder mir zu. »Sage, ich freue mich so, dass du dieses Jahr mitmachen willst!« Eifrig sieht sie mich an, aber ich wüsste nicht, dass ich ihr das erzählt habe. Habe ich doch nicht etwa, oder? Hat sie ihre Schlussfolgerung daraus gezogen, dass ich diese Bücher zurückbringe, und ignoriert sie Ians Hinweis deshalb? Oder habe ich eine Gedächtnislücke?

Auf der Treppe nähern sich Schritte, und bei der Vorstellung, dass es weitere Zeugen meiner Erniedrigung geben könnte, steigt Panik in mir auf. O mein Gott, soll ich den beiden jetzt etwa gestehen, dass ich keinen Partner finden konnte? Ich muss mir sofort etwas einfallen lassen. Ich werde sagen, dass ich nach Europa reise. Das ist es. Genau das werde ich sagen, also Film ab: *Eigentlich wollte ich mitmachen, deshalb hatte ich mir all die Bücher über diese dämlichen Themen ausgeliehen, die da immer vorkommen, aber dann habe ich erfahren, dass Anfang August die beste Jahreszeit ist, um nach Cannes zu fliegen, und ihr versteht bestimmt, dass ich nicht lange gezögert habe. Ich muss nämlich etwas Wichtiges in Cannes erledigen. Etwas außerordentlich Wichtiges.*

Eine raue, warme Hand gleitet unter meine Haare, legt sich zwischen meine Schulterblätter. Mit flatternden Augenlidern merke ich, wie sich die Hand zu meinem Nacken hinaufschiebt und die Finger leicht dagegen drücken.

»Da bist du ja«, ertönt Fishers tiefe Stimme dicht an meinem Ohr, während mir die Knie weich werden. Ich lehne mich an ihn und wende mich ihm zu. Unsere Gesichter sind nur ein paar Zentimeter voneinander entfernt, und mein Blick schweift über das Grün seiner Augen bis zu einer dunkleren Stelle an seiner Wange. Ein Grübchen, wie mir jetzt auffällt, und ich bräuchte mich nur auf die Zehenspitzen zu stellen, um es mit der Zunge zu berühren. Abermals spüre ich den Druck seiner Finger in meinem Nacken und muss mich beherrschen, um nicht aufzustöhnen. Der rationale Teil meines Verstands, der sich jetzt einschalten und mir sagen müsste, ich soll mich zusammenreißen, ist komplett von jenen Teilen zur Seite geschubst worden, die mich immer wieder daran denken lassen, dass Fisher gesagt hat, ich sei überwältigend. Und die wollen, dass ich mich ganz dem starken Halt in meinem Nacken überlasse und mich an seinen warmen Körper schmiege. *Das, genau* das *kannst du für mich tun*, könnte ich ihm nun seine vorherige Frage beantworten. *Du kannst mich und meinen Stolz retten.*

»Ich wollte dir etwas zeigen«, bringe ich stattdessen nur atemlos heraus.

Ich kann das Vibrieren seines Lachens geradezu spüren, bevor es sich meinen Lippen nähert. »Dann lass es mich mal sehen«, sagt er, und da der rationale Teil meines Verstands noch immer nicht auffindbar ist, kommt es mir vor, als wäre es das Anrüchigste, was jemals jemand zu mir gesagt hat. Mein Blut scheint die Richtung geändert zu haben und mein Puls sich auf meinen Bauch zu konzentrieren. »Wo ist es denn?«, fragt er.

Was ist es denn?, wäre eine ebenso gute Frage gewesen. »Da drüben.« Ziellos zeige ich irgendwohin.

Von Cassidy kommt ein gekünsteltes Kichern, aber ich wende meinen Blick nicht von Fisher ab. »Ich bin Cassidy«, höre ich sie sagen. »Und du musst der Koch sein, der den Sommer über hier lebt.«

Ein belustigtes, verschmitztes Funkeln leuchtet in seinen Augen auf. Das Ganze scheint ihm richtig Spaß zu machen, und sei es nur, um Ian eins auszuwischen. Als er sich Ian und Cassidy schließlich doch zuwendet, schenkt er ihnen das breiteste Lächeln, das ich je an ihm gesehen habe. »Nett, Sie kennenzulernen, Chastity. Einen schönen Tag noch. Man sieht sich, Officer.« Dann nimmt er meine Hand und zieht mich weg.

KAPITEL 11

Fisher

Ich versuche ein paar Mal, Indy anzurufen, um mich zu Hause nach dem Rechten zu erkundigen, aber ich erhalte bloß ein paar einzeilige Textnachrichten als Antwort.

Offenbar ist eine von Sages Gänsen ausgebüxt, zu uns herübergewatschelt und will Indy und Sam nicht in Ruhe lassen. Angeblich ist der Vogel ihr gegenüber nicht aggressiv gestimmt, greift jedoch Sam immer wieder an, und jetzt sind sie damit beschäftigt, ihn zurück zu Sages Haus zu treiben.

Da ich ihnen jetzt eh nicht helfen kann, gehe ich in die Richtung, die Sage mir vorhin genannt hat. Ich kann das Bibliotheksgebäude in der Ferne sehen – etwa hundert Meter geht es bis dorthin bergauf.

Auf dem Weg dorthin lasse ich die letzten Stunden und Tage in Gedanken Revue passieren. Da ist zum einen Sages Durchsetzungsvermögen – die Art und Weise, wie sie bei Indy die Zügel in die Hand genommen hat oder bei mir gestern. Und auch heute wieder, als sie mir etwas Nützliches zu tun gegeben hat. Obwohl ich immer noch kleine Anflüge von Unbehagen und Verärgerung verspüre, dass sich jemand ungebeten in mein Leben drängt – ein alter Selbstschutzreflex, der wahrscheinlich dadurch verstärkt wird, dass ich wieder einmal in einer Kleinstadt festsitze –, ist es gerade diese Eigenschaft von Sage, durch die ich mich in ihrer Nähe so … *präsent* fühle. Wie wenn einem die Socke in den Schuh rutscht und es sich anfühlt, als würde sich das gesamte Nervensystem nur noch darauf konzentrieren.

Ich sollte mich am besten noch einmal für vorhin entschuldigen.

Trotz ihrer souveränen sarkastischen Reaktion hat es sie offensichtlich verärgert, dass ich sie als nettes Mädchen von nebenan, als das Goldstück der Stadt bezeichnet habe. Nachdem ich dann Einzelheiten über ihren Ex erfuhr, ist klar, dass die Liebe zwischen ihr und diesem Ort zwar auf Gegenseitigkeit beruht, sie sich aber trotzdem immer wieder wie eine Außenseiterin fühlt. *O Mann,* vielleicht sollte ich nochmal einen Videoanruf mit Dr. Deb vereinbaren. Ich glaube, dass ich seit der Therapie mehr mit den Emotionen anderer Menschen beschäftigt bin, als dass sie mir hilft, meine eigenen zu verarbeiten.

Ich muss kurz zu Atem kommen, als ich endlich vor der Bibliothek stehe, und stütze mich mit beiden Händen auf den Knien ab, bevor ich das schlossähnliche Gebäude in seiner ganzen Pracht bewundere. Es würde viel besser in eine französische Stadt passen als in irgendein abgelegenes Provinzstädtchen in Oregon. Ich trete ein und gehe die Wendeltreppe hinauf, bis ich durch das Metallgeländer Sage in der zweiten Etage erspähe. Ihr Gesichtsausdruck bringt mich abrupt zum Stehen.

Ihre Lippen sind aschfahl, sie lässt die Schultern hängen und hat den Kopf leicht gesenkt. Ihre Augen huschen schnell zwischen den beiden Personen vor ihr hin und her. Erst in diesem Moment bemerke ich, dass es sich um Sages Polizisten-Ex handelt, der ihr mit seiner Neuen im Arm gegenübersteht.

Einmal mehr werde ich daran erinnert, warum ich Kleinstädte einfach nur verabscheue. Man läuft Gefahr, jeden Tag an jeder Ecke auf dieselben Leute zu treffen. Dieselben Leute, die dich immer wieder in dieselben langweiligen Rollen zwängen.

Ohne lange nachzudenken, eile ich die restlichen Stufen hinauf und stelle mich dicht hinter Sage, lege meine Hand spontan beschützend auf die Stelle zwischen ihren Schulterblättern – ich merke, wie angespannt sie ist und dass ich diese Anspannung am liebsten wegstreicheln würde.

In dem Moment, als meine Hand über die weiche Haut ihres Nackens hochgleitet, schmiegt sie sich enger an mich, und mein Innerstes ist erfüllt von etwas Stechendem und Zärtlichem zugleich – wegen dieser Frau, die keinen Grund hat, mir zu vertrauen oder sich von mir trösten zu lassen, die sich aber trotzdem an mich lehnt.

»Da bist du ja«, sage ich und knuffe bestärkend ihren Nacken.

»Ich wollte dir etwas zeigen«, antwortet sie nach einer Weile atemlos, und ich bin erleichtert, dass ihr Gesicht allmählich wieder Farbe annimmt.

»Wo ist es denn?«

Sie deutet vage in eine Richtung, sagt: »Da drüben«, und ich lächle weiterhin demonstrativ in ihr wunderschönes Gesicht. Die Frau neben Ian stellt sich vor.

Als ich dann aufschaue, lasse ich meine Handfläche so weit wie möglich über ihre entblößte Haut wandern und starre Ian dabei genau in die Augen; meine Hand fährt über Sages Schulter, meine Fingerknöchel zeichnen ihren Arm nach, bevor ich sie nach unten gleiten lasse, um ihre Hand mit meiner zu verflechten. »Nett, Sie kennenzulernen, Chastity. Einen schönen Tag noch. Man sieht sich, Officer«, sage ich schließlich, bevor ich Sage wegführe.

»Alles okay?«, frage ich, als wir außer Sichtweite der beiden sind. Sage runzelt verwirrt die Stirn.

»Ja. Ich will nur ... nie wieder mit den beiden reden«, flüstert sie und wendet den Blick ab. Die Haut an ihrer Kehle ist wild gesprenkelt; rote Flecken breiten sich über Hals und Wangen aus.

»Vollkommen verständlich«, erwidere ich, so eindringlich und bestimmt, wie es mir im Flüsterton möglich ist. Auch wenn ich egoistischerweise froh bin, zur Abwechslung mal derjenige zu sein, der *sie* aus einer misslichen Lage rettet, hasse ich es, dass sie überhaupt in einer misslichen Lage steckt.

»Gott, war das *peinlich*«, murmelt sie. »Ich war wie gelähmt! Ich bin den beiden noch nie zusammen begegnet.« Sie stöhnt kurz auf und versucht, das Gesicht in den Händen zu vergraben. »Und ich *will* Ian doch nicht mal mehr, also was kümmert es mich?« Sie flüstert sich geradezu in Rage. »Wer ist der Kerl da überhaupt? Früher hat er öffentliche Liebesbekundungen *gehasst!* Die Bibliothek konnte er auch nie leiden. Meinte immer, der Staub würde seine Allergien verschlimmern.«

Wir haben uns inzwischen dicht nebeneinander an ein Bücherregal gelehnt.

»Ich glaube, die anderen Menschen locken unterschiedliche Versionen von uns heraus, ob wir das nun wollen oder nicht.«

»Allerdings. Cassidy ist besser als ich, also bringt sie auch seine bessere Seite zum Vorschein.«

»Quatsch.« Ich klemme ihr eine ihrer Haarsträhnen hinters Ohr, ehe ich überhaupt weiß, warum ich das tue und warum es mir so normal erscheint. »Ich wette, er wusste genau, dass du weit über ihm stehst, also hat er versucht, dich auf sein Niveau runterzuziehen. Indem er die Dinge, die dir Freude machen, schlechtredet.«

Sage schürzt die Lippen.

»Ich kenne den Kerl nicht, aber kenne solche Typen wie ihn«, sage ich dann. »Außerdem sah es für mich verdächtig danach aus, als wollte er dich um jeden Preis eifersüchtig machen.«

Sie verdreht die Augen. »Für mich sah das alles ganz natürlich aus, Fisher. Ich glaube nicht, dass Ian jemals in seinem Leben auf irgendjemanden eifersüchtig war.«

Aus unerfindlichen Gründen bringt unser hitziges Gespräch im Flüsterton mein Blut ganz schön in Wallung. »Versuch's doch mal«, raune ich ihr selbstsicher zu und fühle mich plötzlich so lebendig und wach wie schon lange nicht mehr.

»Was?« Ihr Flüstern ist diesmal kaum mehr als ein Hauch, und plötzlich flattern mir doch etwas die Nerven.

»Ich meine, *wir* könnten es versuchen. Vielleicht fühlt es sich für dich gut an. Also, natürlich nur, wenn du willst.«

Ihr Schenkel stößt leicht gegen meinen. »Wie?«, fragt sie, während das Rot auf ihren Wangen intensiver wird und ihre Augen wie Platin glänzen.

Ich deute mit einem Kopfnicken hinter sie. »Die beiden stehen da drüben auf dem Flur. Ich könnte ... also, ich meine ...« *Wie formuliere ich das bloß so, dass sie weiß, ich nehme es ihr nicht übel, wenn sie ablehnt, aber auch weiß, dass ich absolut willens bin?* »Wenn ich dich küsse, sehen sie uns garantiert.«

Sie schluckt kräftig, und – *was tue ich hier bloß?* – ich lege meine Finger auf ihre Kehle und zeichne diese Stelle sanft nach. Ich unterdrücke einen Laut, als ihre kühle Handfläche meinen Kiefer berührt und ich meine Nase daran reibe.

Dann tätschelt sie mir die Wange. »Nichts als Ärger mit dir«, haucht sie mir verschwörerisch zu.

Da hat sie vielleicht sogar recht. Und es ärgert mich tatsächlich, dass sie meine Avancen einfach so ablehnen zu können scheint. Eigentlich kaufe ich ihr das nicht ab. Ich glaube nicht, dass sie *so* tugendhaft ist. Dass sie nicht auch mal egoistisch sein will. Dass sie nicht auch mal einen kleinen Sieg braucht.

»Hey, ich dachte, du bist nicht immer die Nette?« Meine Worte klingen beinahe so, als würde ich sie zu einer Mutprobe herausfordern. »Sag bloß, du willst ihm nicht auch mal ein bisschen wehtun.«

»Und schon wieder gehst du davon aus, dass es ihn interessieren würde.« Sie versucht, gleichgültig zu klingen, aber ich höre den Hauch einer Frage heraus.

»Na gut. Selbst wenn es nicht um ihn geht, nimmst du dir denn nie irgendetwas nur für *dich?* Du hast es selbst gesagt – das hier ist *deine* Bibliothek. Komm schon, Byrd, sehnst du dich denn nicht nach einem winzigen Sieg?«

Eine kleine Falte bildet sich zwischen ihren Augen; sie scheint darüber nachzudenken. Und dann zieht sie herausfordernd eine ihrer dunklen Augenbrauen hoch. »Erklär mir doch bitte, warum es für mich ein Sieg wäre, dich zu küssen.«

Verdammt, ich hatte ganz vergessen, wie gut sich Flirten anfühlen kann. »Eine Demonstration dürfte das wahrscheinlich besser erklären.«

Ihre Unterlippe hat einen beerenfarbigen Sprenkel in der Mitte, und ich würde wirklich zu gern wissen, ob er genauso süß schmeckt, wie er aussieht.

»Bist du sicher?«, fragt sie dann und beißt leicht auf exakt diese Stelle. Ein hoffnungsvoller Ruck geht durch meine Brust.

Gute Frage. *Bin* ich mir sicher? Ich weiß nicht, wann ich mir das letzte Mal über irgendetwas sicher war. Ich bin mir aber sicher, dass ich diesem Idioten Ian am liebsten eine reinhauen möchte, ohne jedweden logischen Grund. Ich bin mir ziemlich sicher, dass ich sogar einen Overall mit Bananen-Kokosnuss-Muster tragen würde, um hier und jetzt Sages Mund zu schmecken. »Ja.«

Und dann tue ich es. Wir tun es – oder besser gesagt, *sie* tut es.

Sie stellt sich auf die Zehenspitzen und fährt mir mit den Händen durchs Haar. Mir bleibt beinahe der Atem weg, als sie ihren Mund auf meinen presst. Ganz sanft ziehe ich sie an mich, bevor ich ihre Lippen langsam mit meinen umschließe. Sie sind weich und kühl, und schon der kleinste Anflug von Ungeduld ihrerseits lässt etwas in mir aufwallen. Ich streiche mit dem Daumen über ihr Kinn, und als ihre Zungenspitze schüchtern die meine berührt, zerspringt etwas in mir und breitet sich brennend heiß in meinen Adern aus. Sie schmeckt so süß, umspielt meine Zunge mit ihrer, neigt ihren Kopf, um mir noch mehr zu geben und sich selbst mehr zu nehmen. Sie knabbert an meiner Lippe und gibt einen kleinen Laut von sich, der mich vollends verrückt macht. Ich lecke dem Laut hinterher, um ihn einzufangen und herauszufinden, wie er schmeckt. Im nächsten Moment umfasst sie mich energisch und zieht mit einem Stöhnen meine Hüften noch dichter an sich heran. Plötzlich scheint es nicht mehr um jemand anderen zu gehen, hier ist rein gar nichts mehr schüchtern, rachsüchtig oder nur Show.

Mist. Mist. Mist. Zu schnell. Zu viel. Ich werde bereits hart, und sie zieht mich an die weichsten Stellen ihres Körpers, reibt sich an mir. Ich reiße mich los, greife nach ihren Händen und versuche, die Situation unter Kontrolle zu bringen, indem ich ihre Arme über ihren Kopf hebe, doch verdammt, das ist irgendwie besser und schlimmer zugleich. So viel schlimmer. Ich kann doch nicht in einer *Bibliothek* einfach so kommen! Mein Stolz würde das momentan absolut nicht verkraften, doch mit jedem Atemzug drückt sie ihre Brust näher an meine, ich kann ihre Nippel durch ihr Top spüren –

Ein langgezogenes Heulen ertönt von oben und lässt uns auseinanderfahren. Mir entwischt ein ausgesprochen unmännlicher Schrei, als ich ein Paar riesige goldene Augen erblicke, die mich vom obersten Regal aus anstarren. Instinktiv beuge ich mich über Sage, wie um sie zu schützen.

»*Scheiße, was ist das denn?*«, fauche ich. Ich habe Sages Handgelenke losgelassen, und sie stößt ein leises Keuchen aus.

»Also«, sagt sie schwer atmend. »Ich kann zwar gerade nichts sehen, aber ich schätze, es ist Cupid – Cupid, die Katze.«

Ich nehme einen tiefen Atemzug, rühre mich aber nicht von der Stelle, sondern schaue misstrauisch zu dieser Bestie hoch. »Himmel! Ist das Vieh eine Kreuzung mit einem Tiger?« Das ist die größte Hauskatze, die ich je gesehen habe. Diese Stadt ist ja der reinste Tierzirkus!

»Nein«, antwortet Sage und sucht meinen Blick. »Sie ist einfach *echt* groß.« Und dann schlägt sie sich eine Hand vor den Mund, um ein hysterisches Lachen zu unterdrücken. Die Art und Weise, wie ihr Körper dabei gegen meinen vibriert, jagt einen Schauer durch meinen Körper.

Ich befreie sie aus meiner Schutzhaltung und lasse dabei meine Stirn auf ihre Schulter sinken, um mein eigenes Lachen zu unterdrücken, auch wenn ich nicht sicher bin, ob ich überhaupt verstehe, was so lustig ist.

»Psst, sonst werden wir noch rausgeschmissen«, quiekt sie und erleidet einen weiteren kurzen Lachanfall. Mein Blick bleibt an ihren Lippen hängen – ihren wunderschönen wildgeküssten Lippen, und ich zwinge mich, stattdessen auf einen Buchtitel neben ihrem Ohr zu schauen. *Gut gepupst ist halb gewonnen: Geheimnisse eines Flatulenzkünstlers* von Farley Jones.

Sage wirft einen kurzen Blick über meine Schulter. »Ich … ich bin mir nicht sicher, ob's geklappt hat oder nicht. Sieht so aus, als wären sie weg.«

»Oh, ähm …«

»Womöglich haben sie es nicht mal mitbekommen«, sagt sie stirnrunzelnd.

Ich habe es mitbekommen. Ich habe es definitiv mitbekommen. Ich bin immer noch viel zu erregt. »Mist, tut mir leid.« Aber es tut mir überhaupt nicht leid. Nicht im Geringsten.

»Muss es nicht. Das hat Spaß gemacht. Komm, ich zeig dir meine Lieblingsecke.«

Und dann gibt sie mir einen mütterlichen Kuss auf die Wange, bevor sie davonschlendert und mich völlig verblüfft zurücklässt.

KAPITEL 12

Fisher

Sie hat sich von diesem Kuss schneller erholt als ich.

Vielleicht mag ich diese Bibliothek doch nicht. Was zum Teufel ist hier bitte so interessant, dass sie sich so leicht ablenken konnte? Und verdammt, wie hat sie es geschafft, *mir* so schnell den Kopf zu verdrehen?

Sage zieht mich ein Stück in eine Nische, die auf beiden Seiten mit Regalen ausgekleidet ist und hinten deckenhohe Fenster hat. Die Bleiverglasung zeigt ein mit bunten Blumen gefülltes Kanu, das aussieht, als würde es gleich ins Meer hinausschwimmen. Das Licht, das durch das Glas in den Raum fällt, wirft unzählige Farbtöne an die Decke, und mein Blick bleibt dort oben an einem viereckigen Gebilde hängen, an dem eine Seilrolle baumelt.

»Was ist das?«, frage ich.

»Geduld«, rügt sie mich mit frecher Miene. »Zu diesem Teil der Tour kommen wir ein anderes Mal.«

Ich beiße die Zähne zusammen und werfe ihr wortlos einen Blick zu; immer noch zu aufgedreht, um ihr verbal Kontra zu geben.

»Du hast sicher schon bemerkt, dass in Spunes an allen Ecken Kanus auftauchen, oder?«, fragt sie dann.

Ich grummele bestätigend.

»Und erinnerst du dich auch daran, dass ich erwähnte, dieser Ort sei auf nichts als Scheitern aufgebaut?«

»Brauche ich das irgendwann für einen Test?«

»Oh, gute Frage! Natürlich nur, wenn du willst!« Ich blicke verwirrt drein, während sie fortfährt: »Laut Stadtgeschichte ließ sich ein wohlhabendes Ehepaar namens Edmund und Ida Lee-Hughes 1870 samt Familie hier nieder, um eine Holzfällerstadt zu gründen. Der Ursprung ihres Reichtums bleibt bis heute ein Rätsel, das viele Legenden inspiriert hat. Aber sicher ist, dass sie, da der Goldrausch bereits 1855 endete, fest daran glaubten, dass man mit Holz noch viel mehr Reichtum anhäufen könnte.«

Ich trete näher an sie heran. »Sage, ich habe nur mit Mühe mein Abi geschafft, und zwar nicht aus Mangel an Intelligenz, sondern vor allem, weil ich bei solchen Vorträgen am liebsten alles um mich herum in Brand gesteckt hätte.«

»Fisher, ich höre mir deine Lebensgeschichte gern später an, aber jetzt reden wir erst mal über die Kanus.«

Ich knurre verärgert und werfe dramatisch den Kopf in den Nacken.

»Ich mach's ganz schnell, versprochen«, sagt sie.

Und weil mein Stolz immer noch ein wenig verletzt ist, beschließe ich, mein eigenes kleines Experiment zu starten. »Und was, wenn mir *schnell* nicht gefällt, Sage?«, frage ich, gespannt auf ihre Reaktion. »Was ist, wenn ich die Dinge lieber auskosten möchte? Wenn ich sie schön in die Länge ziehen will?«

Ihre Pupillen weiten sich, und ein winziges Japsen entweicht ihrer Kehle. Ein Hauch von Rot erscheint auf ihren Wangen. *Aha.* Sie ist also doch nicht so unbeteiligt. Sie schluckt. Blinzelt. Doch dann überspielt sie es gekonnt. »Die Familie Lee-Hughes hatte sich allerdings verzockt«, fährt sie fort.

»*Um Gottes willen*«, jammere ich genervt. »Du bist ja schlimmer als deine Katze!«

»Plötzlich waren sie pleite und hatten so gut wie keine Geschäftsaussichten mehr, weil sie nicht bedacht hatten, dass sich der Hafen nicht für große Transportschiffe eignete. *Und* – das ist das Wichtigste – sie fanden sich nun mit einem riesigen Haufen gefällter Bäume wieder.«

»Wie überaus faszinierend.«

»Die Lee-Hughes hatten auch alle möglichen Familienmitglieder und Freunde mitgebracht. Menschen, die in der Hoffnung auf ein großes, florierendes Sägewerk verschiedene eigene Geschäfte und Unternehmen gegründet hatten, um die örtliche Wirtschaft anzukurbeln und noch mehr Menschen in die Gegend zu locken.«

Ich versuche mein Bestes, ihr zu widerstehen, aber genau wie vorhin, als sie von den verschlungenen Pfaden am Strand erzählt hat, zieht sie mich erneut vollkommen in ihren Bann.

»Sie mussten also einen Weg finden, das Geld wieder reinzubekommen, und zwar schnell. Deshalb schmiedeten sie einen Plan.«

»Lass mich raten: Er hatte etwas mit Kanus zu tun.«

»Ganz genau, prima! Na bitte, du Musterschüler!«, ruft sie, und ich ertappe mich bei dem Gedanken, dass ich ebenfalls ein ausgezeichneter und mitreißender Lehrer sein könnte, wenn sie mich nur ließe. »Die ganze Familie ließ daraufhin irreführende Werbebroschüren den Columbia River rauf und runter verteilen, in denen dieser Ort nicht nur als idyllischer Zufluchtsort angepriesen wurde, sondern die die Leute auch dazu verleiteten, ihr Glück bei einem Kanurennen zu versuchen. Zu gewinnen gab es zehn verschiedene Grundstücke.«

Sie grinst selbstzufrieden, als sie merkt, dass sie meine Aufmerksamkeit hat. Ich hebe auffordernd eine Augenbraue.

»Die Familie berechnete, wie viel Profit die Kanus bringen mussten, denn das Startgeld musste so gering sein, dass die Leute bereit waren, es zu zahlen. Auf diese Weise ein Stück Land zu ergattern, klang natürlich immer noch wie ein Schnäppchen. Und auch wenn die Lee-Hughes ihre Ländereien in mehrere kleinere Grundstücke unterteilen mussten, besaßen sie ohnehin viel mehr, als sie jemals nutzen konnten. Sie sorgten natürlich dafür, dass diese Grundstücke die unwirtlichsten Flecken waren. Alle anderen Bewohner stimmten dem Betrug zu, da sie wussten, dass die in den Ort strömenden Menschen mehr Umsatz für ihre Geschäfte bedeuten würden.« Sage holt ein verstaubtes Buch hervor und blättert zu einer Seite mit verwaschenen Schwarzweißfotos, die etliche Leute mit ernsten Mienen in Kanus zeigt.

»Also hat die Masche funktioniert?«, will ich wissen.

»Ja, hat sie. Aber natürlich hat sich die Geschichte im Laufe der Jahre noch weiterentwickelt. Es war alles mit dabei: Habgier, Gefahr, Liebe ...« Sie schaut über den Buchrand hinweg zu mir hoch. »Die Details erzähle ich dir ein anderes Mal, aber darf ich dir ein Geheimnis verraten?« Sie nagt an ihrer Lippe, als ob sie ernsthaft nervös wäre. Ich nicke.

»Natürlich läuft es bei dem jährlichen Festival, wenn wir die Geschichte nachspielen, heutzutage etwas anders ab. Die Preise und die Veranstaltungen selbst haben sich im Laufe der Zeit verändert. Niemandem wird ein Kanu zur Verfügung gestellt, und niemand gewinnt mehr ein Stück Land. Aber im Grunde ist die Motivation immer noch dieselbe. Wir tun es für uns.«

»Wie meinst du das?«

»Es hat noch nie jemand von außerhalb gewonnen. Niemals. Damals, als alles anfing und der Preis ein scheinbar unbrauchbares Stück Land war – die Leute haben irgendeinen Weg gefunden, das gewonnene Grundstück zu nutzen, und sind nicht mehr von hier weggezogen. Jetzt locken wir als ihre Nachfahren Touristen an, damit unsere Unternehmen davon profitieren, verlangen eine Teilnahmegebühr, die hoch genug ist, um das Preisgeld zu decken, und jedes Jahr aufs Neue gewinnt es einer von uns – oder besser gesagt, *zwei* von uns.«

Ich kann mir ein Grinsen nicht verkneifen. »Das klingt doch gar nicht so unüblich, Sage. Läuft das nicht in den meisten Touristenfallen so?«

»Ja, vielleicht«, entgegnet sie mit einem unschuldigen Schulterzucken. »Aber theoretisch kann jede und jeder gewinnen. Es gibt sogar zwei Buy-In-Wettbewerbe, deren Punktzahl die Startreihenfolge beim Kanurennen bestimmt. Da drücken die Schiedsrichter sowieso meist beide Augen zu. Und das Allgemeinwissen für das Quiz ist im Prinzip auch öffentlich einsehbar.« Sie stellt das Buch ordentlich zurück an seinen Platz im Regal, bevor sie mir erneut ein süßes Grinsen zuwirft. »Ich finde das einfach interessant, das ist alles.«

Ich hingegen finde es interessant, dass die letzten vierundzwanzig Stunden – in denen ich rücklings auf einem Feld gelegen habe, in einem Kramladen mitten im Nirgendwo herumgestromert bin und in einer Bibliothek etwas über die Geschichte dieses Ortes erfahren habe – der wohl beste Tag seit Langem war.

KAPITEL 13

Sage

Jetzt weiß ich, was gemeint ist, wenn es heißt, das *Herz macht einen Hüpfer.* Es ist nicht so, dass es für einen Schlag *aussetzt,* es hüpft tatsächlich, so wie Dorothy unten in der Yellow Brick Road, nur auf Red Bull. Am Morgen, nachdem Fisher mich geküsst hat, ist mein Herz noch immer außer Rand und Band.

Als wir nach unserer Tour in den Ort wieder zu Hause ankamen, ist es mir immerhin gelungen, die Gelassene zu spielen und ganz ruhig »Bis morgen« zu sagen. Anschließend habe ich dann ungefähr siebenundneunzig wirre Danke-Nachrichten getippt, konnte mich aber jedes Mal noch davon abhalten, auf Senden zu drücken. Wenn ich nur daran denke, schlage ich seufzend die Hände vor die Augen.

Ziemlich gewagt, dieser Kuss. Anfangs war ich so naiv zu glauben, ich hätte die Lage im Griff, aber dann hätte ich mich fast völlig gehen lassen. Er fühlte sich so *warm* an, so unerschütterlich und stark und groß. Sein Mund schmeckte süß und nach Minze … Und wenn ich bloß an diesen kurzen, rauen Atemzug auf meinen Lippen denke, stehe ich direkt wieder unter Spannung.

Nein. Nein, ich hatte mich viel zu schnell mitreißen lassen und musste mich dringend auf etwas anderes konzentrieren. Deshalb habe ich diese historischen Aufzeichnungen aus dem Regal genommen. Ich konnte ja nicht weiter mit ihm rummachen – jedenfalls nicht, wenn er mir mit dem Ganzen vielleicht nur einen Gefallen tun wollte.

Es ist noch dunkel draußen, aber schlafen kann ich jetzt ohnehin nicht mehr. Also laufe ich durchs Haus und hoffe im Stillen, dass ich wenigstens eins der Tiere aufwecke. Aber dieses Glück wird mir nicht zuteil. Tolle Gefährten, wenn sie mir in Zeiten der Not nicht mal Gesellschaft und Beistand leisten! Ich schnappe mir mein Handy und schicke ein Stoßgebet zu den Internet-Göttern, dass sie den perfekten Algorithmus parat haben, um mich mit etwas Doomscrolling abzulenken. Aber offenbar ist die Technologie mittlerweile schon so weit fortgeschritten, dass sie in der Lage ist, sich mit meiner Psyche zu synchronisieren. Denn sämtliche Videos locken mich wieder auf gefährliches Terrain, weil es um Sex oder um Kochen oder um beides geht.

Als ich das Handy schon weglegen will, kommt mir eine andere verlockende Idee, und ehe ich mich davon abhalten kann, öffne ich Google. Jemand mit einem Michelin-Stern muss doch online irgendwie präsent sein. Nachdem ich Fishers Namen eingetippt habe, halten meine Finger über der Enter-Taste inne. Ich gehe erst mal in die Küche und überlege. Fisher hat mir nur zögerlich etwas von sich erzählt, fast schon widerwillig, als wolle er bestimmte Themen unter Verschluss halten. Und das, was ich hier gerade vorhabe, ist etwas ganz anderes, als zwischen den Bäumen zu hocken und verstohlene Blicke auf das Nachbargrundstück zu werfen. Es ist auch etwas anderes, als ihn direkt danach zu fragen. Es ist bewusstes Herumschnüffeln.

Andererseits – würde nicht jede Frau einen Mann googeln, bevor sie viel Zeit mit ihm verbringt? Und genau das werde ich vermutlich tun, wenn ich ihm bei der Speisekarte helfe und vielleicht auch noch den Mut aufbringe, ihn zu fragen, ob er mit mir zusammen bei den Festival-Wettbewerben mitmachen will. Die meisten Menschen würden es bei einem neuen Nachbarn wahrscheinlich ohnehin für sinnvoll halten, sich über ihn zu informieren. Das fällt mir natürlich ein bisschen spät ein, wenn man bedenkt, was wir schon miteinander erlebt haben, aber besser spät als nie.

Ich sprinte zu meinem Sessel im Wintergarten und tippe auf Enter.

Zunächst finde ich nur gute Kritiken. In einem Online-Artikel gibt es sogar ein Bild von ihm. Darauf ist sein Haar etwas kürzer, aber genauso wild wie jetzt, obwohl er sich ein Bandana um den Kopf gebunden hat. Er arrangiert leicht nach vorn gebeugt etwas auf einem Teller. Dabei macht er ein Gesicht, das wohl Hingabe oder Konzentration ausdrücken soll, auf mich aber aufgesetzt wirkt.

Als Nächstes stoße ich auf eine Liste mit Auszeichnungen. In einem weiteren Artikel wird er mit seinen damals dreiundzwanzig Jahren als einer der jüngsten Sterneköche des ganzen Landes gefeiert. Den Oscar der Gastronomie, einen James Beard Award, hat er auch bekommen. Es folgen ein paar Blogs, in denen er von allen in den höchsten Tönen gelobt wird, dann ein paar kritischere mit geteilten Meinungen und schließlich einige wenige, in denen er total verrissen wird. Die Hassartikel lesen sich, als wollten die Urheber alle Leute, die Fishers Gerichte feiern, dazu drängen, ihr Urteil zu überdenken, oder sie gar der Lüge bezichtigen. Das verletzt mich stellvertretend mit, vor allem wegen derjenigen, die seine Kochkünste gelobt haben. Was ist schon dabei, wenn er ein paar Jahre in Folge dieselben Gerichte angeboten hat? Ist das denn nicht normal? Vielleicht wollten seine Arbeitgeber es ja so. Vielleicht liefen die Gerichte gut, und die Gäste wären enttäuscht gewesen, wenn sie nicht mehr auf der Karte gestanden hätten. Oder er hatte überhaupt kein Mitspracherecht, um neue Gerichte zu kreieren. Den Stern bekommt schließlich das Restaurant. Vielleicht obliegen solche Entscheidungen den Betreibern.

Ich stoße auf einen Artikel mit der Überschrift: DAS MARROW VERLIERT ZWEI STERNE, UND NUR EINER DAVON IST VON MICHELIN. Darin steht, dass man dem Restaurant Anfang dieses Jahres den Michelin-Stern aberkannt hat und der Chefkoch daraufhin entlassen wurde. Das macht mich stutzig. Er hat nichts davon erzählt, dass er entlassen wurde, aber dadurch hat er ja nicht gelogen. Und so etwas ist nicht gerade ein Thema, um bei einer neuen Bekanntschaft das Eis zu brechen.

Über die Gründe, warum das Restaurant den Stern verloren hat, finde ich zunächst nur wenig, bis auf ein paar Kommentare und Zitate namenloser Gäste, die der Ansicht waren, die Qualität sei nicht mehr entsprechend gewesen und der Service habe ebenfalls nachgelassen. Am Ende des Artikels sinniert die Verfasserin: Das *Marrow* an sich könne man für den Verlust des Sterns nicht unbedingt verantwortlich machen, aber vielleicht habe Fisher als Shooting-Star zu hohe Standards gesetzt und verdanke sein Renommee den Erwartungen, die er mit seiner neuartigen, aufregenden Küche in der kulinarischen Szene geweckt, aber auf Dauer nicht erfüllt habe. Bei dem Verb »verdanken« verspüre ich einen Anflug von Empörung – es liest sich, als wäre der Stern nicht gerechtfertigt oder verdient gewesen. Doch dann betont die Verfasserin noch einmal, ihrer Ansicht nach sei das kein Grund, den Stern abzuerkennen, sie finde es schade, dass er entlassen wurde, aber sie wolle ihre Leserinnen und Leser dazu ermuntern, selbst einen Kommentar abzugeben, nachdem sie sich das Video am Ende der Internetseite angesehen haben. Ich scrolle nach unten, und da steht: *Sternekoch rastet in aller Öffentlichkeit gegenüber Kritiker aus.*

Mit angehaltenem Atem tippe ich auf den Link. Es öffnet sich ein grobkörniges Video, das eindeutig mit einem Handy aufgenommen wurde, in einem dezent beleuchteten Restaurant aus ein paar Tischen Entfernung. Fisher sitzt allein an einem Tisch und starrt auf irgendein Dessert, das vor ihm steht. Er hält eine Kuchengabel in der Hand, und sein Gesichtsausdruck ist erkennbar angespannt. Neben dem Tisch steht ein Mann, der achselzuckend und wild gestikulierend auf ihn einredet, dann den Kopf schief legt wie ein Vogel, der es auf einen Wurm abgesehen hat. Von dem Gespräch ist nichts zu hören, bis Fisher aufspringt und dem Typen das Dessert ins Gesicht knallt. Raunen aus dem ganzen Lokal ist zu hören.

»Du kennst mich doch gar nicht und du hast kein Recht dazu!«, hört man dann Fisher. Er tippt dem Mann mit dem Zeigefinger in dessen beschmiertes Gesicht. »Du setzt nicht nur meinen Lebensunterhalt aufs Spiel, sondern auch den von vielen anderen, die härter arbeiten, als du es dir überhaupt vorstellen kannst, während du dir den Hintern plattsitzt und mit deinen speckigen Fingern ein paar Tasten malträtierst!« Er macht Anstalten zu gehen, dreht sich aber noch mal um und sagt: »Und du hast mich bei meinem Dessert gestört.«

Ich kann mir kaum vorstellen, dass dieser Typ ihn nicht vorher maßlos provoziert hat, aber trotzdem stoße ich einen gequälten Seufzer aus. ›Der da hat angefangen‹ reicht nicht als Begründung für Fishers Verhalten, und da man am Anfang des Videos nicht hört, was gesprochen wird, entsteht allzu leicht der Eindruck, ein harmloser, leutseliger Kritiker wäre in der Öffentlichkeit einem Chefkoch begegnet, der dann handgreiflich wurde.

Ich starte eine Suche nach dem Blog des Kritikers und lande recht schnell bei einem Artikel, der diesem Vorfall wohl vorausgegangen ist.

WORTE DES ZORNS

von Roth Blog

Küchenchef Fisher Lange: auf Nummer Sicher ... leider.

Vor zehn Jahren hatte ich das außerordentliche Vergnügen, im mit einem Michelin-Stern gekürten *Deelane* zu speisen, bei Fisher Langes Debüt als Chef de Cuisine. Ich hatte von dem neuen Koch gehört, der sich in den besten Restaurants der Welt seine Sporen verdient hatte und als der vielversprechendste und hellste Stern

weit und breit gefeiert wurde. Ich kam mit einer gehörigen Portion Skepsis im *Deelane* an, zugegebenermaßen in der schlechten Absicht, den »Hype« als übertrieben zu entlarven.
Stattdessen war ich angenehm überrascht. Überwältigt sogar. Jeder einzelne Bissen war ein Genuss. Mutig, kantig ... sexy, wenn ich mir diese Bezeichnung erlauben darf. Fisher Langes Gerichte waren die perfekte Mischung aus Vertrautem und Gewagtem. Der Junge servierte einem nicht dieselbe Schlorke wie alle anderen in der Stadt. Nein, anstatt alles in geölten Trüffeln zu ertränken – dem seinerzeitigen Trend, wenn man es denn so nennen will –, fuhr dieser Küchenchef würzige Kürbisgnocchi auf, von denen ich noch heute träume. Anstelle irgendeines glattpürierten Hummersüppchens servierte er einen cremigen Blumenkohlpudding, der seiner Zeit weit voraus war.
Doch leider verglühen selbst die hellsten Sterne irgendwann.
Ich muss gestehen, dass ich begeistert war, als unter der Regie der renommierten Familie Visconti vor nunmehr fast sieben Jahren Küchenchef Langes derzeitige Wirkungsstätte, das *Marrow*, eröffnet wurde. Handwerklich solide waren die Gerichte, perfekt zubereitet und arrangiert. Möglicherweise hat meine enthusiastische Unterstützung sogar ein wenig dazu beigetragen, dass er (und das *Marrow*) einen Michelin-Stern bekamen.
Deshalb berichte ich nun umso bestürzter, dass dort nach fast sieben Jahren immer noch solide gearbeitet wird und auch die Speisekarte noch dieselbe ist, meine Begeisterung hingegen nicht.
An dieser Stelle möchte ich zunächst etwas klarstellen: Beim Blick auf die Speisekarte war ich nicht von vornherein enttäuscht. Etwas Wunderbares wollen wir *selbstverständlich* immer wieder erleben, oder nicht? Aber ich suchte nach etwas, das vielleicht hinzugefügt wurde, etwas, wie ich es in meinem ersten Artikel über ihn beschrieben hatte: »etwas, das man wiedererkennt, aber so noch nie erlebt hat.«

Doch das Einzige, was ich kürzlich im *Marrow* erlebte, war bittere Enttäuschung. Fisher ist nicht mehr der großartige, mutige Küchenchef, der er einmal war, Ladies und Gentlemen.
Mein größtes Problem? Jedes Gericht war auf Sicherheit getrimmt. Keine einzige neue Idee. Mir ist bewusst, dass Essen in erster Linie der Ernährung und dem Genuss dient. Aber bei den Preisen im *Marrow* erwartet man doch, eine höhere Ebene der Kochkunst betreten zu können.
»Wo bleibt der Mut?«, rief ich. »Wo bleibt die Individualität?«, fragte ich enttäuscht. Also ... WAS ZUR HÖLLE IST DA LOS?
Ich kann nur spekulieren, ob die Gerüchte über Langes Mangel an Persönlichkeit im Zusammenhang mit seiner verf***ten Fadheit stehen.
2,5 Sterne.
UPDATE: (Kurz nach der Veröffentlichung dieses Artikels habe ich erfahren, dass das *Marrow* einen seiner Michelin-Sterne verloren hat.
Ich bin schockiert.)

Ich schließe die Tabs auf dem Display und lege das Handy beiseite, während alle möglichen Emotionen in mir Wellen schlagen. Kein Wunder, dass Fisher mit etwas zu kämpfen hat. Erst die Trauer um seine Schwester, und dann hat er auch noch die Beschäftigung verloren, über die er sich definiert, so schließe ich zumindest aus all den Preisen und dem ganzen Lob zu Beginn seiner Karriere.

Es ist noch früh am Morgen, aber Sable hat ihr Hundebett verlassen und kommt die Treppe herunter, was ich als Signal auffasse, dass ich den Tag beginnen kann. Ich gebe ihr Futter, dann fülle ich Legs Schale auf der Veranda mit Trockenfutter auf, während der Kater selbst vermutlich auf seiner morgendlichen Jagd ist. Auf dem Weg zur Scheune sehe ich aus dem rechten Augenwinkel eine Bewegung und bleibe stehen.

Fisher überquert die Wiese und balanciert dabei mit drei verschiedenen Behältern. Er muss ein paar Pirouetten drehen, um Leggieless auszuweichen, der ihn immer wieder anspringt und sich an seine Beine heften will. Bei jedem Manöver schwappen diverse Flüssigkeiten über. Fisher legt einen Schritt zu, doch Leggieless bleibt ihm auf den Fersen und versucht weiter, ihn zu erwischen. Meine Herren, diese Katze ist eine Plage!

»Trainierst du für *Let's Dance?*«, rufe ich ihm nach dem nächsten Ausfallschritt zu.

»Kannst du diese dämliche Katze mal zurückpfeifen?«, brüllt er.

»Er ist ein Kater! Er würde nicht darauf hören!« Weil wir uns seiner Auffassung nach alle nach ihm richten müssen.

Als Fisher nur noch ein paar Meter weit entfernt ist, lässt Leggieless endlich von ihm ab und schießt davon, um sich eine andere Beute zu suchen. Von oben bis unten bekleckert sieht Fisher an sich hinunter und kann einen Anflug von Ärger kaum verbergen. Ich applaudiere.

»Bravo!«, rufe ich strahlend. »Eine tolle Darbietung!«

»Verflucht noch mal«, brummt er, aber sein Gesichtsausdruck ist schon deutlich weniger ernst. »Ich wollte dir ein paar Kostproben bringen!«

»Hättest du angerufen, wäre ich zu dir rübergekommen«, sage ich lachend.

»Erst konnte ich mein Handy nicht finden, und als mir wieder einfiel, wo ich es hingelegt habe, war ich schon fast am Zaun«, erklärt er. »Das hier zuerst.« Er hält mir den kleinen Topf hin, und ich werfe einen Blick auf die verbliebene leuchtend orange Flüssigkeit, auf der ein paar kleingeschnittene Röllchen schwimmen. Dann nehme ich ihm den Topf aus der Hand und schlürfe einen Schluck.

»*Scheiße noch mal!*«, sage ich ehrfürchtig und streiche mir über den Mund. Ich weiß nicht, was ich erwartet habe, jedenfalls nicht *diesen* Geschmack. Milde Süße mit einer leicht pfeffrigen Note.

»Eine Suppenidee für das Restaurant«, erklärt Fisher eifrig. »Karotten-Jalapeño. Ein bisschen anders, aber nicht mächtig. Kann man zu jeder Jahreszeit essen. Passt zu Sommeraromen, aber hat auch etwas Pikantes, das in den kälteren Monaten guttut.«

Da Fisher gerade sehr professionell wirkt, kann ich keinesfalls einfach sagen, dass ich diese Suppe, wenn es sein müsste, auch aus einem dreckigen Stiefel trinken würde. »Köstlich«, murmele ich deshalb nur.

»Hier.« Er nimmt den kleinen Topf wieder an sich und reicht mir die Schüssel. In der Mitte liegt eine weiße Mozzarella-Kugel mit einer bunten Mischung gehackter Zutaten ringsherum. »Burrata von einem der regionalen Höfe, mit grünen Äpfeln, Honig, Basilikum aus deinem Garten und Prosciutto, den ich mit einfachen Knoblauch-Crostini kombinieren würde.«

Ich nehme den Löffel, der auf wundersame Weise in der Schüssel geblieben ist, und probiere. Sofort mache ich große Augen. Fisher tut immer so, als wäre all das ganz einfach, aber etwas Vergleichbares habe ich noch nie gegessen. Die Zutaten sind noch zu erkennen, sodass die Leute verstehen, was sie da essen, und nicht abgeschreckt werden.

»Wahn-sinn«, ist meine Antwort auf diese Köstlichkeit. Der Gedanke an eine Scheibe Brot mit kräftiger Kruste dazu lässt mich genießerisch seufzen. Als ich den Kopf hebe, wirkt Fisher … äußerst zufrieden. Nein, mehr als das, sogar ein bisschen stolz. Und erleichtert. Offenbar merkt er, dass er *doch* noch das richtige Gespür hat.

»Jetzt die letzte Kostprobe, für heute zumindest«, sagt er. »Man kann kein Restaurant am Meer betreiben, ohne auch Fisch und Meeresfrüchte anzubieten. Deshalb habe ich hier gedämpfte Muscheln in einer pikanten Brühe.« Das klingt fast, als wolle er sich dafür rechtfertigen.

»Ich habe doch gar nichts gegen Fisch und Meeresfrüchte,

Fisher. Es ging mir nur darum, dass Kaviar und Sashimi hier bestimmt nicht laufen würden«, erkläre ich. »Ich wollte dich nicht kränken oder den Eindruck erwecken, als wüsste ich alles besser. *Du* bist schließlich von uns beiden der Experte.« Das scheint mir wichtig zu erwähnen, bei allem, was ich mittlerweile über ihn weiß.

Mit zusammengezogenen Augenbrauen sagt er: »Mag sein. Aber du bist die Expertin, wenn es um Spunes geht, und du gehörst zur Zielgruppe.« Er richtet den Blick auf den Behälter in seiner Hand, dann wieder auf mich. »Ich will sichergehen, dass dir alles schmeckt.«

Als er mich so ansieht, werde ich etwas verlegen, und die Erinnerung an gestern kehrt nun umso gewaltiger zurück. Ich spüre immer noch, wo seine Bartstoppeln mich am Kinn gekratzt haben. Mit einem verlegenen Räuspern greife ich nach dem Behälter, nehme mir mit den Fingern eine Muschel und trinke einen kräftigen Schluck Brühe.

»Mmm, *perfekt!*«

Nach einem knappen Nicken reicht er mir wieder die Schüssel mit der Burrata. »Behalte diese beiden Kostproben schon mal als Dankeschön. Die Suppe bringe ich dir später noch.«

Essbare Geschenke nehme ich gern entgegen, also sage ich aufrichtig: »Danke.« Dann fällt mir noch etwas anderes ein. »Warte mal, es ist erst ungefähr sechs Uhr. Warum bist du denn schon auf, um all das zuzubereiten?«, frage ich.

»Weiß nicht. War vielleicht ein zu aufregender Tag gestern«, antwortet er mit einem Schulterzucken.

Da muss ich doch direkt nachlegen. »Oh, ja, die Geschichte von Spunes hält mich auch immer die ganze Nacht lang wach.«

Er grinst und steckt die nun freie Hand in die Tasche seiner schwarzen Jogginghose. Sein ehemals weißes T-Shirt ist übersät von Suppenspritzern. Aber selbst so derangiert und bekleckert und mit diesem Töpfchen in der Hand ruft er in mir das Bedürfnis hervor, mir mit albernem Kichern eine Haarsträhne um den Finger zu drehen.

»Das da gefällt mir bisher am besten«, sagt er plötzlich und zeigt mit dem Kinn auf meine Brust, bevor er sich umdreht und sich auf den Weg zurück zu seinem Ferienhaus macht.

Ich sehe an meinem Morgenrock hinunter und stoße einen Seufzer aus. Er ist mit Kanus bedruckt und hat auf einer Seite ein Emblem über der Brust, auf dem steht: IMMER SCHÖN FEUCHT HALTEN.

★ ★ ★

Nachdem ich das Essen in den Kühlschrank gestellt und meine morgendlichen Aufgaben erledigt habe, ist es nicht mal sieben Uhr, und ich bin immer noch total aufgedreht. Ich brauche unbedingt eine körperliche Tätigkeit, um meine überschüssige Energie zu kanalisieren und in sinnvolle Bahnen zu lenken. Da ich ansonsten heute nichts vorhabe, entschließe ich mich zu einer Paddelpartie. Silas und Ellis waren in der diesjährigen Brandsaison so oft im Einsatz, dass sie noch keine Zeit hatten, mir dabei zu helfen, mein kleines Kanu den Pfad durch die Klippen hinunterzuschleppen, und ich bin nicht so dumm, es mir selbst auf die Schultern zu hieven. Das Paddelbrett ist zwar etwas unhandlich, aber damit komme ich auch allein zurecht.

Nachdem ich mich in meinen Neoprenanzug gezwängt habe, gehe ich wieder hinaus, Brett und Paddel auf dem Kopf balancierend.

★ ★ ★

Es ist einer dieser magischen Morgen, an denen das Wasser blauer und das Moos und das Gras am Ufer grüner erscheinen. Über allem schwebt noch ein leichter Nebel, in der Erwartung des neuen Tages. Ich muss an das Buch mit Ratschlägen denken, das meine Mom für mich geschrieben hat, bevor sie starb. Darin stehen ihre Lieblingsleitsprüche und die Erkenntnisse, die sie in ihrem Leben als wahr empfand und an mich weitergeben wollte. Eine Weisheit lautet: *Wann immer du das Gefühl hast, diese Welt hätte nicht viel zu bieten, denk daran, dass irgendwo irgendjemand oder irgendetwas darauf wartet, deine Bekanntschaft zu machen.* Das basiert, glaube ich, auf einem berühmten Zitat, aber in ihrer Version gefällt es mir am besten. Es ist einer dieser Gedanken, die mich immer friedlich stimmen und zugleich neugierig machen.

Als ich an einem Otterpaar vorbeipaddele, kreische ich vor Freude, aber dann reiße ich mich zusammen und sehe mich hastig in alle Richtungen um, um mich zu vergewissern, dass es niemand mitbekommen hat. Dieser Anflug von Befangenheit trübt meine Freude. So wie es einen klebrigen Nachgeschmack hinterlässt, wenn man etwas zu Süßes gegessen hat.

Irritiert überlege ich, warum ich plötzlich so ein unangenehmes Gefühl habe.

Ich glaube, es liegt an Fisher. Ich glaube, es liegt daran, dass sich *allein* auf einmal wie *einsam* anfühlt und mir der Unterschied jetzt umso deutlicher bewusst wird. Jemanden um mich zu haben, der an meiner Meinung interessiert ist, der einfach *da* ist – bei unsinnigen Einkäufen oder für einen Kuss, der bewirken soll, dass ich mich stärker fühle, auch wenn ich in anderer Hinsicht dabei ziemlich schwach wurde –, das war schön. Ich glaube, ich hatte schon völlig vergessen, wie schön das sein kann.

Trotzdem sagt mir eine leise, ernsthafte innere Stimme, dass ich vorsichtig sein sollte. Dass ein paar Tage in Gesellschaft eines interessanten Mannes nicht überbewertet werden sollten.

Wahrscheinlich bin ich deshalb auch nicht auf Fishers Angebot eingegangen, etwas für mich zu tun, und habe ihn nicht gefragt, ob er mein Partner bei den Festival-Wettbewerben sein will. Es kommt mir vor, als hätte mein Unterbewusstsein zu meinem Wohl gehandelt, indem es mich zögern ließ, die Verbindung noch enger werden zu lassen, weil ich weiß, dass sie nur vorübergehend ist.

Aber gleichzeitig geht mir auch immer wieder das Kompliment durch den Kopf, dass er mir gemacht hat, und sein Gesichtsausdruck, als er mir heute Morgen die Kostproben brachte, und wie viel Spaß ich mit ihm hatte. Sogar sein Gemecker über meinen Vortrag in der Bibliothek fand ich witzig. Wenn es jemanden gibt, der sofort merkt, dass ein Schüler nicht aufmerksam zuhört, dann bin das ja wohl ich. Aber Fisher war die ganze Zeit lang aufmerksam. Auch als er den Vorschlag machte, dass ich ihm bei der Speisekarte für das *Starhopper* helfen soll. Oder als er mich in der Bibliothek geküsst hat. Und das alles sagt mir, dass sein offenes Angebot ehrlich gemeint war.

Als ich nach Hause komme, ist es schon so warm, dass es für die Gartenarbeit später sicher zu heiß wird und ich sie nicht aufschieben sollte. Also versuche ich, meine seltsam düstere Stimmung abzuschütteln und gehe sofort in den Garten.

Dort fällt mir unvermittelt der Eimer aus der Hand, und ich stoße einen erstickten Schrei aus.

»Nein«, flüstere ich entsetzt. »Nein, nein, *nein!*«

Eine meiner Dahlien hängt abgeknickt über ihren am Boden liegenden Schwestern. Eine weitere fängt schon an zu zittern, und ich kann nur hilflos zusehen, wie all das, was eine zartrote Blütenpracht von der Größe meines Kopfes werden sollte, in Zeitlupe wie ein gefallener Krieger zu Boden sinkt.

Und dann sehe ich es. Mit seinem hässlichen, haarigen Kopf und seinen dämonisch schwarzen Augen. Ein Erdhörnchen.

KAPITEL 14

Fisher

Ich will es auf keinen Fall beschreien, aber ich glaube, zwischen Indy und mir läuft es inzwischen ein bisschen besser. Seit dem Tag, als sie und Sage das Gitter abmontiert haben, ist alles irgendwie viel weniger angespannt. Außerdem bin ich mitten in der Nacht mit einem Gefühl der Erleichterung aufgewacht, auch wenn ich mir das nicht erklären kann. Ich weiß nur, dass ich zum ersten Mal seit Langem Lust hatte, etwas zu kochen. Ich hatte sogar ein paar einfache Rezeptideen, mit denen ich herumexperimentieren wollte.

Draußen war es noch lange dunkel, als ich mich in die Küche begab und alle möglichen Zutaten zusammenmischte. Ein paar Stunden später erblickte ich Sages Silhouette in der Ferne und beschloss, mir auf der Stelle ihr Feedback zu holen. Also stolperte ich vollbeladen aus dem Haus.

Allerdings sollte ich mich in Bezug auf Sage etwas besser beherrschen. Nach unserem Kuss gestern und den Lauten, die sie vorhin bei der Kostprobe meines Essens von sich gegeben hat, laufe ich Gefahr, absolut süchtig nach ihrer Nähe zu werden.

Gestern Abend hat sich Indy Freyas Lieblings-Hähnchenspieße gewünscht, und eben nach dem Aufstehen fragte sie sogar, ob ich ihr ein Spinat-Speck-Omelett machen würde. Es war so erfrischend, konkrete Essenswünsche zu bekommen, dass es mir schwerfiel, nicht beide Male völlig übereifrig zu reagieren.

»Hast du heute schon etwas vor?«, frage ich sie, während ich die Küche saubermache. In etwas mehr als einer Woche soll ich mit den Bauarbeitern des *Starhopper* zusammenarbeiten, und erst dann fängt Indy mit der Sommerschule an.

Indy wirft mir einen angespannten Blick zu, als sie von der Frühstückstheke aufsteht. »Ich bin eigentlich mit Sam und ein paar seiner Freunde verabredet«, sagt sie.

Irgendetwas rutscht in meinem Gehirn aus und landet auf seinem imaginären Hintern.

»Oh … in Ordnung«, sage ich. Dann, etwas unsicherer: »Nächstes Mal fragst du aber lieber vorher, ja? Ich meine, wir hatten doch neulich schon diese Nummer abgezogen.«

»Was für eine Nummer?«

»Mir nicht zu sagen, wo du steckst, und viel zu spät nach Hause zu kommen!«

»Da wusste ich ja nicht mal, wann ich zu Hause sein sollte! Und ich habe dir doch *gerade* meine Pläne für heute mitgeteilt.« Mit ihrem Tonfall könnte sie glatt Wednesday Addams Konkurrenz machen.

»Indy –« Just in diesem Moment klingelt mein Handy, und als ich Carlies Namen auf dem Display sehe, halte ich einen Finger hoch, damit Indy kurz wartet. Sie steckt jedoch ihr Telefon in die Tasche, macht sich hastig auf den Weg zur Tür, und ich gebe mich vorerst geschlagen.

Ich nehme das Gespräch an, und meine Stimme trieft förmlich vor falscher Fröhlichkeit. »Hey, Carl.«

»Wen hast du denn jetzt wieder verärgert?«, fragt sie barsch.

»Äh, dich?«, rate ich ahnungslos. »Zumindest klingt es so.«

Sie stößt einen tiefen Seufzer aus, der nichts Gutes ahnen lässt.

»Wir haben gerade erfahren, dass die Genehmigung, dieses Restaurant zu eröffnen, bis September ausgesetzt wurde. Anscheinend gab es noch eine *neue* Petition dagegen.«

O'Doyle. »Haben sie irgendeinen Grund genannt?«

»Natürlich nicht. Sie sagten, bei irgendeiner Inspektion wurde noch etwas bemängelt, und jetzt können wir nicht weitermachen, bis sie alles noch einmal überprüfen, was natürlich nicht vor

September geschieht – wegen der Ferienzeit und dieses Festivals und so«, antwortet Carlie.

Ich reibe mir die Schläfen. »Also, was soll ich tun?«

»Ich möchte, dass du auf lieb Kind machst. Bitte erkundige dich, ob es irgendeine Möglichkeit gibt, eine Verschiebung des Ganzen bis September zu umgehen. Ich habe jetzt schon einen großen Batzen Geld verloren, Fisher. Immerhin habe ich dort ein ganzes verdammtes Observatorium stehen, Himmel noch mal!«, schreit sie. »Ich will nicht noch zwei Monate verlieren! Ich weiß – eigentlich solltest du ein paar Wochen Zeit haben, dich dort einzuleben und zu entspannen, aber angesichts dieser Entwicklung hoffe ich, dass du schon früher helfen kannst. Es wäre super, wenn die Sache noch vor dem Festival ans Laufen kommt, damit wir das Geschäft gleich mitnehmen können.«

Wenn ich auch hier versage, bevor ich überhaupt die Chance hatte, anzufangen … Das *darf* nicht passieren. Ich merke, dass Indy sich hier langsam wohlfühlt. Sie geht so gern nach nebenan zu den Tieren, und wir machen endlich Fortschritte, was unsere Beziehung angeht. Ich werde deshalb nicht zulassen, dass meine Unzulänglichkeiten oder langweilige Kleinstädter, die sich übertrieben aufplustern, mir in die Quere kommen. Ich schüttele das letzte Überbleibsel meines Stolzes ab.

»Ich lass mir was einfallen«, sage ich. »Und ich weiß auch schon, wen ich um Hilfe bitten kann.«

Ich schnappe mir den Rest der Suppe und mache mich auf den Weg zu Sage. Kurz darauf stolpere ich fast über meine eigenen Füße, als ich in der Ferne etwas Seltsames erblicke. Am Weidezaun stehen Bud das Pferd, Sable der Hund und Leggieless der Kater. Der Kater sitzt auf dem Rücken des Pferdes, der Hund zu dessen Füßen – und alle drei starren in dieselbe Richtung.

Je näher ich komme, desto mehr Lärm höre ich aus der fraglichen Richtung. Ich lache überrascht auf, als ich eine heftige

Schimpfworttirade höre, die selbst einen gestandenen Sternekoch wie mich zum Erröten bringt.

»Sage?« Ich biege um die Ecke. Sie sitzt halb zusammengekauert wie Gollum da, schlägt wild um sich und dreht sich dann im Kreis, das Gesicht staubbedeckt und schweißnass. Ein Neoprenanzug hängt von ihrer oberen Körperhälfte herab, Schultern und Brust sind knallrot.

»Was … ist denn los?«

Ich zucke zusammen, als Indy wie aus dem Nichts an meiner Seite auftaucht und sagt: »Sie ist schon so, seit ich hier bin.«

»*Himmel!* Was tust du denn hier?«

»Auf Sam warten.« Eine der Gänse zu ihren Füßen gackert.

»Darf das Vieh hier draußen sein?«, frage ich.

Sie verdreht leicht die Augen. »Wo ich bin, ist der Vogel auch nicht weit. Aber das ist schon in Ordnung.«

Ich drehe mich wieder zu Sage um und sehe zu, wie sie hektisch herumhüpft und aggressiv haufenweise Erde in verschiedene Löcher am Boden stopft. »Hast du eine Ahnung, was sie vorhat?«, frage ich Indy.

»Sie hat nur ›Erdhörnchen‹ gebrüllt und dann direkt mit dieser Show weitergemacht«, lautet die Antwort.

»*Ich werde dieses Mistvieh ausräuchern!*«, krakeelt Sage. »Nein, ich locke es raus und fange es lebendig! Dann werde ich es hängen, ausweiden und vierteilen und die Leiche als Warnung für den Rest der Meute zur Schau stellen!«

Indy und ich tauschen einen mitleidsvollen, aber leicht besorgten Blick. »Indy, warum wartest du nicht auf der Veranda auf Sam?«, schlage ich vor.

»Gute Idee.«

Als sie in sicherer Entfernung ist, nähere ich mich der immer noch vor Wut rasenden Sage.

»Habe ich da etwas über Erdhörnchen gehört?«

»Ja«, schnauzt sie, aber ihre Stimme schwankt verräterisch. Sie richtet sich mit der Hand an der Stirn auf und begutachtet ihre zerstörten Blumen. »Ich habe schon eine Rauchbombe in ein Loch gesteckt, aber ich glaube, ich hab was falsch gemacht, oder vielleicht war sie nicht tief genug drin … Der Rauch kam einfach wieder raus.«

O nein. Ihre Stimme hat diese hohe, angespannte Tonlage, die meist ein Weinen ankündigt.

»Das kannst du sicher nicht verstehen, Fisher. Das Vieh hat mehr als die Hälfte meiner Knollen erwischt. Hat sie alle *vernichtet!* Sie waren so schwer zu züchten, und ich hatte es gerade erst geschafft!«

Verdammt. Der erste Schluchzer bricht aus ihr heraus, und ihre Worte überschlagen sich. »Ich will die ganze verdammte Sippschaft tot sehen!«

Ich stehe ratlos mit baumelnden Armen da und weiß nicht recht, wie ich sie trösten soll oder wie ich die Tränen zum Versiegen bringen könnte. Dann vergräbt sie ihr Gesicht in den Händen und lehnt sich gegen meine Brust; ihre Fingerknöchel treffen mich am Brustbein, und ein unaufhaltsames Lachen purzelt vor lauter Überraschung aus mir heraus.

Ich kenne zwar viele Menschen, die ihr Herz auf der Zunge tragen, aber ich bin mir sicher, dass *diese Frau* ihr Herz in den Fäusten trägt und bereit ist, es jederzeit sprechen zu lassen.

Ich reibe ihr beruhigend über den Rücken und versuche die Tatsache zu ignorieren, dass sie abgesehen von ihrem Bikinioberteil praktisch nackt ist. »Schschh. Ganz ruhig, Killerbiene«, hauche ich in ihr Haar. »Hätte nie gedacht, dass du so blutrünstig bist.«

»*Da bin ich auch nicht stolz drauf!*«, heult sie.

»Wär mir gar nicht aufgefallen.« Ich unterdrücke ein Glucksen. »Aber bevor du zu mittelalterlichen Folter- und Hinrichtungsmethoden greifst, könnten wir ja vielleicht was anderes versuchen, hm?«

Unter lautem Schniefen tritt sie zurück und schaut mich an. Das Weinen hat ihre Augen stahlblau gefärbt.

»Was schwebt dir vor?«, will sie wissen und wischt sich eine Träne aus dem Auge, schon wieder voll bei der Sache.

»Also, als Erstes bräuchten wir ... Scheiße.«

KAPITEL 15

Sage

»Wie meinst du das, Scheiße?«

»Richtige Scheiße, meine ich. Hundescheiße oder Pferdemist wären wohl am besten«, erklärt Fisher. Inzwischen hat er sich rasiert, seine Haut ist etwas gerötet, die Grübchen sind auch noch da … und sein frisches weißes T-Shirt ist an einer Stelle ein bisschen nass, von meinem Schnodder wahrscheinlich. Ungeachtet des Themas, um das es hier geht, bringt sein schiefes Grinsen mein angeheiztes Blut aus ganz anderen Gründen zum Kochen.

»Ich war paddeln«, sage ich, als ob er sich das nicht denken könnte. »Deshalb der Neoprenanzug. Und als ich zurückkam, wollte ich die Gartenarbeit erledigen, und da …« Ich mache den Fehler, mit dem Kopf auf die aufgewühlte Erde und die abgeknickten Stängel zu weisen, und fange fast wieder an zu heulen.

»Und da zog roter Nebel über dir auf, ich weiß«, sagt er mit gespieltem Ernst. »Blutdurst. Gemetzel. Mord.«

Mein Kinn zittert schuldbewusst, aber er bricht in Gelächter aus. »Das war doch nur ein Scherz, Byrd. Na komm.« Er legt mir einen Arm um die Schulter und führt mich aus dem Garten.

Schließlich ziehe ich den Neoprenanzug aus und etwas Passenderes an, und Sam und Indy werfen ihre Pläne über den Haufen, um mit Fisher und mir Mist in die Erdhörnchen-Löcher zu schaufeln. Ich habe das dringende Bedürfnis, Fisher zu sagen, dass diese Aktion bestimmt nicht der Art von Freizeitgestaltung entspricht, die ich ihm in Aussicht gestellt habe. Aber noch bin ich zu geknickt, als dass ich darüber lachen könnte.

Irgendwann am Nachmittag verabschieden sich Sam und Indy

und überlassen es Fisher und mir, die Abwehrmaßnahmen, oder wie immer man das nennen will, zu Ende zu bringen. Fisher sagt, wir bräuchten die stärksten Lautsprecherboxen, die wir auftreiben können, und nach einer kurzen Textnachricht mit der Bitte um Erlaubnis nehmen wir die aus der Garage der Andersens und stellen sie mit einer Schlange aus Verlängerungskabeln in meinem Garten auf.

»Musik? Echt?«, frage ich.

»Du kannst ja immer noch härtere Maßnahmen ergreifen, aber Lärm und eindeutige Beweise für die Anwesenheit anderer Tiere macht diese Umgebung für die kleinen Viecher schon mal deutlich weniger attraktiv«, sagt er.

»Na gut.« Ich zucke mit den Schultern. Der Versuch kann zumindest nicht schaden. Ich schnappe mir mein Handy, um die musikalischen Optionen durchzugehen, und sehe, dass ein paar Textnachrichten warten – überraschend viele sogar, darunter einige von halbwegs überraschenden Absendern.

»Feines Mädchen!« von Bea Marshall.

Eine Reihe Fragezeichen und Ausrufezeichen von Wren.

Von meinem Bruder Micah das Meme einer Eidechse mit offenem Mund und einer Sprechblase, in der steht: »Olala. Pikant!«

Und schließlich eine Nachricht von Athena Cirillo: ein Screenshot von ihr und Venus und herangezoomt ich mit an den Mund gelegten Fingern in einem der Gänge in der Bibliothek, gefolgt von Fisher mit nicht zu deutendem Gesichtsausdruck.

Mein Bauch kribbelt, als mir klar wird, was da los ist. Die gehen davon aus, dass ich nicht nur in der Bibliothek mit Fisher rumknutsche – was bei Erwachsenen im gegenseitigen Einverständnis ja wohl auch erlaubt ist. Sie sind mit ihren Schlussfolgerungen fünf Schritte zu weit vorgeprescht, aber trotzdem *mag* ich dieses Gefühl. Warum eigentlich? Vielleicht weil sie anscheinend stolz auf mich sind und sich für mich freuen, anstatt mich zu bemitleiden, sich

Sorgen zu machen oder mich zu belehren. Als ich in der Bibliothek auf Ian und Cassidy traf, war Venus zunächst entsetzt. Und das völlig zu Recht, denn es war ja das erste Mal, dass ich so richtig damit konfrontiert wurde. Da wäre doch jede verdattert gewesen.

Deshalb freue ich mich, dass sie mir so aufgeregt zujubeln, auch wenn sie ein bisschen übereifrig sind.

Als mir wieder bewusst wird, dass Fisher genau jetzt vor mir steht und darauf wartet, dass ich irgendwelche Musik anschalte, brodelt mein Blut noch ein Grad heißer.

Um das Schweigen zu überbrücken, gebe ich einen schrägen Lacher von mir und scrolle durch die Musikrichtungen. »Welchen Sound hassen Erdhörnchen denn am meisten? Ruhigen Jazz?« Das könnte vielleicht auch meinen Herzschlag wieder in einen gesünderen Takt bringen.

»Denk daran, dass auch *wir* uns anhören müssen, was du denen vorspielst.«

»Dann also doch lieber Kenny G.?«

Er antwortet nur mit einem unverbindlichen Lachen, also tippe ich auf einen Random-Instrumental-Sender und bedeute Fisher, mir ins Haus zu folgen.

»Soll ich dir was zu essen machen?«, schlage ich vor, als wir so weit weg sind von der Musik, die ganz nach dem Bridgerton-Soundtrack klingt, dass wir unser eigenes Wort wieder verstehen können. »Als Dankeschön für deine Hilfe.« Und um Zeit zu schinden, bis ich mich vielleicht traue, ihn schonend auf die neue Story vorzubereiten, die gerade in der Stadt die Runde macht.

Ich rechne schon damit, dass er mein Angebot ablehnt, aber er überrascht mich, indem er sagt: »Etwas zu essen könnte ich jetzt vertragen.« Er rückt sich einen Stuhl am Küchentisch zurecht, setzt sich so hin, dass er mich sehen kann, und macht sich wie selbstverständlich in typisch männlicher Pose breit, mit einem Ellbogen auf den Tisch gestützt. Woraufhin sich das Kribbeln in meinem Bauch anfühlt, als hätte ich gerade einen sprudelnden Drink gekippt und noch ein Brausebonbon hinterhergeschickt.

Anscheinend hat er meinen erstaunten Gesichtsausdruck bemerkt. »Was denn?«, fragt er. »Du hast mir doch erklärt, dass man sich nicht verstellen soll. Ich nehme dich nur beim Wort.«

Himmel noch mal, mir schlägt das Herz bis zum Hals. Ich muss mich unbedingt wieder fangen.

»Woher wusstest du überhaupt, was man dagegen tun kann?«, frage ich ihn abrupt und zeige auf den Garten, bevor ich mich zum Kühlschrank umdrehe. Ich habe nicht die leiseste Ahnung, was ich einem Sternekoch anbieten soll. Ich kann ihm doch nicht die Reste von dem Essen, das er selbst gekocht hat, vorsetzen!

»Aus Frankreich«, erklärt er. »Da habe ich bei meinem Mentor auf dem Land gewohnt. Ich weiß nicht, ob es da auch Erdhörnchen gab, jedenfalls rannten alle möglichen Nagetiere dort rum. Und ich sollte jeden Abend mit einer Trommel nach draußen gehen und Lärm machen. Aber wer weiß, ob das nicht nur seiner Erheiterung diente.« Schnaubend starrt er vor sich hin. »Wenn es um seinen Garten ging, konnte er ein echter Tyrann sein.«

Ich muss lachen. Viel zu laut wahrscheinlich und eindeutig zu affektiert, aber ich bin immer noch damit beschäftigt, die Fassung wiederzuerlangen. »Hey, sei nicht so streng mit ihm«, sage ich. »Gemüse wachsen zu lassen, ist harte Arbeit.« Ich bewerfe ihn mit einer Cherry-Tomate, die er gekonnt mit dem Mund auffängt, und dann kaut er mit provokantem Grinsen darauf herum. Muss das denn so verflucht sexy wirken?

Ich stelle eine Platte mit Fingerfood aus Crackern, Käse, Fleischwürfeln und Früchten auf den Tisch und setze mich.

Er steckt sich eine Marion-Brombeere in den Mund und summt zufrieden. Als er letztens das Zitronenküchlein probiert hat, hat er auch so gesummt. Ob er wohl merkt, dass Essen dies bei ihm auslöst?, frage ich mich. Aus irgendeinem Grund trägt meine

Beobachtung jedenfalls dazu bei, dass meine Nerven sich weiter beruhigen. Er ist jemand, bei dem ich ganz ich selbst sein kann, sage ich mir. Wir haben in der kurzen Zeit schon so viele Momente erlebt, in denen einer von uns beiden sich verletzlich gezeigt hat. Selbst wenn er immer noch etwas gegen den Kleinstadtmief hat, wird er mir die Gerüchteküche bestimmt nicht anlasten oder deswegen sauer sein.

»Entschuldige die Frage, aber warum ausgerechnet Blumen?«, reißt er mich aus meinen Gedanken.

Ich schlucke meinen Bissen herunter. »Wie meinst du das?«

Er rutscht auf seinem Stuhl hin und her. »Ich finde, dafür, dass es nur ein Hobby ist, betreibst du eine Menge Aufwand. Normalerweise sind Hobbygärtner doch ausschließlich wild auf Tomaten und Zucchini. Die meisten wollen nur etwas anbauen, das man essen kann.«

»Na und? Bloß weil ich die Dahlien nicht essen kann, ist es Zeitverschwendung?« Ich bin selbst erstaunt über meinen scharfen Ton.

Diesmal hebt sich nur eine seiner Augenbrauen. »Das habe ich nicht gesagt. Was ich meinte, ist, dass die meisten Leute ausschließlich etwas anbauen, das sie nützlich finden. Ich wollte nur *deine* Beweggründe nachvollziehen können.«

Oh. »Tut mir leid. Ich bin wohl noch ein bisschen …« Anstelle einer Erklärung mache ich eine kampflustige Geste. Er nickt nur und wartet darauf, dass ich fortfahre. Da ich ja längst A gesagt habe – durch den Kuss in der Bibliothek, das Vollheulen seines T-Shirts und alles, was ich sonst noch so rausgehauen habe –, muss ich jetzt wohl auch B sagen und ihm eine ehrliche Antwort geben.

»Ich habe anfangs auch nur mein Gemüse angebaut«, erzähle ich ihm. »Aber dann las ich, dass Gurken am besten neben Sonnenblumen wachsen. Die Stängel geben ihnen Halt, sie ranken sich daran hoch, und die Blüten spenden ihnen Schatten. Und

Erdbeeren passen gut zu Borretsch, weil die Blüten Bienen und andere Bestäuber anlocken. Zuerst fand ich es schwer, durch all das durchzusteigen. Ich musste lernen, nicht zu viel zu wässern, und ich habe alles Mögliche an nährstoffreichem Zeugs gekauft und es damit wahrscheinlich übertrieben.« Das erzähle ich mit einem Lachen und unterbreche mich, als Fishers Grinsen immer breiter wird. »Aber vor allem …«, setze ich erneut an, »also, ich weiß noch, wie es war, als zum ersten Mal aus meinen Pflänzchen etwas wurde. Da fühlte ich mich …« Ich suche nach den passenden Worten.

»Allmächtig«, souffliert Fisher.

»Das auch«, gebe ich scherzhaft zurück. »Aber auch nicht mehr so hoffnungslos«, füge ich aufrichtig hinzu, und aus seinem Grinsen wird ein Stirnrunzeln. »Ich hatte immer das Gefühl, ich bin bei allem nur so *halb.* Ich war nicht richtig schlau, aber auch nicht dumm, nicht sportlich, aber auch nicht plump, nicht laut, aber auch nicht schüchtern. Und so sehe ich, glaube ich, auch aus.« Ich lache auf. »Blond oder brünett? Ich bin immer irgendwas dazwischen. Nicht groß, nicht klein. Nicht üppig, nicht dünn. Ich bin immer alles Mögliche *nicht.*« Ich spüre Fishers prüfenden Blick, fahre aber trotzdem fort. »Ich dachte nie, dass ich jemals etwas Besonderes leisten würde. Meine Brüder und ich, wir haben versucht, zurechtzukommen und dabei unsere Träume zu entdecken. Ich wusste nur, dass die Erinnerungen an meine Eltern – besonders an meine Mutter – hier an diesem Ort sind, und ich wollte ihnen nahe sein.« Aus demselben Grund wollten meine Brüder dieses Haus und das Grundstück wahrscheinlich nicht haben. Sie können sich noch viel besser an früher erinnern, und das macht es ihnen schwerer. »Als ich zum ersten Mal hier eine dämliche, kleine Blume gepflanzt habe, hatte ich das Gefühl, ich könnte etwas Schönes zur Welt beitragen. Etwas im Rahmen meiner Möglichkeiten, mit meinen eigenen Händen.« Ich bringe den Mut auf,

Fisher in die Augen zu sehen. »Ich stelle mir immer vor, was aus Blumen alles werden kann. Manchmal werden sie zu kleinen Symbolen für das Schöne bei traurigen oder schwierigen Anlässen, einer Beerdigung zum Beispiel. Manchmal können sie etwas ausdrücken, wofür man keine Worte findet, als Blumenstrauß oder einzeln.« Ich ringe mir ein Lachen ab und greife nach einem Stück Käse. »Na ja, meine landen meistens gratis in den Geschäften von Spunes, oder ich verkaufe sie hier oder in Yoos Bay auf dem Bauernmarkt.«

»Warum gratis?«, fragt er. »Warum nimmst du kein Geld dafür?«

Ich blinzele irritiert. »Aber … das ist doch … es ist doch nicht so wichtig. Ich gebe sie doch *gern* ab. Es macht mir Freude, sie großzuziehen. Und es ist ja nicht so, dass die Leute hier in der Umgebung die Blumen *brauchen.*«

»Warum nicht? Weil man sie im Gegensatz zu Tomaten und Zucchini nicht essen kann?«, fordert er mich heraus. »Nur weil es etwas ist, das du gern tust, heißt das doch nicht, dass du es nicht auch verdienst, dafür gewürdigt und anerkannt zu werden. Und manchmal geschieht das eben in Form von Entlohnung.«

Jetzt könnte ich ihm natürlich mit einem Klischee kommen und sagen, dass Geld nicht glücklich macht oder dass ich es für mich selbst tue und es mich stolz macht. Aber ich merke, dass genau das in diesem Fall nicht ganz ehrlich wäre. Wenn ich könnte, würde ich es liebend *gern* zu meinem Beruf machen – professionell Blumen züchten. Ich würde gern richtig gut darin werden und so erfolgreich, dass ich damit meinen Lebensunterhalt bestreiten könnte.

Aber an dem Punkt geraten meine Überzeugungen immer ins Wanken, und ich komme nicht weiter, sondern schlage mir meine Traumvorstellungen aus dem Kopf. Wer bin ich denn schon, dass ich große Pläne haben könnte, wo man mir doch so oft den Eindruck vermittelt hat, etwas, das mir Spaß macht, bringt sowieso nichts. Ich übernehme immer die voreingenommenen Kriterien, nach denen Leute wie Ian Kompetenz bemessen. Ich habe keinen Abschluss in Gartenbau oder Botanik und nicht die leiseste Ahnung, wie man ein Geschäft aufbaut und betreibt.

»Da magst du recht haben«, sage ich und wechsele dann lieber rasch das Thema. »Übrigens, Venus, die Bibliothekarin, hat mitbekommen, dass du mich geküsst hast.« Eigentlich wollte ich doch nur die Spur wechseln, und jetzt bin ich mit Vollgas über die Themenklippe gebrettert. Fisher verschluckt sich und fängt an zu husten. Ich schiebe sein Wasserglas näher zu ihm und versuche, auf die Bremse zu treten. »Das hat aber auch Vorteile für dich. Jetzt bist du garantiert sicher vor weiteren Besuchen«, erkläre ich. »Das einzig Gute daran, wenn man die tragische Figur der Gemeinschaft ist, besteht nämlich darin, dass mir keiner in die Quere kommen wird, wenn ich etwas Spaß habe.«

Er kriegt noch einen Hustenanfall. Zwischendurch starrt er mich an, dann erholt er sich wieder. »Das bin ich also bei diesem Szenario? *Etwas Spaß?*« Er hält sich die Faust vor den Mund und hustet ein letztes Mal. »Ich meine mich aber zu erinnern, und zwar mit erstaunlicher Klarheit, dass du meinen Kuss erwidert hast.« Er stützt eine seiner gebräunten Hände auf den Oberschenkel und beugt sich zu mir vor, mit so ernstem Gesicht, dass ich den Kopf senke und auf seine Hand starre. Sie ist groß, richtig groß. Mit deutlich erkennbaren Adern und kräftigen Fingern mit runden Kuppen. Saubere, kurze Nägel. Die Knöchel sind ein wenig dunkler als die restliche Haut, als wären sie zig Mal wundgeschrubbt worden. Ich entdecke auch ein paar verblasste Narben.

»Sagebyrd«, sagt er, so wie Bluebird oder Blackbird oder irgendein anderer exotischer Vogel, den er gerade entdeckt und benannt hat. Und augenblicklich ist es der einzige Spitzname, der mir je gefallen hat.

»Was denn?«, frage ich leise.

»Du bist doch in der Bibliothek bloß mal kurz in einer Nische verschwunden.« Er schüttelt den Kopf und streicht sich das Haar zurück. »Stört es dich gar nicht, dass die Leute denken, du hast etwas mit einem Nicht-Einheimischen angefangen?«

Oh, Scheiße! *Mich* nicht, aber ich bin überhaupt nicht auf die Idee gekommen, mich zu fragen, ob es *ihn* stört. »Moment mal, wartet zu Hause etwa jemand auf dich? Und selbst wenn nicht – ich bin auch nicht auf den Gedanken gekommen, dass ich dich hier von irgendwelchen potenziellen Chancen abklemmen könnte. Aber ich habe niemandem etwaige Gerüchte bestätigt! Ganz ehrlich. Ich kann das sofort klarstellen!«

»*Herrgott nochmal*, nein, ich habe niemanden in New York!«, gibt er zurück. »Dir meine Zunge in den Mund zu schieben, hätte mich ja wohl auch zu einem beschissenen Partner gemacht, wenn es da jemanden gäbe.« Er schluckt erkennbar, und ich ertappe mich dabei, dass ich das Gleiche tue. »Und nein, so schockierend es scheinen mag, aber ich hatte nicht vor, hier auf diesem kurzen Umweg in meinem Leben bei jemandem zu punkten. Also ist es mir egal, wenn ich in Spunes nicht mehr auf dem Markt bin. Es ist sogar …« Er springt auf, ist mit ein paar Schritten am Kühlschrank und reißt die Tür auf, als wäre er nicht erst ein paar Mal hier gewesen, sondern würde ständig bei mir ein und aus gehen. »Hast du irgendwo Bier?« Er fängt an, die Lebensmittel in den Fächern umzusortieren. *Faszinierend.*

»Natürlich. So wie jeder anständige Bürger des Staates Oregon. Weiter unten«, antworte ich. Er ist immer noch mit Umräumen beschäftigt, also stehe ich auf und sehe mir das Ganze genauer an. Aber dann ist er fertig und nimmt eine der vor Kälte beschlagenen Bierflaschen aus der Schublade. »Für mich bitte auch eine.«

Er schiebt die Kühlschranktür zu und dreht sich zu mir um, in jeder Hand eine Flasche Bier. »Öffner?«, fragt er. Ich nehme ihm eine der Flaschen ab, will damit zum Küchentresen gehen und rechne damit, dass er mir Platz macht. Stattdessen bleibt er stehen und scheint eine Hitze auszustrahlen, die ich auf der ganzen Seite spüre. Als ich die Kante der Arbeitsplatte als Flaschenöffner benutze, sehe ich aus dem Augenwinkel, wie sich sein Brustkorb hebt. Ich gebe ihm die Bierflasche zurück, und als ich ihm die andere abnehme, streift mein kleiner Finger seine Hand. Nachdem ich auch meine Flasche geöffnet habe, prosten wir uns kurz zu, und dann trinken wir erst mal einen kräftigen Schluck.

»Eigentlich bin ich vorhin rübergekommen, weil ich dich fragen wollte, ob du mir vielleicht auch nochmal bei etwas helfen kannst«, sagt er. »Ich glaube … ich glaube, diese Sache« – er zeigt zwischen uns beiden hin und her – »könnte die Dinge potenziell sogar vorantreiben.« Er trinkt noch einen großen Schluck.

Ich beobachte, wie seine grünen Augen unruhig meinen Gesichtsausdruck erforschen.

»Was meinst du genau?«, frage ich und versuche, mir nicht anmerken zu lassen, dass ich innerlich schon vor kaum zu bändigender Freude von einem Bein aufs andere trete.

FISHER

Ich erzähle Sage alles, was Carlie mir am Telefon gesagt hat, über die Ablehnung der Genehmigung und die daraus folgende Verzögerung der Eröffnung des Lokals. Sie hört schweigend zu, streicht sich gelegentlich die Haare aus dem Nacken und hält sie mit einem nachdenklichen Nicken am Hinterkopf fest.

Sie hat ihre Stiefel und Socken ausgezogen, als wir vorhin ins Haus gekommen sind, und während ich ihre hellblau lackierten Zehen betrachte, frage ich mich, ob ich meine Schuhe ebenfalls hätte ausziehen sollen. Außerdem wird mir plötzlich bewusst, wie schnell ich es mir hier bequem gemacht habe, indem ich mich von ihr durchfüttern lassen und sogar ihren verdammten Kühlschrank umsortiert habe … *Himmel.* Und jetzt habe ich auch noch den

Nerv, sie darum zu bitten, mich den Sommer über bei meiner »Mission« zu unterstützen.

»Das wird ganz einfach, Fisher. Mach dir keine Sorgen«, sagt sie und durchbricht damit meine quälenden Gedanken.

»Du bist also bereit, mir zu helfen?«, frage ich. »Zum Glück sind die äußeren Baumaßnahmen an dem Gebäude ja schon weitgehend fertig.«

»Du meinst, was den Schrein für das männliche Geschlechtsorgan angeht?«

»Das Observatorium«, korrigiere ich sie mit einem Lachen.

»Na, der härteste Teil ist immerhin geschafft.«

»Noch ein Peniswitz?«, frage ich, und sie wirft den Kopf mit einem Lachen in den Nacken, dessen Klang mir eine Gänsehaut über die Arme jagt.

»Unbewusst«, gibt sie zu. »Aber wow, was für eine Schatztruhe an Wortspielen dieses Gebäude doch ist.« Sie lächelt wieder ihr typisch strahlendes Lächeln. »Ich meinte eigentlich, dass der schwierige Teil erledigt ist, weil du jetzt *mich* als Insiderin an deiner Seite hast. Und weil sowieso schon alle denken, dass wir etwas miteinander haben. Ich weiß, womit du kulinarisch aufwarten kannst und was bei unseren Leuten Eindruck schindet, und wir müssen unser ›Zusammensein‹ lediglich ein bisschen länger aufrechterhalten, wenn du damit einverstanden bist. Mit allem, was so dazugehört.«

Sie steht auf, trägt die Essensreste zur Spüle und packt alles in Folie, ehe sie sie in den Kühlschrank stellt.

»Was denn zum Beispiel?«, frage ich, gehe zum Waschbecken, drehe den Wasserhahn auf und spüle einen Teller ab. Mich überkommen wehmütige Erinnerungen. Ich habe schon so viele wichtige Gespräche beim Spülen geführt …

Sie zuckt langsam mit den Schultern. »Hm, gute Frage. Ich denke, wir sollten einfach weiterhin freundlich zueinander sein, wenn wir unterwegs sind.« Sie schaut mit scharlachroten Ohren zu mir hoch. Als sie nachdenklich auf ihrer Unterlippe herumkaut, flutscht mir beinahe der Teller aus den Händen.

Ich schrubbe weiter und nicke entschlossen. »Einverstanden«, sage ich. »Und was könnten wir wohl dafür tun, dass der Ausbau möglichst bald beendet werden kann und die Genehmigung zur Eröffnung doch noch vor Beginn der Saison erteilt wird?«

»Am besten wäre es, wenn so viele Leute aus der Gegend wie möglich für den Rest der Arbeiten eingestellt werden«, schlägt sie vor. »Während des Umbaus des Gebäudes kannte nämlich niemand auch nur eine einzige Person auf der Baustelle.« Ihr Grinsen wird noch breiter, als sie mir den anderen Teller reicht. Ich mag es, dass sie sich nicht daran zu stören scheint, dass ich ihr Geschirr abwasche. Und mir gefällt es, wenn ich mich nützlich machen kann. »Allein unser Zusammensein wird für euer Restaurant hilfreich sein«, fährt sie fort. »Weil du auf diese Weise schon fast einer von uns bist.« Je mehr sie darüber redet, desto betrunkener fühle ich mich vor Erleichterung. Mir war gar nicht klar, wie viele Sorgen ich mir gemacht habe, dass ich das hier vermasseln könnte. Dass ich nicht in der Lage wäre, Carlie zu helfen – ganz zu schweigen von mir selbst.

»Ich hätte allerdings ein paar Bedingungen«, fügt Sage dann hinzu. »Und ich hätte gern eine Gegenleistung. Ich weiß, das ist nicht gerade die feine Art, aber …«

»Aber gar nichts«, unterbreche ich sie lachend. »Ich helfe dir bei allem, Sage. Ganz egal, was es ist.« Ich trockne den letzten Teller ab und richte meine volle Aufmerksamkeit wieder auf sie.

Sie fummelt nervös an einem ihrer Ringe herum. »Also, ähm, ich würde gern am diesjährigen Festival teilnehmen«, sagt sie und betrachtet noch immer ihre Hände. »Und ich möchte, dass du mein Partner bist.«

»Du meinst, beim Kanurennen?«, frage ich verwundert.

»Ja. Aber da ist mehr als nur das Rennen. Weißt du noch, dass ich dir von den Buy-In-Wettbewerben erzählt habe?«

»Die hattest du erwähnt, ja.«

»Tja, wenn wir uns beim Kanurennen die bestmögliche Startposition sichern wollen, müssen wir versuchen, in den beiden anderen Wettbewerben gut abzuschneiden«, erklärt sie. »Der erste Wettbewerb ist ein Quiz, das immer auf der Geschichte des pazifischen Nordwestens basiert, inklusive einer Reihe von Fragen rund um Spunes.«

»Und der andere?«

»Der andere ist … ein Kochwettbewerb«, sagt sie und ihr Gesicht ist halb Lächeln, halb Grimasse. »Ein Kochwettbewerb, bei dem jedes Jahr eine bestimmte Zutat, die aus Spunes stammt, verwendet wird. Wie bei *Iron Chef*, nur dass man eine Zutat bekommt und sie in allen drei Gängen verwenden muss.«

Das hört sich ganz so an, als könnte es zu meinem neuesten Albtraum werden. »Warum?«, will ich wissen. »Warum ausgerechnet ein Kochwettbewerb?«

»Es fing alles mit dem Wunsch an, größere Umsätze zu machen«, sagt sie. »Man wollte aus der Zutat eine Ware machen, die man im Anschluss an den Wettbewerb gut verkaufen kann.«

Ich muss lachen. Vielleicht ist Spunes ja doch gewiefter, als ich es diesem Örtchen zugetraut hätte. Und ich werde ganz sicher nicht nein sagen, wenn es um einen Kochwettbewerb geht – immerhin ist Kochen so ziemlich die einzige Sache, die ich gut kann.

Aber eine offizielle »Partnerschaft« einzugehen, vermutlich verbunden mit all dem, was die gefakte Aufrechterhaltung einer romantischen Beziehung mit sich bringen würde, verunsichert mich zutiefst. Jedes Mal, wenn ich mit Sage zusammen bin, merke ich, dass ich sie noch viel öfter sehen will, und jedes Mal fühle ich mich ein bisschen beschissener. Als ob mich die Sehnsucht nach dem nächsten Mal überkommt, noch bevor unsere gemeinsame Zeit im Hier und Jetzt zu Ende ist – ganz egal, wie sehr ich auch versuche, dagegen anzukämpfen. Ich bin geradezu nach draußen *gestürzt,* nachdem ich sie heute Morgen kurz nach Sonnenaufgang auf der Veranda gesehen habe. Und ich weiß, wie ihr Mund schmeckt und welch faszinierenden Worte aus ihm herauskommen können.

Mich allerdings absichtlich in eine Lage zu bringen, in der ich ihrer Anziehungskraft noch stärker ausgesetzt sein werde, wäre vielleicht nicht allzu klug. Ganz besonders, wenn diese Sache zwischen uns realistisch betrachtet am Ende sowieso nirgendwo hinführen kann.

Andererseits: Warum soll ich es bis dahin nicht einfach genießen? Wir könnten doch sicher Spaß miteinander haben.

»Und du kennst dich mit dem ganzen Procedere aus, ja?«, frage ich nach ein paar Augenblicken. »Wie zum Beispiel, was irgendwelche heimtückischen Regeln angeht?«

»Aber ja«, bestätigt sie.

»Na gut«, sage ich. »Denn wenn wir zusammen mitmachen, dann will ich ganz sicher nicht verlieren.«

Sie stößt einen Freudenschrei aus und umarmt mich stürmisch. »Wir müssen uns einen Trainings- und Lernplan ausdenken«, plappert sie aufgeregt und rüttelt mich an den Schultern.

»Ja, ja«, entgegne ich und kann nicht anders, als zu lächeln. »Ich sollte ja eigentlich nächste Woche mit meinem Teil der Arbeit im *Starhopper* anfangen. Zumindest war das der Plan, bevor Carlie mir die Hiobsbotschaft überbracht hat. Je eher wir also die Sache mit der Genehmigung klären, desto eher weiß ich über meinen Zeitplan Bescheid.«

»Oh, das kriegen wir im Nullkommanichts wieder hin, keine Sorge. Und ich weiß sogar schon, wie!«

»Ach ja?«

»Jap. Und du wirst es hassen«, verkündet sie fröhlich.

Sie hat garantiert recht, aber trotzdem kann ich nicht aufhören zu lächeln.

KAPITEL 16

Fisher

Solche Versammlungen fördern das Vertrauen und die Gemeinschaft«, sagt Sage. Drei Tage nach unserem Deal hat sie es geschafft, eine Gemeindeversammlung einzuberufen, zu der wir gerade Arm in Arm schlendern. »Sie regen uns zu Diskussionen an, die uns helfen, uns weiterzuentwickeln. Und sie sind auch gar nicht so trutschig, wie man vielleicht denkt.«

»Ach ja? Deshalb hat der Kerl da drüben also sein Meerschweinchen mitgebracht«, sage ich und nicke in Richtung des Mannes, der an der Bibliothekstür wartet.

»Das ist Walter. Ihm gehört das Diner, aber Ende des Jahres geht er in den Ruhestand. Jedenfalls behauptet er das. Allerdings sagt er es jetzt schon seit fünf Jahren.«

»Der Hamster-Typ arbeitet in der *Gastro?*«, frage ich entsetzt.

»Psst! Übrigens, Pegasus ist ein Chinchilla«, erwidert sie. »Und es ist nicht so, als hätte er ihn beim Arbeiten dauernd in seiner Tasche.«

Ich komme nicht umhin zu bemerken, dass sie nicht gesagt hat, ob er die Ratte zu Hause lässt, aber ich entscheide mich bewusst dafür, nicht nachzuhaken.

Wir begeben uns also ins ›Rathaus‹ – das offenbar im untersten Stockwerk der Bibliothek angesiedelt ist – und setzen uns ganz vorn in die Nähe eines provisorischen Podiums. Heute trägt Sage ein schwarzes Sommerkleid mit weißem Blumenmuster, das sich verführerisch um ihre Figur schmiegt, und ihre Nägel sind feuerrot lackiert. Wie immer wird jeder ihrer Finger von Ringen geziert, aber ich glaube, heute sind sie anders angeordnet, oder vielleicht hat sie sie sogar gegen andere ausgetauscht.

Etliche Leute strömen herein. Einige Gesichter erkenne ich wieder – die Friseurin, die Tierärztin sowie eine selbstgefällig dreinblickende Martha O'Doyle. Ich entdecke Sages Brüder, die ich in meiner ersten Nacht hier kennengelernt habe, und beuge mich vor, um Sage etwas ins Ohr zu flüstern.

»Sie werden das mit uns doch hoffentlich nicht komisch finden, oder?«, frage ich mit einem Nicken in Richtung der beiden Männer.

Als Sage wieder eines dieser Lachen ausstößt, die mir wie flüssige Lava den Rücken hinunterlaufen, fällt mein Blick auf etwas Schimmerndes an ihrem Schlüsselbein, und ich zwinge mich, mich wegzudrehen. Noch nie hat jemandes Lachen eine derart emotionale Reaktion in mir ausgelöst.

»Wenn die beiden versuchen, irgendeine Beschützernummer abzuziehen«, flüstert Sage, »erinnere ich sie gern daran, dass sie mir früher einen Helm aufgesetzt und mich überredet haben, mit den Ziegen Kopfstoßen zu üben, und dass sie deshalb kein Recht haben, so zu tun, als hätten sie bloß mein Wohlergehen im Sinn.« Sie seufzt. »Sie benehmen sich zwar oft idiotisch, aber sie sind keine Chauvinisten, falls du das meinst. Sie haben mir nicht zu sagen, mit wem ich ausgehe oder nicht.«

Weitere Leute, die ich nicht kenne, nehmen Platz, gefolgt von dem Polizisten und seiner Verlobten. Eine Frau, an die ich mich vage aus der Bibliothek erinnere, lässt sich in unserer Nähe nieder, lächelt und zwinkert mir zu – Venus, glaube ich. In den letzten Tagen hat Sage nicht nur versucht, mich in Bezug auf bestimmte Themen und Besonderheiten des Ortes zu briefen, sondern mir auch dabei geholfen, mir die Namen aller wichtigen Personen in ihrem Leben zu merken.

»Okay, vergiss nicht, über den Plan zu reden, so viele Leute aus der Gegend wie möglich für den Bau einzustellen. Sowie über den

Alternativplan, falls nicht alles vor dem Festival fertig wird«, wispert Sage. »Athena wird die Sitzung eröffnen und erklärt kurz, was los ist, und dann lassen sie O'Doyle den Vortritt.«

»Verstanden.«

»Nur nicht nervös werden.«

»Ich bin nicht nervös«, sage ich nervös.

»Sorg einfach dafür, dass sie sich ernst genommen fühlen und Teil der Unternehmung sind, dann werden sie dich gern unterstützen, versprochen. So, und jetzt werde ich dir etwas Zuneigung zeigen und dich küssen.«

»*Was?*«

»Ich werde so tun, als wäre ich deinetwegen so glücklich wie nie zuvor. Damit du noch mehr bei ihnen punktest, alles klar? Als ob ich die beste Zeit meines Lebens hätte. Als ginge es noch um zahllose Orgasmen.«

Heilige Scheiße, hat sie mir gerade etwas von *Orgasmen* ins Ohr geflüstert? Sie schlingt ihre Hände um meinen Bizeps und schmiegt sich an mich.

Auf dem Podium hat irgendjemand zu reden angefangen, aber ich bin zu abgelenkt. »Hattest du bisher etwa nicht genug?«, frage ich heiser, neige mein Kinn und sehe, wie sie verwirrt die Stirn in Falten legt.

»Nicht genug was?«, fragt sie mit großen Augen.

Ich fühle mich ein bisschen wie der Verführer einer unschuldigen Seele, aber sie hat immerhin damit angefangen, also …

»Na, genug Orgasmen.« Ich sollte mich wohl für meine rauchige Flüsterstimme schämen. Sage wird rot bis über beide Ohren.

»Na hör mal, ich bin seit über einem Jahr Single.«

»Also nein?«

Sie gibt einen empörten Laut von sich, grinst dann aber breit. »Ich gebe mir selbst die größte Mühe, aber das lässt sich sicher noch optimieren.«

Das ging nach hinten los. Jetzt bin ich der Sprachlose von uns beiden, und meine Gedanken kreisen darum, wie sie *an sich selbst rummacht.*

Sie gluckst, ehe sie mir einen Kuss auf die Wange drückt. Anscheinend weiß sie ganz genau, wie sie mich am besten quälen kann. Ich knuffe ihren Oberschenkel und lasse meine Hand dort ruhen, als Martha O'Doyle das Podium betritt.

»Walter!«, bellt sie.

Der Mann schaut von seinem Nagetier auf und wirft ihr einen finsteren Blick zu. »Erinnerst du dich?«, ruft sie. »Der Projektor!«

Walter erhebt sich von seinem Stuhl und wirft Pegasus jemandem in der Nähe wie eine heiße Kartoffel zu, bevor er mit quietschenden Fußsohlen in den hinteren Teil des Raumes eilt. Kurz darauf kehrt er schon mit dem guten Stück zurück und stößt dabei rasselnde, laute Atemzüge aus. Ich kann diese Eile beim besten Willen nicht nachvollziehen.

»Hast du ihn eingesteckt?«, fragt O'Doyle, als Walter gerade auf dem Weg zurück zu seinem Stuhl ist. Der Mann lässt zur Antwort die Schultern sacken.

»Schon erledigt, Martha!«, ruft jemand. Ich drehe mich um und sehe, dass es sich natürlich um Officer Carver handelt. Elender Schleimer. Als sich unsere Blicke treffen, schenke ich ihm ein Lächeln, von dem ich hoffe, dass es sowohl selbstgefällig als auch feindselig aussieht. Er erwidert es jedenfalls nicht.

»Licht!«, tönt es von O'Doyle.

Das Licht geht aus, und sie zieht einen Standbildschirm zu sich heran, aber gerade als das erste Bild darauf zum Leben erwacht, fliegt die Eingangstür wieder auf und flutet den Raum mit Sonnenlicht.

»Wer war das?«, kläfft Martha und blinzelt gegen die plötzliche Helligkeit an. »Wer ist da bitte über zehn Minuten zu spät?«

Bei der Übeltäterin handelt es sich um eine kurvige Frau mit einer Schürze und einem unordentlichen Wust blonder Locken auf dem Kopf.

»Das ist Wren«, flüstert Sage mir ins Ohr, woraufhin sich mir wohlig die Nackenhaare aufstellen. »Meine beste Freundin und Sams Mom«, fügt sie hinzu.

Erstaunlich, denke ich. Sie sieht kaum älter aus als ich. Aus irgendeinem Grund hatte ich gedacht, dass Ellis, der Vater von Sam, schon viel älter sei, und dies dann auch von seiner Mutter angenommen. Wren sieht Sage an meiner Seite und winkt uns verschwörerisch zu.

»Schön, dass Sie sich auch zu uns gesellen, Meridian«, blafft O'Doyle. Wren ignoriert sie, aber in irgendeiner Ecke des Raumes raunt jemand etwas.

»Wie bitte?«, ruft O'Doyle. »Will uns sonst noch irgendwer was mitteilen, bevor ich anfange?«

»*Ich sagte*«, ruft die Stimme diesmal lauter, und alle Köpfe im Raum drehen sich zu Ellis um, »sie ist immer noch eine Byrd!«

Sages Finger graben sich in meinen Arm. Wren schließt die Augen, als würde sie am liebsten im Boden versinken.

Da springt Sage von ihrem Platz auf. »Alles klar, Leute, lasst uns weitermachen«, sagt sie, klatscht kurz in die Hände und lenkt so die Aufmerksamkeit auf sich.

»Danke, Sage«, antwortet O'Doyle. Wren lässt sich auf den Stuhl neben Sage sacken und drückt ihr kurz die Hand.

Ein peitschender Schlag lässt alle im Raum erschrocken zusammenzucken, als Martha mit einem langen Zeigestock gegen den Projektionsbildschirm schlägt.

Ein grobkörniges Bild eines Paares, von Kanus umgeben, ist zu sehen. Martha führt uns durch die gesamte Geschichte von Spunes, zeigt in chronologischer Reihenfolge Fotografien, insbesondere von dem alten Lagerhaus aus Backstein, das zum *Starhopper* umgebaut wird. Wir haben gerade erst das Jahr 1900 erreicht, als ich Sage zuflüstere: »Will sie uns alle einschläfern? Warum ist das alles so wichtig?«

Jemand schnarcht laut auf, fast wie eine Antwort auf meine Frage.

»*Hallo?*«, blafft Martha als Antwort zurück. »Verzeihen Sie mir, dass ich Ihnen die Katastrophe, die uns erwartet, wenn wir dieses Projekt nicht aufhalten, in ihrem ganzen historischen Kontext und Ausmaß zeigen möchte.«

Sie tippt auf die Fernbedienung, um die nächste Seite aufzurufen: ein aktuelles Foto, auf dem die gesamte Rasenfläche mit Pavillons übersät ist, in denen sich zahllose Menschen an Verkaufsständen tummeln.

»Kommen wir zum Hauptproblem«, sagt sie. »Um unsere Genehmigung für eine Veranstaltung mit so vielen Besuchern aufrechtzuerhalten, brauchen wir angemessene Sanitäreinrichtungen.« Sie richtet ihren Zeigestock wütend auf mich. »Dieser Mann hat uns unsere Toiletten weggenommen und die uns zur Verfügung stehende Parkfläche beschnitten, mit diesem … diesem *Observatorium!*«

»Ich bin praktisch *gerade erst* angekommen. Ich habe überhaupt niemandem irgendetwas weggenommen«, erwidere ich hilflos. Sage klopft mir beruhigend auf die Schulter.

»Können Sie uns garantieren, dass die Toiletten auf beiden Seiten des Gebäudes rechtzeitig fertig werden? Mit Außenzugang?«, fragt mich Martha unter erneutem Wedeln ihres Zeigestocks.

Ich deute das als mein Stichwort und stehe zögernd auf. »Ähm, hallo, alle zusammen«, sage ich in den Raum hinein. »Ich bin nur ein kleiner Teil dieses Projekts, aber ich habe die Erlaubnis, im Namen der Eigentümerin zu sprechen, zumindest bezüglich einiger Sachverhalte.«

Leere Blicke. Lediglich Sage strahlt mich aufmunternd an.

»Ich kann zwar nicht garantieren, dass die neuen Außentoiletten rechtzeitig fertig werden, aber ich kann garantieren, dass wir die Außenterrasse für mobile Toiletten zugänglich machen, um den Platz zu kompensieren, den das Observatorium einnimmt.« Ich schaue wieder zu Sage, und sie nickt bekräftigend. »Äh, Walter?« Ich sehe den Mann und sein Chinchilla an, die beide mit demselben Gesichtsausdruck zu mir herstarren. »Wie ich hörte, haben Sie einen Neffen in Gandon, der unter anderem eine Transportfirma für mobile Toiletten betreibt?«, frage ich.

Er hebt überrascht eine Augenbraue. »Ja, ganz recht.«

»Ich weiß außerdem, dass das zuständige Bauunternehmen für die verbleibenden Bauarbeiten ein paar mobile Toiletten aufstellen möchte. Als Entschädigung für all die Unannehmlichkeiten würde die Firma außerdem gern die Kosten dafür übernehmen, dass ein paar davon auch während des Festivals hier vor Ort bleiben, selbst wenn der Bau der Toiletten im Gebäude mit Außenzugang bis dahin abgeschlossen ist.«

»Das wäre … toll«, entgegnet Walter, sieht sich aber nach Bestätigung um.

Sage macht eine auffordernde Handbewegung, um mich an meinen nächsten Punkt zu erinnern.

»Man hat mich auch gebeten, Ihnen auch die Mitwirkung bei anderen Arbeiten für das Gesamtprojekt anzubieten. Wer Empfehlungen hat, kann gern am Ende dieser Sitzung Kontakt mit mir aufnehmen«, sage ich. »Die Bedingung wäre natürlich, dass die Bauarbeiten sofort wieder aufgenommen werden können und die Genehmigung zur Eröffnung des Lokals zeitnah erstellt wird.« Ein Daumen hoch von Sage.

Doch O'Doyle brüllt unbeirrt dazwischen: »Es gibt noch weitere Gefahren!« Sie zeigt das nächste Foto, es offenbart Bilder von Zigarettenstummeln, Müll und Nägeln rings um die Baustelle. O'Doyle tritt an den Rand des Podiums und bereitet sich anscheinend darauf vor, mir endgültig den Todesstoß zu versetzen. »Das hier«, poltert sie mit einem Schlag gegen den Bildschirm, »ist alles in nur drei Monaten passiert! Wir sollten uns nicht mit zusätzlichen Ärgernissen beschäftigen müssen, während wir uns auf das Festival vorbereiten. Ich habe unzählige Nächte damit verbracht, all das wegzuräumen, was Sie auf diesen Bildern sehen, aber ich werde das nicht noch einmal tun!«

»Ich glaube«, entgegne ich, »dass wir die Gemeinde in Zukunft so viel wie möglich in das Projekt miteinbeziehen sollten. Vielleicht möchten Sie jemanden benennen, die oder der als Kontaktperson fungiert?« Ich mache eine kurze Pause, um das Gesagte auf Martha wirken zu lassen. »Oder vielleicht würde es helfen, wenn regelmäßige Treffen zum Besprechen der Fortschritte stattfinden.« Diesen Satz hat Sage für mich geschrieben, und ich bin stolz darauf, ihn auswendig gelernt zu haben. »Ich wurde gebeten, mich im Namen der Projektleitung für das Chaos zu entschuldigen und Ihnen zu versichern, dass die Kommunikation künftig besser läuft.«

Auf die schweigenden Blicke der Anwesenden hin beschließe ich, mein Schlussplädoyer zu halten.

»Abschließend wurde mir aufgetragen, darum zu bitten, die Aussetzung der Genehmigung unverzüglich aufzuheben – natürlich unter der Voraussetzung, dass wir die Toilettensituation zufriedenstellend klären und versprechen, die Gemeinde in der Endphase stärker einzubeziehen.« Ich versuche, ein zuversichtliches Lächeln aufzusetzen. »Also, wie sollen wir abstimmen?«

»Wird es im Restaurant einen Taco-Dienstag geben?«, ruft jemand aus der hintersten Sitzreihe.

»Ä-ähm«, stottere ich. »Da bin ich nicht sicher.«

»Es hieß doch, Sie seien für die Speisekarte zuständig«, ruft jemand anderes.

»Bin ich auch, aber …«

»Ich finde, es sollte einen Taco-Dienstag geben!«

Ich zucke kraftlos mit den Schultern. »Irgendwelche Vorlieben, welche Tacos es sein sollen?«, frage ich.

»Das sollte sich regelmäßig ändern. Es gibt keinen Grund, jede Woche dasselbe zu servieren.« Ich schaue zur Seite und stelle fest, dass Wren gerade diesen Vorschlag unterbreitet hat.

»Gut. Damit wäre der Taco-Dienstag beschlossen«, sage ich. Ich gehe davon aus, dass ich die Befugnis habe, das zu entscheiden.

»Wie sieht es mit Desserts aus?« Diesmal kommt die Frage von Venus, der Bibliothekarin.

»Inwiefern?«, erkundige ich mich.

»Ich finde, ein paar der Desserts sollten aus *Savvys Bäckerei* stammen, als Unterstützung der lokalen Unternehmen«, meldet Athena sich zu Wort. Lautstarke Zustimmung hallt durch den Saal.

»Klar, sicher. Das klingt großartig.«

»Und was ist mit Brunch?«

»*Verf*–« Ich beiße mir fest auf die Zunge, um nicht zu verraten, was genau die meisten Köche von Brunch halten.

»Brunch ist Blödsinn, Leute!«, meldet sich Sage in meinem Namen zu Wort. »Für Backwaren aller Art gibt es doch eh schon *Savvys Bäckerei* und das *Magic Bean!*« Es folgt ein kollektives Aufstöhnen.

»Ich nehme an, Sie werden auch sehr zeitnah das Mobiliar bestellen?«, fragt O'Doyle, die plötzlich nicht länger auf Kriegsfuß zu stehen scheint.

»Ja, das ist der Plan«, antworte ich und lächle erleichtert. Zumindest gehe ich davon aus, dass ich das tun werde. Ich werde dafür *sorgen*, dass ich es tue, wenn es dabei hilft, die Sache am Laufen zu halten.

»Dann reden wir doch mal über die Tische und Stühle …«

SAGE

Die Bibliothek nach der Versammlung Hand in Hand mit Fisher zu verlassen, ist eine berauschende, aber auch brisante Angelegenheit. Bea und Serena, die anerkennend grinsen, hätten mich auch direkt mit einem Knuffen in den Oberarm verabschieden können. O'Doyle wirkt selbstgefällig wie immer, scheint aber vorerst zufrieden. Selbst Walter und Pegasus nicken uns anerkennend zu. Und Wren ist trotz Ellis' unerwünschtem Zwischenruf bester Dinge.

»Du kommst aber diese Woche auch mal wieder in der Bäckerei vorbei?«, fragt sie mit verschwörerischem Blick.

Fest vorgenommen hatte ich mir einen Besuch dort eigentlich nicht, aber ich erkenne einen Zaunpfahl, wenn man mir damit zuwinkt. Ich habe Wren schon seit ein paar Tagen nicht mehr auf dem Laufenden gehalten. »Klar. Ich rufe dich vorher an.« Sie reißt mich kurz in ihre Arme und macht sich davon.

Ich möchte Fisher so schnell wie möglich von hier wegbringen, um zu erfahren, wie sauer er über all die Zugeständnisse ist – etwa, Martha die Zusage zu machen, dass einer ihrer Verwandten mit der Mobiliarlieferung beauftragt wird, oder der Gemeinde zu gestatten, die Location für bestimmte Anlässe zu nutzen. Aber jetzt werden wir erst mal von Silas abgefangen. Als er sieht, dass ich Fisher in eine andere Richtung zerren will, ruft er uns.

»Mist«, flüstere ich.

»Wieso? Ich dachte, es ist dir egal, was deine Brüder darüber denken?«, fragt Fisher.

»Ist es auch. Ich will *dir* nur das ganze Tamtam ersparen. Ich denke, nach dieser Versammlung reicht es dir bestimmt fürs Erste.«

Er muss lachen, dann schüttelt er den Kopf. »Alles gut, Byrd. Ehrlich.«

Plötzlich schiebt Silas sein Handy zwischen uns und hält mich davon ab, noch etwas zu sagen.

»Was soll das, Silas?«, frage ich wütend, als er mit dem Handy vor Fisher herumfuchtelt.

»Micah will wissen, wie er aussieht«, erklärt er.

»Micah ist auf FaceTime? Na sowas! Auf die Idee, meine Textnachricht zu beantworten, kommst du nicht, Micah, aber Silas über FaceTime anzurufen, das geht?«, quengele ich meinem Riesenbaby von Bruder in die Ohren. Woraufhin Silas mir das Handy mit zehn Zentimetern Abstand vors Gesicht hält.

»Sieht objektiv betrachtet schon mal eindeutig besser aus als Ian«, sagt Micah zur Begrüßung.

»Er kann dich hören, Micah, und du hast ihn bloß exakt zwei Sekunden gesehen.« Silas richtet das Handy wieder auf sich selbst und legt ohne sich zu verabschieden auf – null Manieren und keinerlei Taktgefühl, wie immer.

»Ich freu mich schon darauf, meinen Nichten und Neffen eines Tages zu erzählen, dass *ich* es war, der euch beide zusammengebracht hat«, sagt er und lächelt Fisher und mich abwechselnd an.

Das reicht jetzt. »Halt die Klappe!«, knurre ich Silas an und ziehe Fisher in Richtung meines Trucks.

»Aber eigentlich war es ja der Staubsauger, oder?« schickt Silas noch hinterher.

Ich werde ihn fertigmachen. Ich werde ihm mitten auf dem Kopf eine Schneise in seine Haare rasieren, so wie er es bei Micah gemacht hat, als der dreizehn war. Ich werde …

Moment mal.

Ich drehe mich zu Fisher um, weil er sich kein Stück rührt, obwohl ich an seiner Hand zerre, und … er *lacht*. So richtig herzhaft, mit Fältchen in den Augenwinkeln und schallend laut. Dabei hätte die vergangene Stunde ihm reichlich Stoff für Albträume liefern müssen. Aber wie es aussieht, findet Fisher es gar nicht so schlimm.

Vorsichtig entwindet er sich meinem Griff und schüttelt Silas die Hand. »Schön, dich wiederzusehen – Silas, richtig?«

»Richtig. Und du bist Fisher Lange. Hab dich gegoogelt«, verkündet Silas. Seine wahre Bestimmung besteht offenbar darin, Leute in Verlegenheit zu bringen.

Fisher lässt sich nichts anmerken, aber ich spüre seine Anspannung. »Irgendwas Interessantes gefunden?«, fragt er. Silas muss doch merken, dass ich mit meinem Blick ein Loch in ihn brenne, aber er dreht sich nicht mal zu mir um.

»Du bist eine richtig große Nummer«, sagt er zu Fisher. »Eindeutig zu groß, um auf Dauer hier zu versauern.«

Die beiden schütteln sich immer noch die Hände, so fest, dass die Knöchel weiß werden. »Danke für die Info«, sagt Fisher ungerührt.

Silas' Gesichtsausdruck wird eine Spur ernster. Mir kommt es vor, als bräuchte man einen Code zur Entschlüsselung dieses Wortwechsels.

»Was ist hier los?«, frage ich, während die beiden sich nur anstarren.

Silas wendet als Erster den Blick ab. »Gar nichts, Kleines. Bin froh, dass du jemanden hast, mit dem du diesen Sommer abhängen kannst. Wegen der Trockenheit kann es viele Brände geben, also wirst du Ell und mich nicht so oft zu sehen kriegen.«

Ich versuche, ihm vom Gesicht abzulesen, welcher Subtext mir gerade entgeht. Silas hat als einziger von uns Dads helle türkisfarbene Augen und sein welliges dunkelblondes Haar, das er, wie ich es immer liebevoll nenne, als Nackenspoiler trägt. Er ist der am besten Aussehende, Temperamentvollste und Impulsivste von uns allen.

»Pass auf dich auf«, sage ich wie üblich. Normalerweise lacht er darüber und verspricht es mir.

Diesmal zieht er nur die Augenbrauen hoch und antwortet in ernstem Ton: »Pass du auch auf dich auf, Sage.«

★ ★ ★

Ohne weitere Zwischenfälle schaffen wir es bis zu meinem Truck, doch ehe ich mit den Entschuldigungen loslegen kann, die ich mir schon zurechtgelegt habe, fragt Fisher: »Was dagegen, wenn *ich* fahre?«

Ich lasse ein demonstrativ beleidigtes Lachen hören. »Hast du vielleicht etwas gegen meinen Fahrstil?«

»Nein. Aber ich muss meine Hände beschäftigen«, antwortet er.

Will er mich herausfordern? Jedes Mal, wenn er so etwas sagt, kann ich nur mit herkulischem Kraftaufwand verhindern, dass ich in idiotisches Gekicher ausbreche. Jetzt würde ich am liebsten durch die Zähne pfeifen und sagen: *Ich geb dir gleich was, womit du deine Hände beschäftigen kannst!*

Ich lasse die Schlüssel vor seiner Nase herumbaumeln. Und dann schnappe ich überrascht nach Luft, als er mich am Handgelenk packt und an sich zieht.

»Danke«, sagt er mit einem teuflischen Grinsen, während mir mein eigenes Keuchen noch in den Ohren klingt. »Wir sollten ihnen so richtig was bieten, oder?«

»W-was?«, frage ich, aber dann senkt er den Kopf und gibt mir einen Kuss zwischen Kinn und Wange. Erst in dem Moment, als ich seine Bartstoppeln spüre, sehe ich hinter ihm Ian und Cassidy … Und schon nimmt er mir die Schlüssel aus der Hand und schlendert lässig zur Fahrertür.

★ ★ ★

Unterwegs versuche ich, erst mal nichts zu sagen, aber kaum biegen wir vom Parkplatz ab auf die Straße, platze ich heraus: »Für Silas kann ich mich nur entschuldigen. Das ist sonst gar nicht seine Art. Also, das Großkotzige natürlich schon«, relativiere ich meine Worte direkt. »Aber nicht, dass er so aufdringlich ist.«

»Wenn du dich ständig entschuldigst, Sage, macht es nur halb so viel Spaß«, sagt Fisher.

Ich sehe ihn von der Seite an, während das Küstenpanorama an uns vorbeizieht. »Dann hat dir dieses ganze Theater also Spaß gemacht, und du bist nicht sauer?«, frage ich hoffnungsfroh. Aber mir fällt auf, dass er dem eigentlichen Thema ausgewichen ist, also muss ich nachhaken: »Was sollte dieses wortlose Anstarren zwischen euch?«

Er spannt die Muskeln seines Unterarms an und steuert den Wagen um eine Kurve. »Ich glaube, Silas wollte mir nur zu verstehen geben, dass er weiß, dass ich nur vorübergehend hier bin.«

Ach so. Deshalb also auch diese angedeutete Warnung an meine Adresse.

»Kann ich dir etwas anvertrauen?«, fragt Fisher leise.

»Ja, natürlich.«

»Bei dem Geplänkel zwischen dir und deinen Brüdern ist mir wieder einmal aufgefallen, wie sehr ich meine Schwester vermisse. Ich bereue es, dass ich manchmal nicht auf ihre FaceTime-Anrufe reagiert habe.« Er räuspert sich.

Mein Brustkorb wird eng vor Bedauern, und ich kralle meine Finger in meine Schenkel. »Sie wusste, dass du sie geliebt hast. Da bin ich mir sicher. Geschwister spüren das, glaube ich.«

»Ich hoffe es«, sagt er mit matter Stimme. »Ich war nicht immer ein toller Bruder. Auch kein toller Onkel. Aber ab jetzt will ich es besser machen.«

Diesmal macht mein Herz einen Hüpfer, denn dazu kann ich etwas beitragen. Dass wir *beide* etwas von unserem Arrangement haben. »Was Indy betrifft, kann ich dir bestimmt helfen«, sage ich und versuche, nicht übertrieben enthusiastisch zu klingen. »Ich weiß zwar nicht, was genau sie gerade durchmacht, aber immerhin kenne ich mich damit aus, wie es ist, als junges Mädchen ohne Mutter aufzuwachsen.«

Mit dem Hauch eines Lächelns presst Fisher die Lippen zusammen. »Danke. Ich brauche alle sagenhaften Ratschläge, die ich kriegen kann.«

KAPITEL 17

Fisher

»Ich verstehe es immer noch nicht«, sagt Indy. »Warum fahren wir nicht einfach in die Nachbarstadt? Oder so weit wie nötig, um intelligentes Leben und einen Walmart zu finden?«

Auf dem Parkplatz vor dem *O'Doyles* schalte ich die Zündung aus und werfe meiner Nichte im Rückspiegel einen hilflosen Blick zu. Sage bewahrt mich davor, zuerst antworten zu müssen.

»Wir müssen für Fisher einen Neoprenanzug und für dich ein paar Schulsachen besorgen. Und das *O'Doyles* ist der einzige Laden weit und breit, der tatsächlich beides im Sortiment hat«, erklärt Sage unbekümmert.

Indy lacht nur und scheint mit dieser Antwort zufrieden zu sein, was mir das Gefühl gibt, dass ich unbedingt ein Notizbuch brauche. Gestern Abend habe ich Indy gefragt, ob Sam jetzt ihr Freund sei, und dem angewiderten, entsetzten Spott nach zu schließen, den ich von ihr erntete, könnte man meinen, ich hätte sie etwas weitaus Anstößigeres gefragt. Jetzt mache ich mir mental eine Notiz: *Teenies springen nur auf Sarkasmus an.*

Aber natürlich wird diese Erkenntnis gleich darauf wieder zunichtegemacht – bei Sage beschränkt es sich nämlich nicht auf Sarkasmus. Indy antwortet auf ihre ernstgemeinten Fragen offen und mit Leichtigkeit. Sie albern rum, ohne dass Indy genervt ist. Sie tun sich sogar zusammen, um mich wegen allem Möglichen zu piesacken.

Und obwohl Indy und ich diese Art von Ungezwungenheit miteinander noch nicht erreicht haben, gibt es mir Hoffnung, wenn ich sehe, dass es grundsätzlich möglich ist.

Nach dem Einkaufen holen wir uns Burger und Pommes in *Walters Diner* und nehmen sie auf Sages Empfehlung hin mit auf den Rasen neben dem *Starhopper.*

Als Indy anfängt, Sage über ihre verschiedenen Ohrpiercings auszufragen, schweifen meine Gedanken zu anderem Essen ab, obwohl ich so satt bin, dass ich mich zurücklehnen muss, um überhaupt bequem zu sitzen. Ich werde nochmal Brombeeren kaufen, obwohl die, die ich neulich erstanden habe, nicht so gut schmecken wie die von Sage. Ich habe angefangen, mit einer Chipotle-Brombeersauce für einen Burger auf der *Starhopper*-Speisekarte zu spielen, aber ich denke auch über einen Zitronenpuddingkuchen nach, der bereits im *Marrow* auf der Karte stand. Doch anstelle des Rhabarbers, mit dem wir ihn normalerweise betonen, sollte ich wohl etwas mit Brombeeren machen – und vielleicht ein Crémeux aus weißer Schokolade dazu.

Ich bin in Gedanken immer noch damit beschäftigt, als Sage mich fragt: »Wie lange trägst du schon Ohrringe, Fisher?«

Ich blinzle ein paar Mal und reiße mich aus meiner Tagträumerei. Wann habe ich das letzte Mal davon geträumt, ein Gericht zuzubereiten? »Seit ich fünfzehn bin«, antworte ich. »Warum?«

Sage stellt ihre Limo auf den Picknicktisch. »Na ja, es kommt mir vor, als würdest du sie aus einem bestimmten Grund tragen. Viele Ohrringträger haben ja auch Tattoos, die eine entsprechende Geschichte erzählen.«

»Ach ja? Und wo genau sind dann *deine* Tattoos?«, frage ich und deute mit einem Nicken auf ihre vier oder fünf Piercings in beiden Ohren.

»Touché«, erwidert sie.

»Mom hat erzählt, dass du als Kind wegen deiner Ohren gehänselt wurdest«, meldet Indy sich zu Wort. Ihre Augen weiten sich für eine Sekunde, als würde sie sich schlecht fühlen, das verraten zu haben.

»Jap«, entgegne ich. »Meine Ohren waren riesig, als ich mich noch im Wachstum befand. Im Nachhinein kommt es mir albern vor, aber ich glaube, auf diese Art wollte ich all den gemeinen Kids den Stinkefinger zeigen.«

»Wenn man selbstbewusst zu seinen Schwächen steht und mitspielt, kann sich niemand mehr lustig machen«, erklärt Sage. Sie sieht mich mit einem Blick an, der mir beweist, dass sie mich durchschaut – eventuell sogar über die Tatsache hinaus, dass ich wegen meiner großen Ohren gemobbt wurde. Ich rutsche unbehaglich auf meinem Platz hin und her.

»Woher willst du überhaupt wissen, dass ich keine Tattoos habe?«, frage ich ausweichend. »Vielleicht sind sie ja nur an Stellen meines Körpers, die du noch nicht gesehen hast.«

Indy grunzt angeekelt. »Igitt! Wartet mit dieser Nummer, bis ich weg bin, bitte.«

Es war gestern Sages Idee gewesen, Indy mit ins Boot zu holen, als sie uns darum bat, ihr beim Tulpenpflanzen zu helfen. Sie hatte sich über das Tablett gebeugt, auf dem die Tulpenzwiebeln lagen, und ein Schmutzfleck zierte ihre Wange, als sie mir zuflüsterte: »Wer Vertrauen zeigt, dem beweist man auch welches.«

Indy schien die ganze Sache entspannt zu sehen. »Ich helfe dir, egal wobei«, hatte sie mit einem Achselzucken geantwortet.

»Hey, ich wollte Sam in *Savvys Bäckerei* Hallo sagen. Ist das okay?«, fragt sie mich jetzt plötzlich.

»Klar. Ja, natürlich. Auf jeden Fall«, antworte ich, offenkundig schockiert, dass sie mich überhaupt gefragt hat. Aus den Augenwinkeln sehe ich Sage grinsen. »Wir treffen uns dann wieder hier – oder zu Hause. Meldest du dich einfach in den nächsten Stunden mal?«

Indy schürzt die Lippen und nickt, bevor sie in Richtung Bäckerei davonzieht.

Ich drehe mich wieder zu Sages wissendem Gesicht um. »Gehen wir ein Stück?«, fragt sie mich.

»Gern.«

Wir räumen unseren Müll zusammen, und ich folge ihr zu dem Weg am Rande der Promenade. Heute hat sie ihre Haare zurückgesteckt, aber der Wind stiehlt immer wieder einzelne Strähnen aus ihrer Haarspange und weht sie in ihr Gesicht. Es scheint sie jedoch nicht zu stören, denn sie grinst bloß gedankenverloren vor sich hin. Ich frage mich, wie sie mich so schnell in ihren Bann ziehen, sich in meinen Kopf und andere lebenswichtige Körperteile hineindrängen konnte, und ich frage mich, wie zum Teufel ich sie wohl ebenso sehr in *meinen* Bann ziehen kann. Schuldgefühle verdrängen diese Gedanken allerdings sofort wieder, denn welchen Sinn hätte das Ganze? Ich darf nicht vergessen, dass ich im Herbst wieder von hier verschwinden werde.

»Du hast deine Nägel wieder umlackiert«, stelle ich fest und deute auf ihre Hände. Ein harmloser Kommentar, um die Stille zu durchbrechen. Sie streckt eine Hand vor sich aus. Heute sind sie blassorange.

»Das ist dir aufgefallen?«

»Du änderst die Farbe häufig, oder?«, antworte ich mit einem Schulterzucken. Aber als ihr Lächeln breiter wird, habe ich das Gefühl, dass sich meine Brust gleichermaßen ausdehnt.

»Allerdings«, sagt sie. »Wren meint, ich wäre verrückt, aber ich ändere sie mindestens dreimal pro Woche. Das entspannt mich einfach.«

»Die Fußnägel auch?«

»Bist du ein Fußfetischist?«, fragt sie und verengt in gespieltem Argwohn die Augen.

Bloß für dich ein Fetischist, denke ich. Zum Glück kann ich diesen Gedanken verdrängen, bevor er mir als Antwort entweicht. »Ich bin nur neugierig, was du so treibst, das ist alles.« *Lass mich rein in deinen Kopf. Scheint ein lustiger Ort zu sein.*

»Ja, meistens auch die Zehennägel«, sagt sie dann. Ihre Schulter streift meinen Arm, und sowohl dies als auch die leicht schwüle Hitze des heutigen Tages erzeugen eine Spannung zwischen uns, die meine Synapsen vibrieren lässt. »Ich lese übrigens auch«, fährt sie fort. »Oder schreibe Tagebuch. Und was machst du so zum Entspannen?«

Ich weiß jedenfalls, was ich gern häufiger tun würde. »Sport treiben, meistens. Fernsehen gucken. Das Übliche.«

»Kochsendungen?«

Ich zucke zusammen, als hätte man mir in den Magen geboxt. »Nein«, erwidere ich und unterdrücke ein Schaudern.

»So schlimm?«, kichert sie. »Dir geht's wahrscheinlich wie den meisten Ärzten, die sich keine Arztserien ansehen können, weil sie es nicht ertragen, was da alles falsch gemacht wird, oder?«

Wir erreichen die Weggabelung, die zur Vorderseite des *Starhopper* führt, und ich beschließe, in diese Richtung abzubiegen. Plötzlich habe ich das Bedürfnis, in das Gebäude zu fliehen, um etwas Schutz vor der Hitze zu bekommen. Ich krame meine Schlüssel hervor, während ich mich räuspere und versuche, die Sache zu erklären.

»Manchmal auch das, aber es ist ja nicht so, dass in Kochsendungen unrealistische Dinge passieren. Es ist nur …« Ich runzle die Stirn. »Ich mache bei meiner Arbeit nichts besonders Wichtiges, anders als zum Beispiel Ärzte, deshalb ist es albern, wenn ich das sage, aber bei Kochsendungen bekomme ich einfach … Beklemmungen.« Schabende Geräusche auf Metall, laute Stimmen, Hitze, Rauch und Dampf. Bei der Arbeit bin ich so gefühllos wie nur möglich, warum also sollte ich mich alledem auch noch in meiner Freizeit aussetzen? Ich zucke zusammen, als Sages kühle Finger meinen Unterarm berühren.

»Was meinst du damit, dass du nichts besonders Wichtiges machst?«, fragt sie.

Ich stoße ein gezwungenes Lachen aus, als wir auf die Tür zugehen. »Na ja, ich rette keine Leben, Sage. Normalerweise produziere ich mit unnötig komplizierten Methoden irgendwelche mehr oder weniger schmackhaften Sachen.«

»So ziemlich jedes wichtige Ereignis im Leben eines Menschen wird auf irgendeine Art mit Essen gefeiert«, sagt sie. »Hältst du das wirklich nicht für wichtig?«

»Aber ich *produziere* keine Nahrungsmittel. Ich … ich stelle nichts her, was die Leute bräuchten, um zu überleben.«

»Vielleicht nicht, aber im Grunde ist es doch ähnlich! Viele Menschen wollen nicht einfach nur *essen*. Sie wollen etwas – ich weiß auch nicht – *mehr* bekommen, wenn sie entsprechende Etablissements besuchen«, sagt sie mit Nachdruck. Ich öffne die Tür zum *Starhopper* und halte sie für sie auf. Doch sie tritt dicht an mich heran und blickt mich intensiv an. »Wie kannst du all diese Dinge über meine Blumenzucht sagen und nicht genauso über deine Arbeit denken? Vor allem, da du längst bewiesen hast, dass du hervorragend darin bist. Du hast *Auszeichnungen* dafür bekommen, Fisher!«

Ich stöhne auf. »Du hast mich auch gegoogelt?« Das hatte ich schon befürchtet, nachdem ihr Bruder es neulich erwähnte.

Sie wird rot. »Scheiß drauf. Ja, natürlich habe ich das! Nach dem Tag in der Bibliothek.« Sie stemmt die Hände in die Hüften, und ich versuche, mich damit abzufinden, dass sie zweifellos schon eine ganze Zeit lang von all dem anderen Scheiß weiß. Und sie nimmt es mir nicht übel?

»Laut *Food & Wine* warst du der wohl vielversprechendste Koch mit gerade einmal zwanzig Jahren«, fährt sie fort. »Und dabei durftest du noch nicht einmal legal Alkohol trinken!«

»*Legal* ist das entscheidende Wort«, murmle ich.

»Ein James Beard Award mit zweiundzwanzig! Und mal ganz nebenbei bemerkt, hast du *drei* verdammte Michelin-Sterne!«

Ich marschiere durch den Eingangsbereich und suche verzweifelt nach einer Möglichkeit, das Thema zu wechseln. »Eben. Und nein.«

»Eben *was?*«, schreit sie jetzt fast, während sie mir folgt, mich dann wieder sanft am Unterarm packt und in ihre Richtung dreht. Ihre Augen leuchten, und auf ihrer Stirn pulsiert eine markante Ader. Ich fühle mich hilflos und verwirrt. Ich hatte dieses Gespräch begonnen in der Hoffnung, mehr über sie zu erfahren, und stattdessen hat sie mich eiskalt und hüllenlos erwischt. Mein Herz rast, während sie bloß wenige Zentimeter von mir entfernt steht, und ich glaube, es ist das Beste, es vielleicht einfach auszusprechen. Auszusprechen, was ich denke, und mich dabei so erbärmlich anzuhören, wie ich mich fühle.

»Also«, sage ich und hole tief Luft, »genau *deshalb* habe ich keinen Grund, so verdammt unglücklich zu sein! Ich habe bekommen, was ich wollte. Ich habe mir meinen Traum erfüllt – aber es hat sich verdammt bedeutungslos angefühlt. Und dann habe ich es sogar noch vermasselt.« Ich atme ein paar Mal tief durch, bevor ich hinzufüge: »Ich weiß nicht, wie viel du herausgefunden hast, aber ich nehme an, du weißt, dass ich einen dieser Sterne wieder verloren habe.«

Ihre Spannung löst sich sichtlich, ihr Körper scheint in sich zusammenzusacken. Sie versucht nicht, etwas Beschwichtigendes zu sagen, pocht nicht auf weitere Informationen. Sie zieht mich stattdessen einfach in eine Umarmung.

Reinstes Elend. Reinste Qual. Reinste Glückseligkeit. Wie kommt es, dass jemand, der dich umarmt und festhält, dir das Gefühl geben kann, du würdest jeden Moment zerbrechen?

Nach einem langen Ausatmen gebe ich schließlich nach und lege meine Wange auf ihren Scheitel. Ihr Duft flutet meine Sinne – zitronig süß wie diese extravaganten Marshmallows, die wir bei meinem ersten Einsatz als Souschef für eine ganze Marshmallow-Rezeptreihe zubereitet haben. Marshmallow-Plätzchen mit

Orangenblüten, in Schokolade getaucht und anschließend in zerstoßenen Pistazien gerollt.

»Danke«, murmele ich mit rauer Stimme in ihr Haar.

»Wofür?«

»Für die Umarmung«, antworte ich. »Und dafür, dass du nicht gesagt hast, ich sei ein undankbarer, weinerlicher, privilegierter Idiot.«

Ihr Haar verfängt sich in meinen Bartstoppeln, als sie sich zurückzieht und zu mir aufschaut. »Bist du ja auch nicht. Ganz und gar nicht, Fisher.«

Mein Daumen streicht über die Falte zwischen ihren Brauen, und ich bin versucht, ihre Unterlippe zu berühren. *Alles* in meinem Körper ist versucht, *irgendetwas* von ihr zu berühren. Ich starre einen Tick zu lange auf ihren Mund und spüre, wie sie den Atem anhält. Ich ziehe für einen kurzen Moment in Erwägung, sie zu küssen – aber nein. Sie hat mich getröstet, und ich möchte diese Geste nicht falsch verstehen oder sie gar ausnutzen. Mit einem dankbaren Lächeln löse ich mich vorsichtig von ihr und drehe mich um.

»Wollen wir zusammen auf Erkundungstour gehen?«, frage ich und deute mit ausgebreiteten Armen um mich.

Ein Ausdruck, den ich nicht deuten kann, flackert über ihr Gesicht. »Okay.«

Im Inneren des Restaurants muss noch einiges gemacht werden, aber einer von Walters Neffen ist Steinmetz und wird noch diese Woche mit den Ausbesserungsarbeiten an jenen Wänden beginnen, wo die Backsteine unverputzt bleiben sollen und deshalb restauriert werden müssen. Carlie hat einen von Martha O'Doyles Brüdern für die Klempnerarbeiten eingestellt und ihre Schwester für den gesamten Innenanstrich.

Zum Glück ist die Kuppel des Observatoriums schon so gut wie fertig.

»Angeblich gibt es drüben in Bend eine Brauerei, die auch so etwas hat«, sage ich zu Sage und zeige durch den leeren Fensterrahmen nach oben. »Carlie meint, dass ihr vielleicht psychedelische Brownies untergejubelt wurden, als sie sie besucht hat, aber dass es eine großartige Erfahrung war. ›Gutes Essen, gute Freunde und eine Reise durch Raum und Zeit‹«, sagte sie.

»Ich mag Carlie. Hört sich an, als wäre sie eine kluge Frau«, erwidert Sage.

»Sie würde dich lieben, so viel steht fest«, entgegne ich. Dann deute ich mit einem Nicken zum Observatorium hinüber. »Willst du mal rauf? Der Aufzug funktioniert noch nicht, aber wir können die Treppe nehmen.«

Wir steigen über die Wendeltreppe außen am Turm empor und halten auf der Plattform des zweiten Stocks inne, um die Aussicht zu genießen. Sage lächelt wieder bis über beide Ohren, während sie sich umsieht.

»Und du wolltest mir weismachen, dass es hier keinen versteckten Charme gibt«, sage ich halb vorwurfsvoll, wie gebannt von ihrem Gesichtsausdruck.

»Na schön«, sagt sie. »Vielleicht gibt es ja doch welchen.« Sie klemmt sich eine Haarsträhne hinters Ohr. »Aber warum hasst du dann Kleinstädte so?«, fragt sie.

»*Hassen* ist ein sehr starkes Wort«, antworte ich. Als ich nichts hinzufüge, nickt sie auffordernd, damit ich fortfahre, aber ich krame in meiner Jeans nach meinem Handy, suche nach dem Schlüsselcode für die Tür und lasse uns hinein.

Meine Augen müssen sich einen Moment lang an die Innenbeleuchtung gewöhnen. Glänzender blau-schwarzer Kachelboden geht in gleichfarbig gestrichene Wände über, an denen überall verschlungene Labyrinthformen zu sehen sind. »Vielleicht war sie wirklich auf Psychedelika, als sie hierfür grünes Licht gegeben hat«, murmele ich und hoffe, dass dieser Witz als Ablenkung dient.

Doch zu meinem Leidwesen stelle ich fest, dass Sage mir immer noch einen scharfen Blick zuwirft, und seufze schwer.

»Ich hasse Kleinstädte nicht«, sage ich. »Ich glaube nur, dass das Leben in solchen kleineren Communitys weiß Gott nicht immer so easy ist wie für dich hier.«

»Inwiefern?«

Will ich nicht erklären. Beinahe hätte ich ihr das genauso ins Gesicht gesagt. Aber ich bin ohnehin schon ein offenes Buch. »Als ich noch klein war, haben meine Eltern einen Sandwich-Laden in der kleinen Stadt, in der wir lebten, eröffnet. Kein Kettenrestaurant, bloß ein kleines Familiengeschäft. Meine Schwester und ich haben mit meiner Mutter zu Hause typisch holländische Waffeln gebacken und sie jeden Tag zum Verkauf in den Laden gebracht.« Sage sieht mich an, als wüsste sie bereits, wie diese Geschichte endet – ihre Lippen sind mitfühlend aufeinandergepresst. Ich erzähle trotzdem weiter. »Aber niemand wollte mit ›fremden Leuten‹ Geschäfte machen. Einmal hat irgendein Teenager sogar unseren Laden verwüstet.« Ich stoße ein grimmiges Lachen aus. »Meine Eltern hatten nicht die geringste Absicht, anderen Leuten die Geschäfte zu verderben. Sie wollten einfach nur tun, was sie gern taten, und damit ihren Lebensunterhalt verdienen. Aber man hätte meinen können, dass sie ein Amerika-weites Monopol aufbauen wollten, so wie sie gemobbt wurden. Und alles nur, weil ein paar Blöcke weiter bereits eine andere Familie einen Feinkostladen besaß.« Ich berühre die Schutzfolie, die eines der Teleskope im Raum bedeckt. »Sie gingen in weniger als einem Jahr pleite. Danach fühlte ich mich auf eine gewisse Art immer anders, glaube ich. Ich musste mitansehen, wie engstirnig es in Kleinstädten und in vielen Köpfen zuging. Wurde in der Schule gemobbt. Hatte kaum Freunde. Ich war keine dieser Sportskanonen, die in der Highschool bereits ihren Lebenshöhepunkt erreichen. Im Prinzip reicht es zu wissen, dass ich nirgendwo so recht dazugehört habe«, füge ich verbittert hinzu und beiße mir auf die Zunge, ehe ich auch noch Freyas Lebensgeschichte ausplaudere. Dass sie dermaßen grausam behandelt wurde, hat mich unser Städtchen noch mehr verabscheuen lassen.

»Bist du deshalb zur Kochschule gegangen?«, fragt Sage.

»Wahrscheinlich«, antworte ich. »Es gab keine sonderlich gehobene Gastronomie bei uns, sondern nur wenige kleinere Imbisse.« Mittlerweile habe ich den gesamten runden Raum durchschritten und stehe Sage Auge in Auge gegenüber.

»Ich weiß noch, wie ich dachte«, setze ich an, »jemand *Besonderes* zu sein, wenn ich besser bin als die anderen. Und dass ich dann auch glücklicher wäre.«

★ ★ ★

Ein Geräusch von draußen lenkt unsere Aufmerksamkeit auf die Tür. Indy, Sam und ein weiteres junges Mädchen betreten den Raum. Ich nehme an, dass Sam Sages Aufenthaltsort per Handy aufspüren kann, genau wie sie es in der Nacht getan hat, in der ich nach den beiden gesucht habe. Indy stellt mir Blake vor, eine ehemalige Schülerin von Sage.

»Kann ich den Rest des Tages mit den beiden abhängen?«, fragt Indy.

»Klar.« Ich wünschte, es gäbe einen Weg, ihr zu sagen, dass ich stolz auf sie bin, weil sie neuen Freundschaften gegenüber so offen ist, aber ich kann mir nicht vorstellen, dass das möglich wäre, ohne einen ihrer verächtlichen Blicke zu ernten.

»Seid nur nicht wieder bis mitten in der Nacht unterwegs, okay?«, füge ich dann hinzu. »Wir müssen morgen früh raus.«

»Stimmt«, bestätigt Sage mit ihrem typischen breiten Grinsen. »Die jungen Leute fangen mit der Summer School an, und wir beide beginnen offiziell mit dem Wettbewerbstraining.«

KAPITEL 18

Sage

Ich bin wieder vor Tagesanbruch wach. Aber diesmal vor *freudiger* Aufregung.

Die ich bei Fisher nicht erkenne.

Während ich an meinem Kaffee nippe, sehe ich ihn im morgendlichen Nebel auftauchen, er schleppt sich mit dem Neoprenanzug unter dem Arm über die Wiese. Auch Sable scheint erfreut, denn sobald sie ihn erspäht hat, führt sie auf den Fliesen im Wintergarten einen Stepptanz auf. Noch bevor er anklopft, öffne ich die Tür, und er blinzelt mich an, als würde ich ihm eine Taschenlampe ins Gesicht halten.

»Warum hast du das Teil noch nicht angezogen?«, versuche ich in gedämpftem Ton zu fragen, doch in der morgendlichen Stille klingt meine Stimme wie eine Schiffshupe.

»Kaffee?«, bekomme ich lediglich zur Antwort. Ob es sich dabei um eine Gegenfrage oder eine Notwendigkeit handelt, ist mir nicht recht klar. Jedenfalls gehe ich voraus in die Küche und schenke ihm einen großen Becher ein. Dann versuche ich, meine Ungeduld zu bezwingen, während er sich einen Stuhl zurechtrückt und sich mit dem Gesicht zu mir an den Tisch setzt.

Als er den Becher bis auf den letzten Tropfen geleert haben dürfte, kann ich mich nicht mehr zusammenreißen. »Da unten ist es frühmorgens *so* schön«, erzähle ich, und meine Stimme überschlägt sich fast. »Die ganze Umgebung sieht aus, als würde sie Dampf ablassen, wie erwachende Drachen oder so«, fahre ich mit einem schwärmerischen Seufzer fort. »Es ist fast vollkommen still, und alles wirkt total friedlich, und das Wasser ist … also das

Wasser ist so kalt, dass es sticht wie Eiszapfen, aber das ist sehr erfrischend. Da, wo wir heute hinwollen, schwimmen Seehunde. Letztes Mal habe ich sogar ein Otterpaar gesehen. Wart's nur ab, Fisher, das wird toll.«

Er lässt ein müdes Lachen hören und reibt sich mit beiden Händen durchs Gesicht. Dann geht er mit dem leeren Becher zur Kaffeekanne.

»Noch nicht zu einem Schwätzchen aufgelegt am frühen Morgen, was? Oder bereust du es schon, dass du dich auf den Schnupperkurs heute eingelassen hast?«, zwitschere ich. »Kein Problem. Lass dir ruhig Zeit. Da muss ich wohl noch etwas Überzeugungsarbeit leisten.«

Nachdem er den zweiten Kaffeebecher in einem Zug geleert hat, schafft er es immerhin, den Kopf zu heben. Absolut unfair, dass sogar sein verschlafenes, verquollenes Gesicht gut aussieht. Die Ringe unter den Augen machen ihn nicht weniger attraktiv, sondern lassen ihn nur noch echter erscheinen, noch *gegenwärtiger.* Hier, leibhaftig in meiner Küche, mit Sables riesigem Kopf auf dem Schoß, die verträumt zu ihm aufschaut, während er sie hinter den Ohren krault. Ihr ergebener Hundeblick sollte sowohl ihr als auch mir eigentlich peinlich sein. Jetzt lässt sie auch noch ihre Zunge raushängen. Ich bin kurz davor, ihr einen genervten Blick zuzuwerfen.

»Was trägt man denn da drunter?«, fragt Fisher verschlafen, und ich verspüre direkt ein Kribbeln auf der Haut. Als er meine Verlegenheit bemerkt, reibt er sich gähnend die Augen. »Ich meinte, *nur* Badesachen oder sonst noch was?«, stellt er klar und hält den zusammengerollten Neoprenanzug hoch.

»Ach so. Ja. So wenig wie möglich«, erwidere ich, dann füge ich hastig hinzu: »Wegen der Bewegungsfreiheit.«

»Klar«, antwortet er.

»Klar«, wiederhole ich.

Und dann, o Wunder, setzen wir uns, nachdem er sich unter Umschiffung weiterer zweideutiger Anspielungen umgezogen hat, endlich in Bewegung, um das Kanu aus der Scheune zu holen. Mit ein paar Pausen schaffen wir es, das unhandliche Ding den Pfad durch die Klippen hinunterzuschleppen.

»Also«, fange ich an, nachdem wir das Kanu am Ufer abgestellt haben. »Das ist Connie.«

Belustigt heben sich seine Augenbrauen. »Das Kanu?«

»Jedes Boot muss einen Namen haben«, erkläre ich. »Connie ist unser offizielles Rennboot, also müssen wir sie gut behandeln.«

»Aye, Captain«, gibt er zurück. Damit schließt sich der Kreis zu den sexy Piraten, und ich muss mir ein idiotisches Kichern verkneifen.

Anschließend beginne ich mit den Anweisungen, die ich mir zurechtgelegt habe. Je schneller ich ihn in die Gänge kriege, desto eher können wir mit dem eigentlichen Training anfangen.

»Heute geht es erst mal nur um die Grundlagen«, erkläre ich. »Sicherheit steht an erster Stelle. Und dann weise ich dich darin ein, wo das Zubehör verstaut wird, wie die Bewegungsabläufe funktionieren, wie man beim Durchziehen der Paddel im gleichen Rhythmus bleibt et cetera.«

Mit einem gequälten Blick zuckt er die Achseln. »Sicherheit zuerst«, brummt er und fingert an seiner Schwimmweste herum, während hinter ihm am orange gefärbten Himmel die Sonne aufgeht.

»Warte …« Ich schiebe seine Hände beiseite, zeige ihm, wie ich meine eigene Schwimmweste anlege, und dann ziehe ich den Reißverschluss seiner Weste da, wo er klemmt, ganz runter und wieder hoch. Als er sich bei meiner Berührung anspannt, beeile ich mich mit den Klettverschlüssen und pikse mir dabei in einen Finger.

»Autsch.« Ich stecke den Finger in den Mund, und Fisher

schluckt merklich, doch als ich den Kopf hebe, sieht er in eine andere Richtung.

Ich fahre schnellstmöglich fort: »Beschäftigen wir uns zunächst mit dem Paddel.« Dass ich dabei in den Lehrerinnen-Tonfall verfalle, ist wohl unvermeidbar. »Du kennst es bestimmt unter dem Begriff *Ruder,* aber technisch ist es ein Paddel. Ruder werden an einem Boot befestigt und bewegen sich aus der Sicht des Ruderers in die entgegengesetzte Richtung. Bei *unserem* Rennen sind jeweils nur Paddel mit einem Blatt erlaubt. Wir werden also mit den Gesichtern nach vorn sitzen und uns auch in diese Richtung bewegen. Die Kanus selbst müssen nicht mehr komplett aus Holz sein, aber die Paddel der Tradition wegen schon.«

Ich warte auf sein Nicken, dann nehme ich mein Paddel und halte es zwischen uns.

»Diesen Griff hier oben nennt man Knauf. Eine Hand bleibt immer am Knauf, die andere ein Stückchen weiter unten am Schaft.«

Mit einem spöttischen Lachen legt Fisher den Kopf in den Nacken und richtet den Blick gen Himmel. »Byrd, lass uns endlich loslegen. Ich bin sowieso eher der Learning-by-doing-Typ.«

Wenn er denkt, er bräuchte nur auf genervt zu machen, um das Ganze abzukürzen, irrt er sich gewaltig. Dank drei älterer Brüder bin ich mit der Rolle der Nervensäge nämlich bestens vertraut.

Trotzdem hake ich den Theorieteil für heute ab und folge ihm, als er ins Wasser stapft. Dabei werde ich bestimmt nicht auf seine überraschend strammen Schenkel und den ebenso knackigen Hintern unter dem Neoprenanzug starren. »Okay, dann machen wir eben ein anderes Mal mit der Theorie weiter. Bin ja flexibel«, flöte ich hinter ihm her.

»Dachte ich mir«, kommentiert er zähneknirschend.

★ ★ ★

Ohne weitere Diskussionen und ohne das Kanu umzukippen, lassen wir es zu Wasser und nehmen unsere Positionen ein. Dann geht es los – jedenfalls fast.

Erst mal halte ich Fisher einen Vortrag über die verschiedenen Teile, aus denen ein Kanu besteht, und erkläre ihm, dass ich für die heutige Unterrichtsstunde die Sitze einander gegenüber montiert habe. Ich sitze im Heck und er im Bug. Nachdem ich zwanzig Minuten auf ihn eingeredet habe, wird er wieder kribbelig.

»Wir müssen irgendwie die Plätze tauschen«, redet er dazwischen, als ich erläutere, wie fest und in welchem Abstand zum Rand des Kanus man das Paddel greifen sollte. »Ich komme mir vor, als fehlte mir bloß noch ein Sonnenschirm, wenn ich hier wie eine feine Lady herumgerudert werde«, beschwert er sich.

»Ein Sonnenschirm?«, wiederhole ich prustend vor Lachen. »Bei dieser Aufmachung?«

»Du weißt schon, wie ich das meine«, gibt er ungehalten zurück. »*Ich* müsste dich doch hier rumrudern – *verflucht!* Ich müsste derjenige sein, der am Paddel sitzt, meine ich natürlich!«, ruft er und schlägt die Hände vors Gesicht.

»Ist ja gut, ist ja gut«, sage ich. »Perfektes Timing. Wird sowieso Zeit für die Kipp-Übung. Als Erstes geht es darum, wie wir wieder hochkommen, wenn wir kentern.«

Sichtlich genervt lässt er die Arme sinken. »Und jetzt sagst du wahrscheinlich, dass ich dich zum Kentern bringen soll, oder?«, knurrt er.

Bei diesem Tonfall setze ich mich direkt aufrechter hin. »Wie du willst. Wir können es auch umgekehrt machen, sodass ich dich zum Kentern bringe, oder wir machen es zusammen.«

»Oh, *ich* mache das mit dem Kentern.«

»Wunderbar. Wenn du bereit bist, bin i-«

Jedes Mal aufs Neue erwischt es mich im wahrsten Sinne des Wortes eiskalt. Mir stockt der Atem, und der eisige Ozean sticht mir in die Wangen. Ein Kälteschauer durchfährt mich, als in den Neoprenanzug etwas Wasser eindringt, das sich aber schnell erwärmt.

Lachend komme ich wieder an die Oberfläche und sehe mich nach Fisher um, aber weder er noch sein Paddel sind neben dem umgedrehten Kanu zu sehen.

»Fisher?«, rufe ich.

Dann höre ich gedämpftes Klopfen über der Wasseroberfläche aus dem Rumpf des umgedrehten Kanus. In diesem Meeresarm ist das Wasser ruhig, und die tiefste Stelle beträgt allenfalls drei Meter. Ich gehe wieder auf Tauchstation und als ich im Rumpf des Kanus auftauche, hat er sich sein Paddel über die Schulter gelegt und tritt Wasser.

»Willst du dich vor mir verstecken?«, frage ich mit hallender Stimme.

Grinsend schüttelt er den Kopf. »Ich dachte, du wirst mich schon finden.«

Seine Augen richten sich auf meinen Mund, dann lässt er den Blick auf eine Art über mein Gesicht schweifen, die meine Haut kribbeln lässt. Trotz des eiskalten Wassers glüht meine Kopfhaut. Bis auf das leise Plätschern des Wassers gegen den Rumpf dringt von außen kein Laut herein. Wir hören nur unsere Atemzüge. Es kommt mir vor wie der abgeschottetste Ort im ganzen Universum, wo wir sagen und tun können, was wir wollen, und alles andere vergessen dürfen. All das Drumherum einfach vergessen – vielleicht sogar auch den eigenen inneren Aufruhr.

»Und ich *habe* dich gefunden«, sage ich kaum lauter als im Flüsterton. Wie froh ich bin, dass ich ihn in der Nacht seiner Anreise gefunden habe, verschweige ich. Auch, wie froh ich bin, dass er mich gefunden hat, an dem Tag in der Bibliothek. Aber eine innere Stimme sagt mir, dass er das ohnehin längst weiß.

Sein nasses Haar klebt ihm am Hals, und seine nassen Wimpern sehen aus wie Stacheln. Unwillkürlich treibt mein Körper näher an ihn heran. Als sich sein Blick wieder auf meinen Mund richtet, lecke ich mir einen Tropfen Salzwasser von den Lippen.

»Sage«, flüstert er drängend. Jedes noch so leise Geräusch hallt im Inneren des Rumpfs wider – mein sich beschleunigender Atem, sein Schlucken, während das Wasser im selben Takt wie mein Herzschlag gegen das Kanu platscht. Meine Schwimmweste stößt gegen seine, und eine seiner großen Hände greift unter Wasser nach meiner Hüfte. Alles, was ich an Wärme in mir habe, verdichtet sich genau da, während unsere Bewegungen das Wasser Wellen schlagen lassen.

Es ist wieder wie in der Bibliothek. Auf einmal wird seine schützende Gegenwart gefährlich – ungeheuer verlockend. Nur, dass es diesmal keinen Vorwand gibt. Hier sind nur wir beide. Kein Grund, ihn zu trösten. Kein Grund, mir zu einem kleinen Triumph zu verhelfen.

Aber ich *will.* Und wie ich will! Gedanken steigen in mir auf, Worte, die ich aussprechen könnte – aber das kann ich auf später verschieben. Vielleicht sollte ich einfach einen Schluck von meiner eigenen Medizin nehmen und im Jetzt leben. *Er* will auch. Das sehe ich an der geröteten Haut über seinen Wangenknochen und an seinen geweiteten Pupillen. Spüre es an seinem unregelmäßigeren Wassertreten. *Vielleicht sollte ich es einfach machen,* denke ich. *Einfach ein zwangloses Verhältnis mit ihm anfangen.* Wir haben schon viel zusammen unternommen. Durch unsere Abmachung sind wir ein Team geworden, und vielleicht ist das dann das Sahnehäubchen.

Nichts weiter als ein Sahnehäubchen. Mehr *kann* ja auch gar nicht daraus werden.

Mein innerer Aufruhr wird lauter, und es kommt mir vor, als ob sich mein Wollen verselbständigt und alles andere verdrängt. Ich presse mich fester an ihn, bis sich unsere Nasen berühren und wir beide scharf die Luft einziehen. Oder kam das nur von mir und hallt wider? Ein weiteres Mal atme ich tief ein und frage mich, ob es für mich einen Grund gibt, es nicht noch mal zu tun, oder für ihn, es nicht noch mal zuzulassen. Doch ich spüre nur seinen warmen Atem an meiner Wange, seinen festeren Griff an meiner Hüfte. Ich blende alles andere aus und streife seinen Mund mit meinen Lippen.

Ein Summen steigt aus seiner Kehle auf – dasselbe Geräusch, das er macht, wenn er etwas köstlich findet. Das Wasser schwappt wild um uns herum, als er meine Beine um seine Hüften zieht.

»Leg deine Arme um meinen Nacken«, sagt er und greift mit beiden Händen nach dem Rand des Kanus, um uns über Wasser zu halten.

Ich tue, was er sagt, und wie in Trance lasse ich meine Zunge über das Grübchen an seiner Wange gleiten. Den salzigen Geschmack seiner Haut werde ich von jetzt an auf ewig mit dem Sommer verbinden.

Mir entweicht ein Wimmern, als seine Lippen immer wieder meinen Hals streifen, kaltes Wasser aus seinen Haaren tropft und er seine unrasierte Wange an meiner Haut reibt.

»*Verflucht*«, flüstert er. »Du bist so verführerisch, Sage …«

Er widmet sich wieder meinem Mund, nimmt meine Unterlippe sanft zwischen die Zähne und fährt mit der Zunge darüber, als wolle er testen, wie ich schmecke. Wie von selbst drängen sich meine Hüften ihm entgegen, und ich unterdrücke ein Keuchen, als er die Bewegung mitmacht. Ich schlinge meine Beine fester um ihn und spüre zwischen uns seine Härte.

Das ist leichtsinnig – und verrückt. Wohin soll das führen? Trotzdem überlege ich fieberhaft, wie wir diese Neoprenanzüge loswerden und wie das hier funktionieren könnte.

Plötzlich knallt etwas gegen meinen Kopf, und ich sehe Sterne. »Au!«, zische ich und strecke einen Arm nach oben.

Ach du Scheiße! Hektisch schubse ich Fisher fort und greife panisch nach meinem Paddel. »Die Seehöhe!«, schreie ich.

»SEELÖWEN? WO?«, brüllt er. Wie wild tritt er Wasser und stößt sich den Kopf an den Querstreben zwischen den Sitzen.

Im Nachhinein werde ich das bestimmt witzig finden, aber jetzt schlägt mir das Herz bis zum Hals. »Nein, keine Seelöwen. Die *Höhe!*«, kreische ich. »Wir müssen das Kanu umdrehen, bevor es durch den Sog noch tiefer sinkt und auf Grund läuft. Wir müssen hier raus, und dann musst du mit deinem Paddel versuchen, es zu kippen. SOFORT!«

Er reagiert, ohne zu zögern, wir tauchen beide unter und bewegen uns zum Heck. Als ich neben dem Kanu auftauche, ist es schon weiter überschwemmt, als ich es je erlebt habe. Aber ich weigere mich aufzugeben. Es besteht keine Gefahr zu unterkühlen, und wir sind beide kräftig.

»Okay, wir müssen das Kanu hier hinten anheben und ein Stück auf die Seite drehen«, erkläre ich. »An dem Sitz im Bug ist ein Beutel befestigt. Den musst du abmachen und so viel Wasser wie möglich rausschaufeln, bevor wir das Kanu ganz umdrehen können.«

Fisher nickt und macht sich an die Arbeit.

Mit vereinten Kräften schaffen wir es, den Sog zu stoppen und ächzend das Heck anzuheben. Sobald das geschafft ist, schnappt sich Fisher den Schöpfbeutel und schaufelt so schnell er kann Wasser aus dem Rumpf. Ich halte mit einer Hand das Kanu fest und helfe mit der anderen beim Schöpfen. Als die Gefahr gebannt ist und wir uns wieder in das Kanu hineinwuchten könnten, sind wir völlig außer Atem.

»Warte!«, sage ich keuchend. »Muss erst Luft holen, und dann …«, ich muss husten, »dann zeige ich dir, wie man wieder reinklettert.«

Schwer atmend hält er sich neben mir an der Kante des Kanus fest. »Alles klar so weit?«, fragt er mit besorgtem Gesicht.

Ich werfe ihm nur einen kurzen Blick zu. Darüber, was gerade zwischen uns passiert ist, darf ich mir jetzt keine Gedanken machen, weil wir sonst noch länger hier festhängen würden, bloß weil ich Schwierigkeiten habe, wieder ins Gleichgewicht zu kommen.

»Ja, alles klar«, sage ich mit einem Grinsen, um gelassen zu wirken. »Bei dir auch?«

»Ja, ja, bei mir auch«, antwortet er.

Ich erkläre ihm, wie man sich an der Kanukante hochzieht und sich seitlich in den Rumpf sinken lässt. Als er es geschafft und sicheren Halt hat, reiche ich ihm meine Hand, damit er mich hochziehen kann. Diesmal lasse ich ihn im Bug sitzen und drehe meinen Sitz im Heck um, damit wir uns nicht ansehen müssen. Auf dem Weg zurück zum Ufer rufe ich ihm über die Schulter vage Anweisungen zu und sage ihm, er soll sich ansehen, wie ich paddele, und es genauso machen.

Mittlerweile überfällt mich wieder diese Unruhe. Wie die Gedanken, die mir durch den Kopf schießen, werden meine Paddelschläge immer schneller. Was will ich eigentlich von Fisher? Wichtiger noch: Was kann ich überhaupt von ihm erwarten? Außer Freundschaft und Partnerschaft für einen Sommer? Ich will mir nichts vormachen, und es ist ja so, dass ich noch nie solch eine Liebelei hatte. Darauf habe ich es nie angelegt, und ich weiß gar nicht, ob ich dazu in der Lage wäre.

Die naive, gutgläubige, viel zu nette Sage. Warum sollte ich mir nicht einfach mal etwas gönnen? Etwas als das annehmen, was es ist? Einen heißen Sommer mit tollem Sex verbringen und Spaß haben?

Vorausgesetzt, er ist damit einverstanden.

Mehr kann ich von jemandem wie Fisher wohl auch nicht erwarten. Leute wie er langweilen sich doch irgendwann mit Leuten wie mir. Ende August wird er sich davonmachen und wieder in sein richtiges Leben zurückkehren. Wie hat er diesen Sommer noch bezeichnet? Als *Umweg* in seinem Leben.

Aber vielleicht will ich ja auch mal einen Umweg machen. Es wäre natürlich wichtig, klare Grenzen zu ziehen, alles auf einem oberflächlichen Level zu belassen. Aber so offen, wie wir schon zueinander waren, könnte es schwierig werden, wieder auf diese Ebene zurückzukehren.

Himmel, das macht mich noch wahnsinnig! Die erste neue Freundschaft seit Jahren, mit jemandem, der mir bei etwas hilft, das ich schon lange für *mich* tun wollte – und dann verknalle ich mich direkt Hals über Kopf in diesen Typen.

Schweigend paddeln wir ans Ufer, und mit jeder Sekunde fühle ich mich in diesem dämlichen Anzug und mit meiner inneren Anspannung noch mehr eingeengt. Kaum haben wir das halbmondförmige Stückchen Strand erreicht, springe ich aus dem Kanu.

»Wir müssen es nicht wieder hochtragen«, sage ich, ohne Fisher anzusehen, während ich nach einer der Querstreben greife und das Kanu an Land ziehe.

»Sage.«

»Da hinten liegt eine Plane, unter der ich es verstauen kann. Da ist es gut aufgehoben. Außerdem kommt sowieso niemand hierher.«

»*Sage*«, wiederholt er.

Ich schließe für einen Moment die Augen und nehme all meinen Mut zusammen, bevor ich mich zu ihm umdrehe. Und dann fällt mir der Unterkiefer runter, als ich sehe, dass er sich bis zur Taille aus dem Neoprenanzug schält.

»Tut mir leid«, sagt er mit nacktem, von Wassertropfen glitzerndem Oberkörper. »Aber in diesem Ding wurde es mir zu warm und auch zu eng«, fügt er hastig als Erklärung hinzu. »Wir sollten über diesen Kuss reden, oder?«

Ich richte den Blick gen Himmel, um nicht auf seine Brust zu starren. Auf die Härchen, die unterhalb von seinem Bauchnabel zusammenlaufen. »Müssen wir nicht, Fisher. War wohl eine blöde Idee.«

»Das war *definitiv* eine blöde Idee«, stimmt er zu, und sofort richte ich meinen Blick wieder auf ihn.

»Richtig«, bestätige ich empört. »Aber nur mal so aus Neugier … warum genau hältst *du* es denn für eine blöde Idee?«

Er reibt sich den Nacken, und dabei spannt sich sein Bizeps an. »Weil ich total fertig bin, Sage«, antwortet er.

Auch das noch! Jetzt nimmt er die Schuld auch noch auf sich, anstatt es sich leicht zu machen und so etwas zu sagen wie: *Pass mal auf, mein süßes kleines Landei, ich weiß doch, dass du am Ende mehr wollen wirst, und da ich ein anständiger Kerl bin, will ich dich nicht verletzen.*

»Wir sind *beide* ziemlich fertig, Fisher«, gebe ich zurück. »Aber das geht schon klar, ehrlich. Du brauchst dir keine Sorgen zu machen, dass ich das hier«, ich zeige zwischen uns beiden hin und her, »noch mal durcheinanderbringe. Wir sind Freunde. Ich habe mich zu etwas hinreißen lassen. Kleinstadtmädchen mit Flausen im Kopf und so weiter.«

»Hör auf damit«, sagt er schroff. »Du kommst wohl nicht damit klar, dass du mir nicht zuvorgekommen bist? So etwas Ähnliches hast du doch vor ein paar Tagen zu mir gesagt.« Sein Gesichtsausdruck wird milder. »Als dein *Freund* mag ich es nicht, wenn du dich selbst kleinmachst. Und es tut mir leid, dass ich dich anfangs unterschätzt habe. Damit habe ich mich geirrt.« Er schnaubt ratlos. »Ich weiß nicht, wie ich dich noch vor dir selbst verteidigen soll.«

Erstaunt mustere ich ihn, während er ein Stück näher kommt. »Ich bin fertig, weil ich die Orientierung verloren habe! Ich habe mich viel zu lange hektisch durch allen möglichen Scheiß gekämpft, und jetzt versuche ich herauszufinden, warum. Ich stelle mein Berufsleben infrage – von dem sowieso nichts mehr übrig ist, Sage. Das sollte ich vielleicht endlich mal klarstellen: Ich wurde gefeuert. Ich stelle *viele* meiner Lebensentscheidungen infrage, und obendrein habe ich die Verantwortung für eine fünfzehnjährige Teenagerin, die ich schon einmal im Stich gelassen habe.«

»Fisher …«

»Tut mir leid, aber ich muss das jetzt mal laut und deutlich sagen und die Karten auf den Tisch legen, damit ich nicht noch einmal die Kontrolle verliere«, erklärt er mit gequältem Gesichtsausdruck und fährt auf mein Nicken hin fort: »Ich bin auch Indys Pate. Diese Rolle wurde mir offiziell zugedacht, mit allem Drum und Dran. Aber an dem Tag, als meine Schwester mich anrief und mich darum bat, war ich wieder mal so sehr in Eile, dass ich das Telefonat so schnell wie möglich beenden wollte. Heute weiß ich nicht mal mehr, *warum* ich so in Eile war, aber ich erinnere mich noch an jedes ihrer Worte. Und weißt du, was ich gemacht habe, als der Fall dann eintrat und ich die Verantwortung hätte übernehmen sollen?« Seine Emotionen zeichnen sich in seinem Gesicht ab. »Ich habe Indy einfach im Stich gelassen.« Ihm bricht fast die Stimme, und am liebsten würde ich ihn in den Arm nehmen. »Meine Eltern boten mir an einzuspringen, und ich habe sie machen lassen. Aber nicht, weil ich wegen irgendetwas wie Drogen- oder Alkoholsucht nicht dazu in der Lage gewesen wäre oder weil ich es finanziell nicht hätte stemmen können. Der einzige Grund war, dass ich nicht wusste, wie ich es mit meiner Karriere vereinbaren sollte, für die ich mich sowieso kaum noch begeistern konnte! Eigentlich wusste ich gar nicht mehr, warum ich in dieser verdammten Küche stand, aber ich hielt so sehr an meinen Lebensgewohnheiten fest, dass ich Angst vor *allem anderen* hatte, das nicht meiner Kontrolle unterlag. Und weißt du was? Daran hat sich nichts geändert. Ich stelle mich nur endlich der Wahrheit und gebe mir *Mühe*. Glaube ich zumindest. Ich bemühe mich, aber in mir herrscht immer noch Chaos.« Er schaut mich verzweifelt an. »Manchmal blicke ich so was von gar nicht mehr durch, dass ich fast vergesse zu atmen, Sage. Ich … Bevor ich dich kennenlernte, wusste ich gar nicht mehr, wie es ist, einfach *da zu sein.«* Er stößt ein trauriges Lachen aus. »Aber in deiner Gegenwart wäre es ja auch schwer, *nicht* da zu sein.« Mit offenem Mund starre ich ihn an, aber er ist noch längst nicht fertig.

»Es ist also keine blöde Idee, dass wir Freunde werden«, sagt er. »Ich bin froh, dass wir einander haben und all das hier machen. Trotz dieser kriminell frühen Uhrzeit.« Einer seiner Wangenmuskeln zuckt, und er stößt den Atem durch die Nase aus. »Und ich will ehrlich zu dir sein, Sage. Ja, ich will dich. Wahrscheinlich mehr, als ich sollte, aber es ist ein *gutes* Gefühl.« Ein sehnsüchtiger Ausdruck huscht über sein Gesicht. »Ich weiß bloß nicht, was ich dir über diese paar Wochen hinaus bieten kann. Freundschaft. Teamspirit. Freundschaft mit gewissen Vorzügen, in Ermangelung einer besseren Bezeichnung. Und ich bin es so leid, Leute im Stich zu lassen, Sage. Inklusive meiner selbst.« Sein Blick richtet sich auf meinen Mund, dann sieht er mir in die Augen. »In *mancher* Hinsicht werde ich dich nicht im Stich lassen, das verspreche ich dir«, sagt er mit einem Lächeln, und ich muss mir von innen in die Wange beißen, um die Schmetterlinge in meinem Bauch im Zaum zu halten. »Aber ich *weiß,* ich würde dich im Stich lassen, wenn ich dir etwas vormachen würde.«

Er hat mir bestätigt, was ich längst wusste, aber es von ihm selbst zu hören und zu verstehen, wie unsicher er ist … zeigt auch, dass er genauso verletzlich ist wie ich.

Kein Wunder, dass wir uns gefunden haben. *Ich* muss lernen, dass ich mir mehr für mich wünschen darf, etwas Neues, Unbekanntes, und *er* muss lernen, dass er nicht an allem festzuhalten braucht. Etwas hinter sich lassen kann. Nicht immer die Kontrolle haben zu wollen, Reue und Scham zu überwinden.

»Vielleicht lassen wir uns einfach Zeit«, sage ich. »Um sicher zu sein, dass es nicht nur ein unbedachter Moment vor romantischer Kulisse ist.« Denn das würde unweigerlich zu einem unangenehmen Erwachen am hypothetischen Morgen danach führen.

Unwillkürlich muss er grinsen. »Es gibt doch wohl nichts Romantischeres, als noch vor sieben Uhr morgens im eiskalten Pazifik unterzugehen.«

»Eine ziemlich spezielle Ansicht«, gebe ich schnaubend zurück.

Er kommt einen Schritt näher. »Ich glaube nicht, dass das vorhin ein unbedachter Moment war. Soll ich dir sagen, warum?«

»Warum denn?«

»Weil *das* schon mindestens eine halbe Stunde her ist.« Er kommt mir gefährlich nahe, so nahe, dass die Temperatur um mich herum direkt ansteigt. »Und ich habe immer noch einen Ständer wegen dir.«

Verlangen schleicht sich in mir abwärts und züngelt an meinem Rücken wieder hinauf. Ich senke den Kopf, um festzustellen, ob es stimmt, was er gesagt hat. Aber der halb ausgezogene Neoprenanzug versperrt mir die Sicht, und er legt mir einen Finger unters Kinn, damit ich den Kopf wieder hebe und ihm in die Augen sehe.

»Und damit kannst du einen so langen Vortrag halten?«, frage ich verblüfft.

»Wer weiß, wozu ich mit dir noch in der Lage bin. Aber ich bin gern bereit, die Grenzen auszutesten«, raunt er mir lächelnd zu. »Du gibst den Ton an. Aber egal, was passiert, unsere Abmachung steht.«

Ich versuche zu schlucken, obwohl mein Mund völlig ausgetrocknet ist. »Geht klar«, sage ich mit zitternder Stimme und drehe mich schleunigst wieder zu dem Kanu um.

KAPITEL 19

Fisher

Seit unserer ersten Kanustunde habe ich achtundvierzig Stunden lang nichts mehr von Sage gehört. Ich versuche, mich davon nicht zu sehr aus dem Konzept bringen zu lassen. Vielleicht war ich zu ehrlich, oder vielleicht habe ich sie sogar beleidigt, indem ich eine Freundschaft mit gewissen Vorzügen vorgeschlagen habe.

Wahrscheinlich ist es besser so. Ich bin mir auch nicht sicher, ob es klug wäre, mich ihr zu Füßen zu werfen.

Mit Indy läuft es im Großen und Ganzen stabil. Ich glaube, sie ist verärgert, dass ich sie heute von der Sommerschule abgeholt habe, statt dass Sam oder Blake sie nach Hause fahren durften, aber sie lässt sich ausnahmsweise einmal nichts anmerken. Trotz des leichten Unwohlseins, das ich den ganzen Tag über wegen Sage hatte, verbringen Indy und ich einen schönen Abend miteinander. Sie macht an der Frühstückstheke Hausaufgaben, während ich eine Panzanella zubereite und ein Glas Wein trinke.

Nach dem Abendessen sitzen wir im Wohnzimmer und sehen uns ein paar Folgen *Friends* an, und gerade als meine Augenlider schwer werden, fragt sie: »Hat Mom dir eigentlich je von der Sache mit der Fahrgemeinschaft erzählt?«

Ich durchwühle mein Hirn nach einer Antwort. »Ich glaube nicht, nein.«

Sie schüttelt den Kopf. »Diese blöden Müttercliquen waren immer so gemein zu ihr«, erzählt sie. »Selbst als ich damals im Fußballteam war, durfte sie nie bei der Fahrgemeinschaft mitmachen und irgendwen einsammeln.«

Wut schießt mir durch den Körper, wenn ich wieder an diese

Stadt und diese Menschen denke. »Tut mir leid, dass ich nicht so oft da war, Indy. Für euch beide.«

Sie blickt finster drein und zieht die Füße noch weiter unter ihre Beine.

»Ist ja nicht deine Schuld, dass diese Tussis ein Haufen ignoranter Mistkühe waren.«

»Muss ich dich bitten, auf deine Ausdrucksweise zu achten, oder …?« Ich habe wirklich keine Ahnung.

Sie zuckt nur mit verschränkten Armen die Schultern. »Weißt du, Sams Mom war auch erst sechzehn, als sie ihn bekommen hat«, sagt sie dann. »Aber es klingt nicht so, als hätte man sie deshalb geächtet.«

Die Traurigkeit, die sich in meine Brust bohrt, trifft mich derart heftig, dass ich meine Hände darum schlingen und sie wieder herausreißen möchte. Wie konnten diese Nichtsnutze Freya bloß all die Jahre über so behandeln, als wären sie besser als meine gutmütige Schwester?

»Sams Mutter war wahrscheinlich von Anfang an Teil der Gemeinde«, antworte ich nachdenklich. »Du weißt doch, wie diese Kleinstädter ›ihre Leute‹ beschützen.«

Nach ein paar Sekunden der Stille sagt Indy: »Ich glaube, ich bin immer noch wütend auf sie. Ich werde wohl nie verstehen, warum wir nicht weggezogen sind.«

Der Schmerz sitzt jetzt so tief, dass es mir vorkommt, als wolle er meine Knochen zerdrücken.

»Ich wünschte, ich wüsste es«, krächze ich. »Ich weiß auch nicht, warum Grandma und Grandpa immer noch dort sind.« Immerhin waren sie die ursprünglichen Außenseiter. Diejenigen, die sich irgendwann zwei Städte weiter Arbeit suchen mussten.

»Wahrscheinlich, weil sie inzwischen indoktriniert sind«, antwortet sie verbittert. »Nan hat jetzt eine Kniffel-Gruppe und alles.«

»Du verarschst mich doch.«

»Nope«, sagt sie, und das *P* peitscht dabei vor Wut. Ich weiß nicht, was ich davon halten soll, also versuche ich gar nicht erst, eine Erklärung oder einen Kommentar abzugeben.

»Indy, es tut mir so leid«, sage ich schließlich. Ich habe schon früher versucht, mich auf allerlei Arten bei ihr zu entschuldigen, aber das waren meist steife Gespräche, bei denen ich alle möglichen Rechtfertigungen hervorgebracht habe. *Ich dachte, es wäre das Beste für dich. Ich dachte, Grandma und Grandpa würden es besser machen als ich.* Jetzt, da wir die Situation anscheinend langsam in den Griff bekommen, tut es mir leid, all die Jahre verpasst zu haben, in denen wir das Gleiche wie heute Abend hätten machen können. »Ich hätte für dich da sein sollen. Deine Mom hat mich darum gebeten, und es zerreißt mich, dass ich ihr nicht richtig zugehört habe.«

Indy starrt mich einen Augenblick lang schweigend an. »Ich bin froh, dass wir jetzt zusammen sind«, sagt sie dann.

»Ich auch.«

Wir lächeln uns mit demselben unbeholfenen Lächeln an, und anschließend verfallen wir wieder in einträchtiges Schweigen im Schein des Fernsehers.

»Wusstest du«, sagt Indy am Ende einer weiteren Folge, »dass Mom am Tag des Unfalls von einer dieser Schnellballsystem-Partys nach Hause kam? Von allen Dummheiten auf dieser Welt kommt es mir vor, als wäre sie bei der Suche gestorben, endlich Freundinnen zu finden. Endlich einen Platz zu finden, wo sie hingehört.«

Ich beobachte, wie eine Träne über ihr Gesicht kullert – dieses Gesicht, das Freyas so unfassbar ähnlich sieht, dass es umso unerträglicher ist. Ich unterdrücke den Drang, meinen eigenen Schmerz darüber zu verbergen; das habe ich schon viel zu oft getan. Wenn Indy so mutig sein kann wie jetzt gerade, dann kann ich es auch. Ich spüre, wie der Knoten in meiner Kehle enger wird und lasse die Tränen zu, die mir heiß über die Wangen laufen.

»Als ich noch kleiner war, dachte ich, dass wir vielleicht eines Tages zu dir nach New York ziehen könnten«, spricht Indy weiter. »Ich dachte, wenn sie bloß aus dieser Stadt rauskommt, dann würde es zwischen euch vielleicht laufen. Dass sie einfach in ein Café geht, sich auf ein Sofa setzt und wie durch ein Wunder ein neues Leben für uns findet.« Sie gibt eine Art halbes Lachen von sich, so als wolle sie nicht, dass ich denke, dass sie das Ganze überhaupt ernst meint. Oder als wolle sie mir sagen, wie albern ihr diese Träumerei von damals jetzt vorkommt. »Dann hätte es keine Rolle gespielt, dass ich das Mädchen mit der Teenie-Mutter bin oder dass ich keinen Vater hatte, denn es wäre eine ganz andere Welt, weißt du? Nicht wie diese Leute, die nur versuchen, die mittelmäßigen, bedeutungslosen, vorstädtischen Träume ihrer Eltern zu erfüllen. Für immer gefangen am selben Ort.«

Ich bin mir nicht sicher, warum es mir das Herz bricht, dass sie die Dinge so sieht – wo ich doch immer die gleiche Einstellung hatte. Ich bin mir allerdings auch nicht sicher, ob es ihr hilft, wenn ich ihr meine Sicht der Dinge schildere und erzähle, wie es mir geht.

Ich denke unweigerlich an Sage und ihre unermüdliche Entschlossenheit, mit allem, was ihr zur Verfügung steht, etwas Schönes zu schaffen – trotz der Tragödien in ihrem Leben. Wenn ich Indy helfen kann, diese Einstellung zu übernehmen, glaube ich, dass sie klarkommen wird, egal wo es für sie im Leben hingeht.

»Ich glaube, man kann sich überall wie zu Hause fühlen, wenn man nur die richtigen ›Leute‹ findet«, sage ich.

Indy wählt die nächste Folge aus und sieht mich dabei nicht an. »Oder«, entgegnet sie, »man lernt recht schnell, dass kein anderer Mensch auf der Welt so eine Macht besitzt. Also überlegst du dir, was *du* willst und wo *du* es willst, und dann holst *du* es dir. So wie du es getan hast.« Ein weiterer schmerzender Stich durchfährt mich, bevor sie hinzufügt: »Und vielleicht sind alle, die das akzeptieren, deine richtigen Leute.«

Lange nachdem sie eingeschlafen ist, denke ich immer noch darüber nach. Darüber, dass selbst ein erfolgreiches Ankommen in New York und das Erreichen dessen, was ich für meinen Traum gehalten hatte, mich am Ende nicht glücklich gemacht hat. Und es war garantiert nicht so, dass ich »meine Leute« gefunden hätte. Carlie und ihre Familie stehen mir zwar nahe, aber trotzdem war ich nie mehr als ein Angestellter. Mir wird klar, dass ich mir die Richtung meines Lebens in gewisser Weise von anderen habe diktieren lassen, selbst jetzt noch, vom anderen Ende des Landes aus.

Die Entschlossenheit, die ich seit Kurzem verspüre, ist ausgereift und gelassen. Ich werde das Leben, das mir zur Verfügung steht, nutzen und etwas daraus machen. Ich werde mehr Zeit mit Menschen außerhalb der Arbeit verbringen. Ich werde Ja sagen, wenn man mich auf einen Drink einlädt, und ich werde mit Indy ein paar Broadway-Shows besuchen. Ich werde öfter innehalten und den Musikern im Park zuhören. Ich werde Sages Beispiel nacheifern und die kleinen Freuden des Lebens genießen, die ich bisher viel zu oft ignoriert habe.

★ ★ ★

Am nächsten Morgen fragt Indy wieder, ob sie nach dem Unterricht noch Zeit mit ihren Freunden verbringen darf, und ich willige ein. Der Tag liegt vor mir wie ein unbeschriebenes Blatt – oder vielleicht doch eher wie ein Abgrund. Ich habe keine Arbeit, die mir Trost spenden oder mich ablenken könnte. Es gibt nicht viel, was ich für das *Starhopper* tun kann, bis Frankie auftaucht, damit wir mit der nächsten Phase des Plans beginnen können. Ich habe die Änderungen, die mir für die Anordnung der Geräte in der Küche vorschweben, bereits aufgezeichnet. Und ich habe heute kein Interesse daran, mich mit irgendwelchen Rezeptideen für die Speisekarte herumzuschlagen.

Ich ziehe mein Handy aus der Hosentasche und überlege, ob ich Sage eine Nachricht schicken soll. Wir können uns nicht ewig aus dem Weg gehen … es sei denn, sie will es so. Es sei denn, ich habe »den Vibe komplett ruiniert« (um Indy zu zitieren), und jetzt möchte sie lieber ganz aus unserem Deal aussteigen. Aber ich habe meinen Teil der Abmachung bereits erfüllt. Warum sollte sie nicht wollen, dass ich ihr helfe, auch ihren zu bekommen?

Mist. Oder habe ich irgendwann etwas falsch verstanden? Bei meinem »Glück« nicht vollkommen unvorstellbar.

Ich kann nicht länger hier herumsitzen und mir den Kopf darüber zerbrechen, so viel steht fest. Soll ich allein anfangen, für das Quiz zu lernen? Aber ich habe keine Ahnung, *was* ich lernen soll. Und ich möchte auch nicht für den Kochwettbewerb üben, indem ich heute ganze drei Gänge für mich allein zubereite. Außerdem haben wir noch nicht alle Details durchgesprochen. Sind uns Grenzen gesetzt, wie genau wir die einzelnen Gerichte zubereiten dürfen? Welche Zeitvorgaben es gibt und all so etwas.

Es ist an der Zeit, das in die Tat umzusetzen, was ich gestern Abend beschlossen habe – kleine Freuden für mich selbst zu finden. Es dauert eine beunruhigend lange Zeit, bis ich mich schließlich für körperliche Ertüchtigung entscheide. Sie erfüllt ohnehin mehrere Kriterien. Auch wenn es kein Kanufahren ist, so ist es doch auf gewisse Art Training, und Endorphine können nie schaden, wenn es um die geistige Gesundheit geht.

KAPITEL 20

Sage

In einer Hand den Ratgeber, den meine Mutter mir hinterlassen hat, in der anderen mein Handy, laufe ich im Wintergarten unter dem Schattenspiel des Ventilators hin und her. An einem Ratschlag meiner Mutter bin ich hängengeblieben: *Andere Menschen können deine Regeln nur befolgen, wenn du sie ihnen klarmachst. Das gilt für alle Beziehungen: Eltern und Kinder, Liebe, Freundschaft. Wenn du den Leuten nicht sagst, was du möchtest und was nicht, können sie es nicht wissen.*

Schließlich ringe ich mich dazu durch, auf den Senden-Button zu tippen und meine Textnachricht abzuschicken, die da lautet: *Vielleicht sollten wir ein paar Regeln aufstellen.* Dann zwinge ich mich, mich hinzusetzen.

Doch sofort schieße ich wieder hoch, als mir einfällt, dass ich das genauer ausführen sollte. *Für uns,* texte ich voreilig hinterher und direkt danach fluchend zur Erläuterung: *Für unsere … Freundschaft mit gewissen Vorzügen.* So. Das dürfte jetzt klar sein. Damit zeige ich mich respektvoll und ganz entspannt.

Gestern Morgen habe ich Wren in der Bäckerei besucht, noch bevor sie geöffnet hatte, um sie nach einem kryptischen Textnachrichten-Ping-Pong endlich mal persönlich auf den neuesten Stand zu bringen.

»Wovor hast du eigentlich Angst?«, fragte sie, nachdem ich ihr von Fishers Vorschlag erzählt hatte.

»Das würde doch sowieso zu nichts führen«, lautete meine Antwort. »Er ist ja bloß für einen Sommer hier.«

»Dann frage ich dich noch mal«, sagte sie, während sie Gebäckstücke von einem Blech in der Auslage anordnete. »Wovor hast du Angst? Wovor genau?«

Nachdem ich mich auf die Theke gehievt hatte, fragte ich genervt: »Ist das denn nicht klar? Ich habe Angst davor, dass ich mich in ihn verliebe!«

Sie nickte gedankenversunken und lehnte sich neben mir an. »Habe ich dir jemals erzählt, dass Ellis derjenige war, der mir dabei geholfen hat, das Rezept für die Zitronenküchlein zu perfektionieren?«

Erstaunt schüttele ich den Kopf.

»Wochenlang habe ich daran herumexperimentiert. Sam war drei Jahre alt, und wir waren gerade bei euch ausgezogen und wohnten in dem kleinen Souterrain-Apartment im Haus meiner Eltern. Und ich schwöre dir, Sage, mir zuliebe hat Ellis Hunderte von diesen Küchlein gegessen. Das Rezept an sich war gar nicht so wichtig, aber für *mich* war es das, verstehst du?« Sie räusperte sich und dann erzählte sie weiter. »Du weißt, dass wir nicht viel Geld hatten, aber als das Rezept stand, ist Ellis sofort losgerannt und hat dem Lieferanten die Kaution für eine professionelle Rührmaschine auf den Tisch gelegt. Die haben wir heute noch.« Wren sah mir in die Augen und fuhr fort: »Jedes Mal, wenn ich das Ding benutze, denke ich daran zurück, wie er mit Sam auf dem Arm in unserer winzig kleinen Küche herumlief, immer mit nacktem Oberkörper, und immer wieder haben die beiden ihre Finger in den Teig gesteckt, um ihn zu probieren. Und ich weiß noch, wie gut mir das getan hat.« Mit hochgezogenen Schultern fügte sie hinzu: »Ob diese Erinnerung meine derzeitige Situation leichter macht? Manchmal. Meistens.« Und dann mit einem Seufzer: »Immer.«

Sie an meiner Stelle, erklärte sie mir dann, würde ein paar Regeln festlegen, um potenzielle Enttäuschungen zu verhindern. Sich zum Beispiel nicht allzu sehr aufeinander einlassen oder die besagten Vorzüge auf ein- oder zweimal die Woche beschränken. All das kam mir ein bisschen befremdlich vor, aber ich dachte, es sei zumindest ein Aufhänger für ein Gespräch mit Fisher.

Das Einzige, was mir nicht komisch vorkommt, ist, dass ich es *will.*

★ ★ ★

»Scheiße!«, schreie ich vor lauter Schreck, als plötzlich jemand an die Scheibe klopft.

»Sorry«, entschuldigt sich Fisher und tritt durch die Tür. »Ich war gerade auf dem Rückweg, als deine Textnachricht kam, und da dachte ich, äh, ich schaue mal vorbei.« Er klingt völlig außer Atem.

»Warum bist du denn so verschwitzt?«, höre ich mich fast vorwurfsvoll sagen, ohne mich erst mal mit meinem Gehirn abzustimmen.

Er setzt ein schiefes Grinsen auf. »Ich war laufen, unten am Strand. Hab auch ein paar Liegestütze gemacht und so weiter. *Warum?* Keine Ahnung. Vielleicht, weil ich auf einem heilsamen Selbstfindungs-Trip bin, und da macht man doch solche Sachen.«

Mein schallendes Lachen vergeht mir sofort, als er sich mit dem Saum seines T-Shirts den Schweiß von der Stirn wischt und ich wieder mal die feine Linie aus Härchen sehe, die sich seinen Bauch hinunter bis in seine Shorts zieht. Hastig drehe ich mich um und lege das Handy und den Ratgeber meiner Mutter beiseite.

»Gute Idee«, sage ich. »Zumindest als Ausdauertraining für das Rennen.« Als ich mich ihm wieder zuwende, steht er noch dichter vor mir und untersucht eingehend die Blätter meiner Friedenslilien.

»Ja, kann sicher nicht schaden«, stimmt er zu. »Willst du immer noch diese Woche erneut trainieren?«

Aufregung und Vorfreude durchzucken mich. »Klar. Warum denn nicht?«

Er zuckt die Achseln, als wäre nichts gewesen. »Wollte nur nachfragen. Außer Donnerstag kann ich immer.«

»Und warum Donnerstag nicht?«, rutscht es mir heraus, ehe ich hastig hinterherschiebe: »Nein, Unsinn, vergiss die Frage. Geht mich gar nichts an.«

Er verschränkt die Arme, dann kratzt er sich im Nacken. »Weil, ja … also …«

»Vergiss meine Frage, Fisher. Du schuldest mir keine Erklärung. Ehrlich nicht.«

»Ich, äh … donnerstagmorgens habe ich immer Sitzungen bei meiner Therapeutin. Damit habe ich angefangen, als Indy bei mir aufgetaucht ist. Sie ist bei derselben Therapeutin, aber nicht mit mir zusammen.«

Ich halte mich am Fensterrahmen fest, um mich nicht in seine Arme zu werfen. Die Mühe, die er sich gibt, um bei Indy alles richtig zu machen, obwohl er mit sich selbst kaum klarkommt, wirkt auf mich wohl irgendwie erotisierend. Mein ganzer Körper kribbelt. Vielleicht sollte ich mich doch in seine Arme werfen. Dann könnten wir auf das Gerede hier verzichten.

»Ich sag schon lange, wir brauchen auch in Spunes einen Therapeuten«, stoße ich mit schwankender Stimme hervor.

»*Sage*«, erwidert er und, o nein, kommt noch näher. So nah, dass ich ihn riechen kann. Verschwitzt hin oder her, natürlich riecht er noch besser als sonst. Ich kann gar nicht mehr richtig denken bei all den Hormonen und der Lust, die mir die Sinne vernebeln. »Du willst über Regeln sprechen, hattest du getextet.«

Regeln. Was denn für Regeln? Kann mich an keine erinnern. Allein dieser Begriff kommt mir völlig abwegig vor. Semantische Sättigung nennt man das, glaube ich. *So etwas* fällt mir ein, aber irgendwelche Regeln? Wüsste nicht, welche.

Sein Blick ruht auf meinem Mund. Meine schweißnassen Hände pressen sich an die Glasscheibe hinter mir. Er stützt sich am Fensterrahmen ab und beugt sich über mich.

Ich schnappe nach Luft wie eine Jungfer in zu eng geschnürtem Korsett. Und genauso fühle ich mich auch, gefangen in meiner eigenen Haut, die ihn nur zu gern berühren würde. Er knabbert mit den Zähnen an seiner Unterlippe, als müsse er sich ein Grinsen verkneifen.

»Scheint ja eine beträchtliche Liste zu sein«, sagt er mit schief gelegtem Kopf und frechem Grinsen.

»Liste?«, höre ich benommen meine eigene Stimme sagen.

»Die Regeln, die du aufstellen wolltest«, erklärt er. »Schätze, die Liste ist ziemlich lang, wenn du drei Tage dafür gebraucht hast.«

Langsam fährt er mit den Fingerknöcheln an meiner Taille hinunter über meine Hüfte bis zu dem Bauernrock, den ich heute Morgen angezogen habe.

»Dann erklär mir mal deine erste Regel, Byrd«, raunt er, und selbst wenn es um mein Leben ginge, würde sie mir nicht mehr einfallen. Was von meinen Gedanken noch übrig ist, schwirrt und flattert wild durcheinander, als er seinen Daumen in den Bund des Rocks schiebt. Er atmet so tief ein, dass seine Brust meine berührt. »Was muss ich tun, um dir deine Regeln zu entlocken?«, fragt er und seine Stimme vibriert in meinem ganzen Körper. »Ich sollte dich vermutlich fragen, ob es gegen deine Regeln verstößt, dass ich seit dem Kuss in der Bibliothek jeden Tag daran denken muss, wie du schmeckst.« Sein Daumen fährt unter dem Bund des Rocks an meiner nackten Haut entlang. Ich habe Mühe zu schlucken und muss mir auf die Unterlippe beißen, damit mir nicht ein peinlich lautes Keuchen entfährt. Unsere Blicke folgen seiner Hand, die sich weiter hin und her bewegt. »Ich sollte fragen, an welche Regel ich mich halten muss, wenn ich herausfinden will, wo du sonst noch Sommersprossen hast«, fährt er fort. Und ich ziehe scharf die

Luft ein, als er mit seiner Erektion meine Hüfte streift. »Brauche ich eine Genehmigung, wenn ich wissen will, was du gern hast? Woher du diese hübsche Farbe hier hast?« Der Daumen seiner anderen Hand streicht an meinem Hals entlang, als wolle er ihn selbst rot tönen. »Wovon du feucht wirst?«

Ein geradezu blamables Wimmern steigt aus meiner Kehle auf. Doch als ich ihm meine Hüften entgegendränge, entfährt auch ihm ein kurzes Stöhnen.

»Küss mich«, sage ich, und es fehlt nur noch: *Bitte, bitte!*

Er senkt ganz langsam den Kopf.

Und dann berühren sich unsere Lippen endlich. Seine Zunge findet meine Zunge, und die Erleichterung ist so überwältigend, dass ich ihn lächelnd an mich ziehe. Aber die Erlösung wird schon bald zu wildem Verlangen. Als sich seine Hände um meine Brüste schließen, komme ich ihm stöhnend noch mehr entgegen.

»Sag mir, was du willst, Sage«, flüstert er und streift mit den Zähnen sanft meine Halsbeuge.

»Dass du mir sagst, was *du* willst«, antworte ich. »Ich will nicht nachdenken.« Ich will der Lust hinterherjagen, bis sie mir von Kopf bis Fuß durch und durch geht.

Er lehnt sich zurück, um mich anzusehen, mit glänzenden Augen und dunklen, geweiteten Pupillen. Ich beuge mich wieder vor, knabbere an seinem Ohrläppchen, spiele mit seinem Ohrring. Er küsst mich drängend, presst mich wieder an die Fensterscheibe.

Ohne von meinem Mund abzulassen, zieht er meinen Rock hoch.

Als der Stoff über meine Schenkel streift, greife ich mit zitternden Fingern danach, während er vor mir in die Knie geht und meine eigenen Knie nachzugeben drohen.

»Oh, Sagebird«, sagt er rau, »so sehr ich deine ausgefallene Kleidung mag, gefällt mir das hier doch viel besser.« Dann gleitet sein Daumen unter meinen schlichten Baumwolltanga.

Bei dieser Bemerkung wird mir noch heißer. »Ja, aber …«, beginne ich, halte jedoch die Luft an, als er meine Schenkel mit Küssen bedeckt und seine Hände sanft über meine Haut streichen. »… aber in Unterwäsche kann man doch nicht einkaufen gehen.«

Er ignoriert meine Bemerkung und konzentriert sich ganz auf mich. Seine Hände greifen nach meinen Waden, sein Mund findet eine so empfindliche Stelle an der Innenseite meiner Schenkel, dass mir fast die Beine einknicken. Plötzlich bin ich eifersüchtig auf alle, die ihm jemals beim Kochen zugesehen haben – wenn er sich dem mit derselben Hingabe widmet wie jetzt mir.

Der erste warme Druck seines Mundes durch den feuchten Baumwollstoff lässt mich zusammenzucken. Seine Hände gleiten an meinen Beinen hinauf, und seine Daumen zeichnen die Spur seiner Lippen nach. Vorsichtig zieht er mir den Slip herunter und hebt geduldig einen meiner Füße nach dem anderen, um ihn mir abzustreifen.

»Okay?«, fragt er mit rauer Stimme.

Nein. Das wird bestimmt auf ewig alles ändern. »Ja«, antworte ich.

Er gibt mir einen feuchten Kuss zwischen meine Schenkel. »Du sagst mir, wenn du irgendetwas nicht willst.«

»Ja«, wiederhole ich.

Mit sanftem Druck spreizt er meine Beine und fährt mit der Zunge zwischen meinen Schamlippen entlang. »Und was du magst, sagst du auch.« Als ob die Laute, die er mir gerade entlockt hat, nicht für sich sprächen.

Er kostet von mir, nicht hastig, aber auch nicht zögernd. Immer wieder streicht er mit der Zunge über meine Nervenenden, bis ich nicht mehr weiß, ob ich den Höhepunkt noch vor mir oder schon hinter mir habe oder beides zugleich, bis mich die Woge überrollt und mit sich reißt und atemlos alles in mir pulsiert.

Irgendwann habe ich den Rocksaum losgelassen und in sein

Haar gegriffen, aber jetzt sinken meine Arme kraftlos herunter. Er legt seine Stirn an meinen Bauch, streift mir den Slip wieder über und zieht ihn hoch, während er aufsteht. Wir pressen uns aneinander, und ich merke, dass er genauso außer Atem ist wie ich. Ich bedecke seine Wange mit sanften Küssen und taste vorsichtig durch seine Shorts nach seiner Härte. Ihm entfährt ein bebender Atemzug.

»Das sollten wir jetzt nicht …«, stößt er zwischen den Zähnen hervor, »Indy kommt gleich nach Hause. Wir haben keine …« Ein weiterer Kuss. »Keine Zeit mehr.«

Das versetzt mir einen Stich, aber ich sage lächelnd: »Ich hatte dich heute auch nicht hier erwartet.« Dann füge ich, ohne nachzudenken, hinzu: »Bleib noch.« Ich schmiege mich an ihn. »Lass mich …«

»Nein«, sagt er mit rauer Stimme. »Nein, also, das ist okay so. Wir können uns Zeit lassen, Sage.« Er schluckt erkennbar. »*Ich* will mir Zeit lassen.«

Immer noch wie im Rausch nach meinem Orgasmus machen seine Worte mich unsäglich traurig. Natürlich haben wir Zeit, aber wie lange?

»Bleib trotzdem … oder wollt ihr zum Abendessen kommen?«, frage ich und gebe mir Mühe, wieder in der Realität zu landen. »Heute ist das monatliche Essen mit meinen Brüdern. Sam ist auch dabei, dann wird Indy sich nicht fehl am Platz fühlen.« Ich kann mir selbst nicht erklären, warum ich *diese* Situation jetzt so heikel finde, nachdem er doch gerade erst mit seiner Zunge in mir war.

»Okay«, sagt er mit einem breiten Lächeln. Dann küsst er mich noch einmal, als könne auch er sich nicht dagegen wehren. »Was willst du mir denn servieren?«

★ ★ ★

Letzten Endes hilft er mir, Pizza zu machen, aus einem Fertigteig, den ich noch auf Vorrat habe, und mit Resten aus dem Kühlschrank und Gemüse aus meinem Garten, nachdem mich Fisher von dieser Kombination überzeugt hat.

Dennoch sage ich: »Du hast doch bestimmt schon die besten Pizzas der Welt gegessen. Dagegen ist so etwas Unspektakuläres doch sicher langweilig.«

Er nimmt mein Glas und trinkt einen kräftigen Schluck von dem billigen Weißwein. Mit einer Leichtigkeit, als hätte er alles unter Kontrolle, bewegt er sich in meiner Küche.

»Die beste Pizza habe ich, glaube ich, nach meinem Abschlussball irgendwo im Nirgendwo in Nebraska gegessen«, sagt er lachend. »Der Käse war wie Gummi und die Sauce wie Säure, der Teig in der Mitte noch nicht gar und an den Rändern verbrannt.«

»Klingt ja ekelhaft.«

»War es auch. *Aber* ... da war ein besonderes Mädchen.« Er wirft mir einen vielsagenden Blick zu.

Mit seiner sonnengebräunten Stirn, den feuchten Lippen, den Bartstoppeln und dem glänzenden Ohrring sieht er tatsächlich aus wie ein draufgängerischer Pirat. Ob er wohl auch noch ein paar ungeahnte Tattoos hat?

»Natürlich war da ein Mädchen«, gebe ich zurück.

»Meine Eltern bestanden darauf, dass ich zum Abschlussball gehe, obwohl ich gar keine Partnerin hatte. Mein Gott, war das peinlich. Ich erinnere mich noch daran, dass meine Mutter mir sogar eine Blume ins Knopfloch gesteckt hat.« Er zieht eine Grimasse. »Aber dieses Mädchen ... Sie war der Star des Abschlussballs – Lauren Chilton. Bestand darauf, dass alle sie ›LC‹ nannten. Ihr Partner war ein ziemlicher Drecksack. Um es kurz zu machen: Beim Abschlussball hat sie ihn erwischt, als er mit der Kapitänin des Lacrosse-Teams rumgemacht hat, und dann hat sie mit mir geflirtet.«

»Aha, dann hast du also schon Erfahrung darin, einen Ex eifersüchtig zu machen«, bemerke ich scherzhaft.

»Wie auch immer«, sagt er schulterzuckend, »jedenfalls habe ich den ganzen Abend versucht, cool zu bleiben und mir nicht einzubilden, dass meine Teenagerträume plötzlich wahr werden. Sie hat mich gefragt, ob ich sie nach Hause fahren könne und ob wir noch beim örtlichen Imbiss vorbeifahren könnten. Aber ich war zu aufgeregt, als dass ich im Beisein dieses Mädchens etwas hätte essen können. Mein Magen war wie zugeschnürt.« Fisher lacht auf. »Als wir bei ihr zu Hause ankamen, hat sie in der Auffahrt volle sieben Sekunden lang mit mir rumgeknutscht und mich durch meine Hose eine Nanosekunde lang angefasst, bis mir der Magen in allen möglichen schrägen Tönen knurrte wie ein Orchester beim Einspielen, und da hat sie das Interesse verloren.« Er steckt sich eine Marion-Brombeere in den Mund. »Auf dem Weg zurück bin ich am erstbesten Take-away-Laden rechts rangefahren und habe mir ein Stück Pizza geholt, das bestimmt schon zehn Stunden unter der Warmhaltelampe gelegen hatte. So war das mit meinem ersten Kuss.«

Dann war diese schreckliche Pizza also deshalb die beste, weil sie mit Erinnerungen verbunden ist.

»Ach, bevor ich es vergesse, woher hast du diese Beeren?«, fragt er und steckt sich noch eine in den Mund. »Die, die ich gekauft habe, schmecken nicht so gut.«

»Diese hier wachsen ganz hinten auf unseren Grundstücken«, erkläre ich ihm. »Das sind Marion-Brombeeren. Wahrscheinlich hast du normale Brombeeren gekauft.«

Mit gespielter Begriffsstutzigkeit sieht er sich die nächste Beere an. Ich muss lachen und gebe ihm einen Kuss aufs Kinn.

Silas, Ellis, Sam und Indy kommen dann auch bald. Wir sitzen draußen in der Abendsonne, essen und trinken und lachen. Silas und Ellis erzählen viel zu viele peinliche Geschichten über mich, aber ich verfüge meinerseits über mehr als genug Informationen, um den Konter zu fahren. Als es langsam dunkel wird, verabschieden sich Sam und Indy, weil sie noch einen Spaziergang hinunter an den Strand machen wollen.

»Der Junge ist ganz schön durch den Wind«, sagt Silas mit einem Nicken in Richtung der beiden.

Ellis wirft ihm einen ernsten Blick zu.

»Wie kommst du darauf?«, frage ich und fange an, die leeren Bierflaschen einzusammeln. Aber Fisher legt mir eine Hand auf die Schulter und bedeutet mir, sitzen zu bleiben, während er die Bierflaschen wegbringt.

»Will noch jemand irgendwas?«, fragt er.

»Aber klar«, antwortet Silas. »Ich will, dass *du* für uns kochst. Ich will auch mal dieses verrückte Zeug essen. Irgendwas Aufgeschäumtes mit Zuckerblasen und Trockeneis und so weiter.«

»*Himmel noch mal,* Silas!«, sage ich seufzend.

Aber Fisher reagiert, indem er gar nichts sagt und stattdessen das schmutzige Geschirr in die Küche bringt.

»Wie kommst du darauf, also wegen Sam?«, frage ich Silas noch einmal und gebe ihm einen Klaps an die Schulter.

»Weil er den gleichen Eindruck macht wie Ellis damals wegen Wren«, antwortet Silas. »Und sieh dir an, wohin es geführt hat.«

»Halt doch einfach den Mund, Silas«, sagt Ellis, aber nicht feindselig.

»Laut Indy sind die beiden nur Freunde«, bemerke ich. Alles andere geht uns ja auch nichts an. »Wren und Ellis waren eben verliebt.«

»Können wir über etwas anderes reden?«, fragt Ellis.

»Ich meine ja nur.« Silas gibt keine Ruhe. »Ihr seid seit vier Jahren getrennt. Wird Zeit, sich mal wieder aus der Höhle zu wagen.«

So enden diese Unterhaltungen immer. Denn nicht alle Herzen brechen – oder heilen – auf dieselbe Art und Weise. Ellis hatte sein

Leben in so vieler Hinsicht mit dem von Wren verflochten, dass er noch gar nicht darüber hinweg sein *kann.*

Fisher drückt mir kurz die Schulter, als er sich wieder zu uns gesellt. Und einmal mehr flüstert eine weit entfernte innere Stimme: *Achtung! Du hast dich Hals über Kopf in diese Sache gestürzt und wirst Schiffbruch erleiden. Also mach es dir nicht so bequem in deiner Traumwelt, dass du hinterher nicht mehr in die Spur kommst.*

Doch gleich darauf fällt mir ein weiterer Ratschlag meiner Mom ein: *Mach dir nicht so viele Gedanken über die Wolken am Himmel, dass du die Blumen vor deinen Füßen übersiehst.*

Blumen können verwelken, aber solange sie blühen, darf ich mich schließlich daran erfreuen, denke ich.

KAPITEL 21

Fisher

Seit Frankie endlich in Spunes angekommen ist, fühlt es sich an, als ob die Zeit zu rasen beginnen würde.

Die Arbeit im *Starhopper* ist nichts, womit ich Erfahrung habe. Ich bin hier eher so etwas wie ein Mittelsmann, über den alle Beteiligten miteinander kommunizieren. Alles in allem arbeiten die Mitarbeiter hier aus der Gegend jedoch gut mit Frankie und seiner Crew zusammen, und alle halten sich an die Vorgaben – was, wie ich höre, bei einem Bauunternehmen fast schon eine Seltenheit ist. Martha O'Doyle ist jetzt ebenfalls ein fester Bestandteil der Baustelle, aber ich glaube, ich habe sie mittlerweile durchschaut.

»Du hast diese Frau tatsächlich nach ihrer Einschätzung gefragt?«, flüstert mir Sage überrascht vom anderen Ende des Tisches zu, an dem wir heute in der Bibliothek sitzen. Sie trägt einen Bleistift im Haar und ein entsetztes Lächeln auf den Lippen. »Du bist ja ein richtiger Sadist.« Ich bin auf seltsame Weise verlegen, als ihr Fuß plötzlich unter dem Schreibtisch an meinem Bein hochgleitet.

Seit jenem Donnerstag letzte Woche im Wintergarten stecken wir in einem merkwürdigen Schwebezustand fest. Am nächsten Tag musste ich früh im *Starhopper* sein, um den Klempner in Empfang zu nehmen, und Sage war das Wochenende über mit Indy auf dem Bauernmarkt beschäftigt. Von Montag bis Donnerstag dieser Woche habe ich alle Involvierten in Sachen Restaurant auf den neuesten Stand der Dinge gebracht, sodass wir heute, am Freitag, zum ersten Mal wieder allein sind. Wir haben uns darauf geeinigt, dass der Freitagnachmittag von nun an unser Zeitfenster zum Lernen für das Quiz und für eventuelle Kochübungen sein wird. Trotzdem ist mir jener Tag seitdem nicht aus dem Kopf gegangen. Genauso wenig wie ihre seidige Haut oder ihr Geschmack oder wie sie ihre Hüften kreisen ließ, als sie mir immer näher kam.

Fuck, ich bin schon wieder kurz davor, sie anzuflehen, mich sie erneut berühren und schmecken zu lassen. Allerdings ist mir auch klar, dass ich sie schon einmal davon abgehalten habe, ihre Regeln aufzustellen, und ich will sie nicht erneut zu irgendetwas drängen.

Ich gebe mir einen Ruck, um diese Gedanken abzuschütteln. Und wenn ich daran denke, dass wir gerade von Martha O'Doyle gesprochen haben, funktioniert das erstaunlich gut.

»Stimmt, aber rate mal, wer gerade so sehr damit beschäftigt ist, irgendwelche Kunstwerke aus der Gegend zu kaufen, dass sie heute nicht da war, um die Leute anzuschreien?«, frage ich. »Außerdem bin ich mir recht sicher, dass ich mir diese Methode von *dir* abgeguckt habe.«

Sage legt sich unschuldig eine Hand auf die Brust. »Von mir?«, fragt sie affektiert.

»Ja, von dir«, sage ich und berühre ihren Fuß unterm Tisch mit meinem. »Glaubst du, ich hätte nicht bemerkt, wie du Indy und mich dauernd mit irgendetwas *Nützlichem* beschäftigt hast?«

Sie lächelt verschmitzt vor sich hin und konzentriert sich wieder auf das Buch, das vor ihr liegt. Ich stoße einen dramatischen Seufzer aus.

»Meinst du, dass du schon *alles* weißt, was du über die Frühgeschichte des pazifischen Nordwestens und den Aufstieg und Niedergang der hiesigen Holzindustrie wissen musst?«, fragt sie und zieht eine Braue hoch.

»Definiere bitte das Wort ›müssen‹«, entgegne ich schmollend. Ich habe keine Ahnung, wie es mein Hirn je durch ein konventionelles Schul- und Lernsystem geschafft hat.

»Wenn du noch zehn Minuten aktiv lernst«, sagt sie, »dann zeige ich dir den Dachboden.«

Fasziniert und motiviert konzentriere ich mich auf alles, was sie mir unter die Nase legt. Und während ich knietief im Drama der Holzfällerkriege stecke, greift Sage über den Schreibtisch und fährt mit dem Finger meinen Arm hinauf, was mir wiederum die Haare zu Berge stehen lässt.

»Braver Junge«, lobt sie mich, und ich glaube nicht, dass unsere gemeinsame Lernstunde jemals wieder ein Problem sein wird. Sie steht auf und packt unsere Bücher in ihre Tasche, während ich ihr ergeben folge. Ich schaffe es nicht, den dämlichen Ausdruck auf meinem Gesicht wegzuwischen – und wenn ich ein Hund wäre, würde ich ganz bestimmt mit dem Schwänzchen wedeln.

Wir gehen zu derselben Nische wie bei unserem ersten Besuch hier, Sage zieht eine Dachbodentreppe über die Seilrolle herunter, und wir klettern hinauf.

Hier oben ist es enger, als ich erwartet hatte. Ein rundes Buntglasfenster erhellt den Raum wie das Innere eines Kaleidoskops. Selbst an der höchsten Stelle unter den Dachschrägen ist es zu niedrig, als dass ich aufrecht stehen könnte. Es gibt eine große Kiste voller Kleidung, Spielzeug und etwas, das wie ein Sammelsurium von Gegenständen aus verschiedenen Jahrzehnten aussieht – auf der Vorderseite klebt ein großes Schild mit der Aufschrift »Fundsachen«. Eine Ecke des Raums sieht allerdings so aus, als wäre sie bewusst gestaltet worden. Ich sehe eine kleinere Kiste, bis obenhin mit Büchern gefüllt, auf deren Cover langhaarige, oberkörperfreie Männer abgebildet sind. Darüber hängen an einer Schnur ein paar krakelig gezeichnete Bilder, eindeutig von einem Kind, und schlussendlich sehe ich ein Stofftier, das Sage heimlich mit den Füßen zur Seite zu schieben versucht.

Mir kommt es hier oben ungeheuer intim vor, so als hätte sie mich in ihre persönliche Zeitkapsel mitgenommen. »Hier«, sagt sie dann, »habe ich meinen ersten Kuss bekommen.« Ich stelle fest, dass sie mich verlegen anlächelt. »Als ich sieben oder acht Jahre alt war, ließ Venus mich hier raufsteigen, aber sonst niemanden, es sei denn, ich nahm freiwillig jemanden mit. Ich glaube, sie wusste, dass ich eine Art Rückzugsort brauchte, weit weg von meinen Brüdern. Jedenfalls … habe ich Shiloh Wilson hier oben zum ersten Mal geküsst. Ich war in der achten Klasse, und wir haben mit etwa sieben anderen Kids Flaschendrehen gespielt.« Sie bricht in schallendes Gelächter aus.

»Ha ha«, sage ich, »Shiloh und Sage. Klingt wie etwas, das man auf edlen Spitzenservietten liest.«

»Pff, Quatsch«, gibt sie zurück. »Ich glaube, er lebt mittlerweile in einer Jurte irgendwo in Washington.«

»So sehr hast du also sein Herz gebrochen?« Ich lache. »Armer Shiloh.«

»Wie kommst du darauf, dass nicht *ich* diejenige war, die von Shiloh mit gebrochenem Herzen hier zurückgelassen wurde?«

Irgendwie ist das nur schwer vorstellbar, aber … »Du hast recht. Ich glaube nämlich nicht, dass du etwas verletzter oder kaputter zurücklässt, als du es vorgefunden hast.«

Ihr Lächeln hat etwas Trauriges an sich, aber sie streckt die Hand nach meiner aus und hält sie fest. Wir sitzen eine Zeit lang friedlich nebeneinander, die Finger ineinander verschränkt, ohne ein Wort zu sagen, umgeben von wunderschönen Farben und glitzerndem Staub, der durch den Raum schwebt. Es kommt mir vor, als würden auch die Zeit und meine Sorgen für eine Weile stillstehen.

»Wie war das so? Zu erfahren, dass du einen Michelin-Stern bekommen hast?«, fragt sie irgendwann in die Stille hinein. »Den ersten, meine ich.«

»Ich bin mir nicht sicher, ob ich das je wirklich genießen konnte«, gebe ich zu. »Es fühlte sich an, als hätte sich der Druck bloß weiter erhöht, weil ich wusste, dass ich das Niveau jetzt halten musste. Am ehesten also wie Angst oder Panik.« Ich suche nach Anzeichen von Unbehagen oder Kritik in ihrer Miene. Nach irgendeinem Hinweis darauf, wie enttäuscht sie ist, dass ich nicht sofort mit Dankbarkeit oder Stolz erfüllt war. Doch in ihrem Gesicht ist nichts als reine Neugier zu erkennen.

»Und es wurde mit jedem Stern schlimmer?«, fragt sie.

Ich nicke. »Am Tag, nachdem ich vom dritten Stern erfahren hatte, habe ich ein kleines Feuer gelegt. Ich weiß nicht mal mehr, wie. Aber ich weiß noch, dass ich es brennen sah und dachte, dies sei der Beweis, dass ich ein Betrüger bin, und … und es fühlte sich in gewisser Weise wie eine Erleichterung an. Und als das Restaurant den Stern dann schließlich wegen mir verloren hat, war ich schon derart abgestumpft, dass es mir nur wie eine weitere Bestätigung vorkam.«

»Aber du hattest sie trotzdem verdient. Das weißt du doch, oder? Du hast hart gearbeitet und du hast sie dir verdient.«

Ich drücke ihr einen Kuss auf die Fingerknöchel. »Das weiß ich jetzt«, antworte ich. »Ich schätze, das ist einer der Vorteile, wenn man gefeuert wird. Während ich mir den Kopf zerbrochen habe, was bloß schiefgelaufen ist, habe ich mich auch an all das erinnert, was gut und richtig gelaufen ist.«

Die Freude in ihrem Gesicht weckt meinen Hunger nach ihr.

»Wie waren deine Eltern so?«, frage ich rasch, um mich abzulenken. Es könnte gefährlich sein, so viel Persönliches miteinander zu teilen, denn es fühlt sich an, als würde jedes Stück, das sie von sich enthüllt, mich hungriger nach mehr machen. Ich will wissen, ob sie auch bei einem Abschlussball war, wohin sie schon überall gereist ist oder ob sie eventuell vorhat zu reisen. Ich möchte wissen, was ihr Lieblingsessen ist und ob es einen Grund gibt, *warum* sie es am meisten liebt.

Ich möchte derjenige sein, der ihr Lieblingsessen kocht, glaube ich. Nein, ich *weiß*, dass ich es möchte. So sehr, dass mir die Rippen wehtun. Und ich weiß, dass ich sie damit beeindrucken will. Und zugegeben, natürlich würde ich sie auch gern verführen. Aber zuerst möchte etwas für sie kochen.

»Meine Eltern …«, sagt sie und ihr Gesicht verzieht sich zu einem verträumten Lächeln. »Meine Eltern sind hier aufgewachsen. Sie waren als Kinder Nachbarn und mochten sich in der Zeit nicht – zumindest bis zum letzten Schuljahr. Dad ist dann in einem anderen Bundesstaat zur Schule gegangen, und Mom ist hiergeblieben.« Je mehr sie lächelt, desto fester drückt sie meine Hand. »Damals gab es bei dem Festival noch eine Kostümveranstaltung. Meine Mom und ein paar andere Leute trugen Kleider aus der Regency-Ära und mussten einen Tag lang in ihrer Rolle bleiben. Echt traurig, dass sie das haben wegfallen lassen – da hätte ich sicher punkten können. Jedenfalls war mein Vater gerade für den Sommer wieder nach Spunes gekommen, und seine Ex, die er sitzengelassen hatte, war wohl auch in der Stadt aufgetaucht und hat nach ihm gesucht.«

»Die Ex war nicht von hier?«

»Nein«, antwortet Sage. »Sie kam aus dem Nachbar-County. Dad war anscheinend ein ziemlicher Draufgänger. Offenbar hatten sie sich gegen Ende des Schuljahrs kennengelernt, und er war ein paar Mal mit ihr ausgegangen, wusste aber sofort, dass es nichts für immer sein würde. Sie hatte jedoch erwähnt, dass ihre Familie über den vierten Juli ein Hausboot auf einem der großen Seen in ihrem County gemietet hatte. Dazu musst du wissen, dass hier in Spunes am Vierten nicht sonderlich viel passiert. Eine Art wunder Punkt für unsere Gemeinde.« Sie seufzt kurz. »Dad wollte gern mal ein Feuerwerk von einem Hausboot aus sehen, also hat er das arme Mädel ausgenutzt. Als sie wieder an Land waren, hat er dann mit ihr Schluss gemacht.« Sie verzieht das Gesicht.

Ich schnalze theatralisch mit der Zunge.

»Ich weiß. Jedenfalls, ihm zufolge ist dieses Mädchen mit Mordgelüsten nach Spunes gekommen. Dad geriet in Panik und versuchte, ein Versteck zu finden. Bis er meine Mom sah – in ihrem Kleid mit dem Riesenrock.« Sages Lächeln wirkt jetzt gerührt. »Er muss echt verzweifelt gewirkt haben, denn er konnte Mom tatsächlich dazu überreden, sich unter ihrem Rock verstecken zu dürfen.«

»Also, das nenn ich mal eine Erfolgsstory«, sage ich. »Ganz schön clever von deinem Dad.«

»Die beste Art, eine Frau kennenzulernen, ist also, sich von ihr retten zu lassen?«, fragt Sage. »Ja, ich glaube, das gefällt mir auch.«

Als ich lachen muss, fährt sie fort: »Sie haben uns erst bekommen, als sie schon viel älter waren, und … Nach allem, was ich von ihnen weiß, waren sie immer sehr interessiert an allem. Sie sind viel gereist, und beide haben verschiedene Karrierewege ausprobiert, bevor sie sich schlussendlich in Spunes niederließen. Ich glaube, meine Liebe zum Lernen habe ich von meinem Vater. Ich lese zum Beispiel etwas über eine bestimmte Epoche und stoße dabei auf ein seltsames Wort oder einen Ausdruck und schon beschäftige ich mich umfassender mit der Sprache dieser Zeit. Oder ich lese, dass Gurken besser gedeihen, wenn sie neben Sonnenblumen gepflanzt werden, und ehe ich mich's versehe, habe ich ein ganzes Blumenbeet angelegt.«

»Das gefällt mir so an dir«, sage ich aufrichtig. »Dass du gern dazulernst und dich für neue Themen begeistern kannst.«

»Tust du das etwa nicht?«

»Ich mag es, etwas zu *meistern*, glaube ich«, gebe ich zu. »Ich tue mich allerdings schwer, wenn ich das Gefühl habe, nicht gut genug zu sein. Manchmal kann ich mich nicht vollständig für etwas begeistern, solange ich nicht das Gefühl habe, das Ergebnis sehen und kontrollieren zu können.«

»Dabei dachte ich immer, Kochen sei etwas, das man sich eher natürlich aneignet«, erwidert sie verwirrt.

»Ist es auch. Kochen ist auf jeden Fall kreativ und kann eine der abstraktesten Künste überhaupt sein. Aber gleichzeitig ist das Ergebnis auch sehr messbar. Man kennt die Zutaten genau, man weiß, wie sie angebaut werden, wie sie zubereitet werden, in welchen Mengen oder in welcher Größe man sie schneiden muss … Erst wirkt alles wie ein kompliziertes Puzzle, aber am Ende kann man es kontrollieren.«

Sage schaut amüsiert drein.

Nach einer Minute zufriedener Stille sage ich: »Apropos vierter Juli – Indy hat gefragt, ob sie an diesem Wochenende mit Blake und ihrer Familie in Gandon zelten kann. Da wird doch rund um den Feiertag hoffentlich nicht allzu wild Party gemacht?«

»Blake ist ein vernünftiges Mädchen«, antwortet sie. »Und nein, in Gandon geht es immer sehr gesittet zu. Nur wenig Durchgeknallte.« Sie stupst mir mit einem wohlwollenden Grinsen in die Seite. »Genau dort werden übrigens so ziemlich alle sein. Während Spunes fast zur Geisterstadt mutiert.«

»Aber du willst dir kein Feuerwerk ansehen?«, frage ich.

Sie schüttelt den Kopf. »Nope. Wegen der Tiere und des Gartens komme ich eigentlich nie weg. Und alle, die sich theoretisch kümmern könnten, haben natürlich bereits Pläne.«

»Vielleicht …« *Scheiße,* meine Handfläche fühlt sich an, als würde sie Blasen werfen, und mein Puls hämmert mir plötzlich bis in die Ohren. »Vielleicht könnte ich ja für dich kochen oder so.«

Sie beugt sich vor und küsst mich. »Klar. Das würde mir sehr gefallen – *oder so*«, sagt sie. »Aber …« Sie schwingt ein Bein über mich und setzt sich auf meinen Schoß. Alles in meinem Inneren kribbelt vor Verlangen.

»Der Kuss mit dem guten Shiloh wird zwar immer mein erster sein, aber ich hatte gehofft, dass ich dich dazu verleiten kann, mir hier oben meinen *besten* Kuss zu geben«, sagt sie. Ich muss dreimal tief durchatmen, bevor ich meine Hand ausstrecke und ihre

Unterlippe mit dem Daumen berühre; dann verliere ich völlig den Atem, als sie ihn in ihren heißen Mund saugt. »Verdammt«, flüstere ich, und mein Becken streckt sich ihr entgegen.

Ich greife ihr in den Nacken, um ihren perfekten Mund noch näher an mich heranzuziehen. »Lass mich dich noch mal verwöhnen«, flehe ich. »Ich lerne dafür sogar das Geschichtsbuch auswendig, wenn du willst.«

Ein leiser Laut entrinnt ihrer Kehle, und ihre Knie bohren sich in meine Seiten, so als wolle sie mich zusammenpressen. Ich fühle mich wie ein ausgehungerter Wolf, betrachte ihr wunderschönes Gesicht. Ich bin mir nicht sicher, was mir am besten gefällt – ihre geröteten, sommersprossigen Wangen oder diese hellgrauen Augen mit den langen schwarzen Wimpern. Diese Lippen, die immer ein bisschen verschmiert aussehen. Verflucht, sogar ihre Nase finde ich sexy.

Ihr Atem ist genauso zittrig wie meiner. »Ich möchte«, wispert sie und schluckt nervös, »dass du mir diesmal zeigst, wie *du* berührt werden möchtest.« Ihre Stimme flattert im unteren Teil ihrer Kehle. Es ist das erste Mal, dass Sage beim Thema Sexualität schüchtern zu sein scheint, aber ich vermute, dass Neugier und Verlangen trotz allem die Überhand gewinnen.

Ich kann hören, wie das Blut in meinen Adern pulsiert, wie alles an eine bestimmte Stelle meines Körpers eilt, um zu reagieren. »Tu ich gern«, hauche ich. Ich möchte, dass sie sich wohlfühlt, mich berühren kann, wie immer sie will, wo immer sie will, wann immer sie will.

Sie erhebt sich von mir, knöpft meine Jeans auf und zieht langsam den Reißverschluss runter. Als sie mein bestes Stück in die Hand nimmt, schnappe ich nach Luft, meine Hände unter ihrem Kleid zu Fäusten geballt. Der Anblick ihrer hübschen blauen Nägel, die sich sanft um mich legen, lässt mich aufstöhnen.

»Oh …«, sagt sie und starrt mit offenem Mund auf meinen

Schwanz. Irgendwo in meinem Innern vergießt mein Ego eine stolze Träne. »Mach ihn feucht«, flehe ich.

Ein ruppiger Laut, wie ich ihn noch nie zuvor von mir gegeben habe, entkommt meiner Kehle, als sie Spucke auf ihn tropfen lässt, bevor sie ihre Hand nach unten bewegt. Ich nehme sie in meine und zeige ihr, welche Art von Druck mir gefällt, dann stöhne ich auf, als sie allein so weiterpumpt. Die ruhige, aufmerksame Art, mit der sie mich beobachtet, lässt mich viel zu schnell dem Höhepunkt entgegenstreben.

»Ich komme gleich«, stoße ich hervor, und es klingt deutlich mehr nach einem Knurren als nach meiner eigentlichen Stimme.

»Sag mir, wann«, flüstert sie. Als ich den Blick von ihrer Hand abwende, treffen sich unsere Blicke. Der Träger ihres Kleides rutscht ihr von der Schulter, eine Haarsträhne fällt ihr lockig ins Gesicht. O Gott, ich steuere bereits rasant auf das Ende zu, und ein tiefes, gebrochenes Wimmern entweicht meiner Kehle. Sie stöhnt bei diesem Geräusch ebenfalls auf, ihr Kleid rutscht ihr an den Hüften hoch und ein Streifen feuchter, rosa Baumwolle schimmert mir entgegen.

»Jetzt«, schreie ich halblaut und will mein Becken heben. Sie presst mich jedoch nach unten und nimmt ihn in den Mund – und ich ersticke förmlich an dem Schwall von Geräuschen, der aus meiner Brust ausbrechen will. Mir schwindet vor Seligkeit die Sicht. Ich nehme Sage in den Arm und halte sie eng umschlungen, während mein Herz versucht, seinen normalen Rhythmus wiederzufinden.

»Das war … unbeschreiblich, Sage«, flüstere ich dann.

Sie gibt ein sanftes Lachen von sich.

»Vielleicht lerne ich die Bibliothek doch noch lieben.«

KAPITEL 22

Sage

Ich glaube, ich habe den Yips.

Ich weiß noch aus meiner Jugend, dass Jungs, die einen Wachstumsschub durchmachten, beim Sport plötzlich nicht mehr richtig funktionierten. Ließen den Ball fallen, stolperten über nichts und wieder nichts – total idiotische Fehler. Das nannte man den *Yips.*

Irgendwas in der Art habe ich gerade auch. Am Samstag habe ich in der Garage einen vollen, offenen Sack Hühnerfutter fallenlassen, bin dreimal mit meiner Gürtelschlaufe an der Türklinke hängengeblieben, vor Buds Box auf eine Harke getreten und ständig irgendwo gegengerannt – wie die Stooges in den besten Zeiten des Punk. Als ich Sonntag mit Indy wieder auf dem Bauernmarkt war, fiel mir plötzlich ein, dass ich vergessen hatte, das Dutzend Eier und den Blumendraht mitzunehmen *und* die Hortensientöpfe zu wässern. Das mit den Hortensien ist Indy zum Glück rechtzeitig aufgefallen, und wir sind sofort zur Fisch-Abspülstation im Hafen gerannt und haben ein paar Eimer Wasser geholt, um die Hortensien wiederzubeleben.

Heute Morgen habe ich Blüten für das Sommergebäck in *Savvys Bäckerei* gebracht – Kapuzinerkresse, Hornveilchen und Kornblumen, die gepresst und gefroren werden, damit sie ihre Farbe behalten. Das hat mich beim Plaudern mit Savannah über die Blumen mit dem Stück Honigkuchen in meiner Hand so durcheinandergebracht, dass ich nur wirres Zeug von »Bienchen und Blümchen« gefaselt habe. Als ich dann ihren befremdeten Gesichtsausdruck sah, habe ich mich, erschrocken über mich selbst, sofort verabschiedet.

Wie es scheint, habe ich alles an Gelassenheit eingebüßt, was ich je besaß, als ich Fisher sagte, dass mir Kochen *oder so* durchaus gefallen würde. Auf dem Dachboden der Bibliothek fand ich das alles ganz leicht, aber jetzt habe ich eine Woche vor mir, in der mir immer wieder bewusst werden wird, dass er direkt neben mir wohnt, und in der ich ständig daran denken muss, wie sich sein Kopf zwischen meinen Beinen angefühlt hat, wie sein bestes Stück in meiner Hand aussah. Wie er sich angehört hat, als er kam. Wie er geschmeckt hat. Ich habe mich vorher noch nie in einer Beziehung so sicher gefühlt, dass ich sexuell so neugierig und mutig sein konnte.

Unseren »Trainingsplan« müssen wir natürlich einhalten. Darin sind wir uns, glaube ich, einig. Gestern Abend hat er mir getextet, ob es mir etwas ausmacht, die heutige Trainingseinheit auf den Nachmittag zu verschieben, damit er morgens an einem Online-Meeting mit Carlie, Frankie und Walters Neffen, dem die Firma mit den mobilen Toiletten gehört, teilnehmen kann. Das war mir eigentlich ganz recht, denn ich brauchte sowieso etwas Zeit, um meine Gedanken zu sortieren und mir zu überlegen, wie ich die nächsten Wochen möglichst gelassen angehe.

Am liebsten würde ich es so machen wie er beim Kochen und die Zutaten unseres Arrangements kontrollieren, wo immer ich kann. In der Theorie mag das kaltschnäuzig scheinen, aber letzten Endes ist es bestimmt clever. Kein Rummachen beim Training, und wenn Rummachen, dann nur einmal die Woche.

Doch als Fisher am Nachmittag in seinem halb angezogenen Neoprenanzug mit nacktem Oberkörper am Strand erscheint, stelle ich meine Überlegungen direkt wieder infrage. Er sieht so gut aus, dass mir fast der Mund offensteht.

»Hi«, begrüßt er mich lässig. Seine Augen wirken in dem inzwischen sonnengebräunten Gesicht noch strahlender.

»Juhu.« *Verfluchter Yips!* »Äh, hi.« Ich brauche dringend eine Auszeit.

Er lacht kurz auf. »Alles klar so weit?«

»Regeln«, fange ich an – so benommen, dass ein Riechsalz jetzt garantiert das Richtige für mich wäre. »Wir sollten ein paar Regeln für das Training aufstellen. Das haben wir … letztens … gar nicht mehr gemacht.«

Er fährt sich mit der Hand durchs Haar und sieht mich mit zusammengekniffenen Augen an. Mir wird fast schwindelig, als ich bemerke, dass einer seiner Ohrringe fehlt. Hat er den auf dem Dachboden verloren?

»Ja, ja, schon klar«, sagt er. »Tut mir leid, dass ich beim letzten Mal etwas voreilig war.«

»Nein!«, platze ich heraus. »Nein, das muss dir nicht leidtun.« *Komm bloß nicht auf die Idee, es zu hinterfragen!*, würde ich am liebsten rufen. »Mir ging es in der Bibliothek ja genauso.« Beim Gedanken an seine halb geschlossenen Augen steigt mir direkt die Röte den Hals hinauf. »Ich würde es nur für sinnvoll halten, wenn wir vereinbaren, dass wir beim Training auch wirklich nur trainieren. Und alles andere … auf einmal die Woche … beschränken.« Das sage ich, ohne den Kopf zu heben, und zucke zusammen, als mir auffällt, dass ich die ganze Zeit auf Augenhöhe mit seinen Brustwarzen bin. Also starre ich auf seine Hand, aber dann bewegt er sie, und das macht das Ganze noch viel schlimmer. Am besten sehe ich auf seine Wasserschuhe. Das ist bestimmt am sichersten. Ich kann mir absolut nicht vorstellen, dass Wasserschuhe mich anturnen.

»Training bleibt Training«, stimmt er mir zu. »Aber mit deinem Einmal-die-Woche-Plan bin ich nicht einverstanden«, schickt er seelenruhig hinterher.

Stirnrunzelnd sehe ich jetzt doch in sein ungerührtes Gesicht. »Womit wärst du denn einverstanden?«

»Ich bin ein erwachsener Mann. Ich kann mich durchaus beherrschen und konzentrieren, wenn wir zusammen auf etwas hinarbeiten. Aber was alle andere Zeit betrifft, sollten wir uns … keine Grenzen setzen. Mit deiner ersten Regel bin ich also einverstanden. Aber was die zweite betrifft, schlage ich vor, dass wir das flexibel handhaben.« Er macht sich auf den Weg zum Kanu. »Und zwar beiderseits, Byrd.«

Mir steht der Mund endgültig offen. »Das liegt doch bloß an deinem *Ego!*«, rufe ich ihm hilflos hinterher.

»Stimmt, das ist ziemlich groß«, gibt er zurück. Wie blasiert ist das denn? Und dann auch noch mit dieser Doppeldeutigkeit! »Ach, wo wir gerade dabei sind, dir ist einer deiner Nippel aus dem Bikinioberteil gerutscht«, setzt er noch einen drauf. Dann stapft er ins Wasser, während ich einmal mehr den Yips verfluche und mir alle Mühe gebe, mich wieder einzukriegen, als ich obendrein zu hören bekomme: »Ist zwar außergewöhnlich heiß heute, aber trotzdem …«

★ ★ ★

Letzten Endes ist er derjenige, der uns beim Training auf Kurs hält, trotz meines Nippel-Blitzers. Zwei Stunden lang paddeln wir ununterbrochen, bis wir schweißgebadet sind und uns die Arme lahm werden. Ich bin so erschöpft, dass ich mir überhaupt keine Gedanken mehr über irgendwelche Peinlichkeiten machen kann. Wir ziehen das Kanu unter die Plane und machen uns auf den Weg die Klippen hinauf, ohne viel zu reden, weil wir beide fix und fertig sind.

Als wir oben auf der Wiese ankommen, sehe ich, dass Indy neben Gary in seinem Gehege im Gras liegt.

»Nachdem sie ihn erst so lästig gefunden hat, besucht sie ihn aber ziemlich oft«, sage ich.

»Ich will mir gar nicht erst einbilden, ich würde sie verstehen«, antwortet Fisher.

Ich zucke die Achseln. »Es immer wieder zu versuchen, wird sich irgendwann auszahlen.«

Mit hochgezogenen Schultern fragt er unsicher: »Willst du, äh, heute Abend zum Essen zu uns rüberkommen? Ist genug da.«

Leggieless kommt uns von irgendwoher entgegen und schlängelt sich durch Fishers Beine. Weiter entfernt hebt Sable zu einem albernen Jaulen an. Das nehme ich mal als Omen, und prompt überkommt mich die Angst, dass wir es uns viel zu einfach machen.

Fisher mag nichts davon halten, dass wir uns Beschränkungen auferlegen, von daher scheint es mir aber umso ratsamer, mir selbst Grenzen zu setzen.

»Nein, nicht nötig, aber danke«, antworte ich.

Er nickt – verständnisvoll, glaube ich. Dann dreht er sich um und geht nach Hause.

Auch am Dienstag konzentrieren wir uns ganz auf das Training. Fisher ist nicht unfreundlich, auch nicht abweisend, aber alles andere als zugewandt. Er wirkt gehetzt und scheint meinen Blicken auszuweichen. Als ich ein Seehundpaar erspähe, das seine Bäuche in die Sonne hält und das typisch witzige Bellen von sich gibt, muss ich lachen, aber seine Reaktion besteht nur aus einem knappen Lächeln.

Am Mittwoch schicke ich ihm eine Textnachricht und frage, ob ich ihm zeigen soll, wo ich immer die Marion-Brombeeren pflücke. Daraufhin schickt er mir ein Selfie von seinem leicht verzerrten Gesicht, das halb von einer Schüssel verdeckt wird, die voll mit diesen Beeren ist. Der Bildtext lautet: »Hab sie aufgespürt. Danke.«

Ich texte zurück und frage, was er denn daraus machen will. Aber er liest meine Nachricht offenbar nicht. Als es abends kühler wird, gehe ich etwas Unkraut zupfen und entdecke ihn ein Stück hinter meinem Zaun mit Leggieless, der sogar seinen Kopf an Fishers Dreitagebart reiben darf. Lachend mache ich mich auf den

Weg zu ihnen, doch als Fisher mich sieht, winkt er mir nur zu, dreht sich um und verschwindet im Haus. Den Rest des Abends verbringe ich im Garten und strafe mich mental und emotional für diese dämliche Situation.

Irgendwann spätabends will Sable nach draußen. Das müsste mich stutzig machen, aber ich bin zu verschlafen, um einen klaren Gedanken zu fassen. Heulend und würgend kommt sie zurück und bringt den Gestank nach einem Stinktier mit. Dreimal muss ich sie baden, mit Wasserstoffperoxid, Natron und Spülmittel, und dieses Martyrium wirkt auch nicht gerade stimmungsaufhellend.

Als ich am Donnerstagmorgen nach nur wenigen Stunden Schlaf aufwache, bin ich richtig schwermütig. Nach den vielen Trainingseinheiten habe ich zudem furchtbaren Muskelkater. Verbissen zwänge ich mich in meinen Neoprenanzug, aber dann geht mir das letzte bisschen Motivation auch noch flöten. Ich texte Fisher, dass das Training heute ausfällt.

Unschlüssig stehe ich vor dem Sofa und suche nach einer Inspirationsquelle, die mich dazu bringen könnte, mich aus dem Anzug wieder herauszuschälen, bevor ich mich einfach noch mal ins Bett lege. Aber plötzlich winselt Sable freudig und schlittert über den Boden.

Ich höre, wie Fisher durch die Tür zum Wintergarten reinkommt und anschließend die Küche durchquert. Als er mich im Wohnzimmer entdeckt, lehnt er sich mit einem Arm gegen den Türrahmen.

»Bist du krank?«, fragt er.

»Nein.«

Ungerührt sieht er auf mich herunter, und eine Haarsträhne fällt ihm in die Stirn. »Was soll dann heißen: ›Das Training fällt aus‹?«

»Genau das«, antworte ich.

Er schließt kurz die Augen, verschränkt die Arme und stellt sich breitbeinig hin. »Jetzt pass mal auf, Byrd«, sagt er. »Ich bin eigentlich nicht fürs Wasser geschaffen.«

»Natürlich nicht«, gebe ich pampig zurück. »Sonst hättest du ja wohl Kiemen und zwischen den Zehen Schwimmhäute wie Kevin Costner in *Waterworld.*«

»Stimmt genau«, pariert er unbeirrt. »Und Bootsfahrten kann ich auch nicht viel abgewinnen. Aber ich bin ein *Sieger*typ. Ich habe dir direkt gesagt, wenn wir an diesem Wettbewerb teilnehmen, dann will ich nicht verlieren. Wir können es locker angehen lassen, aber wir sollten heute trainieren.«

Sein entschlossener Gesichtsausdruck, seine Körperhaltung und sein Blick rufen mir wieder ins Gedächtnis, dass ich mich für diesen Wettbewerb angemeldet habe, weil ich etwas für *mich* tun wollte. Und ob er mich hofiert oder ignoriert, sollte dabei keine Rolle spielen.

»Du hast recht«, sage ich. »Lass uns pudern.« Wieder dieser Yips – meine Unentschlossenheit zwischen ›paddeln‹ und ›rudern‹. Genervt von mir selbst verdrehe ich die Augen. Aber was soll's, ich habe ihm ja schon erzählt, dass einem in Spunes derbe Sprüche in die Wiege gelegt werden.

Trotzdem stört es mich, dass er einen solchen Einfluss auf mich hat. Und was mich am meisten ärgert, ist, dass ich ihm überhaupt die Gelegenheit dazu gebe. Die naive, viel zu weiche Sage mal wieder. Aber ich lasse mich von meinem Ärger anspornen und lege mich im Kanu so richtig ins Zeug.

Als wir fast eine Stunde hinter uns haben, bin ich mental immer noch nicht ganz auf der Höhe, aber zugegebenermaßen froh, dass er auf dem Training bestanden hat. Es kommt mir vor, als wäre mein Verstand gezwungen, sich auf die Gegenwart zu konzentrieren. Darauf, wie mein Paddel das Wasser durchpflügt, auf den Schweiß, der mir in den Augen brennt, und die Luft, die durch meine Lunge strömt. Mein Rücken schmerzt an einer Million

Stellen, meine Hände haben Schwielen, und das Wetter fühlt sich an, als wären wir in einer aufgewärmten Pastete gefangen, die noch nicht überall richtig heiß ist.

»Zieht wohl ein Sturm auf«, bringe ich zwischen zwei schweren Atemzügen hervor, als wir eine letzte kurze Pause machen.

»Woher weißt du das?«, höre ich ihn hinter mir ebenso schwer atmend fragen. »Ich sehe keine einzige Wolke am Himmel.«

»Ich merke es einfach.«

Sein Lachen bringt mich fast wieder auf die Palme – Adrenalin, Erschöpfung und Unsicherheit sind wohl eine explosive Mischung.

»Was gibt es denn da zu lachen?«, blaffe ich und drehe mich um. »Hältst du mich wieder mal für dumm?« Das letzte Wort betone ich leicht scherzhaft, aber er zieht trotzdem erstaunt den Kopf ein.

»Wann habe ich jemals gesagt, du wärst *dumm?*«, fragt er mit einer Furche zwischen den Brauen.

Frust und Verlegenheit schnüren mir die Kehle zu. *Ich* bin es, die sich das immer wieder sagt. Für seine Bemerkungen und Schlussfolgerungen vor ein paar Wochen hat er sich doch längst entschuldigt. Er sitzt wegen mir in diesem Kanu, und er hält sich an diesen Teil der Abmachung. Ich selbst werfe mir immer wieder irgendwelche Knüppel zwischen die Beine – einzig und allein ich.

»Hast du nie gesagt«, gebe ich kleinlaut zu. »Tut mir leid …« Bebend hole ich tief Luft. »Ist nicht mein Tag heute. Lass uns an Land gehen, okay?« Ich drehe mich nicht zu ihm um, weil ich nicht will, dass er mein zerknirschtes Gesicht sieht.

»Okay«, höre ich ihn leise hinter mir sagen.

* * *

In stummer Übereinkunft lassen wir es auf dem restlichen Rückweg ruhig angehen, und ich habe Zeit, meine Gedanken zu sortieren. Tatsache ist, dass ich zu souveräner, kühler Reserviertheit nicht in der Lage bin. War ich nie. Meine Mutter erkannte das schon, bevor ich sechs Jahre alt war. Dazu hat sie auch etwas in ihren Ratgeber geschrieben: *Ich habe nie zuvor erlebt, dass sich jemand immer wieder instinktiv Hals über Kopf in etwas hineinstürzt. Laufen, Schwimmen … Und wir haben Ewigkeiten gebraucht, dir beizubringen, mit Besteck zu essen, weil du immer wieder versucht hast, so zu essen wie die Hunde – direkt mit dem Mund. Mit anzusehen, wie dein Dad dir Schwimmen beibrachte, hat mir einen ganz speziellen Albtraum beschert, weil du einen Kopfsprung in niedriges Wasser machtest. Ich will dich nicht davon abhalten, in unbekannte Gewässer zu springen. Aber bitte mit den Füßen zuerst.*

Das hat sie in dem Fall wahrscheinlich wörtlich gemeint, aber viel zu oft kann ich es auf alles Mögliche übertragen.

Schweigend rudern wir an die Küste, ziehen das Kanu an den Strand und verstauen es unter der Plane. »Tut mir leid«, sage ich noch einmal. »Meine innere Stimme und ich fetzen sich gerade so richtig.«

»So? Was will die alte Zicke dir denn einreden?«, fragt er. Spielerisch versucht er, in meiner Metapher zu bleiben, und ich kann nicht anders, als ihn dafür dankbar anzulächeln. Das macht es mir um vieles leichter, darüber zu reden.

»Die alte Zicke ist verwirrt und besorgt und total erschöpft.« Jetzt muss ich doch lachen. »Sable war gestern Abend noch mal draußen und kam erst um ein Uhr zurück, nachdem sie sich mit einem Stinktier angelegt hatte. War eine lange Nacht.«

»Das erklärt den Geruch«, witzelt er und zieht mit aufgerissenen Augen eine Grimasse. »Aber warum *besorgt?*«

Natürlich springe ich darauf an, aber diesmal mit den Füßen zuerst. »Du warst diese Woche … so anders! Ich habe selbst gesagt, ich will das Training ohne … andere Sachen durchziehen, aber … du hast mich kaum beachtet, und ich bin besorgt, weil ich, nachdem ich deine Einladung zum Essen abgelehnt hatte, das Gefühl habe, du gehst mir aus dem Weg. Außer hierbei natürlich.« Ich mache eine Geste in Richtung des Wassers. »Und wenn ich über etwas lache, siehst du in eine andere Richtung.« Das wollte ich eigentlich gar nicht erwähnen, und jetzt bin ich diejenige, die den Kopf wegdreht.

Ich bleibe ganz ruhig stehen, als er sich mir nähert.

»Sieh mich an«, sagt er.

Als ich mich ihm zuwende, ist sein Gesichtsausdruck ernst und konzentriert. Wahrscheinlich habe ich ihm jetzt endgültig den letzten Nerv geraubt. Aber dann streicht er mir über die Wange.

»Erstens war es nicht nett von mir, deine innere Stimme als alte Zicke zu bezeichnen. Das nehme ich zurück. Ich mag deine innere Stimme«, sagt er. »Und zweitens habe ich ja selbst groß rumgetönt, wie wichtig es ist, sich auf das Wesentliche zu konzentrieren.« Er stößt einen Seufzer aus. »Aber es ist nun mal so, dass ich selbst alle möglichen *Kleinigkeiten* an dir erotisch finde, und das ist eine Qual. Bei mir hängt schon alles am seidenen Faden, aber jetzt ist alles noch viel schwerer, als ich dachte.«

Plötzlich strahle ich dermaßen über beide Wangen, dass ich selbst fast davon geblendet werde.

»Schön, dass ich dich mit meinen Qualen erheitern kann«, bemerkt er. »Aber ich meine das ernst. Manches ist logischerweise verführerisch – dein heftiges Atmen und die Geräusche, die du machst, wenn du dich anstrengst. Oder wie es sich anhört, wenn du den Reißverschluss von diesem verflucht körperbetonten Anzug hochziehst.« Er schnippt mit dem Finger dagegen. »Aber auch so unsinnige Sachen … Gestern Abend zum Beispiel habe ich den Müll rausgetragen und gesehen, wie du dir in deinem Wintergarten die Fußnägel lackiert hast. Das hatte für mich echt etwas Pornografisches, Sage. Und das aus fünfzig Metern Entfernung.«

Ich werfe den Kopf in den Nacken und stoße einen Lacher aus.

»Am liebsten hätte ich dir die Polizei auf den Hals gehetzt, wegen anstößigen Verhaltens in der Öffentlichkeit und so weiter. Aber in dem Moment fiel mir ein, dass einer der Polizisten dein Ex ist, und dann habe ich mich *deswegen* in sinnlose Eifersucht reingesteigert. Wegen der bloßen Vorstellung, Byrd!«

Oh, ich bin machtlos dagegen, dass ich mich an ihn pressen muss. Und auf einmal haben wir beide ein seliges Lächeln auf den Lippen.

»Dein Lachen … das könnte mich garantiert von den Toten erwecken.«

Ich spüre, wie seine Muskeln sich anspannen und wieder lockern. Und, Himmel, ich kann geradezu hören, wie mir vor Schwindel das Blut in den Adern rauscht, das Spritzen des kalten Wassers übertönt, in das ich mich gerade kopfüber hineinstürze.

Er gibt mir ein paar quälend kurze, feuchte Küsse. »Bitte lass mich morgen für dich kochen«, sagt er und stupst meine Nase mit seiner an, bevor er sich, anstatt meine Antwort abzuwarten, wieder meinen Lippen widmet, drängend und fordernd.

»Ja«, hauche ich in seinen Mund. Seine Hand in meinem Rücken drückt mich fester, während sich unsere Lippen immer wieder suchen und finden. Als er sich von mir löst, fühle ich mich beraubt.

Mit bebenden Nasenflügeln sieht er mich an. »Bis morgen«, sagt er so drängend, als wolle er es sich selbst versprechen – und mir auch. Dann dreht er sich um und geht.

KAPITEL 23

Fisher

Ich nehme zurück, was ich über das Rasen der Zeit gesagt habe. Diese Woche hat nämlich jede einzelne Sekunde meiner Lebenszeit beansprucht. Ich schlage am Freitagmorgen die Augen auf, obwohl es noch dunkel ist, und mein Hirn startet in den Tag, bevor mein Körper sich überhaupt regen kann. Ich gehe alles durch, was ich vorhabe, bereite alles vor, was ich kann, und tigere dann ziellos durchs Haus.

Bei meiner vierten Runde kommt mir eine Idee. Ich schaue auf die Uhr, und als ich sehe, dass es noch nicht einmal sechs ist, festigt sich mein Plan. Blakes Familie wird erst am frühen Nachmittag kommen, um Indy für das Wochenende abzuholen, und erst danach habe ich Pläne mit Sage. Als ich gestern Abend einkaufen war, habe ich einen Flyer gesehen, auf dem angekündigt wurde, dass heute der erste Tag sei, an dem man sich die Pfade des in den Sand geharkten Labyrinths ansehen kann. Ich hinterlasse eine Nachricht für Indy, schnappe mir Jacke und Schlüssel und mache mich auf den Weg zum Founder's Point.

Ich bin der Erste, der auf den Parkplatz am großen Strand fährt, abgesehen von einem älteren Mann in einem bunten Kapuzenpulli, der irgendetwas vorzubereiten scheint. Rund um die hölzerne Treppe, die sich eine kleine Klippe hinunterschlängelt, stehen Schilder, die darauf hinweisen, dass man von hier aus nur zuschauen darf, bis das Labyrinth fertig ist.

»HIER DRÜBEN!«, ruft der alte Mann jemandem zu, schlendert aber nach vorn gebeugt in alle möglichen Richtungen, als ob er nach etwas suchen würde. Dann bleibt er stehen und dreht sich wieder in meine Richtung. »KOMM MAL RUNTER!«, ruft er.

Ich schaue mich verwirrt um, frage mich, wen genau er gemeint haben könnte. »Ich?«, rufe ich zurück. Er nickt demonstrativ, und ich gehe zögerlich die Treppe hinunter. Ich wollte hier doch bloß ein bisschen Zeit totschlagen und nicht schon wieder in irgendwelche *Arbeit* hineingezogen werden.

»Schnapp dir 'ne Harke«, sagt der alte Kauz, als ich mich ihm nähere. Er hat ein ganzes Arsenal von Harken mit verschiedenen Metallköpfen dabei, deren Stangen mit unterschiedlichen Zierbändern beklebt sind. »Die mit dem Regenbogen gehört dir«, fügt er hinzu.

»Oh, nein«, erwidere ich und hebe abwehrend die Hände. »Das kann ich nicht.«

Ich erinnere mich, dass Sage von den vielen verschlungenen Formen der Pfade hier unten erzählt hat, und dachte, es wäre sicher schön, sie mir mal mit eigenen Augen anzuschauen. Bei ihr klang das Ganze nach einem … transformativen Prozess. »Ich will nichts vermasseln«, gestehe ich.

»Geht gar nicht«, antwortet er. »Eingang und Ausgang liegen am Ende direkt nebeneinander, und ich beginne jedes Jahr mit einer Linkskurve. Wir müssen so viel wie möglich von dem Sand bearbeiten, der noch nicht überspült wird. Na los, mach schon. Mehr Hilfe ist schon unterwegs, keine Sorge.«

Ich kneife die Augen zusammen. Die Luft fühlt sich schwer an, als ob Sage vielleicht recht hatte und ein Sturm bevorsteht. »Also, keine weiteren Anweisungen? Keine Tipps? Nichts, worauf ich achten muss?«, hake ich nach.

»Nope. Wenn du zum Beispiel gern auf diesen Felsen da schaust – Bannet Island, wie wir ihn nennen …« – er deutet auf einen hohen, zerklüfteten Felsen, der etwa fünfzig Meter entfernt im Wasser liegt – »wenn du den gern anschaust, dann arbeite dich vor zu einer Stelle, von wo aus du den besten Blick auf ihn erhaschst. Wenn du aber nur auf den Boden und deine eigenen gottverdammten Füße schauen willst, dann kannst du von mir aus eine Milliarde wütender, beschissener Kreise harken. Der springende Punkt ist, es einfach zu *tun.*«

Schallendes Gelächter bricht aus mir heraus. »Sollten alte Kerle in Batik-Klamotten nicht eigentlich freundlich und ein bisschen umgänglicher sein?«

Er richtet sich auf und schaut stirnrunzelnd auf sein Sweatshirt. »Ein junges Mädchen aus der Gegend hat mir das letztes Jahr gekauft«, sagt er verlegen. »War, glaube ich, ironisch gemeint.«

Ich unterdrücke ein Grinsen. »Ich kann mir schon denken, wer das war«, sage ich.

»Fisher?«

Hastig drehe ich mich zu der Stimme um und entdecke Sage hinter mir. War das Telepathie? Sie lächelt mich überrascht an, und ihre Nasenspitze ist in der kalten Morgenluft rosa angelaufen.

»Was machst du denn hier?«, fragt sie.

»Ich hab mich daran erinnert, dass du von diesen Pfaden gesprochen hast, und wollte sie sehen«, erkläre ich. »Aber der da kommandiert mich rum, seit ich hier bin«, füge ich hinzu und zeige auf ihren mürrischen alten Freund. Sie lacht so süß, dass ich sie reflexartig in meine Arme ziehe.

»Amos«, sagt sie tadelnd. »Sei nicht so streng mit ihm.« Dann wendet sie sich an mich. »Amos verbringt jeden Sommer damit, die Westküste rauf- und runterzufahren, um seine exzentrische Familie zu besuchen und – was hast du letztes Jahr noch gesagt, Amos?«

Amos verdreht seufzend die Augen. »Ich habe einen Bruder mit einer Obstplantage in Südkalifornien und eine Hippie-Schwester in der Bay. Immer wenn ich sie besucht habe, muss ich mich anschließend entspannen, indem ich versuche, einen meditativen Zustand zu erreichen.«

Sage grinst, ehe sie einen empörten Blick auf mein Werkzeug wirft und fragt: »Du hast ihm meine Harke gegeben?«

»Er sah so … regenbogenmäßig aus«, sagt Amos unschuldig. Sie schnappt sich eine andere Harke und begutachtet den weiten Strand vor uns.

»Was soll ich tun? Ich will es nicht vermasseln«, flüstere ich ihr zu, in der Hoffnung, dass sie etwas konkreter ist als Amos. Es gefällt mir ganz und gar nicht, keine genaue Anweisung zu haben, wohin ich gehen soll oder wie lang die verschlungenen Pfade, die schließlich wieder an ihrem Ausgangspunkt enden, sein sollen.

»Das weiß ich auch nicht so recht. Mach's einfach so, wie es sich für dich richtig anfühlt.«

Es sollte nicht so schwer sein, einfach ganz intuitiv einen Weg durch den Sand zu harken. Also tue ich mein Bestes und … gehe einfach drauflos. Nach ein paar Minuten schließe ich mich allerdings selbst in meinem Pfad ein. Ich winke Amos und Sage herbei, damit sie mir helfen, mich zu entwirren, denn es gibt keine Möglichkeit, weiterzugehen, ohne einen der anderen Pfade zu durchqueren, die ich bereits in den Sand gezeichnet habe.

»Egal«, sagt Amos. »Manchmal muss der Weg eben im Nichts enden.« Dann dreht er uns wieder den Rücken zu und harkt beim Davongehen eine neue Spur. »Es wird sowieso alles mit der Flut weggespült.«

Ich sehe Sage an. »Ist das nicht traurig? All das zu tun, nur damit es kurz darauf kaputt gemacht wird?« *Sinnlos* wäre wohl das zutreffendere Wort, aber ich bringe es nicht über mich, es auszusprechen.

»Finde ich nicht«, antwortet sie. »Nicht, wenn man die Vergänglichkeit des Ganzen akzeptieren kann. Manche Leute schreiben zum Beispiel Dinge auf, über die sie sich Sorgen machen, und nehmen sie mit auf diese sandigen Pfade, und es ist irgendwie therapeutisch, die Sorgen dort zurückzulassen – die Probleme einfach hinter sich zu lassen. Manchmal geht es auch darum zu lernen, den Weg selbst zu genießen, auf eine Art, die greifbarer ist als irgendetwas Dahergesagtes. Selbst wenn …« Gedankenversunken sieht sie sich meinen verschlungenen Weg im Sand an und begegnet dann meinem Blick. »Selbst wenn sich der Lebensweg im Kreis dreht und nirgendwo hinführt. Selbst wenn dieser Weg letzten Endes überhaupt nirgendwo hinführen *kann*. Wenn du die Vergänglichkeit akzeptierst, erlaubst du dir, die Reise im Hier und Jetzt zu genießen.«

Etwas zwickt in meiner Magengegend. Sage ist in diesem Moment so wunderschön, dass mein Herz völlig unkontrolliert in meiner Brust pocht. Ich lasse die Harke fallen, greife nach dem Saum ihrer Jacke und ziehe Sage an mich. Ich lasse meinen Daumen über ihre Sommersprossen gleiten, bevor ich mich noch dichter an sie schmiege und ihre Lippen küsse. Nur einmal. Nur, um dieses durstige Gefühl in mir zu stillen.

Als wir uns voneinander lösen, vergeht eine gefühlte Ewigkeit. Ihre Fäuste ballen sich vor meinem Bauch, und ihre Augen suchen die meinen. Ich glaube, es ist etwas zwischen uns gesponnen worden – etwas, dessen Vergänglichkeit wir vielleicht einfach akzeptieren müssen, es bis dahin jedoch genießen können.

★ ★ ★

Wir arbeiten weiter an unseren Pfaden. Ich schreite jetzt etwas geradliniger vorwärts, mit weniger Kurven. Sage geht wesentlich mutiger vor und harkt einen Weg mit großen, dramatischen Schwüngen und mehreren Richtungswechseln. Ich kann nicht sagen, wie lange es dauert, aber schließlich lasse ich einen Weg entstehen, bei dem ich mich nicht ständig hinterfrage, sondern ihn einfach … mache. Bis Amos irgendwann vorbeikommt und Sage und mich noch einmal anweist, die Wege so zu Ende zu bringen, dass sie wieder am Ausgangspunkt ankommen.

Wir drei treten zurück und betrachten die vielen großen, verschlungenen Formen vor uns. Sogar die Kurven, die ich gezogen und für zu extrem gehalten habe, vereinen sich jetzt zu etwas Schönem. Stimmen dringen durch den Wind, und schon sehe ich, wie eine ganze Menschenmenge sich auf unsere Sandpfade zubewegt.

»Willst du noch eine Weile bleiben?«, frage ich Sage.

»Nein«, antwortet sie fröhlich. »Ich habe alles hinter mir gelassen, was nötig war.«

Ich auch.

KAPITEL 24

Sage

Nachdem wir heute Morgen diese labyrinthartigen Pfade geharkt haben, bin ich etwas zur Ruhe gekommen, aber noch weit entfernt von echter Gelassenheit. Es ist ein bisschen so wie bei einer Achterbahnfahrt. Da rechnet man auch mit jedem Auf und Ab und hat trotzdem immer wieder dieses Kribbeln im Bauch.

Den Nachmittag verbringe ich größtenteils damit, mich zurechtzumachen, und veranstalte ein irrwitziges Theater wegen irgendwelcher Details. Nachdem ich Wren elf Selfies in verschiedenen Outfits geschickt habe, entscheiden wir uns für einen taubenblauen Rock mit passendem kurzen Top, das als Hingucker einen Streifen Haut freilässt. Hektisch beschließe ich in letzter Minute, mir die Nägel neu zu lackieren, aber ich verkalkuliere mich mit der Zeit, und mir bleibt nichts anderes übrig, als sie unlackiert zu lassen. Ich stecke mir meine Lieblingsringe auf die Finger und schlüpfe in ein paar einfache Sandalen, dann verabschiede ich mich mit einem Kuss von meinen Tieren und mache mich auf den Weg über die Wiese.

In meiner heiteren, beschwingten Stimmung kommt es mir vor, als würde selbst der Wind sanfter säuseln. Und während ich über das sonnenverbrannte Gras laufe, verglüht auch mein Nervenflattern.

Als ich die Tür zum Haus der Andersens öffne, weht mir ein Duft entgegen, der mich fast aufstöhnen lässt. Fisher ist in der Küche, und ich bleibe stehen, um ihn einen Moment lang zu beobachten.

Souverän hantiert er im Küchenbereich. Jede seiner Bewegungen zeichnet sich unter seinem grünen kurzärmeligen Hemd ab.

Sein Haar ist noch nass vom Duschen. Er trinkt einen Schluck aus der geöffneten Weinflasche, und als ich sehe, wie er den Kopf in den Nacken legt, verspüre ich sofort ein Kribbeln in der Brust.

»Hey«, sagt er mit einem breiten Grinsen, als er mich bemerkt. Er kommt um die Kücheninsel herum und gibt mir einen flüchtigen Kuss. Er riecht noch besser als das Essen, und für eine Sekunde schießt mir die Frage durch den Kopf, ob ich ihn einfach vom Herd wegzerren sollte. Aber nach allem, was wir einander schon offenbart haben, habe ich das Gefühl, dass es für ihn wichtig und geradezu etwas Intimes ist, heute für mich zu kochen.

Akustische Coverversionen bekannter Songs kommen aus verborgenen Boxen. Ich setze mich auf einen Hocker an der Frühstückstheke und schaue ihm bei der Arbeit zu. Es gibt ein viergängiges Menü, erzählt er, aber in überschaubaren Portionen, damit man nicht schon nach zwei Gängen satt ist. Wir plaudern ein bisschen und lachen, als er mir berichtet, wie verlegen Indy geworden ist, als er sie fragte, ob sie sich am Wochenende in Gandon auch mit Sam treffen wird.

»Hoffentlich spukt ihr der Junge nicht zu sehr im Kopf herum«, sagt er. »Ich weiß, dass ich gerade überfürsorglich bin, und es ist okay, dass sie mir kaum etwas erzählt, aber trotzdem …« Er stützt sich mit den Händen auf die Arbeitsplatte. »Meine Schwester war noch sehr jung, als sie Indy bekommen hat. Und ihr Umfeld hat furchtbar darauf reagiert.« Er winkt ab, um mich daran zu hindern, mein Bedauern auszudrücken. »Sie ist irgendwie damit zurechtgekommen. Mir hat das immer viel mehr zu schaffen gemacht als Freya selbst. Aber vielleicht wollte sich Indy gerade deshalb noch nie von irgendjemandem etwas sagen lassen. Sie lässt sich durch nichts abhalten, wenn sie sich etwas in den Kopf gesetzt hat. Ich war in ihrem Alter genauso.«

Ich lehne mich zurück und mustere in prüfend. »Und jetzt nicht mehr?«

Er wirft einen Blick in das Saucenpfännchen und rührt den Inhalt kurz um. »Ich nehme mir deine sagenhaften Ratschläge mehr und mehr zu Herzen, und dadurch fällt mir manches leichter. Je mehr ich ihr vertraue, desto mehr Vertrauen hat sie auch in mich«, sagt er und dreht sich beim nächsten Arbeitsgang wieder zu mir um. »Sie muss sich schließlich auf mich verlassen können.«

Verflucht, er ist einfach perfekt. Nein, schlimmer noch, er gibt aufrichtig zu, dass er eben *nicht* perfekt ist, und das macht ihn umso liebenswerter. Wie schön – und zugleich wie schrecklich. »Du machst das richtig, richtig gut, Fisher.«

»Danke«, antwortet er leise.

Mit chirurgischer Präzision und hoch konzentriert schneidet er weitere Zutaten in Würfel, und dabei hat er wieder diesen gefährlich hingebungsvollen Gesichtsausdruck. Sofort wirbelt in meinen Gedanken die Erinnerung daran auf, als diese Konzentration auf mich gerichtet war, um mir voller Hingabe Lust zu bereiten. Genießerisch lasse ich auch das Bild aufsteigen, als *er* sich hat gehen lassen. Und dann treibe ich es auf die Spitze und stelle mir vor, dass ich mich zur Feier des Tages nackt vor ihm präsentiere und seine Aufmerksamkeit sich wieder einzig und allein auf mich richtet.

»Hunger?«, fragt er und wirft mir einen kurzen Blick zu.

»Und wie!«

★ ★ ★

»Das hier«, erklärt er und schiebt mir eine Schale zu, »ist Carpaccio von in Hibiskus-Sud pochiertem Seeteufel. Die Bezeichnung Carpaccio ist natürlich ziemlich weit ausgelegt, aber so würde ich das Gericht auch auf einer Speisekarte nennen. Darüber befindet sich eine Mélange aus Marktmelonen, mariniert in Kaffir-Limette mit Zitronengras. Also kurz gesagt: eine Hummer-Vinaigrette.«

Ich habe keine Ahnung, wovon er redet. Aber es sieht toll aus. Bunt und glänzend, exotisch … Noch bevor ich es probiere, verschlinge ich es schon mit den Augen. Und dann muss ich beim ersten Bissen unwillkürlich aufstöhnen. Erschrocken schlage ich die Hand vor den Mund.

Aber er strahlt mich an. »Ich hatte schon fieberhaft überlegt, wie ich es anstelle, dir noch mal diesen Laut zu entlocken.«

Hitze glüht auf meiner Haut und sammelt sich in meinen Armbeugen und Kniekehlen.

Er tauscht mein Weinglas gegen ein anderes, bevor er mir das nächste Gericht serviert: den Pasta-Gang, wie er erläutert.

»Eigentlich arbeite ich überhaupt nicht gern mit Teigwaren«, räumt er ein, als er mir den Teller zuschiebt. »Aber das hier sind Gnudi mit wilden Fenchelpollen, kalabrischem Chili und …« Den Rest kriege ich nicht mehr mit, denn was auch immer es genau ist, was mir gerade auf der Zunge zergeht, es ist ein *Erlebnis.*

Als ich es schaffe, mich von meinem Teller loszureißen, hat er seinen noch gar nicht angerührt. Etwas Offenes, Verletzliches liegt in seinem erwartungsvollen Blick. Am liebsten würde ich mehr und mehr von dem Gericht verschlingen und ihm zurufen: *Das ist großartig, du bist großartig, das ist absolute Spitze! Du bist so viel besser als andere und so viel mutiger. Wie konntest du dir bloß jemals etwas anderes einreden lassen!*

Stattdessen trinke ich langsam einen Schluck Wein und sage: »Das ist eindeutig das Beste, was ich jemals gegessen habe, Fisher. Es ist …« Ich gebe einen begeisterten Laut von mir. Mein Nervensystem ist wohl noch dabei, dieses so absolut Neue zu verarbeiten.

Mit ein paar großen Schritten kommt er zu mir, reißt mich in seine Arme und küsst mich ausgiebig, bis ich fast dahinschmelze. »Ich bin so froh!«, sagt er. Und wieder bin ich hin- und hergerissen zwischen dem dringenden Bedürfnis, dass er mich hier direkt nimmt, und der Neugier auf den nächsten Gang. Das Dessert hat dann wahrscheinlich ohnehin nur noch therapeutische Bedeutung.

Der dritte Gang ist ein phänomenales Rinderlendenfilet, und er hat irgendetwas Seligmachendes mit Spargel und was-weiß-ich dazu arrangiert. Für meine Geschmacksnerven ist das fast schon eine Überforderung. Fisher hat gut daran getan, die Portionen überschaubar zu halten. Sonst wäre ich nach den drei Gängen bestimmt ins Koma gefallen.

Doch anstatt träge zu werden, scheinen meine Nervenenden luftig aufgeschlagen, und ich stelle mir vor, bei der leichtesten Berührung dahinzuschmelzen. Die Geschmacksnoten, die Düfte, der Anblick seiner Unterarmmuskeln bei jeder seiner Bewegungen, die widerspenstige Haarsträhne, die ihm in die Stirn fällt …

Mein Stuhl quietscht über den Boden, als ich aufstehe.

Ich gehe auf ihn zu, und offenbar kann er mir meine unbändige Lust vom Gesicht ablesen. »Dessert?«, fragt er.

»Später.«

»Gott sei Dank«, sagt er mit rauer Stimme. Er wirft das Küchenhandtuch beiseite und ist mit zwei Schritten bei mir. Seine Hände legen sich um meine Taille, er hebt mich auf den Küchentresen, stellt sich zwischen meine Beine und stürzt sich auf meinen Hals wie ein Verhungernder. Ich spüre das kalte Metall seiner Gürtelschnalle an der glühenden Haut meiner Schenkel. Meine Hände greifen forschend überall hin, wo sie können. Sein Dreitagebart streift meinen Brustansatz, und mein Mund findet seinen, während ich nach den Knöpfen seines Hemds taste.

Nur aus dem Augenwinkel sehe ich den Saugroboter der Andersens und komme kurz zur Besinnung. »Fisher«, wimmere ich heiser, während ich seine Zunge in meiner Halsbeuge spüre. »Lass uns zu mir gehen.«

»Was?«

»Ich will keinen Sex im Haus der Andersens«, sage ich lachend. Ich könnte Nina doch nie wieder in die Augen sehen.

Mit einem tiefen Grollen hebt er mich vom Küchentresen, zerrt mich im Laufschritt hinter sich her.

Doch kaum stehen wir auf der Veranda, geht ein Wolkenbruch vom Himmel nieder. Große, schwere Regentropfen glitzern in der Abendsonne. Überrascht sehen wir uns an, dann laufen wir los.

Lachend rennen wir über die Wiese, bleiben zwischendurch stehen, um vom Regen auf der Haut des anderen zu kosten. Als er mein Top ein Stückchen nach unten zieht und der Regen durch meinen BH auf eine meiner Brüste tropft, stöhne ich auf und richte den Blick gen Himmel.

Als wir in meinem Wintergarten ankommen, bellt Sable freudig, dann verdünnisiert sie sich sofort. Ich klappe meine Gästematratze auf und drehe mich dann zitternd zu Fisher um.

»Du zitterst ja«, sagt er und streicht mit beiden Händen über meine Wangen und über meine Arme. »Alles klar?«

Ich lege meinen Kopf in seine Handfläche, streiche über sein Handgelenk und versuche, meine Atmung zu beruhigen.

»Ja.« Ich nicke. Ich werde hinterher nie wieder dieselbe sein, aber ich will es trotzdem.

Er streichelt weiter mein Gesicht, als ich sein Hemd aufknöpfe und es ihm über die Schultern streife. Dann hebe ich die Arme, und er zieht mir das Top über den Kopf und öffnet meinen BH, lässt beides auf sein durchnässtes Hemd fallen. Mein Mund wird ganz trocken, als ich seinen Blick sehe und er hörbar schluckt.

Ich öffne den Gürtel und den Knopf seiner Jeans, spüre die Härte darunter. Mit einem Lächeln sehe ich zu, wie er schwungvoll seine Stiefel auszieht, und werde schon ein bisschen ruhiger.

»Ich liebe dein Lächeln«, sagt er atemlos. Nun, ich liebe so vieles an ihm … Sein schiefes Grinsen, seine ziemlich großen Ohren, sein unordentliches Haar – sogar sein Ego, wenn es sich ab und zu durchsetzt. Ich liebe es, wie er sich *bemüht*. Wie er von Anfang an versucht hat, Verständnis für mich aufzubringen und mich wahrzunehmen, auch dann schon, als er noch falsche Schlussfolgerungen zog.

Ich presse meine Lippen an seine warme Brust, und meine Nippel werden hart, als sie seine Haut berühren. Fisher lässt seine Hände über meinen Rücken gleiten, zieht langsam den Reißverschluss meines Rockes auf und streift ihn mir über die Beine. Dann zieht er mich dicht an sich und dirigiert mich zu der Matratze. Er streift Jeans und Slip zusammen ab und nimmt mit einem Grinsen zur Kenntnis, dass mir bei seinem Anblick der Atem stockt.

Während er sich neben mich legt, betrachtet er mich aufmerksam, beobachtet, wie sich meine Haut rötet. Unsere Blicke richten sich auf seine Hand, die meinen Bauchnabel umkreist und dann spielerisch am Bündchen meines Slips entlangfährt.

»Darf ich?«, fragt er.

»Ich bitte darum …«

Seine Augenlider schließen sich halb, als er mich genau da berührt, wo ich es mir am sehnlichsten wünsche, als sich seine Stirn an meine Schulter legt und ich vor süßer Qual einen klagenden Laut von mir gebe. Meine Sinne sind überwältigt – seine Hand unter dem Stückchen Baumwollstoff, der Druck an meiner Hüfte, als könne er nicht anders, als sich dagegen zu pressen, das Kitzeln seines Haars an meinem Kinn, sein Atem an meiner Brust, der prasselnde Regen auf dem Glasdach über uns. Alles verdichtet sich in rasender Schnelle und reißt mich mit. Doch dann zieht er seine Hand zurück, lässt seine glänzenden Fingerspitzen träge um meine Nippel kreisen und leckt mir meine Feuchte von der Haut. Ich kann gar nicht mehr aufhören zu stöhnen, wimmere seinen Namen. Er treibt mich weiter und weiter, bis ich mich winde und krümme, mich gegen seine Hand stemme, seinen Kopf an meine Brust ziehe, mich hin und her werfe.

»Na los, Sage. Lass es kommen, Süße. Nicht dagegen wehren.«

Das reicht, um mir den Rest zu geben. Hemmungslos lasse ich mich fallen, und die Erleichterung strömt wie gleißendes Licht durch meinen ganzen Körper. Ich wirbele durch diesen Strudel der Lust, bis ich völlig erschöpft bin und gerade noch sehe, wie er seine Hand an sich selbst legt. Mein sich beruhigender Herzschlag pocht direkt wieder heftiger.

»Wir müssen nichts weiter machen«, flüstert er, als ob mir seine Qual entgangen wäre oder ich den feuchten Tropfen nicht eindeutig an meinem Oberschenkel spüren würde.

»Doch, müssen wir«, sage ich heiser und schließe meine Finger um ihn. »*Ich* kann bestimmt nicht direkt wieder, aber ich will – ich will mich um *dich* kümmern.«

»Doch, du kannst noch mal«, sagt er mit rauer Stimme und packt mich am Handgelenk. »So weit werde ich dich bestimmt kriegen.«

Das lässt mein Verlangen sofort wieder aufleben. Ich mache mich auf die Jagd nach seinem Mund, nach seiner Zunge, seinen heftigen Atemzügen. »Ich nehme die Pille«, stoße ich zwischendurch hervor.

»Ich war seit Ewigkeiten mit niemandem mehr zusammen. Hab also nix Schlimmes zu Protokoll zu geben«, gibt er mit einem leichten Lächeln zurück.

Er setzt sich auf und hebt mich auf seinen Schoß, sodass meine Knie neben seinen Hüften sind. Dass er dabei keine Spur von Verlegenheit zeigt – er spreizt einfach seine muskulösen Schenkel ein wenig, und sein bestes Stück stößt an seinen Bauch, als er sich vorbeugt –, jagt mir einen lustvollen Schauer den Rücken hinauf.

Fisher schnappt sich eine Decke aus dem Korb in seiner Reichweite und legt sie mir fürsorglich um die Hüften. Dann streicht er mit beiden Händen über meine Arme und küsst meine Hände, bevor er sie sich um den Nacken legt.

Mit einem aufmunternden Murmeln hebt er meine Hüften an, zieht den Slip etwas zur Seite und lässt mich über seine volle Länge gleiten. Ich muss mir auf die Unterlippe beißen, um nicht laut aufzustöhnen, während mich eine warme Welle durchflutet. Er macht das Gleiche noch einmal und quittiert mein leises Fluchen mit einem Grinsen. Ganz schön arrogant! Wie er sich meiner bedient, ohne in mir zu sein, seinen konzentrierten Blick auf die Stelle richtet, wo wir uns berühren – das ist so unglaublich erregend! Lust baut sich immer weiter in mir auf, bis ich mehr will. Instinktiv lehne ich mich zurück, hebe mein Becken und stöhne auf, als er ein Stückchen in mich gleitet. Ein rauer Laut steigt aus seiner Kehle auf, er packt mich fester und hält in der Bewegung inne. Hoffentlich habe ich ihm nicht wehgetan oder irgendetwas falsch gemacht. Besorgt sehe ich ihn an.

»Tut mir leid …«

»Nein, also … ja, aber nein. Muss es nicht«, keucht er schwer atmend. Seine Augen sind halb geschlossen, seine Schläfen und sein Brustkorb jetzt schweißnass. »Ich will nur nicht, dass es schon bald vorbei ist«, sagt er. »Das ist so gut … Ich will es hinauszögern.«

Unterschiedliche Emotionen steigen in mir auf. Ich will auch alles hinauszögern – diesen Sommer, diese Stunde, diese Minute. »Bleib einfach im Hier und Jetzt«, flüstere ich und hauche Küsse auf sein Gesicht, an seinen Ohren und seinem Hals entlang. »Lass mich dich jetzt genießen.«

Er dirigiert mich ein Stückchen weiter hinunter. Mir stockt der Atem, und ich muss innehalten, mich erst daran gewöhnen. Als ich mein Becken noch etwas senke, presst er mit einem unterdrückten Stöhnen seinen Mund auf meine Haut. Langsam hebe ich mein Becken wieder, bevor ich ihn ganz aufnehme, so tief, dass es sich anfühlt wie etwas vollkommen Neues.

Ich könnte nicht sagen, wie viel Zeit vergeht, während wir uns weiter langsam bewegen. Nie zuvor habe ich beim Sex so oft gelächelt, ihn nie zuvor so sehr genossen. Ein unbekanntes Glücksgefühl ergreift mich, als ich merke, dass ich kurz davor bin, noch mal zu kommen, mit ihm in mir, unter mir, überall um mich herum. Er flüstert mir zu, dass er spüren kann, wenn sich meine Muskeln zusammenziehen, wie schön ich aussehe, wie gut ich mich anfühle.

»So habe ich es noch nie erlebt«, hauche ich, ehe ich mich davon abhalten kann, diese Wahrheit auszusprechen.

»Noch nie«, sagt er hastig mit unterdrücktem Stöhnen und beugt sich vor, um mich zu küssen. »Gleich bist du wieder so weit, oder?«

Er greift nach unten und zieht spielerisch kleine Kreise, richtet seine Augen konzentriert auf mich, als ich ruckartig mein Becken vorschiebe. Unsere Bewegungen werden schneller, unser Atem abgehackter, jeder Stoß heftiger. Ich schlage eine Hand gegen die Fensterscheibe, als es mich ein weiteres Mal überrollt – diesmal härter, schneller, hitziger.

»Sage«, keucht Fisher, als auch er über den Gipfel gerissen wird, bevor er erschöpft und euphorisch mit mir zur Seite sinkt und ich seine schweren Atemzüge an meiner Brust spüre.

Er verlässt mich kurz, um ein feuchtes Handtuch zu holen und mich sorgfältig damit abzuwischen. Er bedeckt mein Gesicht mit leichten Küssen und gibt mir jeweils einen glühend leidenschaftlichen auf meine Brüste. Dann sagt er: »Jetzt fehlt, glaube ich, nur noch eines, um diesen Moment perfekt zu machen.«

»Was denn?«, frage ich, obwohl ich sofort weiß, was er meint.

»Das Dessert.«

»Nichts wie los«, sage ich prustend.

Ich werfe ihm eine weitere Decke zu, wickele mich in meine, und dann laufen wir hinaus in den Regen.

KAPITEL 25

Fisher

»Halt still«, meckere ich amüsiert.

»Das ist schwieriger, als du denkst!«

Sie hat ja keine Ahnung. Ich habe sie überredet, sich von mir die Fußnägel lackieren zu lassen – was an sich schon schwer genug ist, um ehrlich zu sein. Und vielleicht bin ich ja tatsächlich ein Sadist, denn ich dachte, dass es ihr Spaß machen würde, während meiner kunsthandwerklichen Betätigung nackt zu bleiben. Ich habe einen der Küchenstühle ans Fußende ihres Bettes gestellt, ihre Füße auf meine Oberschenkel gelegt, und der Rest von ihr sitzt weniger als einen Meter entfernt nackt unter einem Laken. Jedes Mal, wenn sie wackelt, erhasche ich Blicke auf sie, die mich einfach fertig machen.

Nach dem Dessert – einer Erdbeer-Rhabarber-Madeleine mit Vanille-Crémeux und ein paar Spritzern Zitrone – liefen wir erneut nach drüben in ihr Haus, natürlich nicht, ohne uns unterwegs immer wieder lachend in die Arme zu fallen. Diesmal schafften wir es allerdings bis ins Bett und fielen dann in den erholsamsten Schlaf, den ich mir vorstellen kann. Als ich aufwachte, hörte ich sie herumschlurfen und Fläschchen klirren, während sie ihre Nagellacksammlung durchstöberte. Nachdem wir uns die Zähne geputzt und ein paar weitere menschliche Grundbedürfnisse befriedigt hatten, landeten wir schließlich in dieser Position hier.

Unterbewusst habe ich wohl gedacht, dass der Sex mit ihr dieses seltsame, unbehagliche Gefühl in mir lindern könnte, aber jetzt spüre ich, dass ich immer schneller auf eine Abhängigkeit von ihr zurase. Sage ist ehrlich und neugierig und lebendig in allem, was sie tut. Jedes Mal, wenn ich versuche, sie zu necken und zu verführen, dreht sie den Spieß sofort um.

Auch jetzt – ihr freier Fuß streift über meine Boxershorts, als könne sie meine Gedanken lesen.

»Halt still«, warne ich erneut. Sie neigt unschuldig den Kopf. »Ich glaube nicht, dass ich das hier noch mal neu machen kann.« Ich puste auf ihre süßen Zehen, um den Trocknungsprozess zu beschleunigen. Als Hommage an ihre leckeren Marion-Brombeeren habe ich sie magentafarben lackiert.

»Was willst du heute sonst noch machen?«, fragt sie. »Indy kommt doch erst morgen wieder, oder?«

Mir fällt nichts ein, was ich gerade lieber tun würde. »Das hier«, gebe ich zu und trage die letzte Schicht auf ihrem kleinen Zeh auf. »Reden, essen, liegen …« Ich wackle vielsagend mit den Augenbrauen. »Dann wieder etwas essen. Übrigens, frohen vierten Juli.«

»Danke. Unser Feuerwerk steht übrigens kurz bevor«, antwortet sie.

Ich blicke in ihre lachenden Augen, und in mir zieht sich sofort alles zusammen. Sie ist so verdammt attraktiv – noch immer schlaftrunken und etwas zerzaust von der Nacht zuvor. Sie beruhigt sich, als sie die Veränderung in meinem Gesicht sieht.

»Woran denkst du gerade?«, will sie wissen.

Dass das Schicksal grausam und wunderbar zugleich ist. Dass ich schon so verloren bin in diesem Labyrinth und nicht will, dass es weggespült wird. »Dass du wunder-, wunderschön bist, Sage.« Die Farbe in ihrem Gesicht wird kräftiger, was meine Aussage umso stärker unterstreicht.

Irgendwo unten klingelt ein Telefon.

Sie räuspert sich. »Ich sollte wohl besser drangehen«, sagt sie. »Auch wenn ich nicht weiß, wer zum Teufel mich ausgerechnet heute anruft.«

»Nein!«, protestiere ich lautstark und dann etwas ruhiger: »Ich gehe für dich ran. Ruinier dir bloß nicht deine Zehen.«

★ ★ ★

Ungefähr eine Stunde später verlasse ich Spunes mit dem Auto, auf dem Beifahrersitz eine zitternde Sage.

»Bist du nervös oder aufgeregt?«, frage ich mit einem kaum unterdrückten Lachen. »Ist schwer zu erkennen.«

»Beides«, sagt Sage, die Hände in ihrem Schoß zusammengefaltet. »Du musst mir helfen, das unter Kontrolle zu halten, Fisher. Ich kann nicht noch mehr übernehmen.«

Ich schürze die Lippen. »Keine Angst, Süße, das wird schon.«

»Ich mein's ernst, Fisher!«, klagt sie. »Du musst bitte verhindern, dass ich da mit mehr als einer Katze rausgehe! Vielleicht mit einem durchschnittlich großen Hund. Ich will nicht noch mehr große Haustiere! Und bitte, bei allem, was heilig ist, lass mich bloß nicht in die Nähe von irgendwelchen Frettchen oder Vögeln!«

Es war Dr. Serena, die Sage angerufen und ihr mitgeteilt hatte, dass ein Kleintier-Bauernhof außerhalb der Stadt nach dem unerwarteten Tod des Eigentümers aufgelöst werden musste. Die Familie kann die Tiere nicht übernehmen, also hat Serena Sage gebeten, sich alles anzusehen und zu überlegen, ob sie vielleicht noch Platz für das ein oder andere Tier hat. Sie war allerdings verdächtig vage, was die Artenvielfalt betrifft. Seitdem ringt Sage die Hände.

»Du verstehst das nicht«, fährt sie fort. »Solche Situationen nehmen mich immer total mit. Ich schwöre bei Gott, wenn ich anfange zu weinen, solltest du besser nicht lachen.«

Sie streckt mir warnend einen Finger entgegen. Ich schnappe ihn mir und beiße neckisch hinein, um zu sehen, ob das ihre vermeintliche Angst eventuell lindert. Da das nicht zu funktionieren scheint, lege ich meine Hand auf ihren Oberschenkel.

»Hey«, sage ich und warte, bis sie in meine Richtung schaut. »Du weißt, dass dich niemand zu etwas zwingen kann, was du nicht willst. Es ist okay, wenn du kein weiteres Tier aufnimmst. Wir können sofort wieder umdrehen, und du wärst trotzdem kein schlechter Mensch.«

Unglücklich lehnt sie den Kopf an die Nackenstütze. »Das ist ja mein Problem. Ich *will* es! Ich werde sie alle wollen. So wie immer!«, sagt sie niedergeschlagen.

»Na ja, es ist ja nicht so, als hätten wir einen Anhänger dabei, um irgendetwas Großes zu transportieren«, erwidere ich. Sie sieht mich an, als wolle sie sich jetzt schon entschuldigen.

★ ★ ★

»*O mein Gott,* Fisher«, jammert Sage. »Fühl mal bitte meine Stirn.«

»Ich … warte mal«, sage ich erschrocken, unter jedem Arm eine kleine Afrikanische Zwergziege. Ich hatte keine Ahnung, wie winzig diese Tierchen sind. Mit Leichtigkeit klemme ich beide unter einen Arm und lege meine Hand auf Sages Schläfe. »Was ist denn los?«

Sie blickt mich mit leuchtenden Augen an. »Ich glaube, ich habe irgendein komisches Fieber.«

Ihre Stirn ist überhaupt nicht warm, also kann ich nur vermuten, dass sie damit auf einen Geist anspielt, der sie inmitten des ganzen Kleinviehs befallen hat. Das eigentliche Problem ist, dass ich mich ja selbst kaum einkriege. Beim Anblick von Ernie und Bert habe ich einen mitleidigen Seufzer ausgestoßen. Wenigstens sind die beiden schon entwöhnt. Es ist mir gelungen, Sage von den Emus wegzuzerren, und der stubenreine Waschbär darf leider auch nicht in ein Haus mit Katze und Hund ziehen. Aber ich spüre, dass sowohl mein Glück als auch mein ohnehin schon schwaches Durchsetzungsvermögen nachlassen.

»Das hier«, verkündet Sage stolz, »ist Rosemary, und das ist Ginger.« Sie führt mich und die Ziegen in die Box eines Stalls, die leer zu sein scheint.

»Ich seh nichts.« Verflucht, vielleicht ist sie wirklich besessen.

»Guck mal zur Tür, Fisher«, erklärt sie. Als ich das tue, geht mir bloß ein einziger Gedanke durch den Kopf: Wenigstens passen alle in den Truck.

»Rosemary und Ginger? Rosmarin und Ingwer – wenn das mal kein Zeichen des Universums ist!«

* * *

»*Zwergesel?*«, ruft Indy am nächsten Tag ungläubig aus. Sie ist gerade einmal vier Minuten zu Hause und schon wieder auf dem Sprung.

»Und ein Paar Ziegen«, füge ich grinsend hinzu. »Hey, erzähl mir von deinem Wochenende! Hattest du Spaß?«

»Gehen wir rüber, ich will die Tiere sehen«, antwortet sie und läuft die Verandatreppe hinunter. »Und ja, es war ganz nett. Wir haben Marshmallows geröstet und das Feuerwerk geguckt. Ganz normale Sachen. Nichts *Unanständiges.*« Sie stürmt mit ausladenden Schritten über die Wiese. »Und wie war dein Wochenende?«

»Nett«, sage ich, eventuell eine Oktave zu hoch. »Hab was gekocht. Und mit Sage abgehangen.« Bei uns gab es allerdings eine andere Art von Feuerwerk. Ich habe keine Ahnung, warum Sage letzte Nacht abermals so liebevoll und feurig zugleich war, wo ich sie doch eigentlich in Sachen Tierhaltung im Stich gelassen habe. »Nichts Unanständiges.«

Indys Augen verengen sich – zweifelnd und scharfsinnig, die Erkenntnis steht ihr geradezu ins Gesicht geschrieben. Ich gehe an ihr vorbei und betrete die Scheune.

»Sie müssen hier ein paar Tage in Quarantäne bleiben, aber danach kann Sage sie Bud vorstellen«, erkläre ich. Sage befindet sich bereits in einer Box und lächelt mit Gingers braun-weiß geflecktem Kopf auf dem Schoß zu uns hoch. »Hi, Indy. Das ist Ginger, und das ist Rosemary. Mutter und Tochter.«

Ein merkwürdiger Ausdruck legt sich auf Indys Gesicht. »Rosemary ist die Mutter?«, fragt sie.

»Ja. Komm ruhig rein, wenn du möchtest. Sie sind ganz brav.«

Indy öffnet die Boxentür, tritt vorsichtig ein und setzt sich neben Sage auf den Boden. Sie sieht plötzlich sehr glücklich und kindlich aus, als sie das flauschige Fell an Gingers Bauch krault.

Rosemary unterbricht derweil ihr Mittagessen und geht zu Indy hinüber, so vorsichtig, wie Indy sich zuvor ihrem Baby genähert hat. Sie betrachten sich einen Moment lang ruhig, bevor Rose ihren Kopf senkt. Offenbar akzeptiert sie damit Indy und die neue Situation. Indy drückt ihre Stirn an die des Esels und schließt die Augen.

Erinnerungen stürzen mit überwältigender Klarheit über mich herein.

An die Zeit, als Freya siebzehn war und noch zu Hause wohnte. Indy war erst wenige Monate alt und Freya balancierte sie auf ihrem Schoß, während Indy an ihrer eigenen pummeligen Faust knabberte. Freya legte ihre Stirn behutsam an Indys und sagte: »Nur du und ich, Kleines. Und dein Onkel manchmal auch.«

Erinnerungen an die Zeit, als Indy ihr erstes Fahrrad zu Weihnachten bekam, sie auf dem Eis ausrutschte und sich den Arm aufschürfte.

»Alles okay, nichts passiert«, sagte Freya und legte ihre Stirn an Indys, um sie zu beruhigen. »Und jetzt steigst du wieder auf dein Rad und fährst nach Hause, Kleines. Weißt du, warum? Weil Fahrradfahren eine der tollsten Sachen überhaupt ist. Vielleicht verletzt du dich noch mal, aber du wirst auch jede Menge Spaß auf dem

Rad haben. Das Wichtigste ist, dass du mutig bist und es noch einmal versuchst. Denn was ist Mut noch gleich, Indy?«

Ein Schniefen. Dann Indys Stimmchen: »Mut ist ein Muskel.«

Man stärkt ihn durch Gebrauch.

Indy dreht sich jetzt zu mir um, aber während ich ein wehmütiges Lächeln auf den Lippen habe, verzieht sich ihr Gesicht eher zu einer wütenden Grimasse – ihre Augen huschen hin und her, überwältigt von etwas, von dem ich nur vermuten kann, dass es ähnliche Erinnerungen wie meine sind. Alles spiegelt sich in ihrer Körpersprache wider – die hilflose Wut, wenn sie an ihre Mutter und die Ungerechtigkeit der Welt erinnert wird, die Angst, dass sie sich wieder an etwas gebunden hat, was ihr dann womöglich genommen wird. Sie steht auf, ringt sichtlich um Fassung und flüchtet aus der Scheune.

Sage schaut mich verwirrt an. Ich erwidere ihren Blick mit einem, der hoffentlich ausdrückt, dass ich ihr alles später erkläre, und laufe Indy nach. Sie versucht allen Ernstes, mir die Haustür vor der Nase zuzuschlagen, aber ich bekomme die Klinke gerade noch rechtzeitig zu fassen und trete ein.

»Was machst du denn?«, schnauzt sie. »Zwischen dir und Sage läuft doch offensichtlich was!«

»Indy –«

»Nur weil du dich verloren fühlst oder gerade irgendeinen Scheiß durchmachst, solltest du doch nicht so verrückt sein, dein bisheriges Leben aufzugeben, um auf irgendeinem Provinzbauernhof zu versauern!«, faucht sie. »Du bist ein Verpisser!«

»Das reicht jetzt«, schimpfe ich. »Lass meinetwegen alles raus, was du fühlst, aber wag es ja nicht, diese Frau herabzuwürdigen, die immer mehr als freundlich zu dir ist!«

Sie schnaubt und geht im Zimmer auf und ab, wischt sich wütend eine Träne von der Wange. »Ich kann das nicht, Fisher! Ich habe es noch drei Jahre an diesem Ort ohne Mom ausgehalten.

Ohne irgendjemanden. Ich war mein ganzes Leben lang das schwarze Schaf dieser Stadt. Zwing mich nicht, das *nochmal* in einer anderen beschissenen Kleinstadt zu sein. Zwing mich nicht, das letzte Loch gegen dieses hier auszutauschen.« Und dann, noch eindringlicher: »Du hast mich doch schon an der Schule in New York angemeldet! Ich tue alles, was du willst! Ich will nur nicht hier versauern.«

Noch mehr Erinnerungen. In großen roten Lettern prangt »Hure« auf dem Garagentor unserer Einfahrt. Freya, wie sie mir nach einer dreistündigen Fahrt zum nächstgelegenen Flughafen zum Abschied mit der kleinen Indy im Arm zuwinkt.

Das Gefühl, endlich aufatmen zu können, als das Flugzeug abhob.

»Ich dachte, du hättest hier bisher einen schönen Sommer verbracht, Indy. Ich dachte, du hättest sogar ein paar Freunde gefunden?«

Sie sieht mich erschrocken an. »Ich mache das Beste aus meinem Aufenthalt hier! Warum auch nicht? Ich tue nur das, von dem ich annahm, dass ich es tun soll«, schluchzt sie.

Ich ziehe sie in eine feste Umarmung, obwohl ich das Gefühl habe, ebenfalls zu zerbrechen. »Du wirst nicht hier versauern, Indy«, versichere ich ihr. Denn ich weiß, dass sie recht hat. Ich muss für sie standhaft bleiben, nachdem ich sie schon zweimal im Stich gelassen habe. Sie hat es verdient, zu bekommen, was *sie* will. Verdient, dass jemand sie sieht und sie an die erste Stelle setzt.

»Wir kehren Ende des Sommers nach New York zurück. Das verspreche ich.«

Und so einfach wird ein Teil des Sandes weggespült und reißt ein Stück von mir mit sich.

KAPITEL 26

Fisher

Sage und ich bemühen uns in den nächsten zwei Wochen, unser Training zu absolvieren. Sie konzentriert sich zudem darauf, alle Tiere an ihren neuen Tagesablauf zu gewöhnen, organisiert die Impfungen und das Futter und erledigt ihre regelmäßige Gartenarbeit. Die Erdhörnchen sind zurück und richten erheblichen Schaden an.

Auch bei den Bauarbeiten verzögert sich leider alles etwas, sodass unser Plan inzwischen offiziell darauf ausgerichtet ist, dass beim *Starhopper* während des Festivals zumindest die Toiletten und die öffentlichen Bereiche genutzt werden können. Meine Aufgabe besteht darin, Martha O'Doyle jeden zweiten Tag zu beschwichtigen und ihr in den Arsch zu kriechen, ihr zu versichern, dass das Gebäude nicht einstürzen wird und dass sowohl die Rasenfläche als auch die Terrasse vom Bauschutt befreit sein werden, und mithilfe von Sage eine Speisekarte zu erstellen, die sowohl »handhabbar als auch lecker« ist.

Wenn Sage und ich dann endlich mal Zeit für uns haben, fällt es mir schwer, mich nicht nur auf sie, sondern auch auf die Vorbereitung für die Wettbewerbe zu konzentrieren. Aber zumindest gelingt es mir meistens.

Wegen des Kochwettbewerbs sind wir nicht übermäßig gestresst, auch wenn mich Sages stümperhafte Messerkünste erschaudern lassen. Letzte Woche habe ich sie dabei ertappt, wie sie rote Zwiebeln schnitt – mit einer Schutzbrille über das Schneidebrett gebeugt und die Ellbogen auf eine Weise ausgestreckt, die meinem Mentor einen schweren Tobsuchtsanfall beschert hätte.

Aber meine Kreativität kommt endlich wieder in Schwung, und ich schaffe es an den meisten Tagen, etwas Gutes zu fabrizieren. Zugegebenermaßen ist das nicht ganz selbstlos, denn Sages aufrichtiges Bejubeln der kleinsten kulinarischen Kreationen macht mich verdammt süchtig. Vor fünf Tagen hat sie mich mit einem Teller in der Hand (Hummer-Corn-Dogs mit frischer Zitronen-Remoulade und zerlaufener Honig-Senf-Butter) über die Wiese kommen sehen und wäre fast von ihrem Aufsitzmäher gesprungen, ohne vorher den Motor abzustellen. Nachdem ich sie probieren lassen hatte, zeigte sie mir, wie man den Rasenmäher bedient, und ließ mich zu Ende mähen.

Ich bin fest entschlossen, unsere Zweisamkeit zu genießen, aber ich kann nicht leugnen, dass ich mir der tickenden Uhr über unseren Köpfen deutlich bewusst bin. Das Ganze versetzt mich immer wieder in Panik, die ich nur dann nicht verspüre, wenn ich bei ihr bin. In ihr. Neben ihr. Wenn ich mit ihr spreche. Ihr zuhöre.

Der größte Schlag, der uns alle trifft, liegt jedoch fernab unserer Kontrolle. An der Grenze zu Kalifornien wütet ein Waldbrand, der so schlimm ist und dessen Feuer sich so weit ausbreitet, dass selbst die Luftqualität hier in Oregon gefährliche Werte erreicht. Es gibt Tage, an denen der Rauch so dicht ist, dass ich Sages Haus auf der anderen Seite der Wiese nicht sehen kann.

An einem dieser rauchigen Tage, wenn es für die Arbeiter zu heikel ist, draußen zu arbeiten, halte ich, nachdem ich Indy an der Sommerschule abgesetzt habe, mit quietschenden Reifen in Sages Einfahrt und betrete ihr Haus. Ich fühle mich gefangen inmitten dieser trüben Aschewolken, bin ruhelos, hektisch und kurzatmig. Aber ganz besonders bin ich darüber verärgert, dass uns so etwas unsere kostbare Zeit raubt. Ich kraule Sable kurz hinter den Ohren, bevor ich auf der Suche nach Sage an ihr vorbeistapfe.

Ich finde sie im Wohnzimmer auf ihrem grünen Sofa, über das Notizbuch gebeugt, mit dem ich sie dieser Tage oft antreffe. Sie schaut mit großen Augen zu mir auf, sieht, dass ich vielsagend meine Arme ausbreite, und kommt auf mich zu. Ich stöhne genüsslich auf, als sie in meine Arme springt und die Beine um meine Hüften schlingt.

»Darf ich heute etwas rauer vorgehen?«, frage ich, und meine Stimme ist nur noch ein Hauch ihrer selbst, während ich sie die Stufen hinauftrage.

»Dass du das fragst, hebt ein solches Verhalten ja fast schon wieder auf«, antwortet sie mit einem Lächeln und einem leidenschaftlichen Kuss. Ein weiterer erstickter Laut verlässt meine Kehle, als sie mir spielerisch in den Hals beißt. »Aber zum Teufel, *ja!*«

In ihrem Schlafzimmer entledige ich mich meiner Jeans, während sie sich ebenfalls hastig aus ihren Shorts schält.

Sie legt sich rücklings auf das Bett, aber ich packe ihre Knöchel und ziehe sie wieder an den Rand, falle auf die Knie und verliere mich zwischen ihren Schenkeln, bis sie mich am Schopf packt, mir ihr Becken entgegendrückt und ihre Beine an meinen Ohren beben.

»Einen noch … Gib mir noch einen«, bettele ich und widme mich ihr aus einem anderen Winkel, bis ich glaube, dass sie genauso fertig ist, wie ich mich schon den ganzen Tag fühle. Sie stöhnt meinen Namen derart sexy, dass ich mir wünsche, er wäre fortan der einzige Name, der ihr je im Leben über die Lippen kommt – eine Mischung aus Fluchen und Wimmern zugleich, während sie sich inbrünstig gegen meine Zunge presst.

»Hoch den Hintern, Süße«, sage ich und spreize sanft ihre Beine. Dann schiebe ich ihr ein Kissen unter den Rücken. Und während ich mich selbst in ihr verschwinden sehe, überkommt mich das Gefühl, dass sie *mich* festhält, *mich* verankert, obwohl *ich* doch eigentlich die Kontrolle haben wollte. Meine Finger spreizen sich über ihren, verflechten sich mit ihnen. Ich verberge mein Gesicht in ihrem Nacken, damit ich sie einatmen kann, dränge meinen Körper so dicht wie möglich an ihren, damit ich sie überall spüre.

Und anstatt zu rau oder hektisch vorzugehen, möchte ich das Ganze in die Länge ziehen, das Unvermeidliche hinauszögern und es noch einmal so intensiv wie möglich auskosten.

KAPITEL 27

Sage

Während Fisher und ich darauf warten, dass der Rauch sich verzieht, üben wir für das Quiz und fangen mit ein paar einfachen Koch-Lektionen an. Ich merke, dass er am liebsten weglaufen würde, wenn er sieht, wie ich das Messer halte, aber er bleibt geduldig und … ermutigend.

Außerdem ist mir aufgefallen, dass ich ihn auch zum Erröten bringen kann, wenn ich im richtigen Tonfall sage: *Jawohl, Chef.* Prompt mache ich mir daraus öfter mal einen Spaß.

»Ich wollte dir noch etwas erzählen«, sage ich an einem Freitagabend, als Indy bei Blake übernachtet. Seit dem Tag, an dem sie sich die Esel angesehen hat, war sie nur einmal kurz hier, um Gary zu besuchen, ist aber jedes Wochenende mit mir zu den Bauernmärkten gefahren. Obwohl sie sich mit der Situation nicht so recht anfreunden kann, verbringen Fisher und ich fast alle Nachmittage zusammen, und ich war schon ein paar Mal bei den beiden zum Abendessen.

Heute Abend haben wir einen Campingstuhl mit an den kleinen Strand genommen und ihn so positioniert, dass wir den dunstigen Sonnenuntergang sehen können, nachdem sich der Rauch ein wenig verzogen hat. Wir teilen uns eine Flasche Wein und eine Decke, und ich finde es erstaunlich bequem auf Fishers Schoß.

»Du wolltest mir doch was erzählen«, raunt er mir ins Ohr und reibt seine Nase an meinem Hals.

»Ich weiß, welche geheime Zutat dieses Jahr für den Kochwettbewerb geplant ist.« Mit einem Grinsen reiche ich ihm die Weinflasche.

Er streicht mir eine Haarsträhne hinters Ohr. »Welchem Spionagering gehörst du denn an?«, fragt er mit gespieltem Erstaunen, dann in normalem Ton: »Und welche Zutat ist es?«

»Ein Freund von mir hat da was läuten hören und es mir gesteckt. Er hat am anderen Ende der Stadt so einen Bauernhof wie ich«, antworte ich mit bedeutungsvoll hochgezogenen Augenbrauen. »Du weißt doch, da muss man zusammenhalten.«

»Schon klar, als Gleichgesinnte steckt man gern unter einer Decke. Aber das sollte er nicht an eine zu große Glocke hängen, sondern ab jetzt den Mantel des Schweigens darüber ausbreiten.«

»O mein Gott, gleich mehrere Wortspiele.«

»Und so subtil wie immer. Darauf lege ich grundsätzlich Wert«, erklärt er. »Du musst sie zwischen den Zeilen auflesen.« Sein Mund presst sich an meinen Hals und ich spüre sein Lachen mehr, als dass ich es höre.

»Der war grauenhaft, Fisher.«

»Halt deine Begeisterung im Zaum und verrate mir die geheime Zutat, Sage.« Dann lenkt er mich mit einem Kuss ab. Das macht er immer wieder gern, mich mit diesen plötzlichen Küssen aus dem Konzept bringen.

Mit einem Lächeln dicht an seinen Lippen sage ich: »Du wirst begeistert sein, wenn du erfährst, worum es sich handelt. Es sind – Marion-Brombeeren!« Mit denen wir zufällig in den letzten Wochen alles Mögliche fabriziert haben, bei jeder Art von Menü-Gang.

Ein leichtes Lächeln breitet sich auf seinem Gesicht aus. »Damit haben wir die Sache im Sack«, erklärt er. Das gibt mir einen geradezu berauschenden Kick, denn ich glaube, er könnte recht haben.

Leider hält dieser Kick nicht allzu lange an. Ob es von dem Rauch in der Luft kommt oder sonst woher – als ich auf dem Rückweg nur noch verschwommen sehe, überfällt mich die böse Vorahnung, dass ich Migräne bekomme – zum ersten Mal seit achtzehn Monaten. Auf dem Weg oberhalb der Klippen zum

Wintergarten gebe ich die Hoffnung auf, noch rechtzeitig etwas dagegen einnehmen zu können, denn dafür sind die Übelkeit und die Kopfschmerzen schon zu schlimm.

Fisher versucht, mich davon zu überzeugen, zum Arzt zu fahren, aber ich will mich nur noch abschotten. Keine Geräusche, kein Licht und ganz sicher keine Autofahrt. Nur die Augen schließen und warten, bis es vorbei ist. In meiner Jugend hatte ich öfter Migräne, mit zunehmendem Alter immer seltener, dafür aber umso heftiger.

Ich versuche, Fisher nach Hause zu komplimentieren. Mit halb geschlossenen Augen und knirschenden Zähnen sage ich, dass es mir leichter fällt, einfach nur still dazuliegen, wenn ich allein bin. Doch obwohl ich mich in mein abgedunkeltes Schlafzimmer zurückziehe, merke ich, dass er noch im Haus ist – daran, dass ich keinen Mucks von Sable oder Legs höre. Und als er mitbekommt, dass ich mich oben im Badezimmer übergebe, eilt er herauf und hält mir die Haare aus dem Gesicht. Anschließend bringt er mich wieder ins Bett und tauscht im Laufe der Nacht ein paar Mal das feuchte, kühle Handtuch auf meiner Stirn aus, während ich etappenweise in unruhigem Schlaf vor mich hindämmere.

Als ich am frühen Morgen die Augen aufschlage, ist der Schmerz zwar noch nicht weg, aber immerhin nur noch ein dumpfes Pochen, und die Übelkeit ist auch verschwunden. Ich wuchte mich aus dem Bett und versuche, den Tag anzugehen. Ich will mich mit Indy auf dem Bauernmarkt treffen und muss noch meine Waren ins Auto laden.

Als ich in die Küche komme, springt Fisher von seinem Stuhl im Wintergarten auf, und beim Quietschen der Stuhlbeine auf dem Fliesenboden zucke ich direkt zusammen und greife mir an den Kopf.

»Was machst du hier, Sage?«, fragt er tadelnd, aber immerhin leise. »Leg dich bitte wieder ins Bett.«

»Geht schon. Markttag heute. Brauche Kaffee und was zu essen.« Bei jedem meiner abgehackten Sätze kneife ich die Augen fester zusammen.

»Ich habe Indy schon Bescheid gesagt, dass ich an deiner Stelle komme.«

Ich blinzele ihn erstaunt an. »Nein, ich will da doch was verkaufen«, erkläre ich.

Er nimmt mein Gesicht in beide Hände. »Ich weiß. Hab die Sachen in deinem Garagen-Kühlschrank schon gesehen und alles ins Auto gepackt, um es zum Markt zu fahren«, antwortet er beinahe im Flüsterton. »Du gehörst ins Bett.«

Verflucht, mir kommen schon wieder die Tränen, und das macht das Pochen in meinem Kopf wieder schlimmer. »Die Tiere …«, fällt mir noch ein.

»Alle schon gefüttert und rausgelassen.«

Ich schaue ihn fassungslos an.

»Pflanzen sind auch gewässert. Alles erledigt. Und jetzt leg dich bitte wieder hin.«

»Woher wusstest du denn, wo alles ist? Wie viel Futter jedes Tier bekommt? Geht es Bud gut?«

Er lacht auf. »Hab eben gut aufgepasst«, sagt er achselzuckend, als wäre das eine seiner leichtesten Übungen. Meine Emotionen schäumen über wie in einer durchgeschüttelten Limonadenflasche. Ist ihm eigentlich klar, dass er mir gerade vorgeführt hat, wie es sich anfühlt, einen echten Lebenspartner zu haben? »Ich mache dir auch etwas zu essen, wenn du dich wieder hinlegst«, drängt er.

Trotzig wie ein Kleinkind schüttele ich den Kopf. »Ich will dir aber dabei zusehen.«

Er stößt einen ergebenen Seufzer aus. »Dann setz dich da hin. Ich bin gleich wieder da.«

Er bringt mich zu einem Stuhl im Wintergarten, dann joggt er über die Wiese und kommt kurz darauf mit ein paar Tüten zurück. Als Erstes holt er Kopfhörer heraus und setzt sie mir vorsichtig auf.

»Schalldicht«, erklärt er und drückt einen Knopf, woraufhin alles um mich herum verstummt.

Ich sehe zu, wie er mit so hingebungsvoller Sorgfalt ein Omelett zubereitet, dass es mich an etwas ganz anderes erinnert. Vielleicht liegt es an den ausgeblendeten Geräuschen, dass ich jede Bewegung umso genauer wahrnehme, jedenfalls kommt es mir vor, als würde er eine rituelle Handlung ausführen. Dass er Eier mit einer Hand aufschlagen kann, weiß ich längst – eine Fähigkeit, die mich richtig neidisch macht. Aber dann lässt er sie durch ein feines Sieb laufen und verquirlt sie während des Abseihens. Das Klappern des Metalls muss ganz schön laut sein, aber in meinem stillen Kokon höre ich davon nichts. Wie gebannt starre ich auf seine Armbeuge, wo sich Unterarmmuskeln und Bizeps treffen.

In der Schüssel schlägt er die abgeseihten Eier weiter, prüft zwischendurch immer wieder ihre Konsistenz, die von meiner Warte aus so flüssig wie Wasser aussieht. Er hat eine seiner eigenen Pfannen mitgebracht, gibt eine Gabel voll Butter hinein, und nachdem er die geschlagenen Eier dazu gegossen hat (und sie dann erst würzt), lässt er sie nicht mehr aus den Augen. Mit einem Gummispatel schlägt er das Omelett vorsichtig um, lässt es auf einen Teller gleiten und gießt ein wenig von der gebräunten Butter darüber, wobei ihm eine Haarsträhne ins Gesicht fällt. In Windeseile schneidet er ein paar Schnittlauchröllchen und garniert das Omelett damit.

Als er es mir bringt, ist es mir fast unangenehm, es zu essen, nachdem er so viel Aufwand betrieben hat. Aber als ich den Teller in der einen Hand halte und in der anderen die Gabel, geht er sofort zurück in die Küche, um sie sauber zu machen. Mit zitternder Hand probiere ich einen Bissen, und natürlich ist es das köstlichste Omelett, das ich je gegessen habe, obwohl es nur aus Eiern und Butter besteht.

Er bringt mir ein Glas Saft und gibt mir gar nicht die Gelegenheit zu widersprechen, als er sagt, dass er sich jetzt auf den Weg zum Markt macht.

Als er weg ist und ich aufgegessen habe, schleppe ich mich wieder ins Schlafzimmer und muss mir eingestehen, dass er recht hatte und ich mich tatsächlich noch ausruhen sollte. Die Migräne hat noch weiter nachgelassen, aber trotzdem ist mir zum Heulen zumute. So viel Zeit in meinem Leben habe ich damit verbracht, andere Leute zu beobachten und mir anzueignen, was mir fehlte, weil ich *den anderen* etwas bedeuten wollte. Und dann kommt dieser Mann daher und geht so einfühlsam auf *mich* ein, obwohl er mich erst ein paar Wochen kennt. Ist es da ein Wunder, dass ich ihn nicht mehr missen möchte?

Bevor ich in den Schlaf dämmere, ist mein letzter Gedanke: Ich bin aufgeschmissen.

KAPITEL 28

Sage

Drei Tage nach meiner Migräne dreht sich der Wind endlich. Nächste Woche müsste die Luft wieder so klar sein, dass wir mit dem Training weitermachen können. Aber das Feuer wird sich in eine andere Richtung ausbreiten, und Silas und Ellis werden weiterhin zu einem der Hunderten von Löschtrupps gehören, die zur Hilfe gerufen werden. Am Abend, bevor sie erneut aufbrechen, in der vorletzten Juliwoche, lade ich die beiden und Fisher zu mir zum Essen ein. Indy will zu Hause bleiben, und Sam ist bei Wren. Eigentlich ist es ein fröhlicher Abend, abgesehen davon, dass sich Silas darüber beschwert, dass Fisher auch diesmal nicht gekocht hat. Als es für meine Brüder Zeit wird aufzubrechen, überfällt mich ein ungutes Gefühl.

»Pass auf dich auf«, beschwöre ich Silas. »Bitte.«

Verständnislos nimmt er mich so fest in den Arm, dass er mich fast zerdrückt. »Bei dir alles okay?«, raunt er mir zu, während Ellis und Fisher ein Stück abseits auf der Veranda stehen. »Er behandelt dich doch gut, oder?«

»Ja, Si«, antworte ich und versuche, den Kloß in meinem Hals loszuwerden. »Er ist großartig.«

Trotz aller möglichen Widrigkeiten – meiner Migräne, meiner in der rauchigen Luft welkenden Blumen, den unerwarteten Verzögerungen bei dem Restaurant, unserer ausgefallenen Trainingseinheiten – bin ich bis über beide Ohren verliebt. Wenn wir allein sind, kann Fisher unglaublich albern sein: wenn er mit verstellter Stimme mit den Tieren redet oder irgendwelche provokanten Sprüche bringt. Heute Morgen ist er zu mir unter die Dusche gekommen und hat angefangen, all die Stellen nachzuzeichnen, wo ich Sommersprossen habe.

»Großer Gott, Sage«, sagte er wie gebannt. »Die würde ich am liebsten alle zählen.«

Mit einem ungläubigen Prusten drehte ich das Wasser ab und hielt hastig ein Handtuch vor mich. »Das würde locker den ganzen Tag dauern.«

»Genau darum geht es ja«, lautete seine Antwort. »Los, auf die Knie.«

Mir stand der Mund offen, und gleichzeitig durchfuhr mich ein erregender Schauer. Nass und mächtig und so schön, dass es fast wehtat, stand er da und hielt seinen durchdringenden Blick auf mich gerichtet.

»Warum?«, habe ich gefragt. »Weil ich zugegeben habe, dass ich mir Sorgen über meine oralen Fähigkeiten mache? Willst du testen, ob das falsche Bescheidenheit war?« Ich habe ihm alles Mögliche gestanden, wovon ich dachte, dass ich es niemals aussprechen würde – zum Beispiel, wie gehemmt ich beim Sex mit Ian war. Dass ich immer dachte, mit mir stimmt etwas nicht, weil ich nicht schnell genug so weit war. Dass ich mich nie getraut habe zu sagen, was mir gefällt.

»Nein«, antwortete er und packte mich am Kinn. »Ich weiß längst, dass deine Bescheidenheit fehl am Platz ist. Aber es gibt noch ein paar andere Nettigkeiten, die ich dir jetzt gern sagen würde, und dabei solltest du den Mund voll haben.« Mit einem breiten Lächeln sah er mich an. »Dann kannst du nämlich nicht dazwischenreden.«

Ich zucke zusammen, als mir bewusst wird, wohin ich in Gedanken abgedriftet bin, während mein Bruder vor mir steht und mich fragend ansieht.

»Mach keine leichtsinnigen Dummheiten«, sage ich, bevor wir die beiden verabschieden.

Als Silas sich am Ende der Auffahrt so weit winkend aus dem Seitenfenster lehnt, dass er fast rausfällt, wird mir bewusst, dass er mir auch diesmal kein Versprechen gegeben hat.

★ ★ ★

Spätabends entdecke ich am Himmel zum ersten Mal seit Wochen einen Stern. Ich texte Fisher, ob er noch wach ist, und frage scherzhaft, ob er mir nicht einen Mitternachts-Snack bringen will. Um 00:01 Uhr kommt er über die Wiese geschlichen.

Als er dann in der Tür zu meinem Wintergarten erscheint, liege ich auf der Gästematratze und stoße einen lauten Seufzer aus, als ich ihn so in Mondlicht getaucht sehe. Er stellt den Teller mit dem Sandwich auf eins der kleinen Tischchen, legt eine Hand an sein Herz und macht ein Gesicht, als würde er in Ehrfurcht erstarren.

»Was ist los?«, frage ich.

Viel zu weit weg von mir lehnt er sich gegen den Türrahmen. »Ich glaube …«, sagt er und räuspert sich. »Ich glaube, wir sollten langsam einen Gang zurückschalten.«

Jetzt bin ich diejenige, die erstarrt. Mein Herz macht etwas, das bestimmt nicht gesund ist. »Das verstehe ich nicht. Warum?«

Mit gequältem Gesichtsausdruck sagt er: »Ich glaube, du weißt, warum.«

Oh. Natürlich weiß ich das. Natürlich merkt er mir an, dass ich bis über beide Ohren in ihn verliebt bin. Und er will mir den daraus entstehenden Kummer ersparen. Ein hässliches Geräusch steigt aus meiner Kehle auf. Ich lege den Kopf in den Nacken, um dadurch meine Tränen aufzuhalten.

Er kniet sich vor mich. »Ich habe mich schon viel zu weit darauf eingelassen, Sage«, sagt er mit erstickter Stimme. Sofort schießt mein Kopf wieder hoch.

»Ich … ich weiß nicht, was ich machen soll! Ich habe Indy etwas *versprochen.* Ich habe sie schon einmal im Stich gelassen, und ich glaube, sie braucht jemanden, bei dem sie an erster Stelle steht, und … Es tut mir leid. Ich muss sie ihre eigenen Erfahrungen machen lassen und ihr dabei Halt geben. Und ich will meinen Stern zurückbekommen. Zum Teil, weil ich es Carlie schulde, aber vor allem, weil ich wissen will, ob ich es noch mal schaffen kann. Verstehst du? Es tut mir wirklich so leid, Sage! Eigentlich hatten wir die Abmachung, dass wir diese Sache zwischen uns beiden nicht zu ernst nehmen und es einfach genießen. Aber ich bin viel zu tief hineingeraten, und jetzt versinke ich darin, Sage.« Tränen steigen ihm in die Augen.

»Fisher«, sage ich, und bei mir fließt schon die erste Träne. Weitere folgen, während ich sein Gesicht streichele. »Für mich ist es zu spät, um umzukehren. Ich stecke auch schon viel zu tief drin«, gestehe ich ihm. Seine zitternde Hand legt sich in meinen Nacken. »Deshalb liebe mich, solange es geht«, füge ich hinzu. »Bitte.«

Er beugt sich über mich, so verzweifelt, zärtlich und perfekt, dass es mir einen schmerzhaften Stich versetzt. Und ich noch ein Stück tiefer in all dem versinke.

KAPITEL 29

Fisher

Ich bin mir nicht sicher, wie es so weit kommen konnte. Ich habe nicht gemerkt, dass ich längst Hals über Kopf drinstecke. Seit ich Sage kennengelernt hatte, wusste ich schon bald, dass ich sie als Freundin in meinem Leben behalten wollte – oder zumindest eine Möglichkeit finden, unsere Freundschaft in irgendeiner Form aufrechtzuerhalten, wenn ich wieder in New York wäre. Aber dann sah ich sie in jener Nacht in ihrem Wintergarten – sie saß aufrecht und in ein Laken gehüllt auf dieser Matratze, das Sternenlicht schien durch die Glasdecke, und sie strahlte mich an, als hätte ich ihr gerade das Heilmittel gegen eine schreckliche Krankheit dargeboten und nicht bloß ein einfaches Sandwich auf einem dämlichen Pappteller. Und just in diesem Moment bohrte sich ein Keil ins tiefste Innere meiner Brust. Plötzlich wurde mir so vieles klar.

Das hier war *Liebe*. Ganz und gar nicht die geplante, sorglose Unverbindlichkeit, sondern echte Liebe. Welch süße, schmerzende Erleichterung. Aber natürlich machte diese Erkenntnis alles nur noch verwirrender.

★ ★ ★

Wir stürzen uns in jeder freien Minute ins Training, und ausgerechnet Sage ist dabei besonders unerbittlich. Wir beklagen uns darüber, dass sich alle Muskeln in unseren Oberkörpern anfühlen, als wären sie hundertmal zerrissen und neu zusammengesetzt worden, aber unsere Entschlossenheit scheint sich gleichzeitig zu stählen.

Ich spreche es nicht aus und sie auch nicht, aber ich glaube, wir hoffen beide, dass welche Magie auch immer die Gewinnerteams des Festivals in Spunes hält, auch bei uns wirkt.

Allerdings spreche ich mit meiner Therapeutin über all das. Ich hoffe, dass sie mir sagt, was ich hören will – dass es in Ordnung ist, mehrere große Veränderungen im Leben direkt nacheinander vorzunehmen. Dass es vielleicht sogar empfehlenswert ist. Vielleicht sagt sie mir ja, ich soll von der Gastronomieleiter abspringen, die ich so erfolgreich erklommen habe, und die Rückeroberung meines Sterns einfach vergessen – und Indy zwingen, mit mir hierzubleiben, ob sie will oder nicht.

Aber Dr. Deb sagt nichts dergleichen. Sie sagt allerdings auch nicht, dass es *nicht* in Ordnung wäre – was meiner Meinung nach einer der nervigsten Aspekte dieser ganzen Therapie ist.

Während ich über mich spreche, ist mir nur allzu bewusst, wie ich klinge. Ich weiß, dass ich mich in einer Situation befinde, die zu Beginn einer neuen Liebe alle erleben. Man glaubt, dass noch nie jemand so viel oder so stark gefühlt hätte wie man selbst. Man redet sich ein, dass man jede Entfernung und alle Hindernisse überwinden könnte.

Weil *sie* es ist, schreit alles in meinem Inneren – meine süße Sage.

★ ★ ★

Inzwischen ist es für mich zur Routine geworden, gegen Mitternacht zu Sage rüberzugehen und bis drei oder vier Uhr morgens bei ihr zu bleiben, bevor ich ins Haus der Andersens zurückkehre. Nie zuvor war ich so erschöpft, aber immerhin können wir beide so ein paar gemeinsame Stunden mehr genießen.

In der Nacht vor unserem ersten Probelauf auf der echten Kanurennstrecke, eine Woche vor dem Renntag, wache ich auf und merke, dass Sage nicht mehr neben mir liegt. Verschlafen schlurfe ich in den Wintergarten, wo sie in ihrem Sessel zusammengerollt sitzt und liest.

»Da bist du ja«, sage ich leise.

Sie erschrickt trotzdem, verzieht dann aber das Gesicht zu einem Lächeln. »Schleich dich doch nicht so an«, antwortet sie halb vorwurfsvoll.

Ich setze mich auf die Gästematratze und lege mir ihre Füße auf den Schoß. »Was liest du da?«, frage ich.

»Nichts Besonderes«, sagt sie ausweichend, »… nur eine Art Tagebuch. Notizen und so.«

»Kannst du nicht schlafen?«, will ich wissen.

Sie schüttelt den Kopf. »Es ist fast Zeit für dich, zurückzugehen.«

Höchstwahrscheinlich meint sie das Ferienhaus, aber mir stockt trotzdem kurz der Atem. »Okay«, würge ich hervor. Der Rest des Unausgesprochenen verharrt zwischen uns. »Wir sehen uns später«, sage ich, bevor ich sie zum Abschied innig küsse.

* * *

Ein paar Stunden später treffe ich sie mit einem Kaffee und einem Bagel an ihrem Wagen. Wir schnallen schweigend das Kanu fest und fahren ans andere Ende der Stadt, während wir auf dem Sitz zwischen uns Händchen halten. Die Bootsrennstrecke führt am östlichen Rand von Spunes durch den Fluss, unter der Hauptbrücke hindurch und hinaus in die Bucht, wo sie eine Schleife macht und schließlich am Founder's Point endet. Das bedeutet, dass wir zwar zunächst von einer stärkeren Strömung vorangetrieben werden, dann aber mit rauerem Wasser und vielleicht sogar ein paar Wellen konfrontiert werden.

Als wir am Startpunkt ankommen, stellen wir fest, dass wir nicht allein sind.

»Hey, Sage«, sagt Officer Carver, während seine Verlobte an seiner Seite herumhüpft.

»Fisher«, nickt er mir zur Begrüßung zu.

»Ethan«, erwidere ich mit einem Nicken meinerseits.

»*Ian*«, korrigiert er. Ich tue so, als hätte ich es nicht gehört. Meinen Respekt behalte ich mir für Leute vor, die ich wirklich mag. Noch nie war ich eifersüchtiger auf diesen Kerl und konnte ihn noch nie zuvor so wenig leiden wie jetzt gerade – schließlich war er länger und weitaus vor meiner Zeit mit Sage zusammen und wird immer noch hier sein, wenn ich wieder weg bin.

»Wir sollten ein Rennen fahren!«, quietscht Cassidy dann. »Das wäre ein tolles Training, findest du nicht auch, Babe?«

»Ich wäre dabei«, lautet Carvers Antwort.

Ich blicke zu Sage hinüber. Sie hat dunkle Augenringe und einen überaus mürrischen Gesichtsausdruck. »Von mir aus«, sagt sie. *Das ist mein Mädchen,* denke ich. Sie lässt ihren Mut-Muskel spielen.

★ ★ ★

Cassidy findet schnell eine unbeteiligte Passantin, die für uns den Countdown macht, und wir begeben uns auf unsere Startplätze. Sage und ich tauschen einen Blick – unerschütterlich und wild entschlossen, die beiden zu schlagen.

»Auf die Plätze!«, ruft die Frau mit einem kläffenden Pudel im Arm. »Fertig. Los!«

Sage und ich starten ziemlich professionell – das Kanu schaukelt kaum, als wir uns vom Ufer entfernen. Am Anfang paddeln wir schnell durchs Wasser, dann halten wir unsere Schläge konstant, da wir bereits um eine ganze Bootslänge vorn liegen. Wir konzentrieren uns auf unsere Atmung, unser Timing und das Einhalten unseres Tempos. Wir machen alles exakt so, wie wir es die letzten Wochen über trainiert haben, und keiner von uns dreht sich um. Nicht, als wir die beiden hinter uns nicht mehr hören, nicht, als wir nach der Hälfte der Strecke unter der Brücke hindurchfahren, noch nicht einmal, als wir die letzte Kurve nehmen und Bannet Island aus den Wellen emporragen sehen.

Wir schaffen die fünfzehneinhalb Meilen zum Founder's Point in unter zwei Stunden – kaum länger als die Siegerzeit des letzten Jahres. Sage reckt ihr Paddel in die Luft, schreit vor Freude auf und raubt mir den – ohnehin kaum verbliebenen – Atem, als sie mich in eine stürmische Umarmung zerrt.

»Wir haben's verdammt noch mal geschafft!«, jubelt sie. Ein paar Haare kleben vor lauter Salzwasser und Schweiß an ihren Schläfen.

»Wir haben's verdammt noch mal geschafft«, stimme ich zu. Ich küsse sie voller Inbrunst.

Es mag kleinlich oder arrogant anmuten, aber wir warten nicht einmal auf Ian und Cassidy, bevor wir wieder in unser Kanu steigen und erhobenen Hauptes davonpaddeln.

Auf der Fahrt nach Hause sitzt Sage mit vor Stolz gerecktem Kinn und selbstbewusstem Grinsen auf dem Beifahrersitz; ihre Haare wirbeln wild im Wind umher. Ich war noch nie so stolz auf irgendetwas wie gerade auf sie und unseren Erfolg.

★ ★ ★

In der Woche vor dem Festival kommen immer mehr Menschen nach Spunes. Auf dem Parkplatz des *O'Doyles* parken bereits etliche Campingbusse, aus deren Hecktüren Rauch von tragbaren Grills emporsteigt, und auf den Gehwegen kommt man kaum noch durch vor lauter Klappstühlen. Ich beobachte, wie Martha ein zerzaust aussehendes Pärchen verbal zurechtweist, als es aus seinem umgebauten Lieferwagen aussteigt, und die beiden dann auf den Langzeitparkplatz verweist. Auch Amos erkenne ich von Weitem, und er winkt mir beiläufig zu. Eine ältere Frau geht an mir vorbei und fragt nach dem Weg zur Bibliothek, und ich brauche eine Minute, um zu begreifen, dass sie mich wohl für einen Einheimischen hält. Aus irgendeinem idiotischen Grund fühlt sich das beinahe wie ein Kompliment an.

Nachdem ich ihr den Weg gewiesen habe, bringe ich benötigtes Material ins *Starhopper,* ehe ich es für den Rest der Woche zuschließe.

Nachdem wir heute Morgen zurückgekommen sind und uns umgezogen haben, musste Sage los, um ihre täglichen Routinearbeiten zu erledigen. Deshalb beschloss ich, endlich das Pflaster abzureißen – im übertragenen Sinne – und Carlie anzurufen. Wir sprachen über das *Marrow* und darüber, wie die Dinge unter Archers Führung laufen, seit ich weg bin. Eine mehr als seltsame Erfahrung für mich – ich kann nicht genau sagen, wann oder wie es passiert ist, aber es scheint, als ob sich diese ganze Welt drüben in New York fremder anfühlt als alles hier in Spunes, obwohl ich doch erst seit neun Wochen hier bin.

»Also«, sagte Carlie. »Was brauchst du?«

»Wie meinst du das?«, lautete meine verwirrte Antwort.

»Ich meine, willst du das Menü im *Marrow* ändern oder nicht?«, fuhr sie fort. »Ich werde helfen, wo ich kann. Wir holen den Stern zurück und bringen auch die Bloggerszene wieder auf unsere Seite.«

Ich will gar nichts davon, dachte ich spontan, musste aber sofort den Anflug von Schuldgefühlen unterdrücken und mich zwingen, Dankbarkeit dafür zu empfinden, dass sie mir meinen Job zurückgeben will. In meinem Innern hat sich viel geändert, und ich weiß, dass ich wieder Spaß am Kochen habe. Vielleicht, weil ich inzwischen auch weiß, dass mein Wert als Person nicht mehr einzig und allein von meinen Erfolgen als Koch abhängig ist.

Ich teilte Carlie mit, dass ich die Menüpunkte auf der Speisekarte in Zukunft wöchentlich ändern oder optimieren möchte, je nachdem, welche Zutaten verfügbar sind oder welche ich gerade besonders spannend finde. Sie sagte, dass sie bei allem mit an Bord ist. Das fühlte sich zumindest schon mal wie ein Schritt in die richtige Richtung an, wie auch immer er am Ende aussehen mag.

Walter kommt zu mir herüber, um mir beim Aufhängen der Lichterketten zu helfen, die ich O'Doyle für das Festival versprochen habe, und lädt mich dann zum Mittagessen in sein Diner ein, auf seine Kosten. Er serviert mir einen überraschend leckeren Cheeseburger mit Pommes. Ich bin übrigens heilfroh, dass ich sein Chinchilla nirgendwo an ihm oder im Restaurant entdecken kann. Eigentlich fällt mir gar nichts auf, das irgendwo fehl am Platz wäre.

Ich muss an den winzigen Sandwichladen meiner Eltern denken; sie hatten ähnliche Vinyl-Sitzecken. Und daran, was mein jüngeres Ich dafür gegeben hätte, wenn sie irgendeine Art von Bestätigung erfahren hätten …

»Hey, Walter«, sage ich und schaue mich immer noch um. »Echt schickes Diner.«

Ihm schwillt vor Stolz die Brust.

Und dann klingelt das Telefon.

Als ich sehe, wie sein Lächeln schwindet, und höre, wie er sagt: »Ja, er ist hier«, rutscht mir sofort das Herz in die Hose. »Wo ist dein Handy?«, fragt er mich.

»Was ist denn los?«, frage ich zurück und bin bereits auf halbem Weg zur Tür. Mein Handy muss noch im *Starhopper* liegen. »Geht es um Indy?« Ich spüre Schwindel in mir aufsteigen und das Blut in meinen Kopf schießen.

»Indy ist wohl bei Wren«, sagt er. »Aber du musst sofort Sage anrufen.«

KAPITEL 30

Sage

Ich habe es geahnt. Ich hatte die Vorahnung, dass etwas passieren würde. In der letzten Woche bin ich fast jede Nacht aufgewacht und habe meine Finger in die Bettdecke gekrallt, weil ich das Gefühl hatte, sonst zu fallen. Fast jede Nacht bin ich aufgestanden, habe gelesen oder etwas in den Ratgeber meiner Mutter geschrieben. Und als ich heute nach einem Mittagsschlaf wach wurde, habe ich direkt nach Luft geschnappt, als würde ein unsichtbarer Faden mir die Lunge aus dem Leib zerren.

Silas wurde von seinem Löschtrupp getrennt und ist in eine Felsspalte gestürzt. Er hat es überlebt, aber an 20 Prozent seiner Haut schwere Verbrennungen davongetragen und dazu eine Rauchvergiftung. Er wird beatmet und wurde ins künstliche Koma versetzt, weil er die Schmerzen nicht aushalten würde.

Fisher biegt in die Auffahrt ein. Er sagt nichts, sondern hält einfach nur meine Hand, als ich in den Truck steige. Ich weiß nicht genau, wie viele rote Ampeln er ignoriert, aber die eigentlich fünfstündige Fahrt zu diesem Krankenhaus dauert nur vier Stunden.

Die Stimmen in den Krankenhausfluren klingen wie von weit entfernt. Ich presse die Lippen aufeinander. Bis ich Ellis sehe.

Ellis, der den Kopf in seine Hände gelegt hat. Ellis, der sich so sehr dafür abgerackert hat, alle und alles zu beschützen, dass er nie die Gelegenheit hatte, an sich selbst zu denken. Ellis, der viel zu jung erwachsen werden musste. Der mit dreizehn schon die Last der ganzen Welt schultern musste. Der mir gesagt hat, dass Mom gestorben ist, als mein Dad es nicht über sich brachte. Er hebt den Kopf, und für einen Moment spiegelt sich so etwas wie Kummer in seinem Gesichtsausdruck. Aber gleich darauf hat er sich wieder eisern im Griff, als wolle er mir nicht zumuten, ihn zusammenbrechen zu sehen.

Silas – irgendwie weiß ich, dass er es schaffen wird. Er wird aus jeder Narbe eine spannende Geschichte machen. Aber großer Gott, was macht das Ganze mit Ellis?

Er nimmt mich in den Arm und klopft mir vorsichtig mit seiner geballten Faust auf den Rücken.

»Als wir ihn da rausgezogen haben«, murmelt er, »war das Erste, was er sagte, bevor er bewusstlos wurde: ›Immerhin hat mein Gesicht nichts abgekriegt.‹«

Halb schluchze ich, halb lache ich hysterisch auf.

KAPITEL 31

Sage

Die nächsten 48 Stunden laufen ab, als wäre ich in Trance. Da Silas danach keine Anzeichen einer Infektion aufweist und seine Vitalwerte weiterhin stabil sind, sagen uns die Ärzte, dass sie ihn von der Beatmung nehmen und aus dem Koma holen.

An Tag drei sehe ich Ellis weinen. Er weicht nicht von der Sitzbank vor Silas' Zimmer. Ich weiß nicht, ob er zwischendurch überhaupt mal geschlafen hat. Erst als Wren mit Sam und Indy kommt und ihn von dieser Bank wegzieht, lässt er sich in ihre Arme sinken.

Wenn man Silas so sieht, könnte man meinen, er hätte bloß ein kleines Missgeschick hinter sich und keine Verbrennung dritten Grades an einem Bein. Mir ist klar, dass er vollgepumpt ist mit Medikamenten, aber er setzt alles daran, dass bei uns kein Mitleid aufkommt. Er schäkert mit den Ärzten und dem Pflegepersonal, zeigt ihnen vergnügt seine Bandagen und lässt sich mit halb weggetretenem Grinsen abtasten.

Fisher bringt mich schließlich in das Hotel, in dem er uns an Tag vier eingemietet hat. Ich gehe erst mal unter die Dusche und falle dann an seiner Seite selbst in eine Art Koma. Wenn ich noch die Energie aufbringen könnte, würde ich garantiert in Panik ausbrechen, weil wir nur noch ein paar Tage miteinander haben.

Als ich an Tag fünf allein in dem Hotelzimmer aufwache, fällt mein Blick als Erstes auf die Reisetasche, die Fisher mir zu Hause gepackt hat, unter anderem mit meinem Tagebuch und ein paar Büchern, die auf meinem Nachttisch lagen. Eine Flut von Emotionen steigt in meiner Brust auf. Ich mache mich auf die Suche nach ihm, und offenbar funktionieren unsere Botenstoffe wie Magneten, denn ich gehe automatisch in die richtige Richtung und finde ihn schlafend auf einer Liege am Pool. Ich wecke ihn mit sanften Küssen.

»Wo ist Indy?«, frage ich.

»Wren ist mit den Kids zurückgefahren«, sagt er. »Sie denkt, das Festival ist eine willkommene Ablenkung.«

Mir zieht sich der Brustkorb zusammen, als mir bewusst wird, was das bedeutet. Mittlerweile haben wir den Kochwettbewerb und das Quiz verpasst. Aber gemessen an allem anderen ist das Nebensache. Trotzdem zittert mein Kinn.

Das ist doch verrückt, sage ich mir. Im Leben geht es nun einmal nicht immer nur um Leistung. Auch wenn man alles richtig gemacht hat und weiß, dass man es verdient, heißt das nicht, dass am Ende alles perfekt läuft. Sich einen Traum zu erfüllen, heißt noch längst nicht, dass genau *das* einen auf ewig glücklich macht.

»Hey«, sagt Fisher. Er zieht meinen Kopf auf seine Brust und zeichnet mit den Fingerspitzen Kreise auf meine Schultern. Ein Labyrinth auf meiner Haut. »Du musst noch Schlaf nachholen. Komm, ich bringe dich zurück ins Bett.«

»Nein«, sage ich. »Ich will nicht schlafen. Aber ja, bring mich ruhig ins Bett.«

Lieb mich, lieb mich, mach Liebe mit mir, flehe ich im Stillen. *Uns läuft die Zeit davon.*

* * *

Wir haben uns schon an romantischeren Orten geliebt, aber für uns fühlt sich das Hotelzimmer an wie geweihte Erde. Wieder und wieder treiben wir uns bis kurz vor den Höhepunkt und flehen dann um Erlösung.

Fishers Finger spielen mit meinem Haar, während ich mich mit den Lippen abwärts taste und von seiner warmen Haut koste. Als ich quälend langsam seine Schenkel streife, packt er fester zu, und die heiseren, drängenden Bitten, die ich so gern höre, erfüllen den Raum.

Er revanchiert sich mit einem endlosen Spiel seiner Hände, achtet auf jede noch so feine Reaktion, flüstert mir Flüche und Schmeicheleien ins Ohr. »Noch nicht«, haucht er in dem Wissen, dass jede Faser meines Körpers sich umso mehr danach sehnen wird. Ehe ich mich vom ersten Mal erholt habe, dreht er mich auf die Seite und nimmt mich von hinten. Er dringt tief in mich ein, seine Hand gleitet über meine Hüfte, berührt mich da, wo wir miteinander verbunden sind, bis ich wieder so weit bin und sein tiefes, abgehacktes Grollen mich über den Gipfel bringt.

Als ich endgültig glaube, dass ich nicht mehr kann, dreht er mich wieder auf den Rücken. Er wartet, bis ich ihm in die Augen sehe, bevor er sanft in mich eindringt und wispert: »Ich liebe dich.«

»Ich liebe dich auch«, flüstere ich mit erstickter Stimme, und eine Träne läuft mir über die Wange.

KAPITEL 32

Sage

Was machst du denn verflucht noch mal hier?«, werde ich am nächsten Morgen auf dem Flur vor Silas' Zimmer von Micah begrüßt – nachdem wir uns seit fast fünf Monaten nicht mehr gesehen haben.

»Micah!« Tränenreich nehme ich ihn in die Arme.

»Hi, nett, dich kennenzulernen«, murmelt er Fisher über meine Schulter hinweg zu. Dann packt er mich an beiden Schultern und schüttelt mich leicht. »Warum bist du noch hier?«

»Äh, vielleicht, weil unser Bruder fast in Flammen aufgegangen wäre?«, gebe ich genervt zurück.

»Ich bin einen Berg runtergefallen«, kräht Silas durch die offene Tür. »Wehe, ihr schädigt meinen guten Ruf!«

»Du sollst nicht so laut reden!«, gebe ich zurück.

»Und *du* solltest längst bei dem Rennen sein«, sagt Micah. »Du brauchst nicht hierzubleiben. Na los!«

»Micah, nein.«

»DOCH!«, rufen Micah, Silas und Ellis, der gerade ankommt, im Chor.

»Die Wettbewerbe, bei denen man Punkte für eine gute Startposition sammeln kann, haben wir längst verpasst«, sage ich traurig.

»Sage«, sagt Fisher und streicht mir mit seiner warmen Hand über den Arm. »Na los. Du hast dir dieses Rennen verdient. Wir beide haben es uns verdammt hart verdient.«

Meine Augen füllen sich mit Tränen und drohen überzulaufen. »Wir können nicht mehr gewinnen. Das geht doch gar nicht«, schluchze ich. »Das sollten wir einfach einsehen.«

»Wir versuchen es trotzdem«, sagt er energisch. »Das ist es auf jeden Fall wert.« Und ich weiß, dass er damit nicht nur das Rennen meint.

KAPITEL 33

Fisher

Ich bin kein besonders gläubiger Mensch, aber ich tue mein Bestes, auf dem Weg zurück nach Spunes irgendeine Art von göttlichem Wesen anzuflehen. Nach allem, was Sage mir diesen Sommer gegeben hat, muss ich einfach versuchen, mich so gut wie möglich für sie einzusetzen.

Die Startzeit des Rennens kommt und geht vorüber, während die Uhr auf dem Navi besagt, dass wir noch knapp zwei Stunden von Spunes entfernt sind.

»Vielleicht haben sie nicht pünktlich angefangen«, sagt Sage hoffnungsvoll. »Man kann nie wissen. Vielleicht gibt es ja aus irgendeinem Grund eine Verschiebung.«

»Das passiert öfter, als man denkt«, sage ich optimistisch. Aber trotzdem sind wir die restliche Fahrt über nicht weniger angespannt.

* * *

Wir haben zwar keine Neoprenanzüge dabei, aber zumindest die Rettungswesten, die seit dem Training am Founder's Point und dem inoffiziellen Rennen gegen Ian und Cassidy noch im Auto liegen. Eine Stunde und fünfzehn Minuten nach dem geplanten Startschuss biege ich mit quietschenden Reifen auf die Straße zum Startpunkt ab und parke direkt vor dem Eingangstor.

»Hier wirst du sicher abgeschleppt!«, jammert Sage.

»Von wem denn? Es sind doch alle beim Rennen.«

»*Touché.*«

Wir springen aus dem Wagen, ziehen unsere Rettungswesten an und binden das Kanu los.

★ ★ ★

Ian und Cassidy, einer von Walters Neffen und dessen Ehemann sowie drei weitere Teams, die ich als Leute aus der Umgebung rund um Spunes wiedererkenne, sind noch am Strand. Patty Munty und Wren stehen bis zu den Knien im Wasser. Indy und Sam kommen von irgendwoher auf uns zugelaufen.

»Die Teilnehmer von außerhalb sind schon alle los«, sagt sie. »Aber wir haben alle anderen dazu gebracht, auf euch zu warten, auch wenn sie dann mit dem Ausgang des Rennens nichts mehr zu tun haben.«

»Im Namen des Fairplay«, sagt Patty. »So schwer war das nicht, sie zu überreden. Sie hätten sowieso alle auf euch gewartet.«

»Nachdem Indy ihnen erklärt hat, was überhaupt los ist«, fügt Sam stolz hinzu.

Sage stößt ein halb ersticktes, schluchzendes Lachen aus und wirft ihre Arme um Indy, die knallrot angelaufen ist. Ich muss ebenfalls schlucken und nicke allen dankend zu. Wir platzieren unser Kanu an der Startlinie, begrüßen dann rasch die anderen und bedanken uns fürs Warten.

Sage zögert nicht, sich auch bei Ian oder Cassidy zu bedanken – natürlich nicht. Mein Mädchen ist einfach durch und durch gutherzig. Ich beschließe, mich an ihrem Vorbild zu orientieren, und reiche Ian ebenfalls die Hand.

»Ich weiß das wirklich zu schätzen, *Ian*«, sage ich.

Er sieht mir in die Augen und erwidert meinen Handschlag mit einem Nicken. »Jep. Ich brauchte eh noch eine Chance, euch zu schlagen«, antwortet er. Ich lache und klopfe ihm auf die Schulter, bevor ich zum Kanu zurückkehre.

Wir positionieren unsere Paddel so, wie wir es geübt haben, und schauen uns noch einmal an – zerzaust, leicht übermüdet und in ganz normalen Klamotten und Schuhen, aber beide voll wilder Entschlossenheit. Ich gebe Sage noch schnell einen Kuss.

»Los geht's, verdammt noch mal«, sage ich.

★ ★ ★

Patty macht sich auf den Weg zu der kleinen Anlegestelle, ein Megafon und eine leuchtend orangefarbene Startpistole in der Hand.

»Auf die Plätze!«, schallt ihre Stimme zu uns herüber. »Fertig. LOS!«

★ ★ ★

Wir stoßen uns vom Ufer ab, aber der Start verläuft wackelig. Ich rutsche aus und bringe uns beinahe zum Kentern, und Sage verfängt sich mit ihrem Paddel an dem von einem der Kassierer aus dem Supermarkt. Wir kämpfen uns mehr schlecht als recht durch das anfängliche Gerangel und schaffen es dann, uns an dritter Stelle zu positionieren.

Doch schon nach dreißig Minuten bin ich viel erschöpfter als sonst. Ich spüre das schmerzhafte, bleierne Gefühl in den Muskeln, die Trägheit in meinem Kopf. Die Tage mit beschissenen Mahlzeiten und schlechtem Schlaf in einem ungewohnten Hotelbett machen sich bemerkbar. Dasselbe kann ich auch Sages frustrierten Lauten beim Rudern entnehmen.

Trotzdem machen wir weiter. Ich stoße mein Paddel ins Wasser und rudere, als hinge mein Leben davon ab. Als wir versehentlich gegen das Heck des Teams auf dem zweiten Platz stoßen, spornt uns ein Energieschub dazu an, sie zu überholen.

Wir nähern uns der Kurve, die uns auf die Zielgerade führt. Ian und Cassidy sind mindestens zwei Kanulängen voraus. Ich kann sehen, dass auch sie sich anstrengen müssen. Doch dann erinnere ich mich an eine meiner nächtlichen Unterhaltungen mit Sage, als wir im Wintergarten unter den Sternen lagen und darüber philosophierten, wie überflüssig es ist, sich im Leben ständig mit anderen Leuten zu vergleichen.

»Man muss einfach sein eigenes Boot rudern«, hatte Sage gesagt.

Und das tun wir. Wir tun *unser* Bestes. Wir bleiben im Takt und halten uns an unsere einstudierte Technik. Wir rudern unser eigenes verdammtes Boot und ignorieren den Rest.

Und als wir die Innenseite der Kurve erreichen, werden Ian und Cassidy sichtlich nervös, aber Sage und ich fahren immer weiter, während leuchtend helle Bojen die Ziellinie in der Ferne markieren.

Die Gewinner des Preisgeldes werden bereits am Strand gefeiert, aber das hier ist immer noch unser Rennen. Ian und Cassidy sind in meinem Augenwinkel immer präsent, aber ich halte den Blick nach vorn auf Sage und das Meer gerichtet. Als wir schließlich mit ein paar mickrigen Metern Vorsprung gewinnen, brechen alle am Founder's Point in tosenden Jubel aus. Alle, die ich aus der Stadt kenne, warten dort am Strand auf uns. Sie sind von der Startlinie herübergefahren oder haben von Anfang an hier auf die Ankommenden gewartet. Es sieht so aus, als wären auch Sages Schüler aus der Highschool da, eine Menge Teenager mit verschiedenen Schildern, auf denen so etwas steht wie »MISS BYRD IST HEISS« und »NIEDER MIT DER KONKURRENZ, BYRD!« Walter reißt sich das Hemd vom Leib und lässt es über seinem Kopf wirbeln. Wren und Patty umarmen sich und jubeln vor Freude. Venus und Athena Cirillo rennen ins Wasser und planschen uns vergnügt entgegen. Bea, die Friseurin, hält ein Tablet hoch und hat Silas über FaceTime dran.

Als wir das Kanu ans Ufer bringen und Hand in Hand aus dem Boot steigen, stürzt Martha O'Doyle nach vorn und schlingt die Arme um uns beide. Sogar der Bautrupp vom *Starhopper* ist hier und beglückwünscht uns unter Klatschen und Pfeifen.

Indy und Sam bahnen sich ihren Weg durch die Menge. Indys Umarmung ist diesmal besonders fest. Die Zuschauer, die nicht hier aus der Stadt kommen, erkenne ich deutlich an den verwirrten Gesichtern.

Das Ganze ist zweifellos die lächerlichste, albernste und kitschigste Kleinstadt-Szene, die ich je erlebt habe. Und es ist mir eine verdammt große Ehre, daran teilhaben zu dürfen.

KAPITEL 34

Sage

Am liebsten würde ich stehenbleiben, mir den Jubel anhören und die Szenerie ganz in mich aufsaugen. Um alles zu genießen und für immer in meinem Inneren bewahren zu können. Selbst wenn wir nicht unser spezielles Rennen gewonnen hätten, würde das, glaube ich, schon reichen, um mir klarzumachen, dass ich auch eine Siegerin sein kann.

Als auch die restlichen Teilnehmenden aus Spunes die Ziellinie überqueren, geht der Jubel weiter. Ian und Cassidy kommen zu uns rüber, und Fisher zieht mich sofort dicht an sich.

»Gratuliere«, sagt Cassidy, obwohl sie kurz davor ist, in Tränen auszubrechen. Ich drücke fest ihre Hand.

Nachdem Ian Fisher die Hand geschüttelt hat, nimmt er meine. »Gut gemacht, Byrd«, sagt er. »Das hast du dir verdient.«

»Ach, echt, Ian?«, gebe ich von oben herab zurück und tätschele ihm die Hand. »Na, danke.«

Meine schmutzige, feuchte, nach Salzwasser riechende Kleidung lasse ich für den restlichen Tag an, während ich mir mit meiner großen Drei-Sterne-Liebe typisches Festival-Food wie zum Beispiel gegrillte Maiskolben und Spritzgebäck gönne. Ich genieße mit ihm all die kleinen Dinge, die ich im Laufe der Jahre lieben gelernt habe, und dazu noch welche, die ich vorher noch nie gemacht habe. Zum ersten Mal gehe ich mit einem Mann, den ich liebe, in die Fotokabine. Und am Abend tanze ich mit ihm barfuß auf dem Asphalt unter der Lichterkette an der Terrasse des neuen zukünftigen Restaurants.

Als wir nach Hause kommen, springen wir nicht sofort ins Bett, sondern nehmen uns noch Zeit, die Tiere zu begrüßen, die wir während der letzten Tage sehr vermisst haben. Als ich aus der Scheune komme, ist Fisher im Stall mit Ernie und Bert auf dem Schoß eingeschlafen. Vielleicht liegt es daran, dass dieser anstrengende Tag seinen Tribut fordert, jedenfalls muss ich plötzlich die Hände vor den Mund schlagen, um nicht laut loszuheulen. Das hier ist eine grausame Vision von dem Leben, das wir haben könnten, wenn unsere Wege sich nicht nur gekreuzt hätten, sondern fortan parallel verlaufen würden. Aber ich weiß, unsere gemeinsame Zeit nähert sich dem Ende, und ich muss lernen, dankbar für diese wunderbare Schleife im Labyrinth zu sein.

★ ★ ★

Nach dem Festival gönnen wir uns noch sieben Tage Glückseligkeit im Hier und Jetzt. Ohne uns Gedanken darüber zu machen, wie es weitergeht, obwohl Fisher und Indy an Tag acht abreisen werden. Fisher bringt mir zwischendurch immer mal einen Snack in den Garten, unter den nun wachsamen Blicken von Indy, die neben Gary auf der Wiese liegt. Einmal muss Fisher einer ausgebüxten Ziege hinterherjagen und bringt sie wie ein ungezogenes Kind unter den Arm geklemmt wieder zurück. Beim Frühstück springt Leggieless immer auf den Tisch und reibt seinen Kopf an Fishers Dreitagebart. Und pünktlich um 00:01 Uhr in jeder Nacht steht Fisher in der Tür des Wintergartens, um mit mir den Sternenhimmel zu betrachten oder einfach nur dazuliegen und zum Mond hinaufzuschauen.

An Tag sieben entgleitet uns das Ganze dann doch.

»Wie wäre es erst mal mit einer Fernbeziehung?«, fragt Fisher.

Daraufhin kommen mir alle möglichen Gedanken. Den naheliegendsten spreche ich aus. »Und dann? Wann könnte man das *fern* denn streichen?«

Er kratzt sich im Nacken. »Keine Ahnung.« Eine Million weitere Möglichkeiten nehmen in meiner Fantasie Gestalt an. Was, wenn Indy nach der Highschool gar nicht mehr in New York bleiben will? Würde er dann hierherziehen? Würde ich die drei Jahre bis dahin aushalten? Und würde er dann immer noch dasselbe wollen wie ich?

Ich seufze hin- und hergerissen und muss an Silas denken, der noch im Krankenhaus liegt. Das Leben kann so flüchtig sein. Ich stelle mir vor, wie es wäre, nur noch für Anrufe, FaceTime-Dates und Trips von A nach B zu leben. Immer dem nächsten Mal entgegenzufiebern. Irgendwelche Versprechen kann ich nicht erwarten. Und ich kann auch nicht verlangen, dass er seinen Job aufgibt, um hierzubleiben. Dafür ist er doch viel zu perfekt in dem, was er tut. Er hat es ebenfalls verdient, einen Sieg einzufahren und sich all das zurückzuholen.

Ich muss an einen Artikel denken, auf den ich gestoßen bin, als ich Fisher vor Wochen gegoogelt habe. Am liebsten würde er auf die Pausetaste drücken, hat er gesagt, weil sonst alles Weitere vorprogrammiert sei. Vielleicht ist das hier ja seine Pausetaste. Und wenn er wieder in New York ist, ergibt er sich zufrieden dem Vorprogrammierten.

Ihm seinen Freiraum zu lassen, macht es vermutlich leichter, ihn zu behalten. Ich werde mich damit abfinden, dass Anrufe vergessen oder verschoben werden. Auf keinen Fall will ich Zeit mit Streit oder irgendwelchen negativen Gefühlen verschwenden. Aber dann wird er mich vielleicht für gleichgültig halten. Oder es ist genau umgekehrt. Wer weiß?

Das Unvermeidliche aufzuschieben, würde alles wahrscheinlich nur noch schlimmer machen. Ich kann mir gar nicht vorstellen, ihn nicht mehr dauernd um mich zu haben, mich immer wieder von ihm verabschieden zu müssen.

»Das kann ich nicht«, sage ich schließlich so tonlos, dass man es kaum hört. Ich drehe mich um zu meinem Elternhaus und all den gestrandeten Tieren, und einen Moment lang bedaure ich, dass ich mich damit so sehr gebunden habe.

Er schließt die Augen, nickt aber, weil er mich offenbar versteht.

Und noch eine Möglichkeit: Was wäre, wenn er mich fragen würde, mit ihm zu gehen? Viele Leute arbeiten doch in New York und wohnen in der ländlichen Umgebung. Vielleicht könnte ich meinen Bauernhof irgendwo dorthin verlegen. Doch während ich den Gedanken weiterverfolge, spüre ich schon, dass etwas in mir zerbrechen würde. Denn ich *liebe* mein Zuhause.

Aber ich würde es, glaube ich, nicht ablehnen, wenn er es vorschlüge. Und ich frage mich, ob er das weiß, und es deshalb nicht tut.

★ ★ ★

Diesmal steht er nicht um eine Minute nach Mitternacht in der Tür meines Wintergartens.

KAPITEL 35

Fisher

Ich versuche, meine Fähigkeit, alles um mich herum distanziert wahrzunehmen, zu aktivieren und muss feststellen, dass sie verdammt noch mal weg ist. Ich sehe jedes noch so kleinste Detail messerscharf vor mir, als ich meine Küchenutensilien zusammenpacke und unsere Koffer auf den Truck lade, und die Trostlosigkeit wird von Minute zu Minute größer.

Und ich bemühe mich sehr, die vergangenen Wochen als etwas Schönes zu betrachten und dankbar für jede einzelne Sekunde zu sein. Indy und ich haben es weit gebracht, sowohl individuell als auch gemeinsam. Ich habe endlich das Burn-out überwunden, das meine Karriere ausgebremst hat. Ich habe endlich keine Angst mehr vor dem Kochen.

Ich rede mir ein, dass ich für alle Beteiligten ein tapferes Gesicht aufsetzen muss, erinnere mich daran, dass Mut ein Muskel ist und dass vielleicht alles leichter wird, wenn ich ihn mal wieder benutze.

Ich gehe zu den Tieren, um mich zu verabschieden. Legs kehrt mir den Rücken zu, und sein Schwanz zuckt, als wäre er beleidigt. Sable ist offenbar noch ahnungslos und wedelt fröhlich mit dem Schwanz an meiner Seite herum. Bud habe ich in den letzten Wochen mit Leckerlis und Nasekraulen für mich gewinnen können, also gebe ich ihm nochmal beides, und er schnaubt zum Dank und knabbert mit den Lippen über meine Handfläche. Ich nehme mir die Zeit, um mich von den Eseln auf dieselbe Weise zu verabschieden. Bei den verdammten Ziegen vergieße ich schließlich eine erste Träne.

Ich erwarte eigentlich, dass ich Sage erst aus dem Haus locken muss, aber sie kommt mir auf halbem Weg über die Wiese entgegen. Sie ist in eins ihrer auffälligen Kleider gehüllt, hat ein angestrengtes Lächeln auf den Lippen und etwas in der Hand.

Meine Fantasie und die Realität, von der ich wahrscheinlich immer träumen werde, sind vereint in dieser Frau. Ich habe das Gefühl, dass das Leben, das sie mir eingehaucht hat, mich schon wieder verlässt.

»Ich möchte dir etwas geben«, sagt sie, und ich ertappe mich dabei, dass ich denke: *Noch mehr?* »Aber tu mir bitte den Gefallen und mach es …« Ihre Kehle schnürt sich beim Schlucken zu. »Mach es nicht zu früh auf, okay?«

»Okay«, antworte ich, und meine Stimme erstickt kläglich.

Sie reicht mir das kleine braune Buch, mit dem ich sie immer sehe, und ich weiß, dass ich kein Problem damit haben werde, ihrer Bitte Folge zu leisten. Der Gedanke, in etwas einzudringen, das ihr so wichtig ist, wäre wie das wiederholte Aufreißen einer Wunde.

Ich habe Indy gefragt, ob sie sich auch verabschieden möchte, aber sie hat meine Angebote abgelehnt, sie zu Sam oder Blake zu fahren, und sich im Wagen verkrochen.

»Danke, Fisher«, sagt Sage. »Für den besten Sommer aller Zeiten. Danke, dass du mich so liebst, wie ich bin.«

Ich denke an all das, was ich ihr hätte sagen wollen, und ich bereue, dass ich es nicht aufgeschrieben habe.

»Ich danke dir auch«, sage ich mit gebrochener Stimme. Bei Gott, die Angst übermannt mich in diesem Moment beinahe völlig, denn wie soll ich *nicht* ständig durch alles um mich herum an Sage erinnert werden? Wird es mir je gelingen, dass sich in meinem Kopf nicht mehr alles um diesen Sommer und Sage dreht? Sicherlich werde ich jedes Mal, wenn ich irgendwelche Kühe sehe, sofort an ihren Bademantel aus jener Nacht denken, in der wir uns kennenlernten. Beeren essen – und an ihre Lippen denken. Irgendein Wortspiel hören – und in Schluchzen ausbrechen.

»Es war ein Geschenk, mich in dich verlieben zu dürfen, Sage«, plappere ich hilflos. Ihre Miene verzieht sich, und ich küsse ihr die Tränen von den Wangen, bevor ich mich zwinge, mich von ihr loszureißen.

KAPITEL 36

Sage

ZWEI WOCHEN SPÄTER

Zweimal zeigt meine Uhr heute eine überflüssige Nachricht an, nach dem Motto: *Deiner Herzfrequenz nach bist du fast tot, aber du hast dich ja auch kaum bewegt. Kein bisschen. Willst du nicht wenigstens mal pinkeln gehen?*

An Tag drei war mir aufgefallen, dass man weniger oft pinkeln muss, wenn man weniger Flüssigkeit zu sich nimmt. Oder ich hatte so viel geweint, dass die Flüssigkeit einen anderen Weg nahm.

Immerhin bin ich jeden Tag aufgestanden. Die ganzen zwei Wochen lang. Das ist eben das Gute daran, wenn man etwas hat, wofür man verantwortlich ist. Es zwingt mich zu einem Minimum an täglicher Routine. Ich sorge dafür, dass alle Tiere etwas zu fressen haben und gut versorgt sind, bevor ich wieder in mich zusammensacke.

Das Einzige, wozu ich mich nicht überwinden kann, ist die Gartenarbeit. Jedes Mal, wenn ich an meinem Garten vorbeigehe, kommt es mir vor, als wolle er sich über mich lustig machen, mir meine Naivität vor Augen halten.

Ich dachte, mit Fisher zusammen zu sein, wäre wie üppige Blumen in einer Vase. Etwas Schönes, das ich willkommen geheißen habe, in dem Wissen, dass es nicht ewig hält. Das Problem ist nur, dass ich unvorsichtig war und ihn überall habe Wurzeln schlagen lassen. In meiner Erde, meinem Herzen, meinem Zuhause – und nun sind die Wurzel herausgerissen, und ich stehe mit dem ganzen Fiasko da.

Einen Tag, bevor ich zur Schule muss, um meinen Klassenraum für das nächste Schuljahr vorzubereiten, sitzt Wren neben mir, als ich aufwache. Offenbar ist mein Nervensystem auch nicht ganz auf der Höhe, jedenfalls erschrecke ich mich nicht mal.

»Wie hältst du das aus?«, frage ich sie. »Wie hältst du es aus, in allem um dich herum Ellis zu sehen?« Ich habe nur einen Sommer mit Fisher verbracht, und nichts ist noch wie vorher. Wren und Ellis kennen sich sogar seit dem Kindergarten.

»Die Zeit bringt es«, antwortet sie. »Nur die Zeit erhöht deine Schmerztoleranz. Irgendwann wirst du all das Gute sehen, das daraus entstanden ist, und nicht mehr nur alles Schmerzhafte.«

Am meisten macht mir zu schaffen, dass er gesagt hat, es war ein Geschenk. Denn das war es. Selbst mit dem Wissen, dass ich mich jetzt so fühle, würde ich alles noch einmal genauso machen, für das Geschenk, ihn lieben zu dürfen und von ihm geliebt zu werden. Er hat nicht all meine Probleme gelöst, und ich nicht seine, aber wir haben uns so, wie wir sind, aufrichtig geliebt.

»Du stehst jetzt auf«, sagt Wren. »Und putzt dir die Zähne. Du hast nämlich schon Mundgeruch. Und dann bleibst du auf den Beinen.«

KAPITEL 37

Fisher

Ich versuche, New York aus Indys Augen zu sehen, so als würde ich es zum allerersten Mal erleben. Ich versuche so sehr, selbst den allerkleinsten Dingen eine Bedeutung beizumessen. Und in gewisser Hinsicht schaffe ich das sogar. Ich gehe mit Indy zu Broadway-Shows, die ich selbst zum ersten Mal sehe. Ich nehme mir die Zeit, all die großartigen Wolkenkratzer zu bewundern und das unglaubliche Essen an jeder Ecke zu genießen.

Die Arbeit ist eine andere Sache. Die meiste Zeit macht sie mir zwar Spaß, aber letzten Endes ist es einfach Arbeit. Irgendwo auf dem Weg hierher zurück ist mir der Drang verloren gegangen, mir den Stern zurückzuholen. Oder vielleicht war mir das Ganze überhaupt nie wirklich wichtig und ich *dachte* nur, dass es wichtig sei.

Ich versuche, standhaft zu bleiben und mich an all das zu erinnern, was ich in diesem Sommer mit Sage gelernt habe. Ich versuche, unsere gemeinsame Zeit als Reise zu betrachten und zu akzeptieren, dass sie eben dort enden musste.

Natürlich gelingt mir das nicht immer. Zu viele Einzelheiten schimmern ab und zu durch. Ganz zu Anfang sind es die offensichtlichen Dinge. Wie jedes Mal, wenn ich mit einem Rezept arbeite, in dem Beeren verwendet werden. Oder etwa Zimtsprenkel auf einem Dessert, die mich an ihre Sommersprossen erinnern. Oder die Tatsache, dass ich die Blumen bemerke, die alle paar Tage ins Restaurant gebracht werden. Carlie runzelt zwar die Stirn, als ich sie zum ersten Mal darum bitte, bei jeder Lieferung auch ein paar Blumen für mein Büro mitzubestellen, aber sie macht es.

An einem Tag Anfang September kommt Indy nach dem Unterricht zu mir zur Arbeit, und Carlie erwähnt beiläufig, dass im Herbst Gans auf dem Speiseplan stehen wird. Da springt Indy von ihrem Platz an der Theke auf und erstarrt sichtlich. Ich lenke Carlie unauffällig von dem Thema ab; es wäre zu peinlich, Indys Reaktion erklären zu müssen.

Eine Woche später spazieren Indy und ich durch den Central Park und genießen unsere neuesten Lieblingseissorten – meine ist Earl Grey, ihre Marion-Brombeere. Wir biegen um eine Ecke und finden uns am Hans-Christian-Andersen-Denkmal wieder – der kleinen Statue mit einer Gans zu ihren Füßen. Uns vergeht spontan die Lust an unserem Eis, und wir werfen es in den nächsten Mülleimer, auch wenn wir es noch nicht einmal zur Hälfte gegessen haben.

Die jüngsten Bewertungen des *Marrow* trudeln ein und loben die neue Speisekarte und das überarbeitete Konzept. Sie loben *mich.* Ein schönes Gefühl. Schön, aber nicht annähernd so schön oder so gut, wie wenn ich an einem Wochenende das Waffel-Rezept meiner Mutter für Indy nachbacke oder wenn sie eines Abends versucht, mir etwas zu kochen, dabei ein Küchentuch in Brand gerät und wir den Rest des Abends bei chinesischem Lieferessen darüber lachen.

Noch am selben Abend erzählt mir Indy ein wenig über Sam und ihren gemeinsamen Sommer. Sie sagt, dass sie Gefühle für ihn hatte, aber dass sie auf lange Sicht wohl nicht zusammenpassen würden. Indy will die Welt sehen, Sam will in Spunes Wurzeln schlagen. Sie macht sich Sorgen, sich in jemanden ihres Alters zu verlieben, weil sie in Nebraska im Grunde nie etwas anderes vorgelebt bekommen hat – junge Erwachsene, die sich verlieben, dann irgendwann feststecken, eine Familie gründen und keinerlei Abenteuer mehr erleben. Ich weiß nicht genau, was ich sagen soll, aber ich lasse sie wissen, dass ich stolz auf sie bin, weil sie bestimmte Prioritäten gesetzt und einen klaren Kopf bewahrt hat. Doch es fühlt sich wie eine Lüge an. Alles in meinem Innern wünscht sich verzweifelt, ich könnte mit Sage darüber reden.

Am schlimmsten sind allerdings die Momente, in denen ich einfach nur hören möchte, was Sage zu einer Sache zu sagen hätte. Oder wenn mir plötzlich etwas einfällt, was ich nicht über sie weiß. Warum habe ich sie beispielsweise nie gefragt, was ihre Lieblingsfarbe ist oder ihr Lieblingslied? War sie jemals bei einem Konzert? Was ist ihr Lieblingseis?

Geht es ihr gut? *Mein Gott,* geht es ihr gut?

Frankie ist immer noch vor Ort und arbeitet für das *Starhopper,* also habe ich ihm alles an Informationen entlockt, was irgendwie möglich war. Ich weiß, dass Silas' Genesung gut verläuft und er vor Kurzem nach Hause entlassen wurde. Ich weiß auch, dass letzte Woche Sages Arbeit in der Highschool wieder angefangen hat.

Und immer, wenn ich das Gefühl habe, Frankie mit meinen Fragen auf die Nerven zu gehen, habe ich mir angewöhnt, im Diner anzurufen und von Walter so viel wie möglich zu erfahren.

»Sie war heute mit Ellis und Silas zum Mittagessen hier«, teilt er mir Ende September mit. Ich umklammere mein Handy so fest, dass ich befürchte, meine Fingerspitzen werden brechen. »Sie sah aus, als ginge es ihr gut«, sagt er.

Was soll das bedeuten, Walter?, möchte ich schreien. *Worüber haben sie gesprochen? Was hatte sie an? Wacht sie weiterhin mitten in der Nacht auf, so wie ich?*

Stattdessen danke ich ihm und versuche, so zu tun, als ginge es auch mir gut. Mir selbst etwas vorzuheucheln. Jedes Mal, wenn ich in Betracht ziehe, sie persönlich anzurufen, kommt mir das grausam vor. Und je mehr Zeit vergeht, desto grausamer schiene es mir. Ich knicke ein und rufe ihren Account bei Instagram auf. Dort finde ich allerdings nur Bilder von ihrem Garten oder von Blumensträußen, die sie arrangiert hat. Erst beim heimlichen Stalken von Micahs Seite finde ich ein Foto von ihrem Gesicht. Ich starre wie ein Verrückter auf das Display.

Es ist Oktober, als sich alles ändert.

Normalerweise schläft Indy schon brav in ihrem Bett, wenn ich nach Hause komme. Manchmal liegt sie auch schnarchend auf der Couch. Als ich heute Abend durch die Tür trete, geht sie im Wohnzimmer auf und ab und hält Sages Buch aufgeschlagen in der Hand. »Hast du das gelesen?«, fragt sie.

Ein kleiner Teil von mir schnappt über. Rast vor Wut. Ich habe Indy so viel Vertrauen entgegengebracht, seit wir hier sind. Bis zu diesem Moment ging es uns so gut.

»Nein, und du hattest ebenfalls kein Recht, das zu lesen!«, erwidere ich mit vor Zorn bebender Stimme. »Gib her, Indy. Sofort!«

Ich greife nach dem Buch und bemerke, dass Indy geweint hat. Dass sie sogar immer noch schluchzt. Am ganzen Körper zittert.

»HAST DU JEMALS EINE GANS GEBRATEN?«, brüllt sie.

Ich zucke zusammen und weiche mit dem Buch in meinen Händen zurück. »Was?«

»HAST. DU. JEMALS. EINE. GANS. GEBRATEN?«, schreit sie erneut.

Ich weiß nicht mehr, was ich mit meinen Händen machen soll. »Indy … Ich habe eine Kochausbildung in Frankreich absolviert. Natürlich habe ich mal eine Gans zubereitet.«

Sie kreischt auf, bevor sie erneut laut zu weinen anfängt.

»W-wusstest du, dass G-Gänse sich lebenslang binden? W-wusstest d-du, dass sie *Depressionen* kriegen können?«

»Wusste ich nicht«, gebe ich zu. Ich versuche, beruhigend ihren Arm zu streicheln, doch sie duckt sich mit einem Jaulen von mir weg.

»Und ich bin einfach ABGEHAUEN«, heult sie.

»Indy, Schatz, bitte setz dich.«

»Nein«, entgegnet sie schniefend, dann holt sie tief Luft und versucht, sich zusammenzureißen. »Ich ... ich fühle mich hier oft zwischen all diesen großen Gebäuden gefangen ... Heute war wieder einer dieser Tage. Und ich ... ich habe mich gefragt, wo ich andere Vögel zu Gesicht bekommen kann als diese komischen Tauben, die hier herumwatscheln. Also bin ich in den Park gegangen.«

»Indy, du sollst doch nach der Schule direkt nach Hause kommen.« Sie hat sich so gut geschlagen. Sie hat sich immer brav gemeldet, und ich habe ihr im Gegenzug Freiheit und Vertrauen geschenkt.

»Mein Gott, Alter! Das weiß ich doch!«, schreit sie und wirft mir einen bösen Blick zu. »Du kapierst überhaupt nicht, worum es hier geht!«

»*Worum* denn?«, gebe ich zurück und kann nur mit Mühe verhindern, dass ich auch schreie.

»Ich dachte, ich gehe in den Park und fange an, Tagebuch zu schreiben«, erklärt sie. »Darüber haben wir in der Therapie mal gesprochen. Ich ... ich wollte einfach ein bisschen Natur um mich haben und es mal ausprobieren. Im Park ist auch die Luft gleich besser. Wieso redet eigentlich niemand darüber, wie übel es hier überall riecht?«

»Was –«

»Ich höre New Yorker nie darüber reden, dass es überall wie der letzte Müll riecht!« Jetzt ist sie streitlustig.

»Du bist also ... in den Park gegangen«, sage ich betont geduldig und hoffe, die Unterhaltung dadurch wieder in die Spur zu bringen.

Sie fährt sich mit dem Handgelenk schniefend über die Nase. »Ja«, sagt sie. »Ich war im Park. Wollte Tagebuch schreiben. Sage hat das immer gemacht und ... na ja, du weißt schon. Sie hat's einfach verstanden, glaub ich. Das Leben und so.«

Ich habe Angst, ebenfalls zu weinen, sobald ich den Mund

aufmache. Deswegen beiße ich die Zähne so fest zusammen, dass mein Kiefer knackt.

»Ich wusste, dass sie dir das Buch mitgegeben hat, und dachte … ich bräuchte vielleicht irgendein Beispiel dafür, was man überhaupt so in Tagebücher reinschreibt. Also hab ich's mir genommen. Es tut mir leid, aber bitte, Fisher, du musst es lesen. Es tut mir so leid –« Sie bricht erneut in Schluchzen aus. »Tut mir leid, dass ich dich dazu gedrängt habe, aus Spunes wegzugehen. Wenn du lieber dageblieben wärst –«

Ich ziehe sie in eine Umarmung. »Ist schon okay. Du hast nichts falsch gemacht. Ich hatte auch meine Gründe, hierher zurückzukehren. Ich habe mir hier immerhin eine Karriere und ein Leben aufgebaut und dachte, ich müsste daran festhalten. Und mir würde wohl jeder zustimmen, dass ein Umzug quer durchs Land nichts ist, das man einfach so aus einer Laune heraus macht, oder?«

Ihr Kinn zittert, aber sie nickt. »Du musst nur das hier lesen«, sagt sie dann und zeigt auf das Buch. »Aber ich glaube, du hattest recht. Es ist am wichtigsten, die richtigen Leute zu finden«, sagt sie unter einem weiteren herzzerreißenden Aufschluchzen.

»Oder den richtigen Vogel?«, frage ich versöhnlich. Sie lässt die Schultern sacken und heult schon wieder. »Okay, okay, zu früh für einen Witz.« Ich versuche, ein kleines Lachen zu unterdrücken, was mir nicht gelingt. »Komm, wir machen dir noch einen Snack vorm Schlafengehen.«

* * *

Nachdem ich Indy beruhigt habe, setze ich mich neben sie auf die Couch. »Weißt du noch, was du neulich über Sam gesagt hast und darüber, dass manche Leute für immer im Vertrauten feststecken? Weißt du, was ich dir damals eigentlich sagen wollte? Wovor ich aber Angst hatte, weil es der falsche Rat sein könnte?«, frage ich.

Sie sieht mich aus geschwollenen, roten Augen an. »Am liebsten hätte ich gesagt: Na und?«

Sie runzelt die Stirn.

»Klar, manche Menschen fühlen sich dazu berufen, große Dinge zu vollbringen, und ja, viele von ihnen sind wichtig und großartig und erlangen ehrenvolle Titel und sehen spektakuläre Dinge im Leben. Und wenn du das auch willst, dann werde ich dich dabei unterstützen. Aber weißt du, was das Mutigste von allem ist? Das Außergewöhnlichste?« Ich atme erleichtert aus, spüre es bis in den allertiefsten Kern meiner Seele, denn ich weiß endlich, dass das, was ich sage, wahr ist. »Das Mutigste ist, nach den eigenen Maßstäben zu leben und nicht nach denen der anderen. Nach eigenem Maß glücklich sein. Du willst eine eigene Gänseschar und einen Garten in Spunes? Du willst die Menschen, die du dein Leben lang kennst, ein bisschen glücklicher machen, indem du bei ihnen bist? Indem du kleine Dinge tust und wertschätzt? Vielleicht, weil du deine Blumen in ihren Läden, auf ihren Tischen und in ihren Händen sehen möchtest, wie Sage. Oder vielleicht liebst du es, Wissen durch Bücher an deine Mitmenschen weiterzugeben wie Venus und Athena. Vielleicht meldest du dich freiwillig für alle möglichen Aktionen in der Gemeinde an, wie deine Mom es immer getan hat.« Tränen fließen mir übers Gesicht, aber ich grinse dennoch. »Weißt du noch, wie sie sich für die Rettung des Stadtfelsens eingesetzt hat? Wie stolz sie war?«

Indy nickt tränenüberströmt.

»Was ist schon dabei, wenn du die Liebe deines Lebens in einer Kleinstadt kennenlernst? Was ist schon dabei, wenn du dort festsitzt – solange es ein Leben ist, das nach *deinen* Maßstäben mit Freude erfüllt ist. Ich kann mir kein schöneres, erfüllenderes Gefühl vorstellen.«

★ ★ ★

Als Indy sich ins Bett verzieht, nehme ich mit zittrigen Händen Sages Buch in die Hand und setze mich noch einmal auf die Couch. Ich schlage es auf und lese die erste Seite:

Sagenhafte Ratschläge

Hier sind ein paar Ratschläge, die ich dir hinterlassen möchte, falls ich einmal nicht mehr da bin, um sie dir mündlich zu geben.

In Liebe, Mom

Ich beiße mir in die Faust. Sage hat mir das geschenkt, was ihr wohl am meisten auf der Welt am Herzen liegt. Natürlich hat sie das, diese unglaubliche Frau, die sich selbst beibringen musste, nicht alles mit ihrer Fürsorge zu überschütten. Die sich dennoch nicht davon abhalten lässt, immer alles zu geben. Sie ist der großzügigste Mensch, den ich je kennengelernt habe. Mein Herz pocht noch schneller, der Knoten in meinem Hals verhärtet sich.

Es gibt seitenweise Notizen und Ratschläge. Worte für Situationen, in denen man mutlos ist, aber auch ganz praktische Tipps.

Dinge wie:

Backwaren kommen immer gut an, bei buchstäblich allem. Neuer Nachbar? Du musst dich bei jemandem entschuldigen? Du willst jemandem den Tag verschönern? Bring ihnen einfach etwas von Savvys Bäckerei mit.

Oder:

Das Leben ist kurz. Geh in die Bibliothek. Erlebe eine Million verschiedene Geschichten und entdecke eine Million verschiedene Orte in einem. Manche Dinge kannst du nicht kontrollieren oder beeinflussen, aber du kannst immer deine Fantasie beflügeln.

Es gibt ein paar Seiten, die mit kleinen Klebezetteln markiert sind, und ich weiß, dass Sage sie für mich hinterlassen hat.

Unruhige Hände und untätige Köpfe sind oft hinderlich. Such dir ein Hobby, mit dem du deine Hände beschäftigen kannst, am besten draußen. Manchmal brauchen die Gedanken einfach Raum, um sich zu entfalten, bevor man sie sortieren kann.

»*Manchmal bedeutet Mut, es stillschweigend noch einmal zu versuchen*« hat Sage daneben geschrieben. Ich presse meine Finger auf die Worte, als könnte ich so durch das Buch hindurchgreifen und ihre Haut berühren.

Noch ein Eintrag:

Kommt Zeit, kommt Rat. Gewissheit kehrt häufig erst dann ein, wenn etwas Unvorhergesehenes passiert und sich die Gesamtsituation ändert.

★ ★ ★

Mir fallen weitere kleine Notizen auf, die mit unterschiedlicher Tinte niedergeschrieben wurden. Noch eine andere Handschrift als das Original, die sich im Laufe der Jahre jedoch leicht verändert hat. Sofort habe ich eine jüngere Sage vor Augen, mit der Zunge zwischen den Zähnen und einer konzentrierten Falte auf der Stirn, während sie sich über diesen Ratgeber beugt. Dann eine schlaksige Sage im Teenie-Alter, die launisch darin herumkritzelt.

Meine süße, wunderschöne, unglaublich liebenswürdige und einsame Sage, die versucht, ihrer Welt mithilfe von Notizen aus der Vergangenheit einen Sinn zu geben.

Meine Brust fühlt sich schwer an, jeder Atemzug zerrt an mir, kratzt mich von innen wund. Ich vermisse sie so sehr, dass es mir vorkommt, als könnte mich dieses Loch in meiner Brust im Ganzen verschlucken.

Dennoch lese ich weiter.

KAPITEL 38

Sage

Vor ein paar Tagen habe ich wieder mit der Gartenarbeit angefangen. Das wurde auch Zeit, sonst hätte ich die Herbstblüher vergessen können.

Außerdem habe ich beschlossen, einen Gewerbeschein sowohl für den Anbau als auch für den Verkauf meiner Blumen zu beantragen. Wer hätte gedacht, dass mir erst das Herz brechen muss, damit ich den Mut dafür aufbringe? Taylor Swift und all die anderen Frauen mit neumodischen Ponyfrisuren werden mir einen kollektiven Seufzer schicken.

Um sonst noch etwas im Garten zu retten, war es leider zu spät. Sieht aus, als hätte sich eine ganze Großfamilie von Erdhörnchen angesiedelt. Und da ich emotional nicht auf der Höhe war, habe ich sieben Tage gebraucht, um jemanden zu finden, der so human ist, sie umzusiedeln. Und dann habe ich einen Termin erst in paar Wochen bekommen.

Also habe ich fürs Erste beschlossen, mich mit den Erdhörnchen anzufreunden. Gerade sitze ich vor dem zerwühlten Dahlienbeet und werfe einem von ihnen Tortilla-Stückchen zu. Es fängt sie geschickt auf, und wenn ich die Erdhörnchen weiter füttere, lassen sie meine Blumen hoffentlich in Ruhe.

Gary hockt auf meinem Schoß, und ich stecke ihm wie so oft einen Leckerbissen zu, um seine Depression in Schach zu halten. Und Sable liegt vor meinen Füßen.

Plötzlich verschwindet das Erdhörnchen panisch in seinem Bau, und ich höre Rosemary und Ginger wiehern. Sable springt laut bellend auf.

»Was ist denn los …«, sage ich und verstumme wieder, weil mir einfällt, dass Nina Andersen gesagt hatte, sie würden diesen Monat zurückkommen. Letztes Jahr kamen sie erst nach den Ferien zurück, deshalb war ich erstaunt, dass sie dieses Jahr schon früher zurückwollen.

Wahrscheinlich hätte ich sie vorwarnen sollen, dass ich ein paar neue Tiere aufgenommen habe, aber normalerweise machen die nicht solch einen Lärm. Ich atme die kühle Salzluft tief ein und probiere ein Lächeln, um mich zu vergewissern, dass meine Wangen das überhaupt noch hinkriegen. Dann mache ich mich mit Gary auf dem Arm auf den Weg, um die Andersens zu begrüßen.

Gary hampelt wild herum, und als wir um die Ecke biegen, springt er mir vom Arm. Fliegen kann er nicht, dafür ist er zu fett geworden. Aber er tut sein Bestes, um irgendetwas zwischen flattern und schnell watscheln hinzubekommen, als er Indy die Wiese überqueren sieht. Der Gänserich und seine Freundin rennen sich fast um, bevor Indy jauchzend auf die Knie fällt.

Fassungslos drehe ich mich gerade noch rechtzeitig um, als Sable an mir vorbeistürmt und Fisher fast auf dem Hintern landet, als sie ihn anspringt.

Atemlos schnüre ich meinen Morgenmantel fester zu und zupfe hektisch meine Haare zurecht, während mein Brustkorb sich anfühlt, als würde etwas darin in die Hände klatschen. Ich versuche, ruhig stehenzubleiben. Vielleicht ist er ja nur eine Fata Morgana. Wer weiß, ob manche Düngemittel nicht zu Halluzinationen führen? Aber wie von selbst setzen sich schließlich meine Füße in Bewegung, und er kommt immer näher. Dann steht er vor mir. Etwas zu dünn, mit zu langen Haaren und noch größer scheinenden Ohren. Und immer noch mit einem viel zu großen Teil meines Herzens.

Lieber Gott, ich bringe ihn um, wenn er nur aus einer Laune heraus hier ist und ich mich völlig umsonst durch alles durchgebissen habe, nur um jetzt wieder von vorn anfangen zu müssen.

»Was machst du hier?«, krächze ich. Eigentlich will ich einen unbeeindruckten, skeptischen Tonfall anschlagen, aber ich klinge viel zu hoffnungsvoll. Tränen steigen ihm in die Augen, die im grauen Nebel noch grüner leuchten.

»Ich habe, glaube ich, einen Ohrring verloren«, antwortet er. »Hast du ihn irgendwo gefunden?«

Automatisch fasse ich mir ans Ohr. Drei Tage nach seiner Abreise habe ich ihn in einer Ecke des Wintergartens gefunden.

»Und …«, redet er weiter und kommt gefährlich nahe, »du weißt doch, dass ich *das* niemals mitgenommen hätte, wenn ich es hier schon gelesen hätte.« Er hält den Ratgeber hoch. Bei mir kullert schon die erste Träne, und mein Kinn fängt an zu zittern.

»Das war ein Geschenk«, sage ich. »Du sollst es behalten.« Und dann: »Den Ohrring werde ich dir aber nicht zurückgeben.«

Lachend vergießt er nun selbst eine Träne. Mir zucken die Hände, weil ich ihn so gern anfassen möchte, aber …

»Was machst du hier, Fisher?«, wiederhole ich.

Er stößt einen Seufzer aus und scheint hin- und hergerissen, ob er die Arme nach mir ausstrecken soll.

»Wir ziehen um«, sagt er.

Ich schlage die Hände vors Gesicht. »Das kannst du nicht machen«, schluchze ich. »Du kannst doch nicht bloß wegen mir hierherziehen.«

Er nimmt meine Hände und sieht mich mit einem schiefen Lächeln an. »Erstens kannst du mir nicht vorschreiben, was ich zu tun und zu lassen habe«, sagt er. Ich stoße ein schluchzendes Lachen aus. »Zweitens tut es mir furchtbar leid, dass ich überhaupt gegangen bin.« Bei den letzten beiden Worten bricht ihm die Stimme, und, o Gott, ich merke, wie mir die Gesichtszüge entgleiten, als ich die Lippen zusammenpresse, um einen herzzerreißenden Schluchzer zu unterdrücken.

»Ich habe mich in dich verliebt«, spricht er weiter, »*und* in diesen Ort. Das sollte Grund genug sein, um zu bleiben. Eigentlich hätte ich auch vorher schon in der Lage sein sollen, Indy davon zu überzeugen, aber ich hatte zu viel Angst, es bei ihr wieder zu vermasseln. Wir kommen längst besser zurecht als in der Zeit, als du uns kennengelernt hast, aber wir arbeiten immer noch an uns.« Er verstummt, ehe er leise fortfährt: »Darf ich dich in den Arm nehmen? Bitte!« Anstelle einer Antwort schmiege ich mich an ihn, und uns fällt beiden spürbar ein Stein vom Herzen. »Wir wissen, dass das Leben Veränderungen bereithält«, flüstert er. »Aber dieses eine Mal will ich selbst für eine Veränderung sorgen, für etwas Großartiges. Etwas Weises.«

»Also ja, ich werde hierherziehen. Das haben Indy und ich gemeinsam entschieden. Ich habe einen Mietvertrag für das Haus bekommen, den ich von Monat zu Monat verlängern kann.« Er zeigt auf das Haus der Andersens. »Ich bin schon in Kontakt mit der Interessengemeinschaft der Ladenbetreiber an der Hauptstraße, besser bekannt als die Meute. Und ich ziehe ja nicht nur deinetwegen hierher, sondern auch meinetwegen und wegen Indy, und wegen der gestrandeten Tiere und wegen Walter und deinen Brüdern und vor allem natürlich wegen Martha O'Doyle.«

Ich schluchze auf vor Glück. »Aber was ist mit deiner Arbeit?«

»Genau genommen bin ich wieder arbeitslos«, erklärt er schmunzelnd. »Aber mir schwebt so manches vor. Einiges ist auch schon in Planung. Ich bin zu dem Schluss gekommen, dass ich überall arbeiten kann, Sage, und nicht alles muss bis ins letzte Detail geklärt sein, bevor ich hierherziehe. Ich will nämlich keine Minute, keine Sekunde mit dir verpassen.«

»Das *Starhopper* also?«, frage ich, als bräuchte ich einen Beweis, um die Tragweite seiner Entscheidung zu erfassen. Die Bauarbeiten sind immer noch nicht beendet, und ich wage die Vermutung, sie werden noch ein paar Monate dauern.

Er schüttelt den Kopf. »Der Job ist schon an jemand anderen

vergeben. Aber ich bin auch nicht abgeneigt, dort eine Weile mitzuarbeiten, ohne die erste Geige zu spielen. Und zufällig kenne ich ja die Chefin. Sie ist zwar nicht begeistert von meiner Entscheidung, New York zu verlassen, aber sie freut sich für mich.« Er zuckt mit den Schultern. »Im Moment ist nichts richtig sicher, außer dass ich dich mit Sicherheit unendlich liebe.« Ich stelle mich auf die Zehenspitzen und küsse ihn, kann mich einfach nicht mehr beherrschen. »Außerdem habe ich einen Taco-Dienstag versprochen, und wenigstens den sollte ich durchziehen.«

Ich streichle sein Gesicht, und er reibt seine Wange an meiner Hand. Real und warm und hier bei mir.

»Du hast mal gesagt, du wärst alles nur so halb und nichts richtig«, fährt er fort. »Aber du sollst wissen: Für mich bist du alles. Ich liebe deine schrecklichen Wortspiele und deine tiefsinnigen Weisheiten.« Seine Lippen streifen mein Kinn. »Und du hast definitiv meinen Lieblingsgeschmack«, raunt er mir ins Ohr, und ich spüre in seiner Umarmung mein eigenes Lachen.

»Ich liebe dich so sehr«, sage ich.

»Ich dich auch. Und jetzt bring mich nach Hause.«

EPILOG

IM JUNI DARAUF

»Wie lange noch, Indy?«, rufe ich die Treppe hoch. Ich bin die letzten vierzig Minuten leise im Wintergarten auf und ab gegangen und halte es nun nicht länger aus. »Ich will früh da sein, falls sie Hilfe braucht!«

Als Indy mich keiner Antwort würdigt, stapfe ich von der Treppe weg und durch Sages Küche – inzwischen offiziell *unsere* Küche, wie meine Messer auf dem Tresen und der Sous-Vide-Garer vom Vorabend unschwer erkennen lassen. Die Andersens wollten letzten Endes doch zu Weihnachten hierher zurückkommen, und so blieben Indy und ich nur noch einen Monat in ihrem Haus wohnen, bevor wir bei Sage einzogen.

Im Wintergarten fällt mein Blick auf die neuen Bilder im Regal. Indys gerahmtes Zeugnis aus der zehnten Klasse – mit nichts als Einsen. Ein Familienporträt von uns allen am Founder's Point – einschließlich meiner Eltern, die uns über Weihnachten besucht haben –, als wir versuchten, am Strand einen Schneemann aus Sand zu bauen. Wir schafften es ungefähr bis zur Mitte, bis unsere Hände derart kalt waren, dass wir zum Auftauen in *Walters Diner* einkehrten. Neben diesem Bild steht noch ein weiteres, das Indy und mich im Truck zeigt, mit besorgten Gesichtern und ernst verkniffenen Mündern. Es war das erste Mal, dass ich sie mitnahm, um ihr das Fahren beizubringen, bis sie vor Kurzem ihren Lernführerschein gemacht hat. Außerdem gibt es ein Bild vom Festival letztes Jahr. Es zeigt Sage und mich, wie wir mit dem Kanu am Strand ankommen, sowie all die lieben Leute, die um uns herum feiern – wir jedoch hatten offenbar bloß Augen füreinander.

Ich nehme das Foto des vergangenen Silvesterabends in die Hand, an dem auch das *Starhopper* inoffiziell eröffnet wurde. Abgesehen von Carlie fand dieses Eröffnungsevent exklusiv nur für die Bewohnerinnen und Bewohner von Spunes statt, und einer von Walters vielen Neffen (ein Großneffe, wenn mich nicht alles täuscht) legte als DJ auf. Die Desserts wurden von Savvy und Wren zubereitet, und die Blumenarrangements stammten von Sage. Es war ihr erster großer Auftrag, und ich kann mit Stolz sagen, dass ich noch bei keinem Gastronomie-Event je so viele Komplimente bezüglich der Blumen gehört habe. Die offizielle Eröffnung fand dann eine Woche später statt, mit einer Menge Besucherinnen und Besucher von außerhalb der Stadt, von denen viele gekommen waren, um einen Meteoritenschauer zu beobachten, der in dieser Nacht im Observatorium beziehungsweise auf dem Rasen vor dem Observatorium zu sehen war.

Das *Starhopper* ist in den letzten sechs Monaten zum großen Touristenmagnet für Spunes geworden. Und unter Archer dort zu arbeiten, ist sogar irgendwie erfrischend. Ich genieße den deutlich geringeren Druck und die somit ausbleibenden Risiken. Ich habe aber noch ein paar andere Dinge in Planung und bin von Tag zu Tag entschlossener. Sobald Walter seine kleine Farce aufgibt und sich ein für alle Mal in den Ruhestand verabschiedet, werde ich alles daransetzen, sein Diner zu kaufen. Diesmal soll es keine weiteren Investoren geben, damit das Diner ganz und gar mir gehört.

Ich höre, wie Indy die Treppe heruntereilt, und stelle das Foto ins Regal zurück, gerade als sie im Wintergarten an mir vorbeistürmt.

»Lass uns gehen«, sagt sie ungeduldig, als wäre ich derjenige, der uns aufgehalten hätte. Ich rufe Sable und Legs eine kurze

Verabschiedung zu, bevor ich Indy zum Wagen folge und wir in die Stadt fahren.

Die inoffizielle Eröffnung des *Starhopper* an Silvester war zwar Sages erster richtiger Auftrag, aber heute Abend geht es um eine viel größere Sache. Im *Starhopper* sowie auf der restlichen Hauptstraße ist geschlossene Gesellschaft angesagt.

Als wir das Restaurant betreten, trennt sich Indy von mir, um sich zu Sam und ein paar ihrer anderen Freunde zu gesellen. Immer, wenn ich sehe, dass sie sich so gut mit diesen Kids versteht, geht mir das Herz von Neuem auf.

Ich bin nicht im Geringsten überrascht, als ich Sage ganz oben auf einer Leiter entdecke, barfuß in einem hübschen grünen Kleid, das ich ihr heute Morgen schon einmal ausgezogen habe. Sie greift nach etwas, und ich entdecke die Tätowierung auf der Innenseite ihres Ellbogens – ein Kanu, das bis zum Rand mit Blumen gefüllt ist. Noch am selben Tag wurde auch mir ein Kanu auf den Unterarm tätowiert, allerdings mit einem Schneebesen und einem Pfannenwender anstelle von Paddeln.

Sage rückt die Girlande zurecht, die von einem Deckenbalken hängt. Ich gehe von der Seite auf sie zu, woraufhin sie zusammenzuckt und leicht hin- und herschwankt. »Verdammt«, grummele ich, während ich nach der Leiter greife und sie festhalte. »Irgendwann bekomme ich deinetwegen noch einen Herzinfarkt.«

Sie lächelt zu mir herunter, bevor sie die Sprossen hinabsteigt. Als sie dann schließlich vor mir steht, rast mein Herz immer noch, allerdings aus ganz anderen Gründen. Heute trägt sie ihr Haar in lockeren Wellen und zu einem etwas komplizierteren Pferdeschwanz zusammengebunden. Dazu große, baumelnde Ohrringe. Und natürlich sind ihre Lippen beerenfarbig geschminkt. Ausnahmsweise hat sie heute nur ein paar Ringe aufgesteckt, und mir fällt vor allem der nackte Ringfinger auf, den ich schon sehr bald zu schmücken gedenke.

Wir hatten im März anlässlich Sages Geburtstag einen Wochenendausflug nach Gandon gemacht, und mir kam eine Idee, die auf einigen der dortigen Werbeplakate beruhte. Nach langem Suchen fand (und kaufte) ich ein Kanu mit Glasboden, das mit Lichtern für Nachtfahrten ausgestattet war.

Seit fast zwei Monaten halte ich es bei Silas versteckt, doch beim ersten Anzeichen einer warmen Sommernacht wird er es an unseren Strand bringen und unter der Plane verstauen. Ich werde mit Sage an ihren Lieblingsstrand rudern und sie unter einem hoffentlich sternklaren Nachthimmel bitten, meine Frau zu werden.

»Also, was hältst du davon?«, fragt sie mit vielsagendem Blick.

»So schön, dass es wehtut«, antworte ich. Sie zieht mich für einen Kuss zu sich herunter, der wahrscheinlich zu leidenschaftlich für eine öffentliche Zurschaustellung gerät, aber so ist Sage nun einmal – mit ganzem Herzen, mit voller Kraft und auf dass jeder Moment zählt.

»Ich meinte«, sagt sie dann und knabbert kurz an meiner Unterlippe, »was hältst du von der Hochzeit?«

Oh. Ich nehme mir nun endlich Zeit, mich gründlich im Raum umzusehen, und bin verblüfft, dass eine einzige Person das hier vollbracht hat. Beziehungsweise eine Person und ihr Bruder. Micah wurde aus seinem Baseball-Vertrag entlassen und treibt sich seit dem Frühjahr in Spunes herum. Also hat Sage, die sowieso dauernd versucht, ihn zu beschäftigen, ihn rekrutiert, ihr bei den Blumendekorationen für die heutige Hochzeit zu helfen.

Wie aufs Stichwort schlendern Ian und Cassidy gerade durch die Türen des *Starhopper*. Wir nicken uns alle höflich zur Begrüßung zu. Im Gegensatz zum Hochzeitspaar von heute sind die beiden im vergangenen Februar zum Heiraten miteinander nach Mexiko durchgebrannt.

Ich helfe Sage bei den letzten Vorbereitungen und verstaue anschließend die Leiter. Irgendwann, als ich gerade damit beschäftigt bin, einen Zweig in einer Serviette zu fixieren, kommt sie an mir vorbei, gibt mir einen Klaps auf den Hintern und flüstert mir ins Ohr: »Ich muss mich korrigieren – in *diesem* Anzug gefällst du mir am besten.« Allerdings hat sie mich bisher auch bloß in einem Neoprenanzug gesehen. Ich bin kurz davor, sie in die Vorratskammer zu zerren, als der DJ ankündigt, dass es Zeit ist, ins Observatorium zu gehen.

In dem runden Raum hoch oben sind Stühle aufgestellt, und alle nehmen nacheinander ihre Plätze ein. Wir sind wahrscheinlich nur etwa zwanzig Leute, gerade genug für eine sehr intime Zeremonie. Die übrigen Gemeindemitglieder werden zweifelsohne beim Empfang dabei sein. Am Teleskop in der Mitte des Raumes steht neben Athena Cirillo, die als Trauzeugin fungiert, ein sichtlich emotionaler Walter im Anzug und wartet auf seine Braut. Sage hat Girlanden mit baumelnden Kristall- und Lichterketten im gesamten abgedunkelten Raum aufgehängt. Moos und verschiedene Blumen mit sternförmigen Blüten zieren rechts und links die Gänge.

»Du bist großartig«, flüstere ich ihr zu. »Alles hier ist großartig!«

»Du aber auch«, entgegnet sie lächelnd und ich kann nur grinsend den Kopf schütteln. Ich werde wohl nie verstehen, warum ich so viel Glück hatte. Angesichts der unzähligen Orte auf dieser Welt erschreckt mich manchmal die Vorstellung, dass das Schicksal Indy und mich woanders hätte hinführen können.

Mit einem *Pling* geht der Aufzug im hinteren Teil des Raumes auf, und wir drehen uns gerade noch rechtzeitig um, um zu sehen, wie Silas und Ellis eine strahlende Martha O'Doyle zum Altar führen.

Wie sich herausstellte, hatten sich Martha und Walter jahrelang aus der Ferne angehimmelt, bis irgendetwas sie offenbar dazu anspornte, endlich den nächsten Schritt zu wagen und die Zukunft mit der Person zu teilen, die sie lieben.

★ ★ ★

Später an diesem Abend mache ich bei einer Polonaise mit, verzehre allerlei köstliche Speisen und Desserts, die ich ausnahmsweise einmal nicht selbst zubereiten musste, und werde Zeuge des entsetzlichen Anblicks, wie Walter mit den Zähnen ein Strumpfband von Marthas Bein abzieht.

Ich tanze lange und innig mit Sage, auch wenn ich es kaum erwarten kann, mit ihr nach Hause und ins Bett zu gehen. Und wann immer wir im Laufe des Abends voneinander getrennt werden, ertappe ich mich dabei, dass meine Augen stets auf die Frau gerichtet sind, die ich so sehr liebe. Sie ist diejenige, die ich heiraten möchte, die mir hilft, Indy auf ihr weiteres Leben vorzubereiten, und mit der es mir eine Ehre wäre, eines Tages weitere Kinder und noch mehr Tiere großzuziehen. Sie ist die Frau, die mich gelehrt hat, vieles loszulassen, damit ich mir umso mehr wünschen und erträumen kann.

Und ich habe vor, jedes bisschen davon zu genießen.

7 JAHRE SPÄTER

Das letzte Ma(h)l von Roth:
WINTERGARTEN ZU SPUNES

Meine Karriere als Restaurantkritiker erstreckt sich mittlerweile über drei Jahrzehnte, und ich bin sehr stolz darauf, nicht eine einzige Rezension geschrieben zu haben, die ich je bereut hätte.

Ich war immer der Ansicht, dass die Arbeit eines Kritikers unerlässlich sei. So ernsthaft, extravagant oder leidenschaftlich ein Koch bei seiner Arbeit sein sollte, so sollte ein Kritiker dasselbe leisten.

So weit, so gut.

Wir alle laufen Gefahr, uns manchmal zu ernst zu nehmen, nicht wahr? Steigern uns eventuell etwas zu sehr in dieses *Selbst*gefühl hinein. Wir vergessen oft, dass es sich um ein ganzes Restaurant handelt, das einen Michelin-Stern erhält, und nicht nur um dessen Spitzenkoch. Wir können so sehr darauf fixiert sein, wie wir unsere Worte verdrehen und zurechtbiegen, um eine emotionale Reaktion hervorzurufen, oder wollen als Schriftsteller so sehr für unsere Schreibe gelobt werden, dass wir riskieren, die Informationen oder die Geschichte, die eigentlich im Mittelpunkt stehen sollten, zu verfälschen.

Im Laufe meiner Karriere habe ich oft Artikel geschrieben, die beim Lesen Spaß machen sollten. Natürlich stand für mich immer das Vertrauen meiner Leserschaft an erster Stelle, und ich war stets ehrlich in meiner Wortwahl (wenn auch manchmal etwas überspitzt). Aber ich kann nicht leugnen, dass auch ich nach Anerkennung gestrebt habe. Vor etwa acht Jahren habe ich mir deshalb einen kritischen Fauxpas geleistet. Ich habe mich überschätzt und bin zu weit gegangen.

Ich stehe zwar zu meiner Kritik (samt ihrer unverblümten Sprache), aber es sind die Taten, die ich diesem Text folgen ließ, die ich inzwischen mehr als bedauere. Ich habe den damaligen Sternekoch Fisher Lange angesprochen, als er gerade privat im Restaurant zu Abend aß, kurz nachdem ich eine negative Kritik bezüglich seiner uninspirierten Speisen veröffentlicht hatte. Gerade als er seinen Limettenkuchen verspeisen wollte (der übrigens vorzüglich schmeckt, selbst wenn man ihn durch die Nase schlucken muss), schlenderte ich zu seinem Tisch und machte ein paar allzu sarkastische und herablassende Witze, so als ob mein Wort das Maß aller Dinge wäre. Als ob *ich* in irgendeiner Weise überlegen wäre. Diese Begegnung sollte einen entscheidenden Moment in unser beider Karrieren darstellen.

Chefkoch Lange wurde daraufhin von seinem Posten im *Marrow* in New York City entlassen, und ich ... nun, sagen wir so, ich wachte auf und erkannte, was für ein aufgeblasenes Arschloch ich geworden war.

Als ich von einem kleinen Lokal an der Westküste hörte, das sich vor Kurzem einen Michelin-Stern verdient hat, war meine Neugierde selbstverständlich sofort geweckt. Dieses Kleinod namens *Wintergarten zu Spunes* ist ein umgebautes, ehemaliges Diner, das von einem Ehepaar betrieben wird und in dem sowohl ein Blumenladen als auch ein kleines Restaurant untergebracht sind. Reservierungen werden dort nicht angenommen. Wer zuerst kommt, *mahlt* zuerst. Immer und ohne Ausnahme.

Als ich hörte, dass Fisher Lange Chefkoch und Miteigentümer dieses Etablissements ist, wusste ich, dass dies der perfekte Ort für meine allerletzte Kritik sein würde. Es gäbe wohl keine bessere Art und Weise, in den Ruhestand zu gehen, als endlich das Kapitel meiner Karriere abzuschließen, das mir über die Jahre immer wieder sauer aufgestoßen ist.

Spunes ist eine florierende Sommerstadt mit einer Fülle von Skurrilitäten und Attraktionen. Da wäre zum Beispiel das *Starhopper*-Restaurant samt angeschlossenem Observatorium der Familie Visconti. Die Einheimischen sagen, dass die Stadt ab Juni aus allen Nähten platzt, und das glaube ich sofort – musste ich doch ein Hotelzimmer mieten, das eine gute Dreiviertelstunde außerhalb des Ortes lag!

Das *Wintergarten zu Spunes* liegt am Ende der Hauptstraße und hat an drei Seiten verglaste Anbauten, die wohl als Inspiration für den Namen dienten. Zwei davon werden auf der Restaurantseite als

zusätzliche Essbereiche genutzt, der andere dient offenbar als Blumengalerie.
Als ich ankam, musste ich etwa fünfunddreißig Minuten auf einen Tisch warten, aber man hatte mir gesagt, dass ich mindestens eine halbe Stunde einrechnen müsse, also war ich vorbereitet. Die Einrichtung des Restaurants ist anders, als man es von vielen Sterne-Restaurants kennt – überall ist es freundlich und hell, und die gemischten Düfte der Blumen aus dem Ladenbereich nebenan wehen herüber und passen erstaunlich gut zum Menü des Tages. Bilder säumen jede noch so kleine verfügbare Wandfläche. Die meisten sind schwarz-weiß; darauf ist die Geschichte der Stadt zu sehen. Auf einigen Fotos von einer Hochzeit erkannte ich Chefkoch Lange und seine hübsche Braut.
Ehe ich mich's versah, wurde ich von einem altklugen kleinen Mädchen und einer älteren Frau, von der das Mädchen mir sagte, sie sei ihre Großmutter und erst kürzlich nach Spunes gezogen, zu einem Tisch geführt.
»Ich bin Luna Lange, rufen Sie nach mir, wenn Sie was brauchen«, sagte das Mädchen, als ich mich in der bequemen Sitznische niederließ. »Ich bin fünf. Aber wenn Sie meinen Bruder August sehen, fragen Sie ihn lieber nichts. Er ist erst drei, er kennt sich noch nicht aus. Meine Cousine Nindy kommt auch bald vom College nach Hause und hilft mir, das Restaurant zu führen.«
»Verstanden«, antwortete ich gewissenhaft. Ich habe selbst sechs Enkelkinder und werde mich also hüten, Luna Langes Hierarchie infrage zu stellen.
Die alte Theke des Diners wurde stehen gelassen, wie ich feststellte, und alle Hocker waren besetzt. Im gesamten Lokal summte es wie in einem Bienenstock, von überall drangen Gesprächsfetzen an mein Ohr.
Es war bequem dort und irgendwie charmant, so viel steht fest, aber ich werde nicht leugnen, dass ich mich immer noch fragte,

warum zum Teufel ausgerechnet dieser Laden eines Michelin-Sterns würdig war …
Lächelnd und sichtlich schwanger kam dann eine junge Frau durch den Torbogen, der zum Blumenladen führt, die ich eindeutig als die Braut auf den Fotos identifizierte. Als sie mich erspähte, runzelte sie fast sofort die Stirn, und ein merkwürdiger Ausdruck legte sich auf ihre Züge. Sie schnappte sich von irgendwoher eine Karaffe mit Wasser und machte sich auf den Weg zu mir.
»Guten Tag, Richard Roth«, begrüßte sie mich und füllte mein Glas. Ich war überrascht und zugegebenermaßen leicht verärgert, dass sie mich erkannt hatte. »Was führt Sie nach Spunes?«
Ich erzählte ihr, weswegen ich hier war – unter anderem auch, dass ich in den Ruhestand zu gehen gedachte –, und machte noch ein paar höfliche Bemerkungen. Sie stellte sich als Sage Lange vor. Ich beglückwünschte sie und Fisher zu ihrem schönen Lokal. Sie nickte dankend, blieb aber distanziert. Erst als der Chefkoch höchstpersönlich zu uns herauskam und ihr liebevoll die Hand auf die Schulter legte, schien sie sich zu entspannen und ihre Laune sich aufzuheitern. Sie schnappte sich das verschlafene Kleinkind aus seinen Armen (höchstwahrscheinlich der bereits von Luna erwähnte August) und verabschiedete sich.
Chefkoch Lange war durch und durch höflich. Und überhaupt nicht nachtragend. Warum sollte er auch? »Sehen Sie sich mein Leben an«, sagte er und strahlte die Gelassenheit eines Mannes aus, der rundum mit sich und der Welt zufrieden ist.
Als ich ihn nach all den Bildern fragte, sagte er: »Erinnerungen spielen bei all unseren Lieblingsgerichten eine Rolle. Wenn die Gäste sozusagen ›bildlich‹ von ihnen umgeben sind, erinnert es sie unweigerlich daran, ihre eigenen Erfahrungen im Hier und Jetzt zu genießen und sich neue wertvolle Erinnerungen zu schaffen.«
Seine Worte blieben mir während der gesamten Mahlzeit im Gedächtnis, so wie gutes Essen oftmals auf den Hüften hängen bleibt.

Wie viele Mahlzeiten habe ich schon heruntergeschlungen, mich mehr darauf konzentriert, wie ich sie bloß beschreiben könnte, immer bereit, bei der ersten Gelegenheit meine Meinung kundzutun?

Mit dieser letzten Kritik möchte ich allerdings einen anderen Weg einschlagen und Ihnen etwas mehr Raum für Neugierde lassen. Ich möchte Sie, meine verehrten Leserinnen und Leser, ein wenig überraschen und herausfordern.

Ich glaube nämlich, dass ich in dieser kleinen Stadt namens Spunes die beste Mahlzeit meines arbeitsreichen Lebens zu mir genommen habe.

Ich werde Ihnen nicht alles verraten, was mir serviert wurde. Das wäre auch überflüssig, denn der Chefkoch ändert die Speisekarte gern einfach nach Lust und Laune. Aber Sie sollten wissen, dass Chefkoch Fisher Lange ein Handwerker ist, und das ist, wie ich inzwischen festgestellt habe, viel wichtiger, als bloß ein Künstler zu sein. Er entwirft sein Essen nicht nur, sondern *stellt es her.* Und er beherrscht sein Handwerk.

Alles, was mir aufgetischt wurde, war ein Genuss, aber es war noch so viel mehr als das.

Ich bin seit über dreißig Jahren in der Gastronomiebranche als Kritiker tätig, und deshalb sollte mich auf meine alten Tage eigentlich nichts mehr überraschen. Schließlich gab es die beste Pizza der Welt meiner Meinung nach in Phoenix, Arizona, und bis zu meinem Erlebnis in Spunes kam das Essen, an das ich am häufigsten wehmütig zurückdachte, von einem unscheinbaren Imbissstand in Japan.

Auch wenn es sich jetzt so anhört, als hätte ich in meiner Nische friedlich über die Speisen kontemplieren können, war dem nicht so – die ungestüme Luna kam mit dem Handy ihres Vaters an meinen Platz, ohne sich Gedanken darüber zu machen, dass sie mich beim Essen stören könnte. Sie zeigte mir schier endlose Fotos von

ihren Tieren daheim. Und gleich darauf kam der frühere Besitzer des Lokals mit seiner Frau und samt einem Chinchilla in der Tasche hereinspaziert. Niemand hat jedoch darüber auch nur mit der Wimper gezuckt. Hier war das Leben mit einigen seiner wohl grundlegendsten Freuden in vollem Umfang zu sehen.
Und ist es nicht immer das Unerwartete, das Unscheinbare, das sich in unseren Köpfen positiv festsetzt?
Ich hoffe, dass auch Ihre nächste Mahlzeit, Ihre nächsten Momente und all Ihre Erinnerungen das Gleiche bei Ihnen bewirken werden!

Danksagung

Na so was! Wir haben es mal wieder irgendwie geschafft. Dieses Buch war ein selbstauferlegter Liebesdienst. (Will heißen, ich habe es mir schwerer gemacht als nötig, weil ich jedem Satz eine Bedeutung geben wollte.) Jedes Buch fühlt sich an, als könnte es das letzte sein, und ich bin froh, dass dem nicht so ist. Und das liegt zum großen Teil an den vielen Menschen, denen ich hier danken möchte.

Zuallererst muss ich meinem Mann danken, dessen Arbeitstage noch länger und unvorhersehbarer sind als meine und der es trotzdem immer wieder schafft, sich Zeit für uns zu nehmen, damit ich schreiben kann. Danke, Liebling, dass du die Kinder beschäftigt und dich um unser echtes Leben gekümmert hast, sodass ich mir die Lebenswege der Figuren in diesem Buch einfallen lassen konnte. Danke, dass du immer ein offenes Ohr hattest, wenn ich davon erzählen wollte, auch wenn es dich manchmal ein bisschen genervt hat, und dafür, dass du mich in Ruhe gelassen hast, wenn ich mal *nicht* reden wollte.

Danke meiner Powerhouse-Agentin, Jessica Watterson, die nicht ahnen konnte, dass sie obendrein als Therapeutin fungieren musste, als sie mich unter Vertrag nahm. Es war heldenhaft von dir und hilfreich für mich, mir bei unserem ersten Gespräch zu sagen: »Deine Bücher müssen in den Regalen stehen.« Und du hast dazu beigetragen, so viele meiner Träume wahr werden zu lassen! Dein Vertrauen in mich stärkt immer wieder mein Selbstvertrauen. Danke, dass du dieses Buch in seiner Einfachheit betrachtet und bemerkt hast, dass da noch viel unter der Oberfläche liegt. Danke auch Andrea Cavallaro, meiner Agentin für Auslandslizenzen, Film- und Nebenrechte, und dem Sandra-

Dijkstra-Team für die neuen, aufregenden Wege, die ich beschreiten durfte.

Danke auch meiner Lektorin, Cassidy Graham, dafür, dass sie aus der Geschichte das bestmögliche Buch gemacht hat, und für die Geduld, mir als ursprünglicher Einzelkämpferin die Rückendeckung eines Teams zu ermöglichen. Danke für den Ansporn, Schwachstellen zu verbessern, und für die Freude über gut Gelungenes. Danke, dass du mich bei unserer gemeinsamen Vision von Spunes und diesem Buch an die Hand genommen hast, auch wenn ich sie manchmal bestimmt zu fest gedrückt habe. Ich bin so froh, dich an meiner Seite zu haben, und kann alles Weitere, was wir noch zusammen auf die Beine stellen, kaum erwarten!

Auch Kejana und Alyssa im Team zu haben, kann ich immer noch nicht fassen. Danke für eure Marketing- und Publicity-Arbeit, die mich auf einen unglaublichen Erfolgskurs gebracht hat. Für das SMP-Team kann ich mich ungeheuer glücklich schätzen, und, großer Gott, ich hoffe, dass ich euch niemals durch mein Chaos verschrecken werde.

Liza Rusalskya und Kerri Resnik, danke für das schönste Cover, das ich mir überhaupt vorstellen kann. Ich war ganz aus dem Häuschen, als ich die ersten Entwürfe gesehen habe, denn das sind *die beiden.*

An die Leser, die mir zu Freunden und Freundinnen (und manchmal zu Ratgeberinnen und Ratgebern) wurden – ihr wisst, wen ich meine: DANKE! Eure unermüdliche Unterstützung meiner Bücher gibt mir den Schub, den ich brauche, wenn ich mal nicht vorankomme. Dieses Buch habe ich für den Teil von mir geschrieben, der es für einen unerfüllbaren Traum gehalten hat, weil ich nicht studiert und keine Erfahrung habe. Bei jedem Schritt auf meinem Weg habe ich daran gedacht, dass die Figuren und die Worte, die ich mir habe einfallen lassen, gut bei euch angekommen. Eure Posts und Kommentare haben mir immer wieder vor Augen geführt, dass ich diesen Weg weitergehen kann und *sollte.*

Mein Dank geht auch an all die Autoren und Autorinnen, die sich ungeachtet ihres extrem ausgefüllten Arbeitslebens die Zeit genommen haben, dieses und meine vorherigen Bücher zu lesen: Rachel Lynn Solomon, Amy Lea, Julie Soto, Ava Wilder, Lana Ferguson, Rossie Danan, Liz Tomforde, Erin Hahn, Elsie Silver, Livvy Hart, Jessica Joyce und Elena Armas. Es ist geradezu furchterregend, wenn Leute, die man bewundert, ein Buch lesen, das man selbst geschrieben hat. Aber es ist auch absolut aufmunternd, wenn es ihnen gefällt. Ich weiß, wie schwer es ist, als Autorin oder Autor die Bücher anderer zu lesen. Deshalb bin ich euch umso dankbarer dafür.

Danke auch meinem Freundeskreis und meiner Familie für all die Unterstützung. Ich kann gar nicht in Worte fassen, wie viel ihr mir bedeutet. Ihr tragt maßgeblich dazu bei, dass ich diesen Traum verwirklichen kann, weil ihr mir Sicherheit gebt. Ich liebe euch.

PLAYLIST

whatever mike: Word to the Trees
Abby Sage: Backwards Directions
Bleachers: I Wanna Get Better
Iron & Wine: Call it Dreaming
The Chicks: Wide Open Spaces
boygenius: Cool About It
Kacey Musgraves: Butterflies
Maggie Rogers: Love You For A Long Time
Nick Drake: Northern Sky
HARBOUR: Judy You Hung the Moon
Hozier: Eat Your Young
hxsty: Girl Like You
Taylor Swift (Feat. Lana Del Ray): Snow on the Beach
Florence + The Machine: Dog Days Are Over
Griff: Walk
Troye Sivan: My! My! My! (Acoustic Version)
Taylor Swift: Peace
Tom Petty: Wildflowers
Ilsey Juber (mit Bon Iver): Heart of Gold
Taylor Swift: State of Grace (Acoustic Version)
Stephen Sanchez, Ashe: Missing You
Jenna Raine: Stupid Cupid (Acoustic Version)
Lennon & Maisy: Boom Clap
Branches: I Believe in a Thing Called Love
Taylor Swift: Lover (first dance remix)
Billy Joel: Vienna
Magnetic Fields: The Book of Love